D1419128

EVE CHASE

UN MANOIR EN CORNOUAILLES

Traduit de l'anglais
par Aline Oudoul

10
18

NIL ÉDITIONS

Titre original :
Black Rabbit Hall

© Eve Chase Ltd, 2015
© NiL éditions, Paris, 2018, pour la traduction française
ISBN 978-2-264-07401-0
Dépôt légal : mai 2019

À Oscar, Jago et Alice

Je le trouvais sage et, quand il me parlait
De serpents et d'oiseaux, et des élus de Dieu,
Ses connaissances, pensais-je,
atteignaient la frontière
Où les hommes s'aveuglaient,
mais les anges en savaient plus long.

S'il disait « Chut ! »
je tâchais de retenir mon souffle.
Chaque fois qu'il disait « Viens ! »
je le suivais, confiante.

George Eliot, *Frère et Sœur*

PROLOGUE

Amber, dernier jour des vacances d'été 1969, Cornouailles

Je me sens en sécurité sur la corniche de la falaise, plus qu'à la maison, en tout cas. À quelques mètres du chemin côtier, à vingt minutes du domaine, hors de vue des fenêtres du manoir : un endroit secret. J'hésite quelques instants au bord de la falaise, avec des fourmis dans les pieds, ma robe plaquée par le vent sur mes jambes. Puis je me baisse avec prudence, agrippant les touffes d'herbe, la mer grondant dans mes oreilles. (Mieux vaut ne pas regarder en bas.) Un petit saut vertigineux, et je serai perchée au bord du ciel.

Si le saut est trop large, tout est fini. Je ne le ferai pas. Mais j'aime caresser cette possibilité. L'idée d'avoir un certain contrôle sur ma destinée aujourd'hui.

Pressée contre la paroi, je reprends mon souffle. Après tant de recherches affolées : dans les bois, les chambres, les escaliers interminables – mes talons à vif dans des tennis trop petites. Où sont-ils donc ? Une main sur les yeux pour les protéger de l'éclat du ciel, je scrute le haut des falaises de l'autre côté de la crique. Rien. Il n'y a que des vaches dans les champs.

Alors, je descends très lentement, dos au rocher, et je retrousse ma robe sans pudeur pour que l'air s'engouffre entre mes jambes nues.

Enfin immobile, je ne peux plus échapper aux événements de la journée. Même le bruit des vagues sur les rochers ravive le feu de la gifle sur ma joue. Si je ferme les yeux, je vois la maison se profiler sous mes paupières. Aussi, je m'efforce de les garder ouverts pour laisser mon esprit se perdre dans le vaste ciel, où le soleil et la lune planent comme une question et une réponse. J'oublie que je dois continuer à chercher. Que les minutes passent plus vite que les nuages au crépuscule. Je ne pense qu'à ma propre fuite.

J'ignore combien de temps je reste là, sous le regard aigu d'un rapace noir qui plonge du haut de la falaise, si près que ses serres pourraient se prendre dans mes cheveux. D'instinct, je me baisse, le nez sur la peau fraîche de mes genoux. Et quand je lève les yeux, ils ne se tournent plus vers le ciel, mais vers l'épave qui flotte sur la houle à marée haute.

Non, pas une épave. Un être vivant. Un dauphin ? Ou ces méduses qui, petits bols en verre, se sont échouées dans notre crique ? Peut-être. Je me penche par-dessus la corniche pour mieux voir, cheveux au vent, le cœur battant un peu plus vite ; quelque chose de terrible bouge sous la surface miroitante, je le pressens sans le voir tout à fait. Pas encore.

CHAPITRE 1

Lorna, plus de trente ans plus tard

C'est un de ces trajets impossibles. Plus ils approchent de leur destination, plus ils ont du mal à imaginer qu'ils l'atteindront vraiment. Il y a toujours un autre tournant sur la route, un cahot au bout d'une voie sans issue. Et il se fait tard, trop tard. Une pluie chaude tambourine sur le toit de la voiture.

— Pour moi, on laisse tomber et on rentre au bed and breakfast. (Jon tend le cou au-dessus du volant pour mieux voir la chaussée, qui se liquéfie derrière le pare-brise.) On prend une bière et on décide de se marier pas trop loin de l'autoroute. Ça te va ?

Du bout du doigt, Lorna dessine une maison sur la vitre embuée. Le toit. La cheminée. Une ligne ondulée en guise de fumée.

— Je ne crois pas, chéri.

— Dans un bled au microclimat ensoleillé, peut-être ?

— Ah ! ah ! Très drôle…

Malgré les déceptions de la journée – aucune des salles de mariage qu'ils ont visitées n'a été à la hauteur de leurs espérances, trop de chintz, hors de prix –, Lorna est heureuse. Ça a quelque chose d'exaltant de braver la tourmente avec l'homme qu'elle va épouser, seuls, nichés dans leur petite Fiat rouge grinçant sur la route. Quand ils seront vieux, ils s'en souviendront. D'avoir été jeunes, amoureux, et dans une voiture sous la pluie.

— Super… (Jon se renfrogne en voyant une forme sombre dans son rétroviseur.) En plus, un gros tracteur vient me coller au train…

Il s'arrête à un carrefour où les panneaux, tordus par le vent, affichent de vagues directions qui n'ont rien à voir avec les angles que forment les routes.

— C'est par où ?

— On est perdus ? demande-t-elle, ravie à cette idée.

— Le GPS, oui. On ne capte plus le signal. Il fallait que ça arrive dans tes Cornouailles chéries…

Lorna sourit. La mauvaise humeur de Jon est puérile. Elle s'évanouira à la vue d'une maison, d'une bonne bière. Il n'intériorise pas les choses, contrairement à elle, ne voit pas des symboles dans de simples obstacles.

Il montre la carte sur les genoux de Lorna, semée de miettes de gâteau et pliée à la va-vite

— Bon… où en est ton sens de l'orientation, chérie ?

— Eh bien… (Elle se débat avec la carte, faisant sauter les miettes sur le sol jonché de sable de la Fiat.) D'après mes calculs approximatifs, en ce moment, on roule dans l'Atlantique.

Jon râle, recule sur son siège et étire les jambes, trop longues pour la petite voiture.

— Génial…

Lorna lui caresse la cuisse. Elle sait qu'il en a assez de rouler à l'aveuglette sous la pluie, de visiter des salles de mariage – celle-là, la plus éloignée, la plus dure à trouver, elle l'a gardée pour la fin. Ils seraient sur la côte amalfitaine si elle n'avait pas insisté pour qu'ils aillent en Cornouailles. S'il perd patience, elle ne peut pas lui en vouloir.

Jon l'a demandée en mariage à Noël, il y a des mois, des aiguilles de pin craquant sous son genou plié. Pendant longtemps, cela lui a suffi. Elle adorait être fiancée, cet état de suspension béat : ils s'appartenaient complètement, tout en choisissant chaque matin d'être ensemble. Elle craignait de porter malheur à ce bonheur serein. D'ailleurs, rien ne pressait. Ils avaient tout le temps.

Puis soudain, non. Quand sa mère était brusquement morte, en mai, le chagrin l'avait ramenée sur terre et le mariage lui avait paru terriblement urgent. Son décès avait été un coup de semonce, l'exhortant à ne pas attendre. À ne pas différer plus longtemps, lui rappelant que tout le monde a une date cerclée de noir sur son agenda, se rapprochant à chaque page. Déroutante mais aussi étrangement stimulante, cette perte l'avait poussée à prendre sa vie en main, alors qu'elle titubait entre les détritus de sa rue par un dimanche de pluie, sur ses talons rouges fétiches.

Ce matin, elle s'était tortillée pour rentrer dans une robe bain de soleil des années soixante. Si elle ne la porte pas maintenant, alors quand ?

Jon bâille en changeant de vitesse.

— La maison s'appelle comment, déjà, Lorna ?

— Pencraw, répond-elle joyeusement pour le dérider, consciente que, s'il ne tenait qu'à lui, il caserait tout bêtement sa grande famille sous une tente dans le jardin de ses parents.

Puis, ils s'installeraient au bas de la route, près de ses sœurs qui l'adorent – troquant leur petit appartement en ville contre une maison de banlieue dans l'Essex – pour que sa mère, Lorraine, puisse les aider à élever tous les bébés qui suivraient dans la foulée. Heureusement, elle a son mot à dire.

— Le manoir de Pencraw.

Il passe la main dans ses cheveux couleur de blé, décolorés par le soleil, aux pointes presque blanches.

— On fait une dernière tentative ?

Elle lui lance un sourire radieux. Elle adore cet homme...

— Oh, et puis zut ! Prenons par là. On a une chance sur quatre d'être sur la bonne voie. J'espère qu'on sèmera le tracteur...

Il appuie sur le champignon.

Ils ne le sèment pas.

La pluie continue à tomber. Du cerfeuil des bois s'écrase sur le pare-brise, réduit en amas neigeux par les essuie-glaces. Le cœur de Lorna bat plus vite sous le frais coton de sa robe.

Elle a beau ne pas voir grand-chose à travers les rigoles de pluie, elle sait que les vallées boisées, les rivières et les petites criques désertes de la péninsule de Roseland se trouvent derrière la vitre. Elle peut déjà les sentir, émergeant de la brume. Elle se rappelle avoir sillonné ces routes dans son enfance – ils allaient en Cornouailles presque chaque été –, l'air de la mer qui s'engouffrait par la vitre baissée, et le visage tendu de sa mère.

Femme anxieuse, sa mère avait souffert d'insomnie toute sa vie : apparemment, la côte était le seul endroit où elle pouvait dormir. Quand Lorna était petite, elle se demandait si d'étranges vapeurs narcotiques tournaient dans l'air des Cornouailles, comme celles du champ de coquelicots du *Magicien d'Oz*.

À présent, une petite voix dans sa tête se demande si des secrets de famille n'y tournoient pas aussi. Elle préfère toutefois garder cette pensée pour elle.

— Tu es sûre que cette vieille ruine existe vraiment, Lorna ?

Les bras de Jon sont raides sur le volant, ses yeux rougis par l'effort.

— Absolument.

Relevant ses cheveux noirs, elle les tord en un chignon haut. Quelques mèches s'en échappent, encadrant son cou pâle. Elle sent le feu du regard de Jon : il adore son cou, la douce peau de bébé juste sous son oreille.

— Rappelle-moi encore… (Il tourne les yeux vers la route.) C'est un manoir que tu as visité avec ta mère pendant vos vacances dans la région ?

— Voilà, acquiesce-t-elle en hochant la tête avec enthousiasme.

Il jette un coup d'œil dans le rétroviseur. La pluie tombe maintenant par vagues ondulantes.

— Je sais que ta mère aimait les vieilles demeures. Mais comment peux-tu être sûre que c'est bien celle-là ?

— Je suis tombée dessus en ligne, dans un annuaire de salles de mariage. Je l'ai reconnue tout de suite.

Déjà, tant de choses se sont effacées : le parfum à la jacinthe de sa mère, son claquement de langue quand elle cherchait ses lunettes ; ces dernières semaines, pourtant, d'autres souvenirs, oubliés depuis longtemps, ont resurgi, d'une clarté étonnante. Celui-là en fait partie.

— Maman, levant le bras vers cette grande vieille maison… Ses yeux intimidés… C'est resté gravé en moi.

Elle tourne sa bague de fiançailles autour de son doigt, se souvenant d'autres choses : un sachet de caramels à rayures roses, lourd dans sa main. Une rivière.

— Oui, je suis presque sûre que c'est la même maison.

— *Presque* ? (Jon part d'un rire profond.) Mince, faut-il que je t'aime !

Ils roulent un moment en silence. Jon prend un air songeur.

— Demain, c'est le dernier jour, chérie.

— Je sais… soupire-t-elle.

L'idée de regagner la ville étouffante ne l'enchante pas.

— Tu as envie de faire quelque chose qui n'a rien à voir avec le mariage ? dit-il, d'une voix si douce qu'elle en est désarmante.

Elle sourit, perplexe.

— Quel genre de chose ?

— Eh bien, y a-t-il un endroit… important que tu aimerais visiter ?

Il s'éclaircit la gorge, cherche ses yeux noirs dans le rétroviseur. Refusant de croiser son regard, elle dénoue ses cheveux pour qu'ils cachent sa joue empourprée.

— Pas vraiment, marmonne-t-elle. Je veux juste voir Pencraw.

Jon soupire, change de vitesse et n'insiste pas. Lorna efface la maison gribouillée sur sa vitre et scrute l'obscurité, le nez contre le verre froid, plongée dans ses pensées.

— Bon, quels sont les avis des clients ? demande-t-il.

Elle hésite.

— Euh… Il n'y en a pas encore. Pas exactement.

Il hausse un sourcil.

— J'ai eu quand même quelqu'un au téléphone, l'assistante de la propriétaire. Une femme qui s'appelle Endellion.

— D'où il sort, ce nom ?

— De Cornouailles.

— Le mot qui a réponse à tout ?

— Oui, oui…

Elle rit, pose les pieds sur la boîte à gants, satisfaite de son bronzage et de son vernis à ongles encore intact.

— Elle m'a expliqué que c'était une maison privée. C'est la première année qu'elle est louée. Donc, il n'y a pas d'avis. Mais rien de louche, promis.

Il sourit.

— Parfois, Lorna, on peut te faire gober n'importe quoi.

— Et toi, tu peux être tellement cynique, chéri…

— Réaliste, juste réaliste… (Il jette un coup d'œil dans son rétroviseur, son regard se durcit.) Bon sang !

— Quoi ?

— Ce tracteur. Trop près… trop gros…

Lorna se crispe sur son siège, enroule une boucle de cheveux autour de son index. Le tracteur a bien l'air terriblement large sur cette route étroite, en tunnel, fermée par de hauts pans rocheux et la voûte des arbres. Elle plaque ses pieds au sol.

— On s'arrête au prochain sentier pour voir si on peut faire demi-tour, déclare Jon, après quelques minutes tendues.

— Oh, allez…

— C'est dangereux, Lorna.

— Mais…

— Si ça peut te consoler, la maison ressemblera sûrement aux autres : genre bed and breakfast qui se la joue. Et si elle vaut le coup, on ne pourra pas se l'offrir.

— Non. Celle-là, je la sens. (Elle serre sa boucle de cheveux, qui rosit le bout de son doigt.) J'ai une intuition.

— Toi et tes intuitions...

— C'est comme ça que j'ai craqué pour toi.

Elle pose une main sur le genou de Jon juste au moment où il bande ses muscles, écrasant la pédale de frein.

Tout semble arriver en même temps : le crissement des pneus, la forme sombre qui bondit à travers la route et s'enfonce dans les broussailles. Puis un silence sinistre. Le crépitement de la pluie sur le toit.

— Lorna, ça va ?

Il lui effleure la joue.

— Oui, oui... (Elle tourne sa langue dans sa bouche, sent le goût métallique du sang.) Qu'est-ce qui s'est passé ?

— Un cerf. Juste un cerf, je crois.

— Ouf... pas quelqu'un.

Il siffle tout bas.

— Il était moins une. Tu es sûre que tu n'as rien ?

Une main frappe à sa vitre – articulations poilues, peau rouge et écorchée. C'est le chauffeur du tracteur, une masse dégoulinante en anorak orange.

Jon baisse la glace avec appréhension.

— Pardon d'avoir freiné si fort !

— Foutu cerf...

Un visage raviné, à l'image du paysage, lui fait face. Jetant un coup d'œil dans l'habitacle, l'homme fixe son regard terne sur Lorna. À voir son expression, il ne doit pas croiser souvent des brunes de trente-deux ans en robe bain de soleil jaune – ni, d'ailleurs, énormément de femmes.

Lorna tente de lui sourire, mais ses lèvres se contractent nerveusement. Elle a plutôt envie de fondre en larmes. Elle prend soudain conscience qu'ils l'ont échappé belle. Lorna s'est toujours sentie immortelle pendant les vacances, surtout avec Jon, qui est si protecteur et taillé en armoire à glace.

— Ils passent par des trous dans la haie. Déjà, le mois dernier, ils ont causé un accident. (L'homme souffle son haleine fétide dans le petit espace de la voiture.) Y en a deux qui se sont fait écraser à quelques mètres d'ici. Des bêtes incontrôlables !

Jon se tourne vers Lorna.

— Je crois qu'on cherche à nous dire quelque chose… On laisse tomber ?

Voyant ses doigts trembler, elle comprend qu'elle ne doit pas insister.

— D'accord.

— Ne fais pas cette tête. On reviendra une autre fois.

Non, elle le sait. Ils habitent trop loin. Ils travaillent trop dur. L'entreprise de Jon doit bientôt attaquer un long chantier – des appartements chics avec terrasse –, et elle voit la rentrée de septembre approcher à grands pas. Non, c'est trop difficile. Ils ne reviendront pas. Et se marier en Cornouailles est irréaliste. Cher, pour commencer. Ce serait trop exiger de leurs invités. De Jon. De son père. De sa sœur. Ils lui cèdent parce qu'ils la plaignent d'avoir perdu sa mère. Elle le sait, elle n'est pas idiote.

— On ne voit pas beaucoup de voitures sur la route. Vous allez où ? demande le fermier en grattant son cou de taureau. Vous avez vraiment choisi votre jour…

— On cherche une vieille maison. (Jon fouille dans la boîte à gants, en quête d'une sucrerie pour se remettre du choc. Il trouve une pastille de menthe poisseuse.) Le manoir de Pencraw.

— Oh...

Le visage de l'homme recule dans sa capuche. Sentant que ça lui évoque quelque chose, Lorna se redresse.

— Vous le connaissez ?

Il acquiesce aussitôt.

— Le manoir des Lapins noirs.

— Non, pardon... de Pencraw.

— Les gens du coin l'appellent comme ça.

— Le manoir des Lapins noirs... s'amuse à répéter Lorna. (Ce nom lui plaît.) Donc, c'est près d'ici ?

— Vous êtes à deux pas.

Elle se tourne vers Jon, rayonnante, oubliant l'accident qui a failli leur coûter la vie.

— La prochaine route à droite vous mènera sur ses terres, ou plutôt ce qu'il en reste. Là, après huit cents mètres, vous atteindrez le parc. Vous verrez le panneau. Enfin... caché dans les broussailles. Il faudra ouvrir l'œil.

À nouveau, il regarde Lorna avec insistance.

— Drôle de baraque... Vous y allez pourquoi ? Si je peux me permettre...

— Eh bien...

Lorna reprend son souffle, prête à tout raconter.

— On veut voir si elle convient à un mariage, intervient Jon avant qu'elle puisse continuer. Enfin, on voulait.

— Un mariage ? s'exclame l'homme, les yeux exorbités. Ça alors !

Il les dévisage tour à tour.

— Écoutez, vous avez l'air d'être un gentil petit couple. Vous n'êtes pas d'ici, hein ?

— De Londres, murmurent-ils en chœur.

L'homme hoche la tête, comme si ça expliquait tout. Il pose une main sur la vitre baissée, où elle forme un gros gant de buée.

— Si vous voulez mon avis, le manoir des Lapins noirs n'est pas fait pour une noce.

— Oh... Pourquoi ? demande Lorna, dont le moral retombe.

L'homme fronce les sourcils, hésitant à parler.

— D'abord, la maison n'est pas en bon état. La pluie et le vent les rongent toutes par ici, sauf si on se ruine pour les réparer. Personne n'a retapé celle-là depuis des années. (Il sort sa langue et mouille ses lèvres gercées.) On raconte que des hortensias poussent dans le parquet de la salle de bal, qu'il s'y passe toutes sortes de choses bizarres.

— Oh... c'est génial !

Jon lève les yeux au ciel, réprimant un fou rire.

— S'il vous plaît, ne l'encouragez pas...

— Je ferais mieux d'y aller, grogne le fermier, perplexe. Vous deux, pas d'imprudence, hein ?

Ils le regardent s'éloigner. Ses pas résonnent sur le marchepied du tracteur. Lorna ne sait que penser.

Jon, lui, a de la suite dans les idées.

— Accroche-toi ! Attention à Bambi ! Je pars en marche arrière, retrouver la civilisation et une bonne bière fraîche. Ça n'est pas trop tôt !

Lorna lui presse le bras.

— Ce serait bête de renoncer si près du but. Tu le sais.

— Tu as entendu ce qu'a dit ce type.

— On doit la voir de nos propres yeux, au moins pour faire une croix dessus.

Il secoue la tête.

— Je ne la sens pas, cette maison...

— Toi et tes pressentiments, le singe-t-elle, cherchant à le faire rire. Allez... C'est la seule maison que je veux voir à tout prix.

Il réfléchit, tambourine des doigts sur le volant.

— Tu me revaudras ça...

Se penchant par-dessus le frein à main, elle écrase ses lèvres sur les poils de sa mâchoire. Jon sent le sexe et les biscuits secs.

— Et tu crois que ça me fait peur ?

Quelques instants plus tard, la petite Fiat rouge s'engage dans le tournant, puis dévale comme une goutte de sang l'allée humide. La voûte des arbres se referme derrière eux.

CHAPITRE 2

Amber, Fitzroy Square, Londres, avril 1968

Maman a eu de la chance de ne pas avoir été plus gravement blessée dans l'accident. Tout le monde le dit. Si son taxi avait dérapé un peu plus sur la droite, il aurait percuté de plein fouet la borne de Bond Street au lieu de la rayer. N'empêche, elle s'est cognée partout en volant à travers l'habitacle avec ses sacs en papier glacé, une main devant les yeux pour se protéger de la vitre. Ses chapeaux neufs n'ont rien eu. Le chauffeur ne lui a pas fait payer la course. Quand même, ce n'est pas vraiment une chance.

Dix jours plus tard, elle a toujours un énorme bleu au genou et un poignet en attelle. Elle doit rester assise tout le samedi matin, au lieu d'aller jouer au tennis à Regent's Park ou de courir après ma petite sœur dans le jardin.

Là, maintenant, elle est dans le fauteuil turquoise près de la fenêtre du salon, la jambe allongée sur un tabouret, les yeux sur les parapluies noirs qui tournoient sur la place. Elle a un air absent. Elle prétend que c'est les calmants. Mais je vois bien qu'elle rêve d'être aux Lapins noirs, ou dans le Maine, en

Amérique, où sa famille a une vieille ferme, quelque part dans un coin sauvage où elle pourrait monter ses chevaux en paix. Seulement, le Maine, c'est trop loin. Quant au manoir…

— Je vous ressers du thé, madame ? demande Nette en détournant les yeux du bleu spectaculaire sur la jambe de maman.

Nette est la nouvelle bonne, chez nous depuis trois mois. Elle zézaie – on ne peut s'empêcher de l'imiter – et sort d'une maison vieux jeu d'Eaton Square « où ils se croient toujours en 1930 », d'après maman. Je pense que Nette se plaît mieux ici. À sa place, je préférerais aussi.

— Ou vous voulez un autre coussin ?

— Non, merci, Nette. Vous êtes très prévenante. Je suis bien installée, et j'ai bu tellement de thé ces jours derniers qu'une tasse de plus pourrait me faire craquer.

Maman sourit, laissant voir l'écart entre ses dents qui lui donne un sourire immense. Elle pourrait y planter une allumette.

— Et, Nette, je vous en prie, appelez-moi Nancy. Pas la peine d'être formaliste, ici.

— Oui, mad…

Nette se reprend, sourit timidement. Elle enlève la tasse vide et fait glisser le gâteau, un battenberg, sur le plateau d'argent. Boris remue la queue et lui lance son meilleur regard de toutou. Même si elle ne doit pas lui donner de gâterie – Boris est un gros chien goulu qui a croqué un jour une livre de beurre, puis l'a vomie dans l'escalier –, je sais qu'elle le nourrit en cachette dans la cuisine. Je l'aime bien pour ça.

— Viens là, toi, me dit maman lorsque Nette est partie.

Elle tire le tabouret de piano près d'elle et le tapote.

Je m'assieds et pose la tête sur ses genoux, humant l'odeur forte de sa peau à travers sa robe en soie verte. Elle me caresse les cheveux. J'ai l'impression d'être à la fois sa confidente et son bébé. Je pourrais rester là éternellement – du moins, jusqu'au déjeuner. Mais ses genoux ne m'appartiendront pas longtemps : nous sommes trop nombreux – Barney, Kitty, papa, mon jumeau, Toby, quand il reviendra de pension, et moi. Parfois, on a l'impression qu'il n'y a pas assez d'elle pour nous tous.

— Ta jambe ressemble à une grosse racine, maman.

— Charmant… merci, chérie.

— L'autre est toujours belle, dis-je en jetant un coup d'œil à sa jambe élancée et au pied dont le deuxième orteil, curieusement plus long que le premier, tend la couture de son bas.

— Une jolie jambe suffit. Et l'autre a l'air bien plus éclopée qu'elle ne l'est en réalité.

Maman enroule une de mes boucles autour de son doigt, si bien qu'il ressemble aux embrasses des rideaux avec leurs glands de soie. Nous restons ainsi un moment, au son du tic-tac de la pendule, pendant que Londres gronde au-dehors.

— À quoi penses-tu, Amber ?

— Mamie Esme dit que tu aurais pu te faire tuer. (Je ne peux pas m'empêcher de penser à l'acci-dent. À la borne noire qui guettait le taxi noir. Au hurlement des freins. Aux boîtes à chapeau qui volent. Aux choses qui arrivent alors qu'on n'imagine pas qu'elles puissent arriver.) Ça me rend toute… enfin…

Elle sourit et se penche vers moi, picotant mes joues de ses cheveux cuivrés. Je sens le parfum de sa crème hydratante.

— Il faudra bien plus qu'un taxi londonien pour me tuer. On peut se fier à ces bons vieux gènes américains, tu sais, chérie.

Je jette encore un coup d'œil à sa jambe enflée et détourne aussitôt la tête. Ce bleu me perturbe. D'habitude, rien de grave n'arrive à maman. Elle n'a jamais la grippe. Ni la migraine. Ni le truc qu'a Mme Hollywell, la mère de mon amie Matilda, et qui l'oblige à se coucher presque tous les jours après déjeuner au point que, parfois, elle ne peut pas se relever. L'avantage, si c'est ça la chose grave qui devait arriver à maman, c'est qu'elle ne l'est pas tant que ça. Au moins, c'est fait.

— Allons… ne t'inquiète pas pour moi, Amber, dit maman en lissant doucement mon front avec son pouce. Les enfants ne doivent jamais se tourmenter pour leurs parents. S'inquiéter, c'est le travail des mères. Ton tour viendra pour tout ça.

Je fronce les sourcils, incapable d'imaginer la phase entre mes quatorze ans et l'âge où j'aurai un mari et des enfants. Qu'arrive-t-il à son jumeau quand on se marie ? Que fera Toby ? Ça me turlupine.

Maman rit.

— Tout va bien ! Tu as encore le temps.

— Tu pourras toujours monter Knight ? dis-je pour changer de sujet.

Knight est son hollandais au sang chaud. Avec un nom pareil, on croirait qu'il est noir, mais il est de la couleur des marrons.

— Monter Knight ? Tu plaisantes ? (Maman se redresse en grimaçant.) Je suis impatiente de le faire. J'irai à cloche-pied jusqu'en Cornouailles, s'il le faut.

Quand on la connaît, ça ne paraît pas si improbable.

— En fait, ce soir, je vais suggérer à ton père d'aller aux Lapins noirs un peu plus tôt que d'habitude.

— Euh… quand ça ?

Elle s'agite sur les coussins, sans trouver une position confortable.

— La semaine prochaine. Même avant, si Peggy peut préparer la maison assez vite.

— La semaine prochaine ? (Je lève la tête de ses genoux.) Les vacances de Pâques ne commencent pas avant trois semaines…

— Tu peux apporter des devoirs, si tu veux.

— Maman…

— Chérie, tu passes beaucoup trop de temps le nez dans les livres. Manquer un peu l'école ne fera de mal à personne. Ce n'est pas bon pour les enfants d'étudier trop.

— Je vais prendre du retard.

— Ne dis pas de bêtises. D'après Mlle Rope, tu es en avance sur toutes les autres. D'ailleurs, tu apprendras bien plus aux Lapins noirs que dans une école guindée de Regent's Park.

— Quoi, par exemple ?

— La vie !

Je lève les yeux au ciel.

— J'en sais déjà assez sur la vie aux Lapins noirs, maman.

Elle me regarde, amusée.

— Tu crois ?…

— Et je deviens trop vieille pour faire des châteaux de sable.

— Allons ! personne n'est jamais trop vieux pour ça.

Ma vie a été pleine de châteaux de sable. Dans mon premier souvenir, je vois Toby creuser frénétiquement la plage en jetant un grand arc doré par-dessus son épaule. Il est gaucher et moi droitière, donc on peut se tenir de front sans cogner nos pelles. Quand il a fini, il plante deux coquilles de couteau au sommet – « nous », dit-il en souriant. On a trois ans.

— D'ailleurs, l'air de Londres est épouvantable, poursuit maman. Et cette bruine incessante ! Mon Dieu !

— En Cornouailles, on passe notre temps en imper.

— Oui, mais la pluie est différente, là-bas. Je t'assure ! Le ciel aussi. Il est clair, étoilé ! Rempli d'étoiles filantes, Amber ! (Elle montre le couvercle de nuages.) Hé ! ne fais pas cette tête. Qu'est-ce qu'il y a ?

— Dans neuf jours, c'est la fête d'anniversaire de Matilda… dis-je à voix basse.

J'imagine toutes mes copines de classe pouffant dans l'orangerie du palais de Kensington en jolies robes pastel ; Fred, le frère aîné de Matilda, et son sourire qui me rend toute chose ; Matilda, ma meilleure amie, une fille drôle et gentille qui ne joue jamais les idiotes, contrairement à toutes les autres.

— Je ne peux vraiment pas la rater.

— C'est dommage, je sais. Mais tu iras à d'autres fêtes, chérie.

Sauf que je ne suis pas de celles qu'on invite à plein de surprises-parties. Maman doit le savoir car sa voix s'adoucit.

— Tu n'en as peut-être pas conscience, Amber, mais il y aura beaucoup de fêtes dans ta vie. Promis… (Elle tend le doigt vers la fenêtre.) Jette un coup d'œil dehors. Dans la rue. Que vois-tu ?

Je regarde la chaussée, les rivières de trottoirs mouillés, les grilles en fer noir, la planète d'herbe au milieu de la rue où on mange des tartines de Bovril quand il fait beau le samedi.

— Des gens qui ferment leur parapluie ?

Je me tourne vers elle, me demandant si c'est la bonne réponse.

— Une nurse qui pousse un landau ?

— Tu sais ce que je vois, moi ? Un monde entier qui t'attend, Amber ! Regarde, voilà une jeune femme, en mignon petit tailleur, qui part travailler.

Nota bene : maman, elle, ne travaille pas mais porte, pour aller à l'église, un tailleur qui vient de Paris. J'imagine que c'est un travail, aussi.

— Je vois un couple s'embrasser sur un banc (elle hausse les sourcils), assez passionnément, d'ailleurs...

Je détourne les yeux du couple enlacé – évidemment, je ne le ferais pas si maman n'était pas à côté de moi – et je me demande quel effet ça ferait d'embrasser quelqu'un en public, si absorbée par le baiser que je me moquerais qu'on me voie.

— Ce que j'essaie de dire, c'est que tu vas beaucoup t'amuser avant de te marier.

Les études. Le diplôme à la fin. Peut-être un poste chez Christie's. J'ai du mal à imaginer qu'il restera beaucoup de place pour le plaisir.

— Alors, tu ne vas pas te tracasser pour une seule fête ratée ?

Maman lisse sa robe sur ses cuisses, à l'endroit où ma tête l'a froissée. Je hausse les épaules.

— Tu n'as pas l'air bien convaincue.

J'essaie de cacher mon sourire sous un air grognon, jouant à faire comme si maman avait besoin de mon approbation, que je pouvais la lui refuser, qu'elle comptait vraiment. Je sais que j'ai de la chance. Mes copines de classe sont toutes menées à la baguette par leurs mères, des Anglaises polies en robes guindées, qui ne doivent jamais rire à gorge déployée. La mienne sait monter à cru. Elle porte un jean à la campagne. Et elle est, de très loin, la plus jolie.

— N'oublie jamais que nous sommes très privilégiés d'avoir encore les Lapins noirs. Beaucoup d'amis de papa ont dû vendre leurs terres et détruire leur manoir, ou l'ouvrir au public... ce genre d'horreurs. On ne le gardera peut-être pas éternellement..

— On met des heures pour y aller.

— On ira en voiture. Ce sera agréable. (Elle me donne un petit coup de coude.) Hé ! peut-être qu'un jour il y aura un aéroport à Roseland.

— Ça n'arrivera jamais.

— C'est une bonne chose... (Elle glisse une mèche de cheveux derrière mon oreille.) Il ne faudrait pas que ce soit trop facile, n'est-ce pas ?

— Sinon, ça ne serait pas notre jardin secret.

Je dis ça sans y croire, pour lui faire plaisir... et ça marche.

— Voilà !

Elle sourit et le vert de ses yeux vire au jaune – le dessus puis le dessous d'une feuille. Disparu, l'air absent. Ils ont retrouvé leur lumière.

— Je répète sans cesse à votre père que les Lapins noirs est le seul endroit sain dans ce monde instable. C'est notre oasis, notre refuge. N'est-ce pas, Amber ?

J'hésite. Pour une raison obscure, j'ai l'impression que tout repose sur ma réponse.

CHAPITRE 3

— L'orage éclatera vers six heures en amont de la rivière, annonce papa.

Debout sur la terrasse en costume beige froissé, le chapeau relevé, il flaire le vent comme un chien de chasse.

En fait, il est assez évident qu'un orage va frapper – l'air est moite, de gros nuages bouchent le ciel au-dessus d'une mer d'un noir d'étain –, seulement, ce n'est pas à nous de le faire remarquer. On sait tous que papa aime se camper sur la terrasse, une main sur la balustrade, en bombant le torse, pour se plaindre des lapins, des intempéries et des fuites du toit – sans que personne bouge le petit doigt pour ça.

Notre maison de Londres ne fuit pas. Ne vibre pas la nuit. Là-bas, les cheveux ne s'envolent pas quand on sort de sa chambre. Le vent n'arrache pas les tuiles, comme le linge sur une corde. Et si c'était le cas, mes parents feraient venir quelqu'un pour réparer le toit. Aux Lapins noirs, rien de tout ça ne les dérange. D'ailleurs, je commence à penser qu'au fond d'eux-mêmes cela leur plaît assez.

En ce moment, Toby se moque d'une cuvette posée près de mon lit. (« Oh, tu as encore rempli le pot de chambre, Amber ! » siffle-t-il, et je lui claque *Jane Eyre* sur la tête.) Il y a au moins une demi-douzaine de seaux dans l'ancienne salle de bal, qui fuit au point que seuls les petits osent s'y risquer, en fonçant d'un bout à l'autre sur leurs tricycles.

Maman aime vivre « simplement » aux Lapins noirs. Ici, on n'a pas de personnel à proprement parler : juste Peggy, qui habite au manoir et prépare les repas ; Annie, une écervelée du village qui fait semblant de faire le ménage – Peggy l'a renvoyée pour sa paresse il y a deux ans, mais elle est revenue travailler ; une troupe de vieux charpentiers, dont l'un a un œil de verre qu'il tapotera avec son tournevis si on le lui demande gentiment ; et des jardiniers encore plus âgés, qui ont travaillé ici toute leur vie, puent le crottin de cheval et paraissent creuser leur tombe à chaque coup de pelle. Il n'y a pas de nounou. Pas quand on est en Cornouailles. Cela sidère toutes mes amies. Seulement, maman ne voulait pas qu'on soit élevés par des nurses comme papa, papi et tous les morts qui pendent aux potences de notre arbre généalogique, caché dans le troisième tiroir du bas du bureau de papa.

Ici, on ne sait jamais ce qu'on va trouver au fond des tiroirs : des carnets de rationnement, des masques à gaz, un pistolet chargé, une mèche de cheveux d'une petite fille mort-née qui, prétend papa, aurait été notre arrière-grand-tante si elle avait vécu. Oh ! et puis le gant de la princesse Margaret. Rien de très palpitant.

On peut toujours rêver d'avoir la télévision. Même la vieille TSF jette des étincelles quand on la branche. Elle capte très peu de fréquences, juste un torrent de grésillements, ou des messages hachés de chalutiers sur les prises de maquereaux et la vitesse des vents.

Les tuyaux cliquettent toute la nuit, et si quelqu'un remplit une des baignoires en fer, on croirait que la terre vomit ses boyaux. Il y a sans cesse des coupures de courant – un éclair aveuglant, puis une obscurité peuplée de papillons – et on doit se contenter de lampes à huile jusqu'à ce qu'on arrive à le rétablir. Ce qui peut prendre des jours, au point que la fumée des lampes macule tous les plafonds.

— On se croirait encore au XIXe siècle ! dit maman en riant.

À l'entendre, c'est la meilleure chose au monde, alors que ça me décourage d'inviter mes amies.

D'ailleurs, je m'en sers peut-être comme prétexte. En fait, j'aime qu'on soit seuls ici. On n'a pas vraiment besoin d'autres gens.

Je traîne sur la terrasse le « pique-fesses », le fauteuil en rotin le plus inconfortable qui soit, rapporté de Bombay par papi et donc irremplaçable – quand je serai mariée, j'achèterai des meubles neufs dans un grand magasin – pour m'asseoir pas trop loin de Toby. Ici, malgré tous les hectares, on se retrouve toujours à cinq pas l'un de l'autre.

Là, je suis bien placée pour voir l'éclair zébrer la cime des arbres. L'orage hésite, ne trouvant pas vraiment le courage d'éclater.

Juché sur la balustrade de la terrasse, Toby balance les jambes. Le chat sommeille près de lui, frappant de sa queue tigrée les minuscules fleurs bleues qui ont germé dans le mortier. Papa part à grands pas examiner le ptérodactyle qui niche – selon Barney – dans la cheminée. Maman s'évertue à brosser les cheveux de Kitty qui, évidemment, proteste en se tortillant, cramponnée à son cher doudou, une poupée de chiffon crasseuse et borgne. Barney délaisse son bocal à têtards pour lancer un ballon contre le mur, et ses boucles rebondissent en rythme. Printemps après printemps, chaque journée ensoleillée, le bruit du caoutchouc sonne sur la pierre sèche.

C'est ça, le truc. Je sais que cette scène – moi sur le fauteuil en rotin, Toby qui frappe le mur de ses jambes (un coup, il me regarde, un coup, il détourne la tête), maman qui brosse les cheveux de Kitty, l'odeur du linge et des algues, moi prise d'une envie folle, sans doute d'un biscuit au gingembre... – se répétera exactement, en écho de celles qu'on a déjà vécues pendant d'autres vacances. Rien ne change. Le temps passe avec une lenteur sirupeuse. Dans la famille, on dit, pour rire, qu'une heure aux Lapins noirs est deux fois plus longue qu'une heure à Londres, sauf qu'on n'y fait pas le quart de ce qu'on fait là-bas.

L'autre truc, aux Lapins noirs, c'est que, lorsqu'on est là, on a l'impression d'y être depuis une éternité, mais qu'à l'heure du départ les vacances ont l'air d'avoir passé en un clin d'œil. C'est peut-être pour ça que personne ne s'inquiète que toutes les pendules soient déréglées.

Il ne se passe jamais grand-chose.

Les livres aident à tuer le temps. Manque de bol, j'ai laissé le mien sur mon lit et j'ai la flemme de grimper toutes les marches jusqu'à la tourelle. Alors, les pieds sur l'accoudoir, je soumets mon esprit à la torture exquise de penser à la fête que j'ai ratée : surtout à Fred... Cette rêverie emplit mon corps d'une douce chaleur qui s'exhale malgré moi par un long soupir de cinéma.

Toby lève les yeux illico, m'épiant entre ses cils d'un roux flamboyant, l'air de savoir exactement à quoi je pense. Par malheur, je rougis, confirmant ses soupçons.

Nous sommes nés à un quart d'heure d'intervalle : moi la première, suivie de Toby avec le cordon autour du cou, si bien que papa a failli perdre son premier héritier mâle ce jour-là. On n'est pas du même œuf – juste un frère et une sœur qui ont partagé le ventre de maman ; pourtant, il se passe parfois des choses étranges qui ne sont pas censées arriver aux faux jumeaux. Par exemple, quand il s'est cassé le nez l'an dernier en tombant du portique, le mien s'est mis à saigner. Si je me réveille en sursaut la nuit, très souvent je découvre qu'il vient de le faire aussi. De temps en temps, on fait le même rêve, alors il est possible – chose affreusement gênante – qu'il va rêver d'embrasser Fred… On rit des mêmes choses, « des trucs bêtes de lapin stupide », comme dit Toby – pour lui, c'est une blague en soi, je ne vois pas pourquoi. Il n'a pas besoin de parler pour me faire rire. Je pouffe rien qu'en le voyant grimacer ou rompre un silence avec un mot grossier. Il va trop loin. Toujours. C'est à moi de le réfréner. Si je n'étais pas là, je ne crois pas qu'il dépasserait les bornes. Il le fait parce qu'il est sûr que je le couvrirai. Il se laisse tomber en sachant que je vais le rattraper. En général, il est couvert de bleus. On déteste la réglisse tous les deux.

Presque toute notre vie, on a eu la même taille : debout, on se regardait dans les yeux ; couchés, on avait les orteils à égale distance du pied du lit – maintenant, je mesure deux centimètres de plus que lui. J'ai deux seins aux mamelons sensibles, durs comme des berlingots (encore désespérément petits, comparés à ceux de Matilda, mais prometteurs). Le 22 janvier – à 15 h 30 précises, dans les toilettes des filles –, une trace brune est apparue sur ma culotte, ce qui, m'a confirmé plus tard maman, sonnait discrètement l'arrivée triomphante des règles. À quatorze ans, Toby n'a pas changé : noueux, le cheveu fauve, « étrangement beau pour un garçon », a dit un jour Matilda – ce qu'elle a nié plus tard. Sa voix s'est mise à crépiter, un peu comme la radio, et ses épaules à s'étoffer, pourtant on n'a plus l'air d'avoir le même âge. Mis à part les cheveux, on ne ressemble pas à des jumeaux. Je pense que ça ne lui plaît pas trop.

Toby gratte la mousse entre les pierres de la balustrade et la roule en boules veloutées, qu'il projette par-dessus le rebord, pour voir jusqu'où elles tombent. On peut tuer des heures de cette manière, aux Lapins noirs. Il le faut bien.

— Là, tiens ça pour moi, tu veux, chérie ? lance maman, un bandeau pendillant entre les dents, en me tendant un ruban par-dessus sa tête. (Son poignet, « guéri par les Cornouailles ! », est maintenant libéré de son attelle.) L'eau de mer fait des nœuds épouvantables. Tu as vu les cheveux de ta petite sœur ?

Je m'approche et balance le ruban comme un pendule tandis qu'elle brosse Kitty.

— Elle s'est roulée dans les déferlantes, maman…

Contrairement au reste de la famille – on est tous longilignes –, Kitty est grassouillette et ne sent pas le froid de l'océan. Barney et elle n'ont pas peur de la mer – elle patauge très loin dans les vagues jusqu'à ce que maman l'en tire de force, ce que, personnellement, je trouve très courageux pour une fille de quatre ans. C'est quelqu'un, notre Kitty.

— Ouille… (Ma petite sœur repousse la brosse.) Tu arraches la tête de Kitty, maman.

— Si tu ne te mettais pas du sable dans les cheveux, maman n'aurait pas à les brosser.

Elle fait la moue.

— Si j'étais un crabe, j'aurais pas à me brosser les cheveux.

— Tu me préviendras quand tu sentiras pousser ta carapace, Kittycat… glisse maman, renonçant à la brosse pour démêler les fines boucles blondes avec les doigts.

Elle fredonne à voix basse un air qui n'a pas changé depuis que j'avais l'âge de Kitty – je pourrais le chanter en dormant, mais je ne sais pas ce que c'est – et s'accroupit derrière elle. Là, Kitty, calée entre ses genoux, ne peut pas gigoter.

— Maman, on ira à la tanière dans les bois ? (Barney pose la balle sur la balustrade, noue ses bras frêles comme des brindilles autour du cou de maman.) J'aimerais te la montrer.

— La tanière ? répète-t-elle, sur le ton des mères qui n'écoutent pas vraiment.

— La nouvelle.

— Ça a l'air passionnant. (Un autre truc que disent les mères quand elles ont la tête ailleurs.) Tu me la montreras plus tard. Après l'orage. Doucement, doucement, Barney…

Elle écarte, un à un, les doigts de mon petit frère.

— Je ne peux pas respirer.

Barney est pareil aux minisinges de l'animalerie de Harrods, tout en cils, malice et membres sinueux. Il se suspend, tête en bas, jusqu'à ce que les yeux lui sortent des orbites. Son plus grand bonheur, c'est d'être avec des animaux : il adore avoir une colonne de fourmis sur le pied, un orvet roulé dans la main, caresser des lapins. L'an dernier, il a trouvé un lapereau sur la pelouse, les paupières serrées et les poils hérissés comme des pissenlits, et l'a nourri de lait chaud avec une pipette. Quand il est mort, quelques heures plus tard, il a pleuré toute la journée. Depuis, il lui cherche un successeur. D'habitude, Barney n'est pas un pleurnichard, contrairement à ces petits garçons qui tirent sur la main de leur nurse dans les parcs de Londres. Il est trop débordant d'activité, trop curieux pour être longtemps malheureux. Pour ça, il est semblable à Toby : le plus vivant du monde. La différence, c'est qu'il aime vadrouiller tout seul – Peggy dit qu'il faudrait le tenir en laisse –, alors que Toby veut toujours m'avoir avec lui, le plus près possible. Il n'y a pas si longtemps, on se roulait en boule sur le divan, tête-bêche, en formant deux points d'interrogation. On se touchait du bout des doigts sous la table en dînant. Maintenant, on ne le fait plus tellement. On est un peu trop vieux. Quelqu'un pourrait nous voir.

— Maintenant, maman, je t'en prie... Il pourrait y avoir un blaireau dans le piège... chouine Barney.

Le « piège » – une cage de branchages que Toby a fabriquée pour lui – n'est pas plus capable de retenir un blaireau qu'un bébé rhinocéros. Pourtant Barney est sûr qu'un petit blaireau va y tomber et qu'il le nourrira à la main, alors que ça n'est jamais arrivé et que, de toute façon, on n'aurait pas envie de lui donner la becquée. Ces bêtes ont une morsure terrible. On nous a mis en garde contre les blaireaux, les lames de fond, les vipères et les digitales.

— S'il te plaît, maman...

— Puisque tu as autant d'énergie, pourquoi ne pas t'exercer à faire la roue ? Kitty te l'a appris, non ?

— Je fais mieux la roue que lui, lance celle-ci, péremptoire.

— C'est vrai. Les roues, c'est pour les filles. Moi, je fais mieux les fusées. Tu es nulle en fusées, Kitty.

— Ma-*man*, Barney dit que je suis nulle en fusées…

— Vous deux, ne commencez pas à vous disputer. Tiens, Toby ! lance maman par-dessus la tête de Kitty, si tu emmenais ton petit frère jouer au ballon ?

— Je suis vraiment obligé ?

— Oui.

— Psst…

Toby me fait signe d'approcher.

— J'ai une meilleure idée.

Il place une boule de mousse sur la balustrade et la jette, d'une pichenette, à travers la terrasse. Barney s'escrime sur le mur, à côté de lui.

— Tu aimerais t'entraîner sur une cible ? souffle Toby à son oreille tout en me regardant.

Je secoue la tête, au-dessus de tout ça.

— Choisis bien ton moment, Barney… (Toby fait rouler une boule de mousse sur sa paume.) Si tu rates, tu auras affaire à moi.

— Je le ferai pas, Toby. Promis.

— Voyons, quel genre de cible ? Un objet inanimé, ou…

Toby baisse la voix, me regarde à nouveau et sourit

— … un *Homo sapiens*…

— N'y pense même pas… dis-je à voix basse.

Toby jette un coup d'œil à l'autre bout de la terrasse.

— OK, on bombarde Peggy. Seulement, tu ne me dénonces pas si tu te fais gronder.

— D'accord, dit Barney.

Ils attendent quelques minutes, quatre yeux de miel – tachetés d'or, comme les boucles d'oreilles de maman – rivés sur le portail en bois qui sépare la terrasse du fond du potager, où les poules picorent près de la corde à linge. Je me rencogne dans mon fauteuil, aux premières loges, feignant l'indifférence.

— Cible en vue.

Toby chasse ses cheveux de ses yeux. Eux non plus ne peuvent pas tenir en place. Il a trois raies naturelles et une mèche rebelle, si bien qu'ils poussent dans tous les sens, lui donnant toujours l'air un peu survolté.

Je me penche vers lui en serrant mes genoux dans mes bras.

Peggy sort de la cuisine et traverse la terrasse, un panier de linge sur la hanche.

— Prêt, Barney…

Peggy est à deux pas. Toby calme le pouce impatient de notre cadet.

— Attends… Attends…

Peggy est à un pas.

— Et maintenant… feu !

La première boule de Barney rate son but. Peggy ne la remarque même pas. Déjà, l'après-midi retombe comme un soufflé.

— Recommence, ordonne Toby en plaçant d'autres boules sur le muret. Feu !

Encore loupé. C'est sans espoir.

— Feu !

La troisième atterrit dans le panier à linge.

— Ouais !

Barney et Toby lancent leurs poings en l'air.

Peggy ne comprend pas immédiatement ce qui s'est passé. Elle baisse les yeux, voit la boule verte sur le linge blanc, puis tourne lentement son regard vers mes frères. Elle renifle – Peggy a toutes sortes de reniflements ; celui-là est vif, comme quand elle flaire le lait tourné –, sort la boule et la jette par terre.

— Franchement…

Elle prononce « franchement » à la manière des vieux, d'un bedeau ou d'un prof. Sauf qu'elle a trente-cinq ans, ce qui est assez vieux mais pas autant qu'Ambrose, la tortue de Matilda. J'ai du mal à imaginer qu'une Peggy plus jeune – ou plus vieille – existe ailleurs qu'ici.

Toby raconte qu'un pêcheur l'a plaquée devant l'autel et que c'est pour ça qu'elle s'est retrouvée aux Lapins noirs, cuisinière, gouvernante, et tout ça. Comment est-ce qu'il le sait ? Et est-ce que c'est vrai ? Je crois que oui. Quelquefois, je la surprends à regarder papa un peu trop longtemps.

— Les garçons… dit maman. Pas de bêtises. Peggy essaie d'être efficace.

L'efficacité est la plus grande qualité de Peggy – ce qui n'est pas notre cas. Les premiers jours après notre arrivée de Londres, elle se met dans tous ses états : elle marche trop vite – on croirait un jouet mécanique de Barney, je jure qu'elle fait *tic-tac* –, brandit ses plumeaux-baguettes magiques, s'essuie les mains sur son tablier, même quand elles sont propres, se démène pour rappeler à mes parents à quel point elle est compétente (et ses fameux pâtés au jus de viande), alors qu'on sait tous que, sans elle, le manoir s'écroulerait. Et qu'on devrait se nourrir de tartines de confiture…

Elle a un de ces visages où le regard s'attarde – Matilda et moi, on pense que c'est la définition de la beauté –, des joues rondes et rouges (la faute, d'après elle, à la chaleur du fourneau, « plus brûlant

que l'enfer ») et des yeux gris qui sourient toujours
avant sa bouche. Comme ma mère l'énerve en lui
laissant toute liberté de s'habiller, Peggy s'est imposé
une tenue stricte : une jupe marine presque noire,
qui fume tel un pudding si elle reste devant le feu
quand il fait humide, un chemisier blanc à jabot et
un tablier à rayures bleues et blanches, avec son nom
brodé sur le côté. Je crois qu'elle en a plusieurs, tous
identiques. Chaque fois que je pense à elle, je vois
ce tablier souligner sa taille, d'une finesse incroyable,
et ses pans bouffant former une tente sur ses hanches
larges. Barney aime se cacher dedans.

Ce n'est pas un secret qu'il est son préféré. Peggy
lui donne les bonbons gélifiés qu'on n'a pas le droit
de manger, cachés sur l'étagère du haut, dans une
vieille boîte à thé. Parce qu'il lui rappelle Lionel,
le cadet de ses frères. (Elle est l'aînée d'une famille
de huit enfants, qui ont grandi sur la côte, dans
une maison de guingois semblable à celles en pain
d'épice que Kitty fabrique à Noël.) Et aussi parce
qu'il plante des pâquerettes dans ses cheveux frisés
– si drus qu'elles ne dégringolent pas – et s'adosse à
ses jambes quand il fait passer des coccinelles entre
ses doigts. Elle a de gros mollets et des pieds si
petits que ses jambes se resserrent brusquement aux
chevilles, comme ses poches à douille pour glacer
les gâteaux. On pourrait croire qu'elle va tomber par
terre, or ça n'arrive jamais.

— Barney ! s'écrie-t-elle, feignant d'être en colère.
C'était toi ?

Toby jette un bras protecteur autour des épaules
de Barney.

— Allons, Peggy… Le linge n'est pas taché.

— Pas cette fois.

Papa s'avance vers eux, son ombre longue, tout en jambes, le soleil formant une moitié de pêche au sirop derrière sa tête. Je me demande comment ça va finir. Il lève le menton et se gratte la gorge.

— Que se passe-t-il ici ?

Le crucifix de Peggy oscille sur sa chaîne.

— Tout va bien, monsieur Alton, lance-t-elle par-dessus son épaule, puis elle rentre dans la maison en dardant un regard vif sur Toby.

Il ne se passe jamais grand-chose.

— Eh voilà… juste à l'heure !

Maman se lève et couve Kitty d'un œil approbateur. Le vent gonfle son chemisier blanc comme une voile.

— Là. Le sable est parti. Les nattes… Les rubans… Jolie tout plein.

Elle se tourne vers papa.

— N'est-ce pas qu'elle est belle, notre Kittycat, Hugo ?

Papa la prend par la taille, plonge le nez dans son cou et la hume comme une fleur.

— Aussi belle que sa mère.

Maman pose son menton sur l'épaule de papa et ils restent un moment sur la terrasse, en tanguant légèrement comme sous l'effet du vent. Je détourne la tête. Quand ils s'embrassent, on croirait qu'ils sont seuls au monde, et je devine ceux qu'ils ont dû être dans l'incroyable préhistoire avant ma naissance. Toby et moi, on vient probablement d'un moment d'intimité de ce genre – et les autres aussi. Barney, je le sais, a été un « heureux accident » – j'ai entendu les parents le chuchoter un soir – et Kitty est née pour lui tenir compagnie, car il y a une grande différence d'âge entre nous et lui : les « serre-livres », nous appelle papa. L'an dernier, Matilda m'a donné une explication plus détaillée grâce à sa sœur aînée, Annabel, celle qui s'est fait renvoyer de Bedales, sur la cause de ces « heureux accidents ». Maintenant que je la connais, ça me gêne de voir mes parents se conduire ainsi.

— Tu as trouvé nos petits squatters, Hugo ? demande maman.

Boris s'écroule à ses pieds en haletant.

— Des mouettes.

— Oh… J'espérais un nid de ptérodactyles.

— C'est la barbe, Nancy. On va devoir faire venir un ramoneur.

— On ne peut tout de même pas leur en vouloir d'aimer nicher aux Lapins noirs.

Papa lâche un rire lent et généreux.

— Allons, monsieur Alton…

Maman lui ôte son chapeau et colle son joli nez au sien. Il n'y a qu'elle pour oser faire ça. Nous, on a l'impression de devoir frapper pour entrer. Comme à la porte de la bibliothèque quand papa travaille. Il travaille car la fortune familiale ne s'est jamais relevée de la crise de 1929, des droits de succession de papi et de son penchant pour le casino. (Avant qu'on soit nés, papa avait un frère qui, lui aussi, aimait jouer ; il est tombé d'un yacht en Méditerranée et son corps a été ramassé par un filet de pêche, une semaine après. Malheureusement, Toby et moi, on n'a pas pu découvrir plus de détails horribles. Il s'appelait Sebastian. Dans la famille, on ne parle jamais de lui.)

— Madame Alton…

Il la serre contre lui. Leur ombre s'étire à la manière d'un chat sur la pelouse.

— Je vais faire un petit tour avec Knight.

— Pas avec ta patte folle.

— N'en fais pas tout un drame. Ça se passera très bien.

— C'est imprudent, Nancy.

Papa plisse le front. Il a un petit front carré qui se plisse facilement, et d'épais cheveux noirs. La mère de Matilda répète à qui veut l'entendre qu'il est le portrait craché d'Omar Sharif.

— Regarde le ciel. Le beau temps ne va pas durer. Et tu sais l'effet que l'orage a sur Knight. En temps normal, il est déjà cinglé.

— L'orage frappera plus tard. Tu viens de le dire toi-même, objecte-t-elle en claquant le chapeau de papa sur sa cuisse.

On sait tous qu'à la fin elle n'en fera qu'à sa tête. Maman fait toujours fondre papa.

— Le médecin a recommandé le repos pour ta jambe. Et pour ton poignet, aussi.

— Je monterai Knight comme un gros âne placide. Je te le promets, chéri. (Elle lui remet son chapeau, l'embrasse sur la bouche.) À tout à l'heure…

— Tu es impossible… grommelle papa qui pour rien au monde, en réalité, ne voudrait qu'elle change.

Lorsque maman s'en va, la famille s'éparpille, telle la limaille de fer quand on retire l'aimant.

Pour blaguer, je dis à Toby que Peggy a chassé l'orage.

— Allons, allons ! Il reviendra quand il aura faim, bougonne-t-il, et je ris de son imitation de Peggy, bien meilleure que la mienne.

Ensuite, on se traîne vers la cuisine, où le thé est loin d'être prêt car le fourneau s'est éteint après le déjeuner. Barney et Kitty – qui a fourré son doudou dans le landau jouet de notre arrière-grand-mère et attaché un ballon à sa poignée – nous suivent, à leur habitude. Soudain, Barney s'écrie :

— Ouah ! des lapins !

Il court en zigzag vers les taches brunes qui filent sur le gazon, Boris sur ses talons. Les garennes s'enfoncent dans les massifs d'hortensias, juste à l'orée des bois. Ils s'y cachent toujours avant que Barney puisse les atteindre.

Je lève les yeux au ciel.

— Chaque fois, il a l'air de découvrir un troupeau de licornes… Il a cinq ans. Il a vu des *millions* de lapins.

— Je crois qu'ils l'enchanteront toute sa vie, dit Toby. Seulement, quand il sera grand, il jurera qu'ils ne lui font ni chaud ni froid.

La salle à manger est au rez-de-chaussée de la tourelle est. Ronde, rouge, un peu humide, elle ressemble à une tarte aux fruits et se trouve à des kilomètres de la cuisine, au point que Peggy a demandé grâce pour ses pieds. Alors, quand ce n'est pas Noël, un repas du dimanche ou avec mamie Esme, qui prétend être « constitutionnellement incapable de manger ailleurs que dans la grande salle », on s'installe dans la cuisine, ma pièce préférée aux Lapins noirs avec ses murs bleuet – une couleur censée éloigner les mouches – et un garde-manger à la serrure heureusement cassée. Contrairement au reste de la maison, il y fait toujours chaud.

Des choses curieuses se passent dans la cuisine : la pâte à pain lève dans des coupes en porcelaine pareilles à une rangée de ventres de femmes enceintes, des boyaux de porc trempent dans l'eau salée avant d'être fourrés et changés en boudins, des anguilles se

tordent dans des seaux en fer en attendant d'être éven-
trées. Souvent, il y a aussi des seaux de crabes, que
Barney refuse de manger parce que les crabes ont du
caractère. Moi, je ne peux pas jeter les pauvres bêtes
dans l'eau bouillante – un être vivant doit souffrir –,
mais dès qu'ils sont cuits, j'aide Peggy à détacher les
pattes du corps et je suce la chair tendre des pinces.
S'ils sont morts, je ne vois pas ce que ça peut leur
faire. Moi, je m'en ficherais.

Aujourd'hui, il n'y a pas de bêtes dans les seaux,
juste une soupe grasse qui bout sur la cuisinière et qui
doit être le redoutable bouillon des gosses : une de
ces recettes qu'on « finira par aimer », prétend Peggy,
et qu'on déteste toujours. Et le parfum des scones :
des bouffées de paradis chaque fois qu'elle ouvre le
four… On gigote, impatients, à l'ancienne table des
domestiques. Quand, enfin, les scones apparaissent,
leur croûte est parfaitement dorée. Toby fauche le plus
gros puis me l'offre, soudain pris de remords. Je le
laisse à Kitty. Barney, bien sûr, héritera du plus petit,
s'il a assez de chance pour en avoir. C'est la règle :
quand on n'est pas là, on ne compte pas.

Les bottes d'équitation de maman claquent dans le
couloir. On se redresse, les yeux brillants, se réjouis-
sant d'avance.

— Maman !

Toby s'essuie la bouche barbouillée de confiture.
Il sourit comme s'il ne l'avait pas vue depuis des
semaines.

— Me voilà officiellement à nouveau d'attaque,
déclare maman en secouant ses cheveux cuivrés.

Une giclée de boue, sur son chemisier, laisse penser
qu'elle n'a pas monté Knight comme un gros âne
placide.

— Un. Deux. Trois. (Elle plante de frais baisers sur nos fronts, jette un coup d'œil dans la pièce et regarde sous la table.) Où est Barney ?

Nous haussons les épaules, la bouche pleine de crème et de confiture de fraises.

— Peggy, il en manque un. Vous avez une idée de l'endroit où est Barney ?

Peggy fait passer une seconde fournée de scones, lentement, exprès pour freiner la fringale de Toby.

— Je croyais qu'il était avec vous, madame Alton.

— Eh bien, non. Le fripon…

— Il est parti courir après les lapins il y a une demi-heure, explique Toby entre deux bouchées. Avec Boris.

Maman sourit.

— Ces deux-là… Je peux ? (Elle prend un scone et le trempe dans la crème.) C'est tellement bon que c'en est un crime, Peggy…

— Pardon pour Barney, madame Alton. J'aurais dû vérifier.

— Ce n'est pas votre faute, Peggy.

— Je fais de mon mieux, madame Alton.

C'est une des répliques préférées de Peggy, puis elle s'interrompt, attendant que maman renchérisse.

— Bien sûr, Peggy… Je vais le chercher. Ce n'est pas un problème.

Maman se penche vers Kitty, et tressaille – elle a peut-être encore mal à la jambe.

— Bon, où vais-je trouver ce garnement, Kittycat ?

— Garnement, c'est comme boitement ? lance Kitty.

On ne fait pas attention. On est bien obligés, sinon on répondrait à ses questions toute la journée.

— Il doit être dans la nouvelle tanière avec Boris, dis-je.

— J'aurais dû m'en douter. (Maman se baisse pour rajuster ses bottes.) Oh, Boris *est là* !

Boris, caché derrière la porte de la cuisine, pointe sa truffe, les yeux tristes. Il a la queue basse et l'air coupable, comme s'il avait mangé un pot de saindoux ou mordu une pantoufle.

Maman lui frotte les oreilles en fronçant les sourcils, soucieuse qu'il soit rentré seul au manoir.

— Où est ton acolyte, monsieur chien ?

Il se presse contre sa botte. Elle lève les yeux vers moi.

— Tu sais où est cette tanière, chérie ?

— Après le cours d'eau. Le long de la rivière.

Je fais couler de la crème sur mon scone et l'écrase avec ma cuiller.

— Là où on a allumé le feu l'autre soir. Tu sais, juste avant que le terrain soit complètement bourbeux, à côté du grand arbre.

C'est notre arbre préféré, un vieux chêne sur la partie boueuse de la rivière, avec une longue corde attachée à ses branches. On enroule les jambes autour du nœud qui pique, on donne un coup de pied sur la berge, et on s'envole par-dessus la rivière, grisés par des drôles de frissons.

Dehors, le tonnerre gronde. Puis, soudain, il fait froid, comme si on nous avait arraché une couverture. Maman va à la fenêtre et, un genou sur la banquette, observe les nuages massés au-dessus des bois.

— J'ai peur que Barney se fasse tremper.

Peggy la rejoint, tripotant le crucifix sur son cou.

— Je n'aime pas ça, madame Alton. Pour un peu, on penserait que l'orage a été déchaîné par le diable.

Toby et moi, on réprime un fou rire. On ressortira cette phrase pour la charrier plus tard. Ni lui ni moi ne plaignons Barney, qui supportera sans doute une bonne saucée.

— Je mets mes bottes, mon imper et je le ramène, déclare Peggy. Il ne doit pas rester dehors par ce temps.

— Non, Peggy. Occupez-vous du thé.

Toby se lève.

— Tu veux que j'y aille, maman ?

— C'est galant de ta part, Toby, mais ce n'est pas la peine. Continue à manger. Knight est encore sellé. Je serai de retour en un éclair...

Maman gagne la porte en lançant par-dessus son épaule :

— Au moins, ça aura creusé l'appétit de Barney !

Seule Peggy, les bras crispés sur sa poitrine, ne sourit pas.

Peu après le départ de maman, la pièce clignote comme une ampoule avant de griller. Des gouttes, des centaines de perles, se mettent à marteler les vitres. Par la porte entrouverte, je vois que le ballon de Kitty s'est détaché du landau. Pris dans un courant d'air, il rebondit sur les carreaux noirs et blancs de l'entrée.

Peggy regarde fixement l'orage en chiffonnant son tablier rayé, marmonnant quelque chose sur « ces pauvres pêcheurs, dehors sur les eaux démontées ». À ces mots, Toby et moi partons d'un rire étouffé. Seule Peggy Popple parle avec cette autorité mêlée de références bibliques. Elle nous a manqué.

— Toujours pas rentrés ?

Papa arrive en plantant un crayon dans la poche de sa veste. Il a l'air inquiet. Ou peut-être qu'en vieillissant – il a quarante-six ans – on finit par paraître plus facilement soucieux.

— Non, monsieur Alton. (Peggy se redresse en rentrant le ventre.) Ni Mme Alton ni Barney.

— Quand Nancy est-elle partie ?

Un autre éclair jaillit, soulignant un long poil sur le menton de Peggy que je n'avais pas remarqué avant.

— Il y a une demi-heure, peut-être.

— Ce garçon exagère.

L'air devient oppressant. J'échange un coup d'œil avec Toby. Bien que maman et papa se disputent rarement, nous savons tous qu'ils ne sont pas d'accord sur la « sévérité ». Contrairement à papa, maman pense qu'il ne faut pas frapper les enfants, même quand ils sont très vilains, et qu'on doit les écouter et les comprendre. Papa, lui, trouve que ce sont des « bêtises progressistes, qui pourrissent les enfants, causent la chute des empires et la ruine des domaines ». Heureusement, c'est maman qui commande, même si on doit prétendre l'inverse.

— Je ne peux pas les laisser dehors par ce temps. Peggy, s'il vous plaît, mon manteau et mon parapluie.

Peggy se sauve dans le vestiaire, une pièce froide qui sent le cuir, l'humidité et, vaguement, la crotte de chien, des odeurs qui devraient toutes être horribles mais qui, ensemble, curieusement, ne le sont pas tant que ça. Papa regarde Toby, puis ses yeux tombent sur moi.

— Amber, mets ton manteau.

Pour quelle raison me choisit-il ? Cela me fait plaisir, pourtant je plains Toby, qui semble un peu froissé. Je me demande comment convaincre papa de l'emmener pendant que Peggy s'escrime à me passer le manteau de l'an dernier. Elle pousse la porte d'entrée, quand, tout à coup, le vent la claque contre le mur, inondant le hall de pluie. Dehors, ça ressemble à la nuit, pas à une fin d'après-midi. On a l'impression qu'une bouche géante a aspiré la lumière du ciel avec une paille.

Quand je franchis la porte, une rafale balaie le Stetson de maman, posé sur un faucon de pierre. Je vais pour le rattraper, mais papa m'arrête.

— Laisse ce foutu chapeau… (Il tire sur le collier de Boris d'un coup sec.) Toi, tu viens avec nous.

Boris, apeuré, recule en gémissant.

— Oh, pour l'amour du ciel ! crie papa par-dessus le hurlement du vent. Enfin, qu'est-ce que tu as ? Tu es un chien ou une souris ?

Les oreilles couchées, trouvant sans doute qu'il aimerait mieux être une souris, Boris dévale le perron malgré lui, en se collant à mes chevilles.

Je le caresse pour le rassurer.

— C'est seulement un orage. Il n'y a pas de quoi avoir peur. Allez, conduis-nous à Barney.

On a un mal fou à marcher contre le vent et à descendre la pelouse jusqu'à la grille en fer. Papa pousse le portail d'un coup d'épaule et on bascule dans le monde des bois, soudain plus silencieux. Le grondement de l'orage est assourdi par le tapis de mousse, les feuilles et les fougères.

— Bien, où est cette tanière ?

Le ton de papa m'inquiète. Ça et sa manière de tirer sur les lobes de ses oreilles.

— C'est plus facile de suivre la rivière.

Mince filet en été, elle a enflé jusqu'à doubler de volume, écumant et crachant sur les petites pierres, tel un jet qui sort rageusement d'un tuyau. On se fraie un passage à travers les plants de rhubarbe géante, grands comme des parapluies.

Soudain, j'entends un bruit, un choc de branches cassées. Des cerfs ? Je prends papa par la main. Ils sont terrifiants avec leurs bois, même s'ils ne sont pas en rut. Sa main est plus chaude que je m'y attendais, glissante sous la pluie ou parce qu'il transpire. Je dois me rappeler que, bientôt, on boira tous du chocolat au coin du feu, avec un Barney assagi – du moins pendant une heure ou deux.

— Il y a des cerfs, papa, dis-je tout bas en tirant sur sa main. Tu les entends ?

— Des cerfs ?

Il s'arrête, immobile, en crispant sa main sur la mienne.

Quelque chose approche, c'est sûr.

Un craquement de brindilles, puis des pas étouffés. La bête est lourde, grande, rapide – trop pressée. Les poils de Boris se hérissent.

— Papa !

Knight déboule du sous-bois, les yeux révulsés, les naseaux frémissants, ruant dans un grognement terrible.

— Couche-toi !

Papa me plaque par terre, m'écartant du moulinet frénétique des sabots. C'est seulement quand le bruit s'éloigne que j'ose lever les yeux. Juste à temps pour voir un truc blanc claquer sur l'étrier. Et puis, le noir complet.

CHAPITRE 4

Lorna

— Tu te rappelles ces gus ?

Jon regarde Lorna avec curiosité.

— Je pense… dit Lorna, en partie parce qu'elle veut y croire. (La mémoire peut toujours être influencée.) Oui, absolument.

Mesurant plus d'un mètre cinquante, le bec tranchant telle une épée, les deux faucons qui flanquent le perron du manoir semblent prêts à déployer leurs ailes pour s'élever dans le ciel, probablement après vous avoir crevé les yeux. Le soleil du soir – qui a percé les nuages de pluie, dégageant un coin de ciel bleu – fait luire les marches mouillées.

— Tu as une de ces têtes…

Lorna éclate de rire, tâchant de maîtriser ses émotions et ses longs cheveux noirs ondoyants. Ce n'est pas que Pencraw soit un manoir imposant ; en fait, il est plus à l'échelle humaine que dans son souvenir, avec ses remparts ébréchés et ses deux tourelles de jeu d'échecs : un château à croquer dessiné par un enfant. Le parc, après des années d'abandon, empiète sur la maison : des fleurs sauvages envahissent les plates-bandes, le lierre couvre les murs, ses feuilles sont de la taille d'une assiette, ses tiges mêlées au mortier comme le tissu à l'os. La maison, elle, est... monumentale. Ici, n'importe quel mariage semblerait tenir d'un rite ancestral, dans l'ordre des choses... évident. Exactement comme Jon, la première fois qu'elle l'a embrassé (sur le pont de Waterloo, sous une tempête de neige). Et, de même que ce soir d'hiver, deux ans et demi plus tôt, elle est impatiente d'appeler sa sœur, Louise, pour le lui annoncer.

— Tu es sûre qu'on peut s'offrir tout ça ? (Jon l'attire contre lui, encerclant sa taille de ses mains. La robe de Lorna se retourne sous la brise.) Tu ne t'es pas trompée dans les calculs ?

À nouveau, elle éclate de rire.

— Non !

Un rayon de soleil se balance sur les marches, évoquant une bôme de voilier. Une main sur les yeux, Jon scrute le toit d'un regard professionnel.

— N'empêche, on risque de se marier en casques de chantier...

Lorna n'est pas aveugle. Les vitres lézardées ne lui ont pas échappé, ni les créneaux ébréchés ni les tuiles tombées du toit et brisées dans l'allée, mêlées au gravier couleur de miel – toutefois, bizarrement, l'état de délabrement de la maison renforce sa séduction. Elle est heureuse qu'elle n'ait pas été transformée en salles de congrès sans âme, ou en salon de thé pour touristes. Le manoir croule littéralement sous le poids de son passé. Parfait, songe-t-elle en soupirant.

Jon pose son menton sur la tête de Lorna.

— Difficile de croire qu'il est habité, hein ?

— C'est vrai...

Elle préfère ne pas avouer qu'elle s'est sentie observée quand ils sont arrivés, que deux yeux sont encore braqués sur eux. Il y a de la vie, ici, oh oui… Elle jette un coup d'œil aux véhicules qui rouillent au fond de l'allée : une trois-roues aux pneus crevés et une voiture de sport crottée, aux rétroviseurs tenus par du scotch et à la capote déchirée.

Jon la tourne face à lui, se penche pour l'embrasser.

— J'ai l'impression que, devant une maison pareille, on devrait entonner une chanson, danser sur le perron… murmure-t-elle.

Il l'embrasse à nouveau.

— Viens, on est en retard.

Elle le prend par la main et le tire impatiemment sur les dernières marches – dix-sept, en tout. Elle ne peut s'empêcher de compter ou d'imaginer une traîne de dentelle volant derrière elle, bien qu'elle pense depuis longtemps qu'elle n'est pas du genre à en porter. Ce qu'elle veut – ou voulait – est déjà différent. De nouvelles possibilités s'élèvent dans sa tête tandis que la vapeur, au soleil, monte des marches mouillées.

Devant la porte, au heurtoir de cuivre outrancier, en forme de patte de lion, elle rajuste sa robe, la serrant entre ses genoux pour qu'elle ne s'envole pas. Elle tient à faire bonne impression.

— Frappe, toi, Jon ! s'écrie-t-elle, soudain nerveuse, saisie par l'étrange sensation, et le roulement de tambour mental qui l'accompagne, qu'elle va franchir à la fois un seuil et un cap.

Jon se décide pour la sonnette – une vraie clochette ! – qui carillonne dans les entrailles de la maison. Lorna s'attend à rencontrer une femme blonde, chevaline, à la voix haut perchée. Ou une dame plus âgée, comme la duchesse du Devonshire, suivie de somptueux poulets et ressemblant vaguement à la reine. Un vent plus fort balaie les marches. Elle resserre les genoux.

La porte s'ouvre. Lorna ne peut dissimuler sa surprise.

Apparaît une femme minuscule, aux yeux gris étonnés, au visage délicat encadré par un halo de cheveux frisés. Sa peau rougie, brûlée par les éléments, ne porte pas trace de maquillage. Elle pourrait avoir trente ou quarante ans. Imprégnée de l'odeur de fumée de bois, elle est aussi difficile à dater que ses vêtements : un pantalon en velours côtelé, de lourdes bottes couvertes de boue et un énorme pull de Fair Isle, où un trou s'effiloche au poignet.

— Bonjour ! dit Lorna.

Elle lui sourit gaiement, remonte son sac en paille sur son épaule.

— Je suis Lorna. (La femme les dévisage, ébahie.) Et voici Jon.

— Lorna ? Jon ?

Une voix de petite fille, à l'accent grasseyant du Sud-Ouest. Elle penche la tête d'un air interrogateur, un doigt sur ses dents.

— Attendez…

— On s'est parlé au téléphone la semaine dernière… pour notre mariage… (La femme a-t-elle oublié leur rendez-vous ? Est-elle un peu simplette ?) Pardon pour le retard. J'espère qu'on ne vous dérange pas.

— On s'est perdus. C'était Lorna qui lisait la carte… ajoute Jon, cherchant à glisser une boutade.

La femme ne rit pas. Elle se contente de lui jeter un coup d'œil pour la première fois, visiblement frappée par son mètre quatre-vingts, ses épaules larges, ses cheveux dorés et ses yeux noisette, tachetés comme des œufs de poule. Elle rougit et détourne la tête.

— C'est vrai, je n'ai aucun sens de l'orientation, renchérit Lorna pour meubler la conversation, évitant le petit terrier qui vient d'apparaître, grondant et bavant, entre les bottes sales de la femme. (Pas le noble labrador qu'elle s'attendrait à voir dans ce genre de maison.) Vous êtes En... Endellion ?

— Dill.

Enfin, elle esquisse un sourire, beau et empreint d'une franchise qui la rend aussitôt sympathique. De toute évidence, elle est juste très timide – et devrait s'arranger un peu. On vit différemment à la campagne.

— Et voici Petal. (Dill prend le chien dans ses bras, les griffes s'accrochant à son pull.) C'est un mâle, mais on a mis du temps à s'en apercevoir. D'ailleurs, c'est un sacré mordeur. Il est censé attraper les rats, malheureusement, il préfère les doigts... hein, Petal ?

Lorna et Jon rient un peu trop fort.

Dill le renverse sur le dos et le porte comme un bébé.

— Euh... c'est le moment de vous souhaiter la bienvenue au manoir de Pencraw.

Lorna lance effrontément :

— Des Lapins noirs ?

Dill écarquille les yeux, surprise.

— D'où tenez-vous ça ?

— D'un fermier, je crois, n'est-ce pas, Jon ?

— Étant donné qu'il avait un tracteur...

— On l'a rencontré sur la route, un peu avant l'allée, ajoute Lorna, impatiente que Dill les fasse entrer. D'après lui, les gens d'ici l'appellent le manoir des Lapins noirs. C'est vrai ?

— Avant, oui, répond Dill à voix basse.

— Pourquoi des Lapins noirs ? (Lorna distingue une patte d'éléphant évidée, pleine de vieux parapluies cassés, derrière la jambe de Dill.) C'est un nom très original.

— Eh bien, si vous regardez par là…

Lorna se tourne, suit des yeux le doigt pointé vers la vaste pelouse, les taches blanches des moutons en contrebas et l'éclat argenté de la rivière serpentant parmi les arbres vers la mer.

— … Ils devraient se montrer. À la tombée de la nuit. Il y a énormément de lapins sur cette pelouse. Voyez, ils sont là-bas, à la lisière des bois. Derrière les hortensias.

— Oh… soupire Lorna, car c'est une fille de la ville qui trouve les lapins mignons.

— Quand le soleil se couche – là, on est face à l'ouest –, on les voit se profiler. Ils me font toujours penser… (Dill s'interrompt pour chatouiller le ventre de Petal) à des ombres chinoises.

Lorna lance à Jon un sourire rayonnant. Elle voit déjà l'invitation de mariage, la grande courbe du L, le N. Le nom, grand sujet de discussion…

— À partir de maintenant, j'appellerai cette maison les Lapins noirs ! s'exclame-t-elle.

— Mme Alton préfère Pencraw, réplique Dill aussitôt.

Ils perçoivent un conflit. Un ange passe.

— Je suis sûre d'être venue ici enfant avec ma mère, laisse échapper Lorna, qui avait attendu un blanc dans la conversation et ne peut se retenir plus longtemps. Ce manoir a été ouvert au public, Dill ?

— Non. (Dill pose un doigt sur ses lèvres semées de taches de rousseur.) Je ne crois pas.

Lorna sent son cœur se serrer. S'est-elle trompée de maison ?

— Mais il y a toujours eu des gens qui s'égarent dans l'allée, qui viennent frapper ici, offrent une pièce à la gouvernante pour fouiner en vitesse... ce genre de choses. Nous avons parfois des intrus. Le panneau, au tournant, intrigue les touristes...

Ça lui rappelle sa mère... Lorna se souvient de l'avoir vue passer sans vergogne sous une chaîne, à l'entrée d'un château, pour jeter un coup d'œil aux toilettes. Elle adorait être horrifiée par les toilettes des aristos : « Imagine, tout ce chic et juste un siège en bois ! »

— Aïe ! Vous allez vous faire tremper ! s'écrie Dill en voyant une pierre goutter au-dessus de leurs têtes. Vous feriez mieux d'entrer.

Enfin... songe Lorna en passant devant elle sur le carrelage gauchi. L'entrée sent la cire d'abeille, le charbon de bois et l'humidité.

— Ouah...

Le hall, de la taille de leur appartement à Bethnal Green, est époustouflant.

— L'escalier est assez grand pour toi, chérie ? lui souffle Jon à l'oreille.

Les yeux de Lorna dansent sur les marches.

— Oh, mon Dieu... Oui...

Jamais elle n'aurait espéré quelque chose d'aussi beau. Descendant noblement des étages supérieurs, gracieux comme une ballerine, c'est le vaste escalier des films de Hollywood. Les robes longues en satin crème... Les pantoufles de soie glissant sur les marches...

Ses yeux éblouis volettent autour d'elle. Tant de choses s'offrent à son regard... Un énorme chandelier, couvert de poussière, planète suspendue au-dessus d'eux. Des boiseries, luisant comme des grains de café. Aux murs, des têtes de cerf tendent le cou, l'air de chercher à s'échapper. Un palmier, pétrifié depuis un siècle dans un pot de cuivre. Surmontant une immense cheminée, dans un cadre doré, le portrait d'une blonde saisissante aux yeux et à la robe bleu acier regarde droit dans l'entrée, comme une figure de proue contemplant la mer.

La chose la plus intrigante est la haute horloge noire de l'autre côté du hall : un charmant visage lunaire, enchâssé dans un cadran orné de fins dessins or et céruléens. Lorna tend la main pour le caresser. Le bois est aussi chaud que sa peau.

— J'adore…

Jon observe l'horloge de plus près, fasciné par le savoir-faire de l'artisan.

— Superbe.

— Oh, c'est Big Bertie, explique fièrement Dill avec un sourire timide. Mais ne lui demandez pas de donner l'heure.

Elle laisse tomber Petal qui s'enfuit, ses griffes ricochant sur le carrelage.

— Hum… Je vous ai prévenue, au téléphone, que cette prestation était nouvelle pour Mme Alton ?

— Oui.

À présent, les détails n'ont pas d'importance. De nouveau, Lorna contemple l'escalier, s'imagine montant sur son tapis élimé, la tête haute, une main sur la rampe.

— Ce n'est pas du tout un problème, Dill.

— Oh, je suis soulagée. Il vaut mieux que vous le sachiez…

Lorna sourit, se demandant si Dill a joué un rôle dans l'évaluation du prix. Si oui, ils lui doivent une fière chandelle. Pas de doute : dès que les réservations se mettront à affluer, les prix grimperont en flèche.

— Nous serons très heureux d'être les premiers. N'est-ce pas, Jon ?

Il lui lance un sourire discret, l'air de penser : « *Vraiment ?* »

— Donc, vous voulez vous marier en... ? (Dill fronce les sourcils, bien que Lorna le lui ait répété deux fois au téléphone. Elle tire sur un fil qui s'échappe de son pull.) En avril prochain, c'est ça ?

— En octobre.

Lorna aime les Cornouailles en automne, lorsque les brumes viennent de la mer et que la terre sent les champignons et l'humidité. En plus, c'est moins cher hors saison, et ça va aider. Elle prend la main de Jon.

— Je sais que c'est une folie, poursuit-elle.

— En octobre *prochain* ? s'écrie Dill. C'est trop tôt.

Lorna tressaille.

— Eh bien, ça doit avoir lieu pendant les congés scolaires – je suis enseignante –, mais la date des vacances d'automne n'est pas entièrement gravée dans le marbre, n'est-ce pas, Jon ?

— Non, pas vraiment...

Il se frotte la mâchoire. Il a toujours tendance à décrocher quand ils prennent des dispositions complexes sans être sûrs de rien. Lorna, pour une fois, s'en réjouit. Elle ne veut pas que Dill sape la confiance de Jon en cette maison.

— Bon, si vous pouvez être un peu souples... Vous comprenez, c'est aussi très nouveau pour moi... (Les mains de Dill commencent à s'agiter ; des petites mains d'enfant, note Lorna, à la peau rugueuse et aux ongles noirs, et qui semblent avoir durement travaillé.) Les mariages... les relations publiques... Nous n'avons pas eu de visiteurs, enfin... de réceptions, depuis des années. D'habitude, je m'occupe juste de Mme Alton. Je l'aide à tenir la maison.

Au moins, elle ne cherche pas à nous forcer la main, contrairement à tant d'autres prestataires de mariage, songe Lorna, espérant que Jon parviendra à la même conclusion.

— Mais Mme Alton tient à trouver un moyen d'assurer l'avenir du manoir. Oui, une source de revenus. (Dill crispe les lèvres, en se mordant la joue.) On a essayé plusieurs choses au fil des ans. Elle a eu du mal à l'entretenir, vous voyez, depuis la mort de son mari.

Lorna est un peu troublée de voir la mort entrer dans la conversation.

— Oh... Je suis désolée...

— Cette maison est un gouffre, même si on n'habite pas toutes les pièces, poursuit Dill.

— Le chauffage central doit coûter une fortune, convient Jon.

— Oh, nous n'en avons pas ! s'exclame Dill, comme s'il avait suggéré qu'elles prenaient des bains de champagne.

Jon presse la main de Lorna. Elle sait qu'il réprime un fou rire et qu'elle doit, elle aussi, garder son sérieux.

— Juste un chauffage victorien, affreusement capricieux et sujet aux blocages, alors on brûle du bois. C'est beaucoup plus facile.

Jetant un coup d'œil à leurs mains enlacées, elle ajoute très vite :

— Il y a quand même des radiateurs électriques dans la suite nuptiale. Pas encore dans la salle de bal... Oui, celle-là demande aussi un peu de travail. Mais en avril prochain...

— En octobre... dans l'idéal, reprend Jon avec un sourire.

Il lâche la main de Lorna pour boutonner sa veste en coton. Il fait assez frais, bien plus qu'au-dehors, et Lorna espère qu'il ne passera pas trop la maison au crible de son regard professionnel.

— Oups, pardon... (Dill rougit à nouveau.) C'est vrai, vous l'avez déjà dit, Tom.

— Jon.

— Euh, on peut voir les chambres ? demande doucement Lorna.

— Chérie... (Jon baisse la voix et effleure sa joue de ses lèvres.) Il se fait tard.

— On ne restera pas longtemps. (Elle se tourne vers Dill, les yeux brillants.) Par où commence-t-on ?

— Commence ?... Ah, oui... Bonne idée.

Dill traverse lourdement le hall dans ses bottes crottées. Un lacet dénoué traîne derrière son pied, comme une queue de rat.

— L'entrée est la plus vieille partie du manoir, elle remonte aux temps des Normands – enfin, à peu près. En fait, la maison est un vrai méli-mélo, avec ses pans construits et démolis au fil des siècles. Le corps principal est géorgien, je pense, les tours, elles, ont été ajoutées par des Victoriens assez m'as-tu-vu. Ou peut-être le contraire...

Elle s'interrompt en pressant un doigt sur ses lèvres.

— Ça m'est sorti de la tête. Pardon de ne pas être plus précise. Je n'ai jamais été bonne pour les dates. Par ici...

Elle pousse une lourde porte en chêne, lâche une plainte sous l'effort.

— Je dois vous montrer l'enfilade.

— La quoi ? souffle Jon à Lorna, tandis qu'ils s'engagent sur un parquet vermoulu pour suivre Dill dans un couloir obscur.

— Une suite de pièces qui communiquent ou un truc comme ça, lui glisse Lorna, qui a regardé pas mal de vieux châteaux dernièrement sur Google.

— C'est ça. (À l'évidence, l'ouïe de Dill est excellente.) Elle dessert cette aile de la maison.

Un sourire éclaire son visage, la rajeunissant de dix ans.

— Vous savez quoi ? Si vous êtes au fond de l'enfilade, vous pouvez envoyer une balle rouler d'un bout à l'autre, jusqu'à l'entrée !

À ces mots, Lorna imagine des enfants. Elle peut presque voir la balle rouler sur le parquet en heurtant au passage des meubles inestimables.

— Pardon, Dill, votre lacet… signale poliment Jon.

— Oh, merci… merci beaucoup. (Dill le fourre dans sa botte au lieu de l'attacher, tout en poussant une porte avec ses fesses.) Le salon… La pièce préférée de la famille Alton, quoiqu'il ne serve plus trop aujourd'hui.

Le salon est si sombre qu'on n'en voit pas le fond. Ce n'est que lorsque Dill écarte les tentures des portes-fenêtres, l'inondant de la lumière cristalline des Cornouailles, que la pièce se détache. Les parois vibrent d'une teinte bleu encre – celle des fonds marins, pense Lorna – et les tableaux surgissent des murs. Des portraits d'ancêtres joufflus, bien sûr, mais Lorna est captivée par les paysages : les ciels tumultueux, les hautes mers terrifiantes, les naufrages et les contrebandiers au visage taillé à la serpe qui longent, leur butin sur le dos, des plages battues par la pluie. Quel cadre confortable pour contempler les pires aspects de l'homme et de la nature !

Leurs pas sont étouffés par des tapis persans. Des fauteuils profonds aux velours intenses – des roses framboise, des rouges sang-de-bœuf – se blottissent dans les coins, en petits groupes bavards. L'énorme cheminée, surtout, l'attire, avec son pare-feu capitonné de cuir – patiné par les générations de fesses qui s'y sont réchauffées – et un panier à bois de la taille d'un tonneau. Lorna s'imagine que, par une soirée fraîche, elle pourrait s'asseoir avec Jon devant cette cheminée et ne plus jamais vouloir s'en aller.

— Mme Alton suggère à ses clients d'offrir un verre ici. Un vin pétillant ? Du champagne ?

— Excellente idée.

Lorna aperçoit un globe dans l'angle de la pièce – des mers aux couleurs fanées, des noms de colonies disparues depuis longtemps. Elle se laisse aller à toucher sa surface parcheminée et le fait tourner. Le globe vacille sur son axe.

— Oups, pardon… Je n'aurais pas dû.

— Oh, ne vous frappez pas. (Dill hausse les épaules, comme s'il s'agissait d'une vieillerie sans valeur.) Faites-le tourner si vous voulez. Il ronfle. Il a un joli son.

Lorna hésite.

Jon sourit.

— Vas-y.

Oh, ce chuintement… Un vrombissement de gros bourdons dans les plants de lavande… Elle ferme les yeux, laisse le chant l'envahir, le manoir exercer son charme. Quand elle rouvre les yeux, Jon la fixe d'un air indécis, presque inquiet.

— On devrait peut-être continuer, si vous êtes pressés. Mme Alton tient à ce que je vous montre la suite nuptiale.

Dill tire sur un fil. Le trou, à son poignet, s'élargit rapidement.

— Oh, oui ! Je brûle de gravir ce grand escalier.

— Alors, on passera par le palier du dernier étage. (Se tournant vers la fenêtre, Dill montre une tourelle dressée vers le ciel pourpre.) C'est là que nous allons.

Lorna se tourne vers Jon, rayonnante. Elle n'a jamais vu rien d'aussi beau, ni d'aussi romantique… pourtant, il s'est rembruni. Quelque chose l'a troublé.

— Mme Alton a pensé que la plupart des mariées préféreraient cette tourelle aux chambres plus grandioses, explique Dill sur un ton d'excuse. Elles sont terriblement froides, même en été. J'ai peur que leurs cheminées soient bouchées par des mouettes mortes. On devra les faire ramoner.

— Je préférerais de loin la tourelle, approuve Lorna. Pas toi, Jon ?

Il hésite. Dill se mord les lèvres, sentant ses réserves.

— Honneur à la mariée. (Jon fourre les mains dans ses poches en haussant les épaules dans un geste désarmant.) Il faut qu'elle lui plaise, c'est tout. Moi, je peux dormir n'importe où.

— On l'a rénovée exprès, ajoute Dill avec un sourire de soulagement.

— Et qui donc y était enfermé ? demande-t-il, ne plaisantant qu'à moitié.

Dill est désarçonnée.

— Je… Je…

Lorna vient à sa rescousse.

— Jon, cesse de la tourmenter.

À nouveau, elle lève la tête vers la tourelle. Elle le voit alors : le flottement d'un rideau... un visage à la plus haute fenêtre... Elle cligne des yeux et il s'évanouit. Une illusion d'optique.

Dans l'escalier, Lorna pousse un amas de poussière sur la rampe, tout en tenant fermement la main de Jon. Elle ne parle pas, saisie par une impression de *déjà-vu* – un souvenir enfoui brutalement réveillé – si forte qu'elle porte un doigt à ses tempes. Plus ils montent – au premier, au deuxième, au troisième –, plus la maison est sombre, vétuste, et plus sa tête explose.

Elle tire une bouteille de son sac, boit une gorgée d'eau et se sent un peu mieux. Peut-être est-elle seulement déshydratée, ou est-ce un choc différé après l'accident qu'ils ont frôlé. Elle a besoin de thé et d'un gâteau.

— Ça va, chérie ? demande Jon à voix basse.

— Bien sûr !

Elle ne veut pas le distraire, ni dire quoi que ce soit de négatif. Surtout, elle ne veut pas qu'il s'inquiète de l'émotion que le manoir provoque en elle. Il pense qu'elle est déjà trop secouée – euphorique un jour, déprimée le suivant, à force de tâtonner dans l'étrange nouveau monde où sa mère n'est plus, avec toutes ses contradictions : le chagrin et, aussi, le soulagement.

Ils montent une dernière volée de marches. L'étau, autour de sa tête, se desserre.

Jon glisse un coup d'œil par une porte bleu pastel, entrouverte au troisième étage, avant de s'écarter pour la laisser voir.

— On dirait qu'un groupe d'enfants vient de quitter cette pièce, non ?

— Oh, oui…

Il y a tant de jouets, apparemment laissés où on les a jetés : dans un angle, dépassant à moitié d'une couverture, se tient un cheval à bascule, sous ses sabots, un berceau de poupée, plus près de la porte, une pile de livres moisis : *Jane Eyre*, *Les Hauts de Hurlevent*, *Milly-Molly-Mandy*, un album de *Rupert l'ours* datant de 1969… Un frisson court sur le dos de Lorna – petite, elle a lu et aimé la plupart de ces livres : un lien direct avec les enfants disparus, un fil traversant le temps et les classes sociales.

— Cet étage ne sert plus, explique Dill en fermant la porte, apparemment incapable de supporter la vue de la salle de jeux. Mme Alton n'a pas besoin d'autant de pièces.

— Il y en a beaucoup trop, en effet, acquiesce Jon en souriant pour alléger son ton péremptoire.

Lorna sait très bien ce qu'il pense : alors que quantité de gens n'ont pas de toit – elle-même a trop d'élèves logés dans des hôtels et des bed and breakfasts, une famille par chambre –, cette vaste demeure n'est occupée que par une vieille dame et sa gouvernante. Rationnellement, politiquement, elle est d'accord avec lui ; pourtant, au fond, elle est contente que de telles demeures existent encore.

— Il y a combien de pièces, Dill ? demande-t-elle.

La maison semble s'étendre à l'infini, des portes derrière des portes, des mondes dans des mondes…

— Vous savez, je ne crois pas qu'on les ait jamais comptées.

— Et de chambres ?

— Hum… Neuf, peut-être. Sans parler des anciens quartiers du personnel au dernier étage. La maison est plus petite qu'il n'y paraît, en réalité. Oh… Oh, non… Ça sonne !

Un bruit perçant, insistant. *Biip biip biip biiiip*. Dill tapote frénétiquement son pull over, trouve enfin l'appareil et le fait taire.

— Quel vacarme… Pardon… Mme Alton a besoin de moi. Je dois y aller. Euh… vous pouvez revenir demain ?

— Aujourd'hui, ça serait beaucoup mieux. Vu qu'on est déjà là… (Et qu'on a failli être fauchés par un tracteur sur la route, est tentée d'ajouter Lorna.) On visite rapidement la suite nuptiale ? Après ça, on s'en va, promis.

Dill a l'air partagée. Nouveau bip impatient. Jon presse sa main chaude sur le dos de Lorna.

— Viens. Dill est occupée. On a déjà une bonne idée de la maison.

Les yeux de Dill s'éclairent.

— Écoutez ! Pourquoi ne pas m'attendre au rez-de-chaussée ? Mme Alton sera très contrariée si vous ne voyez pas la suite nuptiale. Je ne serai pas longue.

— J'ai bien peur que l'on doive… commence poliment Jon.

Son pied remue en signe d'impatience.

— Encore quelques minutes… supplie Lorna. (Elle lui prend les mains.) Je t'en prie.

— On a une réservation pour dîner, tu te rappelles ? Et je dois étudier la carte, pour retrouver la route du bed and breakfast.

Lorna saute sur l'occasion.

— D'accord. Tu t'en occupes. Moi, je reste. Je te rejoins dans dix minutes.

Pendant que Jon s'éloigne, Lorna sent son cœur se serrer, comme si une partie d'elle-même s'en allait, elle aussi. Ils ont été si proches, ces derniers jours. Elle a presque envie de le rattraper. Or quelque chose la retient. L'attrait de la maison est juste un peu trop fort.

Au début, elle ne comprend pas : le trou en étoile au milieu du front, la forme du crâne… Puis, les os se rassemblent, l'animal apparaît. C'est sûrement une tête de cheval avec ses orbites en boule de billard, l'os du nez s'incurvant vers la longue mâchoire, tel un bec élancé. Elle frissonne. Le crâne est brutal, païen, lumineux dans la caisse noire. Elle longe à pas feutrés le tapis râpé en scrutant d'autres vitrines poussiéreuses : des animaux empaillés – oiseaux, écureuils, faons, lapins –, des bêtes pleines d'entrain changées en mannequins dans une autre vie. Se rappelant ce que Jon lui a glissé tout à l'heure : « Ces gens-là empailleraient leurs ancêtres si on les laissait faire », elle sent leurs yeux de verre peser sur elle quand elle gagne la banquette sous la fenêtre, la main crispée sur son portable.

La recherche d'un réseau l'a conduite dans cette bibliothèque sépulcrale – à deux portes de l'enfilade. Des hectares de livres… Un vieux bureau en chêne de la taille d'un canoë… D'étranges vitrines, style musée. Peut-être trop étranges.

La fenêtre, heureusement, donne sur la voiture. Jon boit de l'eau et consulte la carte en chantonnant. Elle adore l'observer quand il n'en a pas conscience. Il est l'homme le moins complexé qu'elle a jamais vu, tellement bien dans sa peau, sûr de lui et de ses désirs. Que serait-elle devenue s'ils ne s'étaient pas rencontrés à une fête à Camden, celle qu'elle avait failli rater ? Si elle n'avait pas remarqué ce magnifique grand blond dans la cuisine bondée, qui servait des verres aux invités pour soulager l'hôtesse stressée ? Elle avait été frappée par la vilaine coupure qui lui barrait la main. Sa scie avait glissé, avait-il expliqué en haussant les épaules. « Pas de quoi en faire un plat... Je vous prépare un cocktail ? » La chose la plus sexy qui soit.

Elle envoie un texto à sa sœur, Louise. *Génial. Te dirai tout plus tard.* Et elle a juste le temps d'appeler son père. Il faut absolument qu'elle lui parle.

— Papa, c'est moi !

— Salut, ma jolie !

La voix de Doug s'éclaire, comme toujours quand elle l'appelle. Du coup, elle se sent coupable de ne pas le faire plus souvent.

— Une seconde... Le temps de poser ma tasse, elle me brûle les doigts. Voilà... je suis tout ouïe. Tout va bien ? Le jet-stream te gâche tes vacances ? Ça ne peut pas être pire qu'ici. Il a plu toute la journée. Et ils n'ont pas levé l'interdiction d'arroser les jardins ! Tu crois que ces mauviettes de Westminster regardent vraiment par la fenêtre ?

— J'en doute...

Elle s'assied sur les coussins tapissés de la banquette.

— J'espère que tu es à l'abri, quelque part dans un pub sympa.

— Non, en fait, on visite un dernier truc. Enfin... Jon s'occupe de la voiture. Là, je suis dans la bibliothèque de la maison. J'attends de voir la suite nuptiale.

— Si tard ?

— Euh... le manoir a été difficile à trouver.

— Ah ! Je parie que Jon a dû râler. Dis-lui de ne plus faire confiance à ce foutu GPS.

Chauffeur de taxi fraîchement retraité, Doug se flatte de ne jamais se perdre nulle part et adore quand ça arrive aux autres.

— On a quand même fini par trouver l'endroit idéal. Enfin, à mon avis.

— Et Jon n'est pas d'accord ?

— Hum...

Son père a toujours le rire rocailleux d'un fumeur endurci, même s'il a arrêté depuis dix ans et fait juste un écart à Noël quand il a trop bu.

— Mon petit doigt me souffle que tu vas le convaincre.

— C'est une maison merveilleuse, papa, nichée dans la péninsule de Roseland.

— Oh... Ça me ramène loin en arrière. Il y a un formidable camping, là-bas, à deux pas de Portscatho. Tout petit. Haut de gamme. Ta mère l'adorait.

Lorna tressaille de l'entendre confirmer qu'ils ont campé si près. Ses souvenirs de vacances en famille ont pâli, comme des photos portées trop longtemps dans un sac : l'odeur des toilettes toujours bouchées de leur caravane prétendument ultramoderne ; le matelas de Louise, sur la couchette du haut, pressé à quelques centimètres de sa tête ; maman la poussant comme du bétail dans des châteaux interminables pendant que papa et Louise devaient faire des châteaux de sable sur la plage. Bizarre, ce qu'on se rappelle...

— La meilleure salle de douche des Cornouailles, enchaîne son père. De l'eau chaude toute la journée... du savon gratuit... la totale. Il n'y avait pas beaucoup de campings de ce genre à l'époque.

Il est plus bavard que d'habitude. Peut-être parce qu'il reste seul pendant des heures, songe-t-elle avec inquiétude.

— Attends… Donne-moi un instant, Lor.

Elle entend un grincement à l'autre bout du fil – le bruit du fauteuil en osier où il s'assied le matin dans la serre avec son journal. Là, il regarde fixement le siège vide de sa femme, aux coussins à jamais tassés par le double renflement de ses fesses.

— Ça va mieux. J'ai les hanches raides, selon le toubib. Un nouveau, on croirait un gamin. Je lui ai dit qu'il n'a pas à me parler avec condescendance. Je sais distinguer mon épine sciatique de mon articulation sacro-iliaque.

Lorna a un élan de compassion pour ce médecin. Doug a toujours accepté les grandes lignes du contrat – être un mari dévoué pour sa femme exigeante –, réservant sa curiosité débordante au monde extérieur. Il a beau avoir quitté l'école à quatorze ans, il prétend être un « autodidacte du niveau de Mad Prof », le petit génie des manipulations électroniques. Il a écumé toutes les bibliothèques locales, ingurgitant – disait tendrement sa femme – une « galaxie de connaissances inutiles ». Ses passagers sortaient toujours de son taxi un peu troublés – sinon complètement épuisés – après avoir supporté un cours de physique dans les embouteillages, ou une description de l'appareil digestif des pigeons. Pour cette raison, et quelques autres, Lorna et Jon appréhendent le discours du père de la mariée.

— Papa, tu ne devineras jamais le nom de la maison.

Elle l'entend siffler une gorgée de thé. Il le boit trop fort – à ce qu'il prétend, tous les chauffeurs de taxi le prennent à la va-vite.

— Le manoir des Lapins noirs.

Elle s'interrompt, espérant une lueur de reconnaissance.

— Les lapins peuvent courir jusqu'à quatre-vingts kilomètres-heure, tu le savais ? En zigzag, pour dérouter les prédateurs. Ils ne sont pas aussi bêtes qu'ils en ont l'air.

— Ce nom ne t'évoque rien ?

— Rien.

— Je suis presque sûre que maman m'a emmenée dans ce manoir. J'ai tellement l'impression de le connaître...

— Possible, possible... Je ne sais pas. Moi, je n'ai jamais aimé ces vieilles maisons guindées. C'était le truc de ta mère, le patrimoine et tout ça. D'ailleurs, elle préférait y aller avec toi : elle trouvait que je la ralentissais en lui posant des questions incongrues.

— Comment se fait-il que Louise ait échappé à ces visites ?

— Elle était trop petite, d'après Sheila. Les rares fois où elle l'emmenait, Louise chouinait pour avoir une glace, braillait qu'elle s'ennuyait... ce genre de trucs. (Il s'éclaircit la gorge.) Ta mère disait que tu en profitais plus.

Ah oui ? À l'époque, elle n'était pas de cet avis... Pourtant, elle est là, des années plus tard, à fouiner dans cette vieille demeure, envoûtée.

— Est-ce qu'il reste des photos ? J'aimerais beaucoup les voir.

— Pourquoi ne fais-tu pas un saut, pour fouiller dans les caisses au grenier ? Il y a tellement de trucs, là-haut...

Dans les boîtes noires des Dunaway, comme les appelle Lorna, pour qui rien n'égale les souvenirs de famille. Tout et rien y est conservé, depuis les années soixante : l'époque improbable où sa mère était une Teddy Girl blond platine, celle où elle s'est rangée en se mariant, les teintures au henné et les permanentes, les robes classiques, faciles à repasser puis, enfin, la maternité tardive, tant souhaitée. Une vie modeste, aux images rassemblées par une femme désormais réduite à des cendres granuleuses, dans une urne étonnamment lourde sur l'étagère du salon.

D'habitude, Lorna évite de la regarder. Elle préfère se rappeler sa mère en vacances – elle était de ces personnes qui ne semblent vraiment heureuses, tout à fait elles-mêmes, qu'en vacances : emmitouflée dans son manteau de laine, partageant des frites au vinaigre sur une plage battue par les vents, souriant à Lorna lorsque leurs doigts graisseux se touchaient brièvement, tout besoin de parler dissipé par le bruit des vagues, détendue avec elle comme, bizarrement, elle ne l'était jamais à la maison.

— Tu sais, je n'ai pas encore eu le courage de fouiller ces caisses, reprend Doug d'une voix étouffée. Je ne suis pas sûr d'y arriver un jour, pour être franc.

— Je le ferai, ne t'inquiète pas.

Pauvre papa... À nouveau, elle erre près des vitrines, l'œil attiré par le crâne du cheval et l'absence troublante en son centre.

— Lorna...

Le sanglot étranglé de Doug la déroute, lui rappelant combien il souffre encore de cette disparition.

— Pardon de ne pas pouvoir répondre à tes questions sur le passé aussi bien que ta mère...

Ses paroles se perdent dans un silence qui s'enroule autour d'elle de plus en plus étroitement, au point que sa gorge se serre. Dehors, des étourneaux s'envolent de la pelouse en gazouillant, réveillant des souvenirs d'occasions manquées. Elle regrette tant de n'avoir pas davantage cherché à parler à cœur ouvert avec sa mère… La communication entre elles n'a jamais été simple – à l'opposé de ses rapports avec son père – et Lorna se demande si elles évitaient les situations qui l'auraient trop montré. Elles ont toujours été plus douées pour *faire* des choses ensemble – aller au cinéma, préparer un Victoria sponge, se relayer pour battre les œufs en écoutant Radio 2 – que pour les confidences. En outre, aborder certains sujets du passé – les zones interdites, comme elle les appelait en secret avec Louise – avait toujours tellement gêné sa mère qu'en général elle se levait d'un bond pour chasser des poussières invisibles, dispersant les questions par des champignons atomiques de Pliz. Puis, en mai, la conversation s'était arrêtée pour toujours.

L'injustice de sa mort continue à narguer Lorna. Pas plus tard que le lendemain, le conseil municipal devait réparer le pavé cassé devant la Coop. Maman n'aurait pas dû trébucher, avec ses fruits et légumes bon marché – elle ne perdait jamais l'équilibre –, ni se cogner la tête au pire endroit qui soit. Elle ne devait pas mourir à soixante-cinq ans : femme d'une santé de fer, elle appartenait à cette génération mince de l'après-guerre nourrie de modestes portions de cuisine ménagère, qui allait faire ses courses à pied plutôt qu'en voiture. Le plus injuste, se dit Lorna, les ongles plantés dans sa main crispée, c'est que, lorsqu'on a débranché l'appareil respiratoire de sa mère, elle, Lorna, a été privée d'une ultime confession, frustrée à jamais d'une grande partie de son passé. Elle cligne des yeux pour refouler ses larmes.

— Oh, vous étiez là !

Lorna se retourne. Dill se tient dans l'embrasure de la porte, le chien dans les bras.

— Prête à visiter la suite nuptiale ?

— Papa… (Elle sourit à Dill, tente de se ressaisir.)
Il faut que j'y aille.

À l'autre bout du fil, un reniflement révèle qu'il
s'efforce, lui aussi, de maîtriser ses sentiments.

— Bon, tâche de ne pas te perdre dans cette grande
maison, hein ?

— Ne dis pas de bêtises. Je t'aime.

Mais quand elle commence à gravir l'escalier
raide de la tourelle, sombre et oppressant, elle prend
conscience qu'il a peut-être senti quelque chose. On
pourrait facilement se perdre au manoir des Lapins
noirs. Croire que l'on part dans une direction et aller
complètement dans une autre.

CHAPITRE 5

Amber

Boris jaillit du sous-bois. Il gémit en flairant le visage de maman. Papa le chasse et enveloppe maman dans son manteau pour qu'elle n'ait pas froid.

— Trouve Barney ! hurle-t-il par-dessus son épaule.

Boris sur ses talons, il se rue hors de la forêt, emportant dans ses bras maman dont la tête pend bizarrement.

J'ignore combien de temps je reste là, hébétée, le cœur tremblant, continuant à voir maman – ses cheveux ballottant, l'angle de son cou – partout où mon regard se tourne, comme l'empreinte d'une ampoule qui vient de s'éteindre. Que faire ? Que faire, maintenant ?

Puis, je me souviens. « Trouve Barney. Trouve Barney... »

Les nuages noirs se dispersent. Une lune d'une blancheur spectrale saute entre les arbres. La pleine lune... Les marées hautes... La rivière, en aval, déborde souvent le soir à marée montante, surtout après l'orage. L'eau va inonder les bois à côté de la tanière. Je n'ai pas beaucoup de temps.

Je me mets à courir, en priant pour que tout s'arrange. Oasis, refuge... Les Lapins noirs est notre oasis, notre refuge...

Barney n'est pas dans la tanière ni près des cendres détrempées du feu. Mes pieds font un bruit de ventouse. L'eau commence à monter.

— Barney ! Barney, c'est moi ! Tu es là ? Ne fais pas l'idiot ! Tu es où ?

J'écoute, le cœur battant dans mes oreilles. Une bête file dans le sous-bois. Deux yeux jaunes. Un lièvre ? Un renard ?

Je m'enfonce tant bien que mal dans la forêt en criant son nom. Peut-être me fuit-il exprès, se cache-t-il pour jouer – il adore qu'on lui coure après –, sans savoir ce qui est arrivé à maman. Je crie plus fort.

— Barney !

Rien. Je m'arrête, terrassée par le désespoir et, perdant tout courage, fonds en larmes en poussant des sanglots étranglés... Et c'est là que Boris déboule en remuant la queue. Jamais je n'ai été aussi contente de le voir. Je plonge ma tête dans son pelage puant, agrippant la chair de ses hanches.

— Aide-moi à trouver Barney. S'il te plaît...

Boris penche la tête, hésite un instant, puis fonce dans la forêt. Je le suis jusqu'à ce qu'il freine sous un hêtre gigantesque en faisant voler une bouillie de feuilles mouillées.

Barney est là. Blotti en haut d'un arbre. Avec des yeux de hibou. Je lui tends les bras. Il ne bouge pas. Je tire sur son pied – nu et froid – et lui répète que tout va bien, qu'il peut lâcher la branche sans crainte... Alors, très lentement, il commence à descendre du tronc. Puis il visse ses bras autour de mon cou et, tout tremblant, enfouit son visage dans mon épaule.

— Qu'est-ce qui s'est passé, Barney ?

Il frissonne en silence. Je demande plus doucement :

— Qu'est-il arrivé à maman ? Tu as vu ?

À ces mots, il éclate en sanglots. Je retire mon manteau. Barney est passif – il n'est jamais passif – et me laisse l'habiller comme un valet de pied. Les manches pendent jusqu'au sol, mais il ne veut pas marcher.

Je m'agenouille sur la terre humide

— Je vais te porter.

Je cours, Barney sur mon dos, tout du long jusqu'à la maison. La peur me rend forte.

— Maman est morte, annonce Toby d'un ton froid.

Adossé à Big Bertie, il regarde fixement son portrait dans le hall, les mains fourrées dans les poches, blanc comme une coquille Saint-Jacques. L'horloge tictaque. L'or de sa tête de lune brille dans la lumière d'orage. Après dix tic-tac, il répète :

— Maman est morte, Amber.

Il se trompe, c'est clair. Je secoue la tête, pose Barney sur le carrelage et détache ses doigts de mon cou.

— Lâche-moi, tu veux ? Trouve Peggy. Elle va te réchauffer.

— Pardon... Doudou est en retard pour le thé ! carillonne Kitty, qui s'affaire en traînant son landau dans le hall. Il meurt d'envie de manger des scones à la gelée de mûre !

— Le docteur est là ? dis-je à voix basse.

Barney enroule une main autour de ma jambe.

— Il est trop tard, murmure Toby.

Son visage a changé. Une veine bat furieusement au creux de son cou.

— Doudou est affreusement occupé aujourd'hui, soupire Kitty en sortant sa poupée du landau pour la traîner dans l'escalier. Tant de choses à faire, trop peu de temps…

Les carreaux blancs et noirs se dérobent sous mes pieds. Ils sentent le vinaigre dont Annie se sert pour les nettoyer.

— Où est maman ?

— Dans son lit.

Je bouscule Kitty, monte les marches quatre à quatre. L'escalier semble plus haut que jamais, s'étirer à mesure que je grimpe. Je trouverai maman au lit. Je lui apporterai son thé. Je lui caresserai les cheveux, imitant son geste quand j'ai de la fièvre. Je ne crois pas du tout qu'elle soit morte. Et si je ne le crois pas, elle ne le sera pas.

J'ouvre sa porte à toute volée… Toby avait raison, elle est dans son lit, bordée par un drap blanc – un enfant malade. Les rideaux sont fermés, les lumières tamisées, les fleurs sculptées dans les colonnes du lit soulignées par la lueur d'une bougie. Ses mains jointes tiennent un petit bouquet, les jonquilles jaune pâle qui étaient, ce matin, dans le vase en cristal sur sa table de nuit.

Je m'approche un peu plus, refusant de voir le creux au-dessus de son oreille, le renfoncement étrange où ses cheveux sont mêlés de sang et de fragments d'os.

— Maman…

Sa main n'est pas glacée, mais pas chaude non plus, comme du lait qu'on a oublié de remettre au frigo. Les jonquilles s'affaissent sur sa poitrine. Elle ne fait rien pour les relever.

— Maman, s'il te plaît, réveille-toi…

Soudain, j'entends gémir de l'autre côté du lit. Je regarde par-dessus l'oreiller, la main de maman dans la mienne, bouleversée de voir papa recroquevillé par terre, le visage enfoui dans les draps.

— Papa ?

Ma voix est aussi aiguë que celle de Kitty. Je veux qu'il me prenne dans ses bras et m'assure que tout va s'arranger, qu'elle va se ranimer et remettre les jonquilles dans le vase.

— Papa, c'est moi…

Il ne lève pas les yeux. Ses gémissements deviennent plus sourds, plus intenses.

— Amber, murmure Toby, surgissant derrière moi. Allez, viens…

Je le laisse m'attirer contre lui. Sa peau a la même odeur que la mienne tout en sentant, distinctement, la sienne. Il est chaud au toucher. Un garçon en feu. J'entends son cœur battre sous son maillot de rugby. Il me serre fort, très fort, au point qu'on ne fait qu'un, à nouveau parfaitement emboîtés, deux bébés lovés en chien de fusil dans le noir protecteur du ventre de maman.

— Je suis encore là pour toi, Amber. Et je t'ai, aussi.

— Les enfants… (Peggy est à la porte, une main sur la bouche.) Qu'est-ce que vous faites ? Soyez gentils, sortez.

— Maman est morte, dis-je, pas sûre qu'elle ait saisi.

Toby resserre son étreinte.

— Elle est morte, Peggy.

— Et ton père a besoin d'être seul avec elle, mon trésor.

Elle s'approche, nous détache l'un de l'autre, en observant anxieusement papa.

— Amber, Toby… Allez, séparez-vous. Venez au rez-de-chaussée.

Je la supplie.

— Je veux rester avec maman…

— Tu ne peux pas, mon canard. Pas maintenant.

Juste à ce moment-là, papa lève les yeux. Il a le visage enflé, déformé par le chagrin, les yeux comme des bulbes rouges. Je ne le reconnais pas.

— Y a-t-il quelque chose que je peux vous apporter, monsieur Alton ?

Elle s'accroupit près de lui, son corps rond reposant sur ses pieds minuscules.

— Monsieur Alton ?

Il la dévisage sans comprendre.

— Un bon verre de…

— Dehors ! rugit-il, nous faisant sursauter. Dehors !

* * *

En équilibre sur le pare-feu, nous sommes assis devant la cheminée du salon où, hier encore, maman faisait danser les flammes pour Kitty avec une poignée de sel. Il en reste quelques grains dans le foyer.

Malgré la chaleur, on ne parvient pas à se réchauffer. Toby et moi sommes collés l'un à l'autre, frissonnants, écorchés. Kitty chuchote des bêtises à son doudou. Barney, les lèvres bleues, regarde le feu sans le voir, dans le pyjama rayé de Bloomingdales que tante Bay lui envoie de New York chaque Noël. Il n'a pas prononcé un mot depuis qu'on est rentrés. On ne sait pas ce qu'il a vu, si tant est qu'il ait vu grand-chose.

Boris entre à pas lents, se couche sous le globe et, la tête sur les pattes, nous observe. Le globe tend vers nous l'Amérique de maman. Je peux voir Seattle, un bout de l'Idaho, l'Oregon. Des lieux où elle avait promis de m'emmener.

Je ne peux pas toucher à mon chocolat. Impossible de le boire pendant qu'elle est couchée, inerte, à l'étage. Après quelques instants, Toby avale le sien. Il y a là quelque chose de brave, une tentative pour vivre normalement. J'essaie de lui sourire mais mes traits sont figés. Je ne peux pas relever le coin de mes lèvres.

Clic, *clic*, *clic*, tintent les aiguilles à tricoter de Peggy. Assise très droite dans le fauteuil près de la fenêtre, elle cherche à nous faire croire que cette soirée est pareille aux autres. Une longue écharpe rouge s'entasse à ses pieds.

— Y faut me brosser les cheveux ! lance Kitty. (Elle les secoue, faisant voler du sable.) Maman n'aime pas qu'il y ait du sable dans les cheveux de Kitty. Elle est où ? Maman est où ?

Le cliquetis des aiguilles cesse. Peggy les pose sur ses genoux.

— Elle est au ciel, maintenant, Kitty.

— Non, dit fermement Kitty, enfouissant son doudou dans le berceau de ses jambes. Maman est dans son lit, Peggy. Et elle doit se lever pour tresser les cheveux de Kittycat.

J'échange un coup d'œil avec Toby. Il a des ombres sous les yeux, noires comme la boue de la rivière.

— Je vais te faire des nattes, dis-je en ouvrant les bras. Viens.

Kitty secoue la tête.

— Je veux que ce soit maman…

Toby termine son chocolat en m'observant pour vérifier si je ne suis pas partie, alors qu'il l'a déjà fait une seconde plus tôt. Des grumeaux de cacao forment un sourire de clown sur ses lèvres. Il pose brutalement son mug sur la cheminée. Tout le monde tressaille, en regardant une goutte de lait couler par-dessus le bord émaillé. On attend.

Clic, clic, clic.

À tout moment, la vie doit reprendre son cours. Le pas de maman sur les marches... Une petite toux... On foncera dans le hall et elle sera là, ses cheveux cascadant sur son dos, une main sur la rampe, prête à sortir en robe verte (« Une rousse n'a pas beaucoup de choix »), avec son étole en lapin blanc au fermoir scintillant. Puis, très vite, papa arrivera. Il tirera sur les boucles de Barney, donnera une bourrade à Toby, demandera où est maman – il la cherche toujours, les yeux brillants dès qu'il l'aperçoit, ce qui nous pousse à détourner la tête, Toby et moi. On sentira des pommes de pin dans le feu. On entendra des verres tinter et des éclats de rire...

Pan ! Une détonation déchire la nuit.

— Pan... (Kitty sourit, lève son doudou devant ses yeux.) Pan, pan, pan !...

Peggy jette son tricot par terre et court à la fenêtre. L'écheveau de laine, accroché à son talon, se déroule derrière elle.

— Dieu tout-puissant...

CHAPITRE 6

Peggy a tenté d'effacer les dernières traces de Knight à la brosse à chiendent. Mais il reste une tache d'un rouge coquelicot sur la pierre, ainsi qu'une odeur de sueur et de sang. Des touffes de crinière et des bouts de cervelle parsemaient aussi le mur de l'écurie. Toby les a grattés. Les éclats de cervelle, petits bijoux rouge et blanc, il les a mis à sécher pour pouvoir les ajouter à sa collection d'objets déterrés dans les prés : fossiles, crânes de lapin, tessons, douilles, et les queues desséchées des agneaux coupées au printemps. Je crois qu'il ferait pareil avec maman s'il le pouvait. Et je pense que ce serait préférable à ça : l'enfouir sous la terre comme un beurrier brisé.

C'est pour aujourd'hui – le jour de l'enterrement. Aujourd'hui, on enterre maman. Le temps s'est détraqué. Presque une semaine s'est envolée depuis que maman est morte, aspirée dans le trou noir qui s'est ouvert, profond et sinistre, telle une mine désaffectée. Impossible de croire qu'on est à Pâques, que des jacinthes percent dans les bois. Le ciel est venteux, lourd et bas, l'air de vouloir tomber jusqu'à nous écraser. Un vent frais, sec et qui sent le pourri fait follement tourner la girouette de Saint-Mary, l'église près du vieux port. Ses murs de pierre humides sont grêlés de lichen, les vitraux de ses fenêtres couverts d'une croûte de sel. On se croirait coincés sous un bateau renversé, disait maman, pour nous faire rire pendant les offices qui duraient des siècles, bien plus longtemps qu'à Londres. Des pigeons et des mouettes s'alignent sur son toit, observant avidement le minuscule cimetière, l'affreuse destination de maman.

Le trou est déjà creusé, les vers se tortillent à la lumière. Je ne supporte pas de penser qu'on va la mettre là. Le cimetière est connu pour conserver les os – des corps empilés, couches par couches, comme des couvertures sur un lit –, plein de cadavres d'Alton, de marins et d'enfants noyés qui se sont aventurés trop loin à marée montante ou dans les vasières de la rivière.

On se serre à la porte de l'église, en évitant les yeux de ceux qu'on voit d'habitude aux mariages ou aux baptêmes. On tressaille, inconsolables, quand ils nous embrassent. Tous chuchotent, comme les adultes dans les chambres des enfants quand ils croient qu'ils dorment. Les femmes touchent le bras de papa en penchant la tête. Les hommes, avec leurs visages de bébés joufflus, lui donnent une tape sur l'épaule. Papa les salue poliment, sans les regarder dans les yeux. S'il le faisait, ils verraient qu'ils ont perdu leur lumière. Je sens qu'ils préfèrent aussi ne pas me regarder. Je les entends murmurer : « Elle ressemble tellement à sa mère que c'en est troublant… » Alors, je me cache derrière mes cheveux jusqu'à ce que les sourires s'effacent et qu'ils entrent dans l'église, un peu gênés.

— C'est l'heure, chérie, dit papa, une main sur mon dos.

Il essaie vainement de sourire. Je pense aux sanglots qu'il pousse nuit après nuit depuis que maman est morte. Pour moi, il n'y a pas de pire son au monde que les pleurs de son père. Il respire un bon coup.

— Prête ?

Je fais oui de la tête. Je sais à quoi m'attendre. Je suis déjà venue ici pour d'autres enterrements. Ils sont, d'une certaine façon, tous pareils – des mariages à l'envers. Alors, je vais imaginer qu'on enterre quelqu'un d'autre, pas maman. C'est ainsi qu'on a résolu de tenir.

Les portes de l'église s'ouvrent dans un couinement de porc. Le pasteur s'excuse, marmonne quelques mots sur la rouille. Il croit vraiment qu'on s'en soucie ?

Toby me presse la main pour me dire : on se tient les coudes, sois courageuse. Je lui rends la pareille et on guide Barney et Kitty dans Saint-Mary, marchant au pas en braves petits soldats.

L'église sent l'eau croupie. Tout y est froid et sombre, sauf le cercueil de maman, couvert de rubans roses et d'une telle masse de fleurs – jacinthes, iris, anémones – qu'on croirait un jardin. Je suis contente. Maman aimait tant les jardins… Elle adorait le nôtre.

J'ai du mal à croire qu'elle soit dans cette caisse, emballée comme un œuf de Pâques – ma belle, ma chaude maman qui nous emmitouflait, par les nuits claires et fraîches, pour nous emmener dehors voir briller la Grande Ourse. C'est impossible. Ce n'est pas elle.

Pourtant, on doit marcher vers cette boîte. Kitty me tire en arrière, plus intimidée par la pompe que par le cercueil. La foule suit derrière nous dans un silence solennel, entrecoupé de toux. L'église n'a pas assez de sièges. Heureusement... Ça serait bien pire s'il y avait des places vides. Des gens debout se bousculent, en tendant le cou, pour mieux voir le cercueil à travers la forêt des chapeaux. On arrive au premier rang, en sentant les regards brûlants dans notre dos. Les portes de l'église grincent à nouveau, puis elles se ferment dans un bruit sourd.

— Psst !

Seules les lèvres de tante Bay, pleines comme celles d'une star de cinéma, pointent sous le rebord de son immense chapeau. Assise derrière nous, elle porte une minirobe noire – on entrevoit ses cuisses – qui me rappelle toutes les raisons que maman avait de l'aimer et toutes celles pour lesquelles elle déplaît à papa. Elle me saisit la main, l'haleine chargée de tabac.

— Comment ça va, chérie ?

J'ouvre la bouche, mais je suis incapable de répondre. Son accent américain est trop proche de celui de maman. De la voix que j'entendrais si elle entrait à l'instant dans l'église en lançant à la cantonade qu'il s'agit d'un malentendu stupide – ces Anglais ont encore fait beaucoup de bruit pour rien...

Je ne peux pas m'empêcher d'imaginer qu'elle reprend vie à l'improviste. Ni de repasser cette journée dans ma tête, en la rembobinant pour qu'elle finisse autrement. Je tire le temps en arrière et en avant, ou je saute le jour de l'orage et force les aiguilles de Big Bertie à passer au lendemain, où on mange des sandwichs pleins de sable sur la plage.

— Chérie ?

Tante Bay soulève les bords de son chapeau, me laissant voir ses yeux rougis, ses longs cils en pattes d'araignée.

— Très bien, merci, dis-je, car c'est la réponse qu'on attend d'une Alton.

— Tu es une brave fille. (Elle a sur les dents une tache de rouge à lèvres qui ressemble à un glaçage rose.) Nancy serait très fière de toi. Elle t'aimait tant, Amber...

Ma gorge se noue. Je sais que maman m'aimait. Pourtant, quand on me le dit, j'ai l'impression que ça peut ne pas être vrai.

— Tu viendras me voir à New York ?

Je hoche la tête, en pensant à la suite d'hôtel qu'elle habite. Dans le hall, il y a un gros homme, Hank, assis à un bureau, et on doit jouer des coudes parmi les clients chargés de valises, de guitares. Tante Bay nous laissait jouer aux dominos avec lui pendant qu'elle et maman allaient à des spectacles sur la 42e Rue.

— Levez-vous, demande le pasteur.

Un bruissement parcourt les bancs. Le chapeau de tante Bay bouche la vue des gens derrière elle. J'entends un : « Celle-là, alors... »

— Je t'emmènerai à Coney Island, au sommet de l'Empire State, chuchote-t-elle. Si jamais tu as besoin de t'échapper, viens me trouver, OK ?

Là, je ne réponds pas. Pourquoi voudrais-je fuir la famille qui me reste ? La seule pensée d'être coupée d'elle me donne le vertige.

— D'accord, Amber ?

— Chut... s'il vous plaît, lance Mildred, la cousine de papa – une grande perche acerbe.

Tante Bay se retourne pour lui sourire tout en parlant plus fort, ce qui est tout à fait elle.

— Tu es une fille sage au grand cœur, Amber, mais tu dois aussi te blinder. C'est toi, maintenant, la maîtresse de maison.

La maîtresse de maison ? Je n'aime pas du tout ça.

— Tu peux pleurer quand même. Tu en as le droit, chérie. Je t'assure…

J'essaie de pleurer pour tante Bay, mais mes larmes sont coincées.

Des bouches s'ouvrent, chantent, dévoilant des gorges couleur de la confiture de fruits rouges. Je me tourne vers papa pour m'assurer qu'il ne va pas craquer. Il regarde devant lui d'un air absent, le dos droit et les épaules tremblantes – comme le moteur du bateau dans lequel il canotait sur la rivière, en fumant et en riant avec maman.

Des discours… Des poèmes… Un Américain. Un duc. Un colonel. Ils disent tous que maman avait séduit papa par son esprit, évoquent sa « soif de vie », son amour des chevaux, du foyer et de la famille. Ils rappellent comment il l'a ramenée d'Amérique et le coup de foudre de maman pour les Cornouailles. Comment elle a fait aimer la tarte à la citrouille aux gens du coin – et qu'elle détestait tuer les lapins. Car elle était ainsi : mère, généreuse, amie des animaux et fan de Joan Baez, une fille qui aimait chanter autour du feu et voyait le bien en tous et en toute chose.

Les gens reniflent discrètement. Tante Bay, elle, pleure carrément en répétant : « Doux Jésus », même si elle croit en un barbu en sari qui habite en Inde.

— Ma petite sœur… Oh, doux Jésus !

Je fais mine d'essuyer une larme, tout en me concentrant sur le reste de la famille, pour voir si personne ne fait de scène.

Ils ont tous pour consigne d'être braves. Kitty tripote un bouton sur sa robe. Pour elle, la mort de maman est encore trop énorme à comprendre. Barney, les yeux baissés sur ses chaussures miroitantes, respire vite et fort. Toby regarde droit devant lui, la poitrine gonflée, la nuque rouge comme si sa peau éclatait à force de contenir ses sentiments. On a tous hâte que ce soit fini. Tout, sauf ça.

Lorsque papa se lève, les gens cessent de renifler et l'église retombe dans le silence. Il a l'air plus vieux et plus voûté qu'il y a quelques jours. Les cheveux, sur ses tempes, sont de la teinte des fourchettes. Ses yeux sont vides et injectés de sang. Ils me font penser aux poissons hors de l'eau à marée basse, qui s'agitent jusqu'au bout dans la vase.

Soudain, on entend un froissement de papier.

— Kitty ! dis-je, la voyant déballer un œuf en chocolat.

Elle me regarde, furieuse.

— C'est Pâques ! Tante Bay me l'a donné.

— Tu pourras le manger après…

Je remarque, du coin de l'œil, l'air pincé de Mildred.

Kitty laisse tomber l'œuf dans sa poche. Je la serre contre moi. Barney aussi. Il est froid, mou, vidé de son énergie. Lui, si plein de vie, est totalement prostré. Il ne nous a toujours pas raconté ce qui s'est passé dans les bois – ce qu'il a vu – et, quand on insiste, il prétend qu'il ne se rappelle rien avant le moment où il était devant la cheminée, à boire du chocolat, et le *pan* du fusil. Je ne suis pas sûre de le croire.

Je pense à la façon dont maman m'a dit, à Londres, sur le fauteuil turquoise, avant notre départ : « S'inquiéter, c'est le travail des mères », et j'ai peur d'éclater en mille morceaux. Qui va s'en faire pour nous, à présent ? Qui s'occupera de nous ?

La réponse me frappe comme un coup de poing : ce – sera – moi.

Papa ouvre la bouche. Au début, rien n'en sort. J'échange un coup d'œil avec Toby et, soudain, j'ai affreusement envie de rire. Je me mords les lèvres, terrifiée à l'idée que je pourrais le faire vraiment. Puis, le papier que tient papa se met à trembler, comme les plumes des chapeaux des femmes qui sanglotent, et l'envie de pouffer me passe aussi sec. Mon Dieu, faites que quelqu'un l'aide... Enfin, faites quelque chose... Après un long moment horrible, le pasteur s'approche, prend papa par le coude et cherche à le ramener à son siège. Mais il ne veut pas bouger. Le pasteur, gêné, recule d'un air penaud.

— Merci à tous d'être venus, dit enfin papa en levant ses yeux cerclés de rouge. Je sais que beaucoup d'entre vous ont fait des kilomètres pour être parmi nous.

Les épaules retombent. Les jambes s'étirent. À nouveau, on respire. Toby laisse traîner sa chaussure sur les dalles de l'église.

— Nancy serait énormément touchée de voir...

Il s'arrête, bouche bée. Ses notes commencent à glisser de ses doigts. Tout le monde se retourne pour voir ce qui l'a surpris.

Au fond de l'église, sur le banc des derniers arrivants, se tient une femme, qui sourit à moitié, le menton levé, savourant les regards curieux. J'imagine qu'elle n'arborerait pas une coiffure pareille si elle ne voulait pas se faire remarquer : des cheveux blond cendré, relevés en gros rouleaux sur le crâne, tels qu'on n'en voit jamais au sud du Tamar. Elle a des traits ciselés, plutôt beaux que jolis, un nez fin, un peu arrondi, et des yeux bleu polaire, soulignés par un trait de crayon, comme maman quand elle sortait à Londres. Jetée sur l'épaule de son manteau noir, pareille à une bête fraîchement tuée, trône une étole de renard.

À présent, le silence est lourd de murmures, gonflé de salive. Papa met une éternité à continuer.

— Elle serait énormément touchée de voir autant de monde dans notre petite église, poursuit-il enfin, moins sûr de lui. Certaines femmes changent la vie de tous ceux qu'elles rencontrent...

Il s'interrompt, bégaie, les yeux sur la dame blonde. Toby me dévisage en fronçant les sourcils. On pense la même chose : bizarrement, on a le sentiment qu'il parle de quelqu'un d'autre, pas du tout de maman. Cette impression persiste jusqu'à ce qu'il lance très vite :

— Nancy Alton était une femme exceptionnelle.

CHAPITRE 7

Lorna

Une main tavelée sort du rabat effiloché d'une cape en tweed.

— Mme Caroline Alton, dit la voix la plus snob qu'a jamais entendue Lorna, juste un peu enrouée par un vague sifflement. Enchantée.

— Bonjour… bégaie Lorna.

Déformées par l'arthrite, les articulations sont comme des balles de golf. Pourtant la poignée de main est ferme. Du coin de l'œil, Lorna voit Dill reculer dans le couloir. Elle aurait aimé être prévenue que Mme Alton se trouverait dans la suite nuptiale.

— Je m'appelle Lorna… Dunaway, poursuit-elle en tâchant de ne pas fixer la vieille dame d'un air insistant.

« Les os ne vieillissent pas », disait toujours sa mère. Ceux de Mme Alton n'ont pas changé : elle est, à l'évidence, la belle femme du portrait de l'entrée. Mais ses traits, à présent, sont creusés par des rides – pas celles du sourire, contrairement aux pattes-d'oie de sa mamie, fruit d'une nature joviale. Celles qui encadrent la bouche de Mme Alton et le V gravé entre ses yeux, telle une pointe de flèche, suggèrent qu'elle a passé sa vie privilégiée dans un état de constante réprobation.

— Ainsi, vous aimeriez vous marier à Pencraw ? (Ses yeux bleus perçants toisent la visiteuse plutôt qu'ils ne l'accueillent.) J'en suis ravie.

Ce serait le moment de l'informer qu'il s'agit juste d'une possibilité. Pourtant, Lorna reste muette.

— Regardez bien la chambre.

Mme Alton s'appuie sur une canne, le dos très droit. La main, sur le pommeau de cuivre, est couverte de bagues, leurs diamants luisant faiblement à la lumière du soir.

— Qu'en pensez-vous ?… Et, je vous en prie, ne soyez pas polie.

Lorna lui lance un grand sourire – elle croit entendre sa mère lui conseiller : « Si tu ne connais pas les règles, souris ! » – et balaie la pièce d'un regard attentif. Ici, les plafonds sont plus bas que dans le reste du manoir et les murs couverts d'un papier floral style cottage. Par bonheur, il n'y a pas trop de faste poussiéreux, juste un peu dans le vaste lit en acajou noir, aux colonnes ornées de fleurs sculptées – à coup sûr, même Jon sera impressionné.

— C'est ravissant, madame Alton.

— Je suis contente que vous le pensiez, répond celle-ci d'un ton qui déconseille d'être d'un avis contraire.

Qu'elle habite presque seule dans ce lieu reculé se comprend à présent parfaitement. Elle n'est, à l'évidence, pas le genre de vieille dame – approchant les quatre-vingts ans ? – à se laisser confiner dans une maison de retraite ni amadouer par des puddings.

— Je me doutais qu'elle vous plairait dès que je vous ai vue sortir de voiture.

Ainsi, quelqu'un nous observait bien, songe Lorna, contente de ne pas l'avoir imaginé.

— Bien… (Mme Alton tripote un rang de perles sur son col en crêpe.) Maintenant, éclairez-moi. Parlez-moi un peu de vous.

— Je suis institutrice à Bethnal Green, dans l'est de Londres.

— Enseignante ? Oh ! je compatis…

Lorna est sidérée. Elle regrette que Jon ne soit pas là – ils auraient pu, ensuite, commenter longuement cette pique, et puis, elle aimerait l'avoir à ses côtés.

— Votre fiancé ?

— Il travaille dans l'entreprise de construction de sa famille, bredouille-t-elle, se préparant à une autre réplique mordante. Les charpentes, c'est sa passion… ajoute-t-elle en se reprochant de le justifier.

Elle voudrait pouvoir exprimer tout le talent de Jon, l'extraordinaire dextérité de ses mains énormes, son don pour lire le grain du bois du bout des doigts, comme du braille.

— Un charpentier ? (Mme Alton frappe le sol de sa canne et se tourne vers Dill.) Ça pourrait s'avérer très utile, Endellion. Mon Dieu, on en a toujours besoin dans une maison.

Dill sourit pour s'excuser, baisse les yeux sur ses pieds.

— Venez ici, jeune fille.

D'un doigt crochu, orné de bijoux, Mme Alton fait signe à Lorna d'approcher. Après une courte hésitation, Lorna s'avance d'un pas. La vieille femme a une autorité qui rend la désobéissance peu engageante.

Soudain, sa canne glisse et tombe en cliquetant. Lorna se baisse et la lui tend dans un sourire.

— Quelle barbe… grommelle son hôtesse en la replaçant à côté d'elle. Un problème de hanche, hérité de ma jeunesse sur les pentes. C'est empoisonnant… Vous skiez ?

— Oh, non, pas vraiment, dit Lorna, qui n'ose avouer qu'il y a quelques années elle s'est fait doubler sur une piste bleue par des gosses de trois ans.

— Voyons, cette robe… murmure Mme Alton.

Elle penche la tête, cherchant à reconnaître son style. Debout à côté d'elle, Lorna capte une odeur douceâtre dans son haleine.

— Elle me rappelle quelque chose.

— En fait, elle est vintage, explique gaiement Lorna, qui adore parler mode, en faisant crisser le coton entre ses doigts. (Les cotons d'aujourd'hui n'ont pas le même crissement. En plus, ils ne tombent pas très bien. Aujourd'hui, pour avoir cette qualité, il faudrait payer des centaines de livres – très au-dessus de ses moyens.) Fin des années soixante, d'après la vendeuse.

Mme Alton semble amusée.

— Fin des années soixante ? Juste ciel ! Vous aimez les vieux vêtements ?

— J'ai tendance à fouiller dans les brocantes. J'adore les vieux trucs.

— Hum… Encore heureux, non ? lance Mme Alton avec ironie.

— Oh, non… (Elle parlait de la maison, pas de son hôtesse.) Je voulais dire…

— Le plus drôle, c'est qu'on imagine que la vie est linéaire, l'interrompt Mme Alton dans un soupir théâtral.

Elle se met à marcher vers la fenêtre – avec un léger boitement, mais un maintien parfait –, en frappant le parquet de sa canne.

— En réalité, quand on est aussi vieille que moi, Lorna, on s'aperçoit que la vie n'est pas du tout linéaire. Au contraire, elle est circulaire, et mourir est aussi difficile que naître : on revient juste au point qu'on croyait avoir quitté il y a longtemps. Comme les aiguilles d'une montre.

— Pardon ?

Lorna ne comprend rien à ce galimatias. Cela ne l'empêche pas de penser qu'on sous-estime beaucoup les vieux et que, bien souvent, la vérité sort autant de leur bouche que de celle des enfants. Il faut juste prendre le temps de les écouter.

— Les modes reviennent… (Ses yeux balaient de haut en bas la robe de Lorna.) … les événements… les gens… pourtant, on se croit tous uniques. Vous portez cette robe sans penser le moins du monde à son existence précédente.

Lorna est trop polie pour objecter qu'elle s'interroge beaucoup sur ses tenues vintage et sur celles qui les ont portées, se demandant si elles sont encore en vie. Elle est même allée jusqu'à leur inventer des biographies, ce que Jon trouve hilarant.

— Puisque nous ne tirons aucune leçon de nos aînés, nous sommes tous voués à répéter les mêmes erreurs, ajoute Mme Alton d'un ton las. Encore et encore… De vraies souris de laboratoire.

Elle tourne son regard vers la fenêtre, semblant avoir totalement oublié sa présence. Lorna jette un coup d'œil à Dill, cherchant un avertissement, un signe qu'il est peut-être temps de partir. Mais Dill se contente de lui sourire nerveusement.

Elles forment vraiment un drôle de couple… et cette journée est très étrange. Un de ces jours surréalistes qui surgissent dans une vie ordinaire, sans rapport avec les précédents ni avec les suivants.

Mme Alton se retourne, lui offrant son premier franc sourire, dévoilant des dents ivoire singulièrement petites.

— Et quand nous verserez-vous les arrhes, jeune fille ? En liquide.

— Oh… dit Lorna, troublée.

Elle avait cru que les riches ne parlaient jamais d'argent.

— J'espère que je ne vous ai pas gênée en abordant la question financière.

— Non, non, pas du tout. C'est que… j'aime cette maison, madame Alton, beaucoup. Elle est merveilleuse, très différente de celles que j'ai pu visiter. Mais mon fiancé n'est pas encore convaincu… Je dois d'abord lui parler, bêtifie-t-elle en sentant le feu lui monter aux joues.

— Lui *parler* ? répète Mme Alton, perplexe. Vous, une fille moderne…

— Juste des petits détails. (Elle reprend son souffle, s'exhorte à ne pas se laisser intimider.) Il nous faut un peu plus d'informations, c'est tout.

— D'in-for-*ma*-tions ? prononce lentement Mme Alton, comme si cette idée était ridiculement bourgeoise.

Sa langue s'accroche entre ses dents, reste prise un instant avant de retomber.

— Quel genre d'informations ?

— Hum… Les pièces où se tiendraient la réception, le bal, le buffet…

Lorna se tortille les cheveux, mal à l'aise sous le regard perçant de Mme Alton.

— Il y a des quantités de pièces ! De quoi accueillir quatre mariages sans que leurs invités se croisent. (Mme Alton regarde Dill avec colère.) Y a-t-il une seule tâche que vous ne sabotez pas ?

— Ne croyez pas ça ! Dill a été une guide formidable, réplique aussitôt Lorna. (La rencontre vire au désastre.) Simplement, on est arrivés tard et le temps a manqué.

Juste à cet instant, un coup de klaxon résonne dans l'allée.

Mme Alton fronce les sourcils.

— Nous n'attendons plus personne. Les foules se massent-elles au portail ?

— Oh, non… C'est Jon…

Lorna se tord les mains, ne sachant comment faire une sortie élégante, craignant un autre coup de klaxon.

— Merci infiniment d'avoir pris le temps de me montrer la suite nuptiale.

Mme Alton, sentant sa première cliente lui échapper, change soudain de tactique.

— Endellion m'a dit que vous aimeriez en savoir plus sur la maison.

Dill, dans un coin de la pièce, hoche la tête avec enthousiasme.

— Je suis seulement curieuse, c'est tout, balbutie Lorna, maintenant un peu méfiante.

— Parfait. J'aime les esprits curieux. Je n'en ai pas beaucoup autour de moi, vous vous en doutez.

Elle incline la tête, songeuse. Une mouette virevolte devant la fenêtre, poussant un cri perçant.

— Eh bien, c'est évident… Vous devez passer quelques jours ici. Ainsi, vous pourrez recueillir toutes ces... informations dont vous semblez avoir besoin avant de verser les arrhes.

— Je ne sais que répondre. C'est... extrêmement généreux de votre part, madame Alton...

— Pas du tout, réplique Mme Alton, écartant cette idée d'un geste, ses diamants reflétant un rayon du couchant. Au contraire... Il est impératif que je lance cette affaire de mariages pour que la maison reste dans la famille – si tant est qu'elle ait encore un avenir. C'est tout ce qui m'intéresse, la maison. Oh, et le chien aussi, bien sûr...

Lorna rit nerveusement.

— Lorna, vous allez me servir de cobaye, explique Mme Alton en souriant.

— Moi ?

Lorna est de plus en plus troublée. La vieille dame l'a-t-elle vraiment invitée à séjourner ici ?

— Je ne suis pas idiote, Lorna, reprend Mme Alton en haussant un sourcil. J'ai parfaitement conscience que le tarif demandé pour une telle maison, même dans son état, est assez modeste.

Lorna rougit : elle avait supposé que les deux femmes ignoraient tout des prix du marché.

— Néanmoins, et vous ne *pouvez pas* l'ignorer, il est difficile d'obtenir des réservations avant de pouvoir arguer d'une réussite passée. Les couples modernes sont si méfiants... Toutefois, je sens que vous êtes une jeune dame pleine d'imagination, de style et... (ses yeux se font espiègles) de cran.

Lorna a beau savoir qu'il s'agit d'une flatterie éhontée, l'idée d'être une « jeune dame pleine de cran » la transporte. Ce monde vieux jeu est tellement merveilleux... Elle devra en parler avec ses élèves en septembre.

L'envie d'acquiescer est presque irrésistible.

— Désolé, chérie, je ne peux vraiment pas passer quelques jours au manoir des Pingouins ce mois-ci.

Jon accélère en remontant l'allée, un caillou sautant sous ses roues. Le temps s'est dégagé dans la soirée. Ça sent l'herbe, la pluie et le ciel venté.

— Avec ce gros chantier qui commence dans le Bow, je n'ai pas moyen de me libérer...

— Ne t'inquiète pas pour ça. (Lorna soupire, fouille dans la boîte à gants pour trouver les pastilles de menthe. Elle meurt de faim. Toutes ces marches.) Je demanderai à ma sœur.

L'ambiance, dans la voiture, se tend légèrement. Un silence plane pendant quelques instants. À l'entrée de l'allée, Lorna, en proie à la nostalgie et à la frustration, regarde le panneau en émail – coincé dans les broussailles, tel un mouchoir perdu en peine de son propriétaire. Maintenant qu'elle a vu les Lapins noirs, rien d'autre ne lui plaira.

Ils quittent, dans un crissement de pneus, le sentier cahoteux pour la route de campagne. Derrière une brume de verdure, des champs défilent. Des pylônes électriques, des routes bien signalées, des cottages en pierre dans la vallée – tout reflète le retour à la normalité et à un autre monde. Jon se détend sur son siège.

— Je peux dire, maintenant, que ce manoir est complètement dingue ? On le croirait sorti d'une chanson de Kate Bush !

— Il est un peu excentrique, admet Lorna en déballant une pastille de menthe. Mais je l'adore.

Jon sourit malicieusement.

— Il te rappelle les marchés aux puces et les échoppes poussiéreuses qui sentent la pisse ?

Elle lui jette le papier à la figure.

— Les boutiques vintage ne sentent pas la pisse !

— Là-bas, au moins, on perd juste quelques livres pour un truc qui craque aux coutures.

Il accélère un peu trop brutalement : ses sautes d'humeur se devinent toujours à sa manière de passer les vitesses. Quelque chose le tracasse.

— En plus, il y a le problème mineur des rats, ma beauté, vu que ce bâtard sert à les attraper.

— Oh, à la campagne, il y a des rats partout, déclare-t-elle avec autorité, même si elle n'en a aucune idée.

— Juste ce que je voulais à mon mariage : un peu de peste bubonique…

Prenant une autre pastille de menthe, Lorna la glisse entre les lèvres de Jon, la pousse un peu trop fort… Il lui mordille le doigt, le retient dans sa bouche. Elle sent le bord cranté de ses dents – douloureux, mais pas trop –, la chaleur humide de sa langue, et quelque chose, en elle, se tend. Leurs yeux se croisent, brillent dans le rétroviseur ; c'est cette tension, cette étincelle, qui a toujours rendu leur relation si excitante. Ils sont si différents – Jon stable, capable de simplifier tous les problèmes ; elle instinctive, impulsive, coupant souvent les cheveux en quatre – que, la plupart du temps, ils s'équilibrent parfaitement. Seulement, les rares fois où ils ne sont pas d'accord – sur une chose importante –, il semble que ces contrastes pourraient les séparer.

Il libère son doigt sans la quitter des yeux. Elle se tourne vers la fenêtre, gênée de son trouble.

— Lorna, je sais que tu aimes cette maison… (À nouveau, leurs yeux se croisent dans le rétroviseur.) Et j'ai envie de l'aimer aussi.

— Tu es déjà braqué contre elle.

Il allume la radio, cherchant à détendre l'atmosphère. Mais la musique détonne. Lorna baisse le son, ripostant en silence.

— Je n'ajouterai qu'une chose : on ferait mieux de confier le mariage à ton neveu plutôt qu'à Dill.

— Tu es injuste, Jon. J'aime bien Dill.

— Moi aussi... sauf que, de toute évidence, elle change les bassins de Mme Alton depuis des lustres et ne voit presque personne. Alors, s'occuper d'un mariage... (Il baisse sa vitre, laisse entrer l'air du soir.) Si tu veux mon avis, c'est juste parce qu'elles sont snobs que les services sociaux ne frappent pas à leur porte.

L'air vif ranime l'enthousiasme de Lorna.

— Oh ! Oublie-les un peu !

Elle ferme les yeux, sent ses cheveux flotter sur son cou.

— Imagine la maison remplie de danseurs ! Le jardin illuminé ! Des enfants...

— Qui casseront les antiquités... se perdront dans les bois...

— La maison a besoin d'un peu de vie et d'amour. C'est tout, Jon...

— Et d'un demi-million de réparations. Les seaux d'eau n'étaient pas décoratifs.

— Oh, personne ne fera attention aux fuites.

Sauf la mère de Jon, Lorraine, une matriarche hyper sexy – Botox, BMW convertible, grand cœur – qui n'hésite jamais à se plaindre d'un verre mal lavé aux patrons des cafés. Elle a grandi dans la pauvreté, avec les toilettes sur le palier, et maintenant qu'elle est aisée refuse par principe tout ce qui n'est pas luxueux et nickel.

— Les gens aimeront la touche originale, allègue-t-elle.

Il sourit.

— Pour l'originalité, ils vont être servis…

— Jon, c'est *la* maison. Celle que j'ai visitée avec maman. Même papa le pense, insiste-t-elle, en rajoutant un peu.

— Et ton vieux est, Dieu le bénisse, une source d'informations parfaitement crédible…

Il baisse à fond sa vitre et laisse pendre son coude de camionneur en dehors de la Fiat.

— Ce manoir a une âme. C'est tout ce qui importe, dit Lorna d'un ton sans réplique.

— Sauf qu'il est complètement pourri, blague Jon en doublant une Cortina bringuebalante dont le pot d'échappement crache une fumée noire. Et je n'ai pas envie d'acheter le privilège d'être l'aristo du jour.

Lorna se sent ridiculement au bord des larmes. Elle sait que pleurer pour une salle de réception est bête et immature, pourtant elle ne peut s'en empêcher. En plus, elle n'a pas la folie des grandeurs. Elle n'a jamais supporté le snobisme de sa mère, qui racontait aux mamans de ses amies que son père tenait un « service de voiture de luxe » au lieu de conduire un taxi.

— Excuse-moi… (Jon soulève l'ourlet de sa robe et pose une main sur son genou, les yeux sur la route.) Je sais que les Cornouailles sont… (il lui jette un coup d'œil, hésite, choisit soigneusement ses mots) un lieu spécial pour toi.

— Ne va pas imaginer tout un tas de trucs, dit-elle très vite, pour le mettre en garde.

Elle sait ce qu'il veut insinuer et ne tient pas à en parler.

— Je pense juste que cette maison est exceptionnelle, parfaite pour un mariage... et pour nous.

Un silence s'installe dans la voiture. Les champs verts se teintent de plomb au crépuscule et leur complicité est un peu entamée. Au bout d'un moment, Jon s'arrête à un carrefour, se tourne tendrement vers Lorna et la force à soutenir son regard.

— Écoute, je veux juste qu'on se marie... (Il prend l'accent cockney qui la fait toujours sourire.) Que tu sois ma p'tite dame.

— Promis !

— Et ce mariage ne regarde que nous.

— On a toujours été d'accord là-dessus.

Il balaie ses cheveux d'un geste. À nouveau, l'atmosphère se tend.

— Alors, pourquoi ai-je l'impression que, dès qu'on est entrés dans cette maison, autre chose s'y est invité ?

— Je ne vois pas ce que...

Elle s'interrompt. *Il y a bien* autre chose, un sentiment irrationnel, un attrait incompréhensible.

— Ne t'inquiète pas, dit Jon. Bon, maintenant, on rentre, d'accord ?

Il appuie sur le champignon. Lorna se retourne, espérant voir encore la maison dans le lointain. Mais elle a disparu. Les kilomètres défilent. Le ciel s'assombrit. Une brume épaisse glisse par-dessus les haies, tournoyant dans les pinceaux des phares.

Pourtant, de même que les rêves troublants peuvent empiéter sur les heures de veille, le manoir des Lapins noirs s'insinue en elle cette nuit-là, et les jours suivants : le parfum de la cire d'abeille... le bourdonnement du globe... le goût du passé, entêtant, sur le bout de sa langue.

CHAPITRE 8

Amber, août 1968

— Il faut que cette maison retrouve une touche féminine, déclare Peggy d'une voix étouffée – celle des gens qui s'engagent sur le terrain miné des mères mortes. Elle en a bien besoin. Bigre ! aérons cette pièce ! Il y a quatre mois que Nancy nous a quittés – Dieu ait son âme – et M. Alton garde encore son dressing comme un mausolée. Ça me flanque la trouille.

Des rideaux s'agitent sur la tringle. Un rayon de lumière filtre par le côté des portes. Je me blottis dans l'ombre d'une pelisse et m'adosse au fond de la garde-robe. J'ai toujours aimé la penderie de maman, ses gros pieds d'acajou qui semblent toujours prêts à clopiner dans la pièce, son ventre gorgé de robes soyeuses, de fourrures (renard, zibeline, vison), la colonne chancelante des boîtes à chapeaux, le cachemire mité. C'est le dernier endroit du domaine qui sent encore maman : le parfum de son rouge à lèvres, le cuir d'une vieille selle, sa peau au goût de pâte à pain le matin, avant qu'elle se douche. Je me rappelle maman à son odeur. Elle comprendrait : elle nous reniflait tout le temps. Mais Annie et Peggy trouveraient cela bizarre et papa ne veut pas qu'on vienne ici flétrir ses souvenirs, alors je reste immobile en tâchant de ne pas faire de bruit.

— La maison paraît si sombre ces temps-ci, ajoute Peggy en soupirant entre ses dents. Et j'ai beau ouvrir les fenêtres, elle sent toujours le renfermé !

Moi aussi, j'ai commencé à le remarquer. Sans la présence légère, aérienne de maman, le manoir semble lourd et inerte, trop vieux et fatigué pour bouger.

— N'empêche, les enfants n'arrangent pas les choses, rétorque Annie, qui pense que Peggy critique son ménage. Je pourrais faire une dune de sable rien qu'avec ce qu'ils sèment dans l'escalier. Et ils ramènent la boue de la rivière partout dans la maison. Leurs salles de bains ressemblent à des marais. On ne me paie pas assez, Peggy, vraiment...

Là, Peggy s'énerve.

— Allons, Annie ! Ça n'est pas le moment.

— Je n'ai jamais vu de gosses retourner si vite à l'état sauvage. Ils sont vraiment sauvages, Peggy, beaucoup trop pour des petits croyants, alors, pour une grande famille comme celle-là... Tout le monde en parle, au village.

— Eh bien, laisse-les parler. (J'entends des ressorts grincer : Peggy s'est sûrement affalée sur la méridienne de maman près de la fenêtre.) S'ils n'ont rien d'autre à faire que cancaner sur des enfants qui ont perdu leur mère.

— Je dis juste qu'ils ne ressemblent plus aux enfants racés qui sont arrivés par le train de Londres au début de l'été, maugrée Annie.

J'entends le *swoosh* d'un chiffon sur le bois.

— Non, soupire Peggy. C'est vrai.

Je n'ai qu'un vague souvenir de ce jour de juillet : le départ de Paddington le matin, la porte crasseuse du train le soir, Toby jetant son sac sur le quai brûlé par le soleil... Ça remonte à des lustres.

Après l'enterrement de maman, papa a pensé qu'il valait mieux continuer comme si de rien n'était. Le lendemain, Toby est parti en pension ; Kitty, Barney et moi, nous sommes rentrés à Londres, à l'école et à Fitzroy Square. Cette autre réalité a vite pris le dessus, nos vies brisées tenues par l'élastique de nos socquettes blanches et la routine zélée de notre nouvelle nurse, Meg. Elle a une mèche grise dans les cheveux comme un blaireau et nous répète sans cesse : « Allez, allez, ça ira, vous verrez », alors qu'à l'évidence rien ne va s'arranger.

Quand je repense maintenant à ce dernier trimestre, je ne suis pas sûre que c'était vraiment moi qui, assise à ce bureau rayé par les stylos, levais la main pour répondre à des questions sur l'osmose afin de prouver que j'étais toujours la meilleure élève, que rien n'avait changé ; ou qui comparais les berlingots de la boutique de l'école avec Matilda, comme si je vivais toujours dans un monde où les bonbons comptaient. Une autre fille devait jouer mon rôle : moi, j'étais roulée en boule dans un coin, les mains sur la tête pour me protéger de la tristesse insupportable qui fondait sur moi sans prévenir, en déployant ses serres.

Au moins, les jours se succédaient, s'envolaient dès qu'ils étaient passés, sans laisser de trace : tout paraissait insignifiant, dénué de sens, et Toby me manquait terriblement. Très vite, la fête de l'école est arrivée : les banderoles de l'Union Jack, les fraises et les cuillerées de crème fraîche, les mères en robes vaporeuses fonçant au coup de sifflet dans une cavalcade de pieds nus – sauf la mienne, qui gagnait toujours la course des mamans, avec la grâce d'une biche. Puis le trimestre s'est terminé. Il était temps de retourner aux Lapins noirs pour les grandes vacances. Les Alton font toujours ça début juillet. Et rien ne devait changer.

Je me suis même laissé bercer par l'illusion que le manoir avait une telle force d'inertie qu'on allait revenir aux jours d'avant l'orage ; que maman serait là, courant dans la mer en poussant des cris de joie, les cordons de son bikini dansant sur sa nuque.

Couchée dans mon lit à Fitzroy Square, je comptais les jours avant le départ pour les Cornouailles en tentant de me rappeler chaque particularité : le cliquetis des tuyaux, l'espace, la sécurité. Mais quand on est revenus ici, ce n'était pas pareil. Nous n'avions plus de sentiment de sécurité, rien qu'une liberté débridée.

— Leur mère ne les tolérerait pas, tous ces vagabondages dans la campagne, reprend Annie, m'arrachant à mes pensées. Pas même une Américaine, Pegs.

J'ai envie de crier que maman s'en ficherait complètement. C'était elle qui nous réveillait pour qu'on voie le soleil se lever, elle qui nous asseyait dans la voiture, grognons mais heureux, et qui nous faisait boire une Thermos de chocolat chaud.

Puis, le doute me gagne : j'ai de plus en plus de mal à savoir ce qu'elle penserait. Ou à me rappeler son visage, le vrai, pas celui des photos. Je me souviens mieux des détails : une miette de gâteau collée à ses lèvres quand elle souriait, le motif des taches de rousseur sur son nez. Quand je dors, il m'arrive d'entendre si nettement sa voix – « Chérie, tu me donnes un coup de main dans l'écurie ? », « Des crêpes ou des scones ? Peggy réclame une réponse » – que je me réveille en sursaut, sûre qu'elle est dans ma chambre. Mais elle ne l'est pas. Elle n'est jamais là.

Il y a cent vingt-trois jours, elle était en vie – et elle vieillissait. En avril, elle aurait eu quarante et un ans. (Je l'imaginais dans sa robe cuivrée, celle qu'elle portait avec ses boucles d'oreilles en œil-de-tigre, qui faisait flamboyer ses cheveux.) Pour son anniversaire, on a planté un arbre dans Fitzroy Square et allumé une bougie sur un gâteau orné d'un minuscule drapeau américain. Quand on est rentrés, la bouche pleine de glaçage, je me suis demandé combien de ses anniversaires on allait encore fêter : ceux des morts continuent indéfiniment. Est-ce qu'on s'arrêtera quand elle aura atteint l'âge normal pour mourir ? Disons, quatre-vingts ans ? Ou soixante-seize ? Papa n'a pas répondu.

Toby et moi, on a eu quinze ans en mai. Comme on n'avait pas le courage d'organiser une surboum, papa nous a emmenés au cinéma à Leicester Square. On est sortis de la salle enfumée en titubant, incapables de se rappeler ce qu'on venait de voir. Je n'ai pas dit à mes amies que c'était mon anniversaire, sauf à Matilda, parce que c'est déjà assez gênant d'être la Fille Qui A Perdu Sa Mère – le dirlo nous a même réunies exprès, une torture – et je n'ai pas envie d'attirer encore plus l'attention.

Pourtant, c'est ce que je fais en dehors de l'école. Quand je marche dans la rue, les hommes me regardent bien plus qu'avant. Secrètement, ça me plaît assez. Mais Toby a tenté d'en frapper un la semaine dernière, un jeune aux yeux globuleux et aux cheveux filasse qui fumait, adossé à la cabine téléphonique du village.

En remuant pour chercher une position confortable, je sens combien mes jambes ont grandi – des pattes de flamant rose qui m'arrivent au menton quand je les plie. J'ai pris aussi un centimètre et demi, Toby, trois. Je porte enfin un vrai soutien-gorge. (Maman ne m'a jamais autant manqué que dans la cabine d'essayage, chez Rigby & Peller, quand je me tortillais pour enlever mon chemisier sous les yeux de Meg.) Je suis soulagée d'avoir maintenant un corps de femme parce que je ne me sens plus comme une gamine à l'intérieur. On ne peut pas rester petite quand on n'a pas de mère, ai-je dit à Matilda. Les générations font des bonds comme février dans les années bissextiles. On est obligée de grandir.

Barney et Kitty n'ont pas de mère non plus, juste un vide là où elle était avant et moi, la grande sœur, je dois chercher à le remplir. Je ne suis pas très douée pour les trucs de maman – raconter des histoires au coucher, embrasser des genoux écorchés, démêler des nœuds dans les fins cheveux de bébé – mais j'essaie de l'imiter : c'est toujours mieux que rien. Quand Barney a perdu une dent, j'ai pensé à glisser une pièce sous son oreiller. J'ai caché le cheval à bascule sous une couverture, parce qu'il lui rappelait Knight et que ça le faisait pleurer. Je retape la poupée de chiffon de Kitty quand son bourrage sort des coutures, et je la borde dans son berceau. Ça me tracasse, que Kitty soit trop gaie – « S'inquiéter, c'est le travail des mères »… – et qu'elle ne comprenne pas que la mort est irrévocable : hier, je l'ai trouvée en train de bousculer son doudou dans l'écurie, pour y chercher maman. Je me fais du souci quand Barney fait pipi au lit ou qu'il verse de l'eau chaude sur la terrasse, dans le trou des fourmis. Je parle à papa de ce qui a pu le conduire à être le dernier de sa classe et papa marmonne qu'il ne sait pas ce qu'il ferait sans moi. J'en suis fière, même si ça m'angoisse. Ça me donne autant envie de repousser Barney et Kitty que de m'occuper d'eux. Parfois, j'en ai les larmes aux yeux. Ces jours-là, ceux où j'ai l'impression que quelqu'un a vidé mon cœur avec une cuiller à glace, je me glisse dans cette armoire et j'imagine que les foulards en soie sont les longs cheveux de maman.

Je suis venue ici après que Boris a surgi au petit déjeuner avec sa brosse à cheveux dans la gueule. Elle était encore parsemée de fils roux. Je fais toujours un saut dans cette penderie les jours où je me réveille en oubliant, pendant quelques instants bénis, que maman est morte. Ou quand j'ouvre la porte du salon en m'attendant à voir ses pieds sur le tabouret, mais qu'ils n'y sont pas et que je broie du noir. À quoi ressemblent ses pieds, aujourd'hui ? Juste à un tas d'os aux articulations blanches, comme ceux de la collection de Toby ?

C'est pendant la première semaine de juillet que j'ai dû venir le plus longtemps ici : un matin, Peggy s'est mise à vider frénétiquement tous les « restes » qu'on avait laissés dans le garde-manger aux dernières vacances, à Pâques, bref, à jeter les choses qu'on mangeait quand elle était en vie. Ça a aussi fait enrager Toby. Mais Peggy a dit qu'elles nous rendraient malades, même si elle est la première à gratter la moisissure sur la confiture et qu'elle a horreur du gaspillage.

Par chance, Toby a récupéré un pot de Bovril dans la poubelle, et je l'ai caché dans le tiroir de mes culottes. En dévissant le couvercle, j'ai senti l'odeur des sandwichs que je mangeais avec maman le samedi, les matins de bonheur et de paresse. La fille que j'étais alors, sûre d'elle, confiante, pleine de certitudes, est quelque part dans ce pot de pâte visqueuse d'un noir d'encre.

Toby a changé, lui aussi. Il pique beaucoup plus de colères qu'avant : il en veut à maman parce qu'elle est morte, à Peggy et à moi parce que nous ne sommes pas maman, à Barney parce qu'il a couru après les lapins ce jour-là et qu'il ne le fait plus depuis, et à papa parce qu'il s'est fermé comme une huître. On a l'impression que papa a subi une coupure de courant et on attend que quelqu'un le rétablisse. Je n'aime pas rester trop longtemps avec Toby quand il est furax, car sa colère est contagieuse.

Parfois, pourtant, j'arrive encore à voir le Toby d'avant : plus facilement que mon ancien moi. Ce doit être réciproque. Et on rit toujours de trucs idiots. Ça paraît déloyal de rire alors que maman est morte, mais c'est pire si on ne le fait pas. On a des accès de bonheur stupide qui jaillissent par surprise, une pluie de braises sur la terre mouillée. Donc, tout est possible : c'est ce que répétait maman. Enfin, pas vraiment tout... Je ne suis pas près de la chercher dans l'écurie, contrairement à Kitty.

J'ai une crampe à la jambe. Je l'étire... et cogne une chaussure dans la penderie.

— C'était quoi, ce bruit ? demande Peggy. T'as entendu quelque chose, Annie ?

Je reste figée, le cœur au bord des lèvres, me demandant comment je vais pouvoir m'expliquer.

— Je n'sais pas trop...

— Encore ces souris...

J'étouffe un soupir de soulagement.

— Qu'est-ce que je racontais ? Ah oui ! J'ai dit poliment à M. Alton que les enfants avaient besoin d'être pris en main. Surtout Toby. La semaine dernière, il a dormi sur un lit de brindilles dans les bois. Tu savais ça ?

— Brrr... Moi, j'n'aimerais pas... Et M. Alton a dit quoi ?

— Que Toby a été tellement pénible – il a plein de problèmes en classe –, que si, pour une fois, il est heureux et ne fait pas de bêtises, il faut le laisser libre. Et, ah oui ! il m'a demandé si j'avais amidonné ses chemises pour son voyage à Paris.

— On dirait qu'il ne veut plus les avoir dans les pattes, Pegs.

J'ai un haut-le-cœur. C'est vrai ? Ça n'est pas possible...

— De vrais casse-cou, ces gamins...

— Barney, lui, est comme un coucou. Toby, enfin...

Quelque chose se brise dans la voix d'Annie.

— Toby va se calmer, rétorque fermement Peggy. Amber s'en chargera.

— Elle est trop jeune pour ça, Pegs.

— Le temps guérit bien des choses.

Tout le monde le dit. Ou, pire : « Avec le temps, ça ira mieux. » Est-ce qu'on promet à un homme qui a perdu sa jambe : « Avec le temps, il t'en poussera une autre » ? Moi, je ne veux pas aller mieux. Je ne veux jamais oublier maman.

— Espérons qu'il aura le bon sens de se remarier, reprend Annie. Et vite.

— Se remarier ? piaule Peggy.

— Tout le monde ne parle que de ça à l'Anchor, Pegs. Comment va-t-il s'en sortir, seul, avec quatre enfants ? Ce type a bien besoin d'une femme.

Je froisse une fourrure dans mon poing en m'efforçant de ne pas crier : « Papa ne se remariera jamais parce qu'il ne retrouvera jamais une femme comme maman ! » Mamie Esme m'a dit et répété – nourrissant la légende familiale – qu'elle avait présenté à papa toutes sortes d'Anglaises convenables, « irrésistiblement vêtues pour une chasse au mari ». Il n'en avait regardé aucune. « Ton père, ce fripon, a déjoué plus d'une jeune fille tenace. » Les yeux de mamie brillent toujours quand elle arrive à la partie de l'histoire qu'on préfère, la rencontre de papa avec « une Américaine, fille d'un propriétaire terrien, aux cheveux rouge coquelicot et au rire totalement inconvenant ». Ça a été le coup de foudre. « Il était comme un chiot énamouré, ajoute-t-elle en secouant la tête, si bien que son menton tremble. Ni papi ni moi n'avons pu le raisonner. On lui a dit qu'aucune Américaine ne pourrait supporter les rigueurs de la vie en Cornouailles. » Là, elle me donne un baiser sur le front et conclut : « On avait bien tort ! Je suis si heureuse qu'il ne nous ait pas écoutés ! » Penser à mamie me fait comprendre à quel point elle me manque. Elle est trop vieille pour venir aux Lapins noirs autant qu'avant.

— Eh bien... dit Peggy, d'une voix troublée, il faudra que ce soit une dame courageuse pour s'occuper de ce vieux manoir.

— Toi, tu as un assez joli visage, Pegs.

— *Annie !*

— Il lui faut une fille comme toi, en plus sophistiqué, non ? Maternelle, pleine de sens pratique... Ah ah, Peggy, tu rougis !

Je souris dans la zibeline. Ridicule. Elles sont complètement ridicules.

— Franchement, Annie, si quelqu'un t'entendait...

— Lui, au moins, je parie qu'il ne sent pas la sardine et qu'il ne nous marcherait pas sur les pieds au bal du village.

— Annie, arrête...

— Et qu'il n'est pas du genre à plaquer une femme devant l'autel.

— Annie, pour l'amour du ciel...

En entendant son ton blessé, je comprends que ce que Toby m'a raconté est vrai. Pauvre Peggy...

— Pardon, Pegs. Tout ce que j'essaie de dire, c'est que M. Alton ne va rester longtemps au rayon des veufs, tu peux me croire. Oh, mince...

Sa voix est soudain gênée.

— Toby ! On nettoyait juste un peu le dressing de ta mère...

— Je cherche Amber. (Je sens, au grondement assourdi de sa voix, qu'il les a entendues.) Vous l'avez vue ?

— Je te cherchais depuis des heures. (Toby, debout à la fenêtre de ma chambre, gratte son mollet musclé avec l'ongle de son gros orteil. La plante de son pied est dure et sale. Aucun de nous ne porte de chaussures depuis des semaines. Il a encore de la boue de la rivière sur les genoux.) Tu étais où ?

— Dans les parages...

Je m'allonge sur le lit, tire sur mes jambes la minirobe en étamine de maman, et fais semblant de lire la lettre de tante Bay. (Je la connais presque par cœur : je l'ai déjà lue cinq fois.)

— J'ai besoin d'un endroit à moi.

Nerveux, torse nu dans son short déchiré, Toby presse les mains sur le cadre de la fenêtre, l'air de vouloir se battre – ses omoplates se soulèvent, pareilles à des nageoires sur son dos brun noisette. À force de nager et de grimper, il a minci et s'est aguerri, musclant ses épaules et ses bras maigres. Ses cheveux sont emmêlés, blanchis par le soleil, et ses doigts noirs de sang de mûres. Annie a raison : il a l'air d'un sauvage.

— Qu'est-ce qu'elle raconte, tante Bay ?

— Qu'elle a vendu un tableau, perdu un centimètre sur les hanches avec un régime… Oh ! et trouvé un maître pour tous les chatons du Chelsea Hotel. C'est sympa, non ? Ça leur permettra de rester ensemble. Je déteste l'idée qu'ils soient séparés…

Toby lève les yeux au ciel. Mais il aime autant que moi les lettres de tante Bay. Elles arrivent délicieusement, à l'improviste – jusqu'à trois ou quatre par mois –, vives, pétillantes, avec une écriture sinueuse qui rappelle sa façon de parler. Puis elle se tait pendant des semaines, ce qui lui ressemble aussi de façon rassurante.

— En tout cas, elle va venir bientôt.

— Mon Dieu, faites qu'elle ne nage pas encore nue dans la rivière… (Toby a un rapport bizarre à la nudité. Moi aussi. À présent, on ferme la porte de la salle de bains quand on se lave.) Où sont les autres ?

— Ils jouent dans la salle de bal.

Toby se retourne, saisit l'appui de la fenêtre, lève les pieds et les pose sur le mur en dessous, comme un nageur qui s'élance du bord d'une piscine.

— Il y a un truc que je veux qu'on essaie, Amber.

Je n'aime pas quand son « on » signifie « toi et moi ».

— Tu vas casser l'appui de la fenêtre.

D'un bond, il se remet debout, presque sans faire de bruit.

— Range cette lettre, tu veux ? Tu l'as déjà lue des dizaines de fois.

Je la fourre entre le lit et le mur pour mieux la savourer plus tard.

— Pousse-toi.

Il se cale près de moi. Sa peau est chaude et sèche le long de mon bras. Il sent la sueur et la mer. Il jette une de ses jambes par-dessus les miennes. Elle est étonnamment lourde et je mesure combien le temps a séparé nos corps autrefois si semblables. Maintenant, personne ne pourrait dire que mon frère est « étonnamment beau pour un garçon ». Il change tellement vite.

— Amber... commence-t-il, le menton sur la main, me scrutant entre les flammes de ses cils.

— Quoi ?

— Les berniques. On pourrait les manger crues. Sur les rochers. (Il me lance son sourire de fou.) Qu'est-ce que tu en penses ?

— Berk... Non, merci.

— On peut vraiment les manger crues. Y a des gens qui le font.

— Des cinglés...

Il se redresse au bord du lit, froissant mon édredon. Je lance un pied sur ses genoux et remue les orteils sous la brise qui vient de la fenêtre. Il attrape mon pied, les doigts légèrement enroulés autour de mon talon.

— On doit apprendre à survivre, Amber.

Pas ça, pas encore... Alors que je ne cesse d'imaginer la mort autour de moi, Toby, lui, invente d'innombrables fins du monde. Il a lu des livres sur la guerre et des récits de survie dans des contrées sauvages, et

se réveille chaque matin prêt à affronter une catastrophe imminente.

— On n'a pas à survivre, et sûrement pas en
mangeant des berniques crues. Ni ces orties que tu
as fait bouillir pour préparer une soupe infecte. Si
tu as faim, pourquoi ne pas faucher des biscuits au
gingembre dans le garde-manger ? Fais-toi un de tes
sandwichs aux biscuits apéritifs écrasés, ou un truc
du genre…

Il me regarde, consterné par ma stupidité.

— Tu ne comprends pas…

J'ôte mon pied de ses genoux et tends la main par
terre pour attraper *Les Hauts de Hurlevent*.

— Comprends pas quoi ?

— On doit savoir se débrouiller tout seuls, nous,
Kitty et Barney.

— Hum… Et papa ?

— Il pourrait mourir.

— Il ne va pas mourir.

Je soulève le livre, le tends au-dessus de mon
visage et l'ouvre à la page où je l'ai laissé.

— Tout le monde meurt. On doit se préparer au
pire. Des trucs graves arrivent.

— Le truc grave est *déjà* arrivé.

Il secoue la tête.

— Je parle de trucs pires.

Je tourne rapidement ma page, même si je ne l'ai
pas lue.

— Tu en connais un pire ?

— Je ne sais pas mais… je sens que c'est possible.
J'en rêve tout le temps.

Un voile passe devant ses yeux, et j'ai la certitude
que ce qu'il imagine est pour lui très réel.

— … Un point noir qui grandit. Un trou. Être frappés par une météorite, par exemple…

— Une météorite ! (Je lèche mon doigt, prête à tourner une autre page.) Passionnant…

— Tu ne me prends pas au sérieux.

Il se rallonge sur le lit, les bras croisés derrière la tête, révélant une touffe de poils humides sous ses aisselles.

— Amber ?

— Quoi ?

— Tu veux bien me faire une promesse ?

Je pose mon livre et je lève les yeux, inversant la pièce dans ma tête pour que le plafond devienne le plancher et l'abat-jour un arbre dans un champ enneigé.

— Qu'on restera ensemble, quoi qu'il arrive ?

— Ça a toujours été notre pacte.

— Promis ?

— Je l'ai déjà fait. Pouah, Boris…

Boris entre en traînant les pattes, trempé et hirsute, une créature de boue.

— Assis, dis-je avant qu'il se mette en tête de sauter sur le lit.

— Encore une chose… me glisse Toby en lui froissant les oreilles avec ses orteils.

— Quoi ?

Un sourire éclaire lentement son visage.

— Tu goûteras une bernique ?…

— Jamais de la vie !

* * *

Les berniques ne sont pas aussi dégoûtantes qu'elles en ont l'air, juste plus caoutchouteuses, sableuses et plus vivantes. Je murmure : « Pardon » à celle que j'avale. La prochaine fois, c'est sûr, je dévaliserai le garde-manger.

— Ne fais pas la grimace... lance Toby en souriant.

Au fond, il est impressionné. Je n'aurais sûrement pas mangé de berniques crues du vivant de maman. Mais depuis qu'elle est morte, les petites choses ne comptent plus autant. On ne sent pas son pied écorché si on s'est ouvert la tête. Bref, je mangerai des berniques crues pour Toby.

— À ton tour.

Je lui jette un caillou pointu. Il frappe la base d'une bernique et l'arrache du rocher avant qu'elle ait une chance de s'y cramponner. L'idée me vient qu'on ressemble tous à ces berniques : on s'accroche à notre rocher, à ce qui reste de notre famille, pendant que la marée cherche à nous aspirer.

— Je l'ai !

Il se lève d'un bond, léger comme une plume. Pas étonnant qu'il ait toujours des problèmes à l'école : il ne peut pas rester en place.

— Amber... (Kitty s'approche en trimballant un seau de bourses de sirènes qu'elle a trouvées au bord des vagues. Elle regarde Toby, perplexe.) Tu fais quoi ?

— Je cherche mon déjeuner.

Il extrait la chair de la bernique, la pose sur son doigt, savoure la vue du sang, puis la jette négligemment dans sa bouche. Kitty est horrifiée.

— C'est l'amie bernique de Kitty !

— Plus maintenant. Tu veux en goûter une ?

Elle brandit son doudou devant ses yeux.

— Non !

Il en écaille une autre.

— Tu as faim, Barney ?

Barney fait mine de n'avoir pas entendu. Il plante son bâton dans les algues de la flaque autour du rocher pour débusquer des poissons. C'est sur la plage qu'il est le moins malheureux, loin des bois où maman est morte. Le seul endroit où on sent pointer son esprit d'avant.

— Ou t'es qu'une gonzesse ? dit Toby pour le taquiner.

Les larmes aux yeux, Barney se force à manger la bernique. Il veut plaire à Toby, le soupçonnant à juste titre de lui en vouloir d'avoir déclenché la série d'incidents qui ont conduit à la mort de maman : le fait qu'il ait couru après les lapins, qu'elle soit sortie avec son poignet et sa jambe fragiles, et toutes les autres choses dont il refuse de parler.

Toby lui ébouriffe les cheveux.

— Bravo, Barney.

— Pouah… c'est dégoûtant. Doudou veut rentrer à Londres, pour manger les toasts à la cannelle de Nette. (Kitty lève sa poupée, mordillée et férocement aimée.) Hein, doudou ?

— Moi, je ne retournerai jamais à Londres, déclare Barney en reculant très vite de peur qu'on lui offre une autre bernique.

— L'école commence la semaine prochaine, dis-je, m'en souvenant à l'instant.

Mes frères veulent peut-être continuer à vivre en chute libre mais, au fond de moi, j'ai hâte de retrouver l'école et mes amies, le petit réconfort des heures du coucher, des règles sur les chaussures du dedans et du dehors, sur le brossage des cheveux avant d'aller au lit – et d'être un peu loin de Toby, même si ça semble vache.

— Je me cacherai ici, dans la crique, et personne ne me trouvera.

Je lui explique, pour la centième fois :

— Tu ne dois jamais te cacher seul ici, Barney. C'est dangereux. (La semaine dernière, on l'a rattrapé juste à temps alors qu'il fonçait dans la houle avec un filet.) À marée haute, l'eau monte jusqu'en haut de la falaise. Elle pourrait t'emporter.

— Je sais nager !

— Oui, sauf qu'elle t'attire au fond. Il y a de drôles de courants.

Soulevant un petit crabe par une pince, il le regarde s'agiter désespérément.

— Quand même, je refuse de rentrer à Londres. C'est trop... (Il s'interrompt, réfléchit.) ... étroit.

Je souris : je sais exactement ce qu'il entend par là. Ce dernier été aux Lapins noirs a été vaste, sans limites.

On reste un moment silencieux en jetant un bâton dans la mer pour Boris. Un cormoran s'arque sur un rocher, les ailes déployées. Un nuage passe devant le soleil. La température baisse et la mer s'assombrit, passant du bleu clair au vert trouble, comme le pot où Kitty fait tremper ses pinceaux.

— Amber ?

Ma petite sœur se presse contre mes jambes pailletées de sable.

— Oui ?

— Londres est toujours là ?

— Oui, bien sûr.

— Et Nette ?

— Nette, Meg et mamie Esme. Et ta chambre avec les fées et les fleurs sur le mur. Rien n'a changé, Kitty.

— Je ne peux pas imaginer deux endroits en même temps, fait-elle d'un air soucieux. Je n'arrive plus à voir Londres dans ma tête.

C'est vrai : par moments, il paraît impossible que Londres et les Cornouailles puissent coexister. Nos vies sont tellement différentes. « S'activer est tonique », d'après papa, donc on va à l'école, prendre le thé chez mamie, visiter des musées, essayer des manteaux et des chaussures ; nos vies sont bien organisées, nos journées bourrées de choses à faire pour qu'on pense le moins possible à maman. Ici, évidemment, c'est différent. Le manoir des Lapins noirs débobine tout.

Les fantômes sont partout, pas seulement celui de maman dans les bois, les nôtres, aussi – ce que nous étions pendant les longs étés où elle était en vie et où il ne se passait jamais rien : elle, enfouissant ses longues jambes dans le sable, Toby et moi regardant papa l'embrasser derrière la fumée du barbecue… Quand il pleut, si je fixe mon regard assez longtemps, je peux vraiment voir ces instants pris dans les grosses gouttes qui dégoulinent sur les vitres de la cuisine, juste avant de s'écraser. Maman apparaît dans des endroits bizarres.

— Tout sera là, dès la descente du train. Hé ! tu trembles, Kits ! Viens contre moi.

J'essuie le gros du sable sur sa peau, l'enveloppe dans mon cardigan et enfonce mon menton dans le matelas de ses boucles. J'adore la serrer dans mes bras – elle est plus potelée que jamais avec tous les bonbons qu'elle mange pour se consoler. Quand je ne peux pas dormir, je me glisse dans son lit : elle dort encore roulée en boule, les fesses en l'air. Très souvent, quand je me réveille, je trouve Toby dans le fauteuil en face du lit, comme s'il avait piqué du nez en nous observant.

— Londres est toujours là, répète Kitty, juste au moment où je croyais avoir réglé la question. Notre maison est là. Mais pas maman.

— C'est ça, Kitty, dis-je, contente qu'elle semble enfin le comprendre.

Elle lève les yeux vers moi, demande d'un ton sévère :

— Alors, où est papa ?

— Il est à Paris.

Elle ouvre et ferme ses yeux bleus et ronds, et je crois voir des papillons ouvrir et refermer leurs ailes.

— Pourquoi il est à Paris ? C'est où ?

— Paris est la capitale de l'Allemagne, idiote ! clame Barney.

Toby lui fouette la cuisse avec une algue.

— De la France, Barns !

Kitty continue à me regarder en battant des paupières. Je lui explique, plus lentement :

— Papa est à Paris pour ses affaires. Il rentrera au manoir ce week-end, d'accord ?

— Le week-end, c'est dans cent ans...

— Deux jours.

Toby s'assied près de moi sur le rocher, pâle sous son bronzage, en se tenant le ventre. Boris sort des vagues, dégoulinant, et nous asperge de son eau puante.

Toby le repousse.

— Berk... J'avais bien besoin de ça.

Je souris, comprenant qu'il est barbouillé.

— Encore une bernique, Toby ?

— Pas question...

Je remue les orteils dans le sable et regarde la mer s'assombrir en surveillant Barney, comme maman le faisait au temps où j'étais libre d'être une enfant. Kitty chantonne tout bas. Je reconnais l'air que maman fredonnait en lui brossant les cheveux.

Au bout d'un moment, Toby cogne son genou contre le mien pour attirer mon attention.

— Amber, tu crois que c'est vraiment pour ses affaires ?

Je me tourne vers lui, soudain mal à l'aise.

— Quoi ?

Il fronce les sourcils. Une tache d'or inquiétante luit dans ses yeux.

— Que papa est à Paris.

— Et pour quoi d'autre, à ton avis ?

CHAPITRE 9

24 décembre 1968

— Rentre le ventre, souffle Peggy en s'escrimant à fermer les boutons dans mon dos.

— Cette robe est beaucoup trop petite !

— Elle t'ira. Chanceuse, va ! Je tuerais pour avoir ta silhouette.

Elle me tourne vers elle. Ses joues sont encore empourprées par le bal du village, ses cheveux joliment frisés, sa bouche marquée de traces de rouge à lèvres, ce qui suggère – chose improbable – qu'elle a vraiment une vie en dehors d'ici.

— Ravissant...

— Je déteste le jaune, Peggy. J'ai l'air d'une jonquille !

Je pense aussitôt au bouquet dans les mains de maman quand elle reposait sur son lit.

— C'est très beau, les jonquilles. Leur couleur fait ressortir tes cheveux. Tu es ravissante... C'est fou, ce qu'une belle robe vous change... Ne me regarde pas avec cet air-là. Si tu crois que je vais vous laisser tous courir à moitié nus comme cet été, tu te fourres le doigt dans l'œil. Oh... Mais tu mues... (Elle cueille de fins poils roux sur mon bras. Ce matin, je suis allée dans la penderie de maman pour me draper dans son manteau de renard.) Voilà, c'est mieux.

— Ma natte est trop serrée…

J'attrape ma tresse plaquée sur mon crâne, pour tenter d'écarter les brins. Boris lève vers moi un œil compatissant.

— Trop serrée ! Trop lâche ! marmonne Peggy entre ses dents.

Elle était « à bout de patience » il y a deux heures, alors je ne sais pas où elle en est maintenant.

— Tu as l'air d'avoir oublié que j'ai quinze ans. Pas cinq. Je ne porte même plus de natte pour aller à l'école.

— Amber… (Elle a soudain les traits tirés et les joues flasques.) Tu sais bien que ton père veut que vous soyez à votre avantage devant ses amis distingués.

Je me renfrogne, furieuse qu'il ait invité deux autres familles à passer Noël avec nous, surtout d'autres enfants. Apparemment, il y aura un garçon de mon âge. On veut papa pour nous tout seuls. On veut être nous-mêmes.

— Je ne vais pas tout gâcher en leur présentant une bande de va-nu-pieds, hein ? Tu gardes ta natte.

Il y a huit mois que maman est sortie de la cuisine en bottes d'équitation pour aller mourir. Les choses qu'elle a déjà ratées : la floraison des clématites sur le mur du jardin, les petites fraises sucrées du potager, les feuilles craquant dans les bois, une semaine à Venise pour son anniversaire de mariage, Bonfire Night à Regent's Park, l'air desséché par la fumée, la poudre et la laine roussie, Thanksgiving avec ses amies américaines à son club de Kensington, son retour à la maison, sentant la cigarette et le parfum des autres dames, les lumières d'Oxford Street, Harrods, le bal, la veille de Noël.

Sauf qu'on n'a pas l'impression que c'est Noël. Quand on s'est réveillés ce matin, il n'y avait pas trace des branches de lierre dont maman aimait tresser les balustres de l'escalier, pas de houx fraîchement coupé, ni les chaînes de papier qu'on faisait tous ensemble dans la salle à manger. D'ailleurs, cette année, Peggy ne s'est presque pas servie des vieilles décorations de la famille : « poussiéreuses et moisies », a-t-elle râlé en reniflant les caisses dans la cave. Alors elle en a acheté des neuves « pour nous remonter le moral » : des boules vertes et rouges, de fines guirlandes pourpres et dorées et d'autres qui clignotent puis s'éteignent brusquement.

Une gigantesque pile de cadeaux s'entasse sous le grand sapin qui vacille dans le hall – cadeau des villageois parce que tout le monde nous plaint. Et les odeurs sont presque les mêmes – aiguilles de pin, fumée de bois, gâteaux – mais pas tout à fait car les bougies de maman ne sont pas allumées. Peggy préfère les lumières électriques. Donc, ça ne sent pas Noël. Pas du tout.

Ce matin, pour Barney et Kitty (et Toby aussi, même s'il prétend s'en ficher complètement), j'ai essayé de faire quelques décorations à l'exemple de maman. J'ai trouvé du vieux papier de soie – celui dans lequel papa emballe ses costumes – et j'ai dit aux petits de le froisser en boules, d'enduire ces boules de colle, de les rouler dans des paillettes et de les suspendre au-dessus de la cheminée dans l'entrée. Elles ont l'air bête – comme des boules de papier froissé couvertes de paillettes –, et pourtant Kitty les adore. À côté, Toby a accroché certains os de sa collection à des bouts de ficelle pour en faire des mobiles : des dents de cheval, un crâne de mouton qu'il a poli avec une chaussette. Peggy a horreur de ces trucs, surtout des dents qui pendent, mais elle sait que Kitty et Barney crieront au meurtre si elle ose décrocher quoi que ce soit. Et comme papa va bientôt arriver, elle ne peut pas prendre le risque.

— Là, juste le nœud, Amber.

Elle tire la ceinture d'un coup sec.

— Tu m'étouffes…

Elle tire encore trop fort.

— Quand je pense que tu étais la plus obéissante. Qu'est-il arrivé à…

Elle s'interrompt. On sait tous ce qui est arrivé.

— Bien… dit-elle plus doucement en ajustant la ceinture à la taille pour centrer la boucle en écaille sur les plis de la jupe évasée.

Coup d'œil approbateur.

— Ça ira.

Je lui fais la grimace. Je ne veux pas porter cette robe jaune. Je n'ai pas envie d'être ici. Le retour au manoir, il y a trois jours, a été un choc, comme l'eau froide de la mer, même quand on s'y attend : malgré ça, elle s'insinue dans chaque crevasse de notre peau. Je venais juste de m'habituer à Londres après la dérive de l'été. On s'attend à ce qu'on joue les acrobates entre nos deux vies.

Je n'ai pas osé avouer à Toby que Londres me manque. Il y verrait une trahison impardonnable. Il adore être ici. Avec moi. Les bois, la vie sauvage. Bizarrement, il ne se sent lui-même qu'aux Lapins noirs. Moi, j'ai la nostalgie des après-midi relax, dans la chambre de Matilda, où on se fait les ongles avec le vernis de sa sœur, où on parle des boums de Noël et des garçons qu'on rêve d'embrasser. À Londres, je peux jouer les filles de quinze ans normales. Prétendre que l'accident n'est jamais arrivé. Ici, je ne peux pas faire semblant. Même les pires tempêtes hivernales ne peuvent pas effacer la tache sur la pierre devant l'écurie. À présent, le crâne de Knight est dans une caisse noire doublée de velours dans la bibliothèque – la manière dont papa a demandé pardon pour avoir tué le cheval de maman –, à côté de tous les animaux dans des caisses. Chaque fois que je le vois, j'entends : *pan pan pan*... J'imagine des entrailles de laine rouge traîner par terre. Les souvenirs se cognent contre le présent, comme des corps dans une rue bondée.

Londres à Noël m'aide à oublier tout ça, au moins quelques instants. Des hymnes s'échappent des devantures. Des chanteurs passent à notre porte. Des sacs de noisettes grillées, lourds et chauds dans la main. Des milliers d'hommes jouant des coudes, de cliquetis de talons et de sacs en papier glacé. Un élan de vie qui nous force à garder la tête hors de l'eau, qu'on le veuille ou non. Ici, au contraire, quand on s'aventure au village, les gens nous scrutent en tenant bien la main de leurs enfants. Croient-ils vraiment que le malheur est contagieux ? C'est peut-être le cas.

À Londres, les lumières jettent une lumière dorée jusqu'à l'horizon. Aux Lapins noirs, quand on regarde par la fenêtre, on voit juste le ciel, un noir sans fond où les étoiles, se reflétant sur le mur de l'écurie, se moquent de l'idée qu'il pourrait exister un paradis. Ce n'est pas que je croie au ciel ou en Dieu. Je fais juste semblant, pour Barney et Kitty. Je sais qu'Il ne nous rendra pas plus maman qu'Il ne rendra leurs yeux, becquetés par les mouettes, aux dauphins qui meurent sur la plage.

— J'entends la voiture ! (Peggy tapote fébrilement ses cheveux, rajuste ses vêtements.) Maintenant, rappelez-vous. Tenez-vous droits. Soyez bien élevés. Et, pour l'amour du ciel, n'allez pas effrayer les gens en parlant de l'accident... Toby, montre-leur la salle de bal... pas ta collection d'os. Essaie juste, s'il te plaît, d'être... normal. Rends ton père fier de toi. Bon, allez-y. Dans le hall. Qu'est-ce que vous attendez ? Ne restez pas plantés là comme des piquets. *Avancez.*

Il n'est pas comme je m'y attendais.

Ce « garçon » dépasse sa mère d'au moins trente centimètres. Il regarde par terre, les mains fourrées au fond des poches, si bien qu'on ne peut pas voir son visage. Quand il lève enfin ses yeux noirs, il les braque droit sur moi, d'un air si provocant que ma respiration se coince et ma robe se tend sur mes côtes. J'entends, comme si j'étais sous l'eau, papa dire :

— Caroline, voici mon aînée, Amber. Amber ? répète-t-il.

Mes yeux passent aussitôt du garçon à sa mère. Elle ôte lentement ses gants de chevreau, un doigt après l'autre, tout en examinant, les sourcils un peu froncés, le portrait de maman au-dessus de la cheminée. Je me rappelle ses yeux bleu acier, ses traits ciselés, son coup de menton défiant l'assistance. Je me souviens de tout ça comme si je l'avais vu il y a cinq minutes : papa la fixant à l'église pendant son discours, l'office qui vacillait tel un navire sous la tempête, avant de se redresser... Bien sûr, c'était elle.

Puis je remarque les différences. Ses cheveux ne sont plus relevés en chignon. Ils bouffent en boucles blondes sur ses épaules, s'enroulent autour de ses fines oreilles, se mêlent à la fourrure sur son cou. Le lourd trait d'eye-liner, aussi, a disparu. Elle a l'air plus vieille – en la voyant de près, il est évident qu'elle l'est un peu plus que maman – et, dans l'ensemble, moins audacieuse, plus raisonnable, plus proche des mères de mes copines de classe. Il me vient à l'esprit qu'elle s'est donné cette apparence exprès.

— Je te présente Caroline Shawcross, Amber ! reprend papa, faussement enjoué.

Je vois bien qu'il est nerveux, à deux doigts de tirer sur son lobe d'oreille. Il ôte son feutre et le passe à Peggy, qui attend de le recevoir aussi impatiemment que Boris guette une balle sur la plage.

— Bonsoir, madame Shawcross, dis-je poliment, le regard vide, sentant peser sur moi les yeux brûlants de son fils.

Soudain, je sais que je me rappellerai toujours cet instant, debout dans le hall noir et blanc dans ma robe trop serrée. Je pressens que c'est le début de quelque chose.

— Je suis heureuse de te connaître, Amber. Ton père m'a tellement parlé de toi...

Malgré son sourire, sa voix est métallique et son regard volette, vif et méfiant, pareil à un oiseau sur la pelouse, sautant directement du portrait de maman à mon visage : elle remarque la ressemblance qui, tout le monde le répète, est étonnante.

— Non, pas madame Shawcross, s'il te plaît. Appelle-moi simplement Caroline...

J'acquiesce, résistant à l'envie de regarder son fils.

Papa présente Toby, Kitty et Barney les uns après les autres, relâchant la pression sur moi. Peggy les propulse en avant d'un petit coup de coude.

— Quelle jolie bande d'enfants, Hugo !

Boris renifle grossièrement sa jupe. Papa doit le tirer en arrière. Elle rit nerveusement.

— À mon tour, je vous présente mon fils, Lucian.

Elle lui lance un coup d'œil sévère, l'air de s'attendre à ce qu'il se conduise mal.

— Lucian ! (Il ne bouge pas.) Lucian… répète-t-elle dans un sourire crispé.

À contrecœur, il s'avance dans l'espace libéré par sa mère.

Là, je peux l'examiner à loisir.

Je n'ai encore jamais vu un garçon pareil : grand, mince, incroyablement dense, étoffé par endroits. Ses épaules tendent la laine de son blazer et sa posture voûtée ne parvient pas à cacher sa taille. Ses yeux, contrairement à ceux de sa mère, sont d'un noir de fumée, son visage tout en angles et en saillies – comme ceux des jeunes en blouson râpé qui traînent sur des motos, la cigarette aux lèvres, près de chez mamie, à Chelsea. Des hommes, me prévient mamie, dont je ne dois jamais attirer le regard. « Extrêmement mauvais genre. » Fascinant.

— Lucian, souffle Caroline en tripotant les perles sur son cou. Dis bonjour, chéri.

— Ravi de vous connaître, fait-il d'une manière qui suggère qu'il ne l'est pas du tout.

Le silence s'étire.

Peggy sourit trop pour dissiper la gêne, un tablier fraîchement repassé en triangle sur les hanches.

— À quelle heure les Moncrieff arrivent-ils, monsieur Alton ?

Ouf ! Je reprends courage. Je me rappelle bien les Moncrieff – leur maison à Holland Park, un escalier sans fin, d'immenses palmiers en pot, des enfants et des chiens. Ils ont une fille d'à peu près mon âge, Emily, qui rit facilement et a des cheveux blonds transparents.

— Les Moncrieff ? répète papa, l'air absent. Oh, désolé, Peggy, j'ai oublié de vous prévenir !

— Le petit dernier de lady Charlotte a encore eu une affreuse crise de croup, précise Caroline. Quel dommage... Elle voulait absolument venir – vous connaissez lady Charlotte... –, mais je lui ai fortement conseillé de rester à Londres, à proximité des hôpitaux. Elle ne peut pas courir le risque de venir ainsi au bout du monde. On n'est jamais trop prudent, avec le croup.

Peggy opine poliment, même si elle pense qu'en l'occurrence l'air marin est le meilleur traitement. Elle estime qu'il guérit tout : les rhumes, l'eczéma et les cœurs brisés.

— Un conseil raisonnable, glisse papa en tirant sur le lobe de son oreille gauche.

Je jette un coup d'œil à Toby, me perdant dans le sens de tout ça. Mais il fusille Lucian du regard, en émettant sa propre décharge électrostatique. J'ai peur qu'il n'explose d'un instant à l'autre.

— Oui, les pauvres Moncrieff vont beaucoup nous manquer... (Le sourire de Caroline dévoile des dents blanches étrangement petites.) La maison est merveilleuse... Oh, regarde cet escalier ! Mais regarde, Lucian...

Ses talons martèlent l'entrée comme des coups de bec. Elle enlace la rampe de ses doigts.

— Trouver une si belle maison au fond des Cornouailles… murmure-t-elle comme s'il était incroyable qu'on n'habite pas des cabanes sur la plage.

Papa se redresse, apparemment ravi.

— Enfin, un peu rustique sur les bords… Mais nous l'aimons, pas vrai, Barney ?

— Maman l'aimait aussi. La voilà ! lance fièrement Barney.

Il tend le doigt vers le portrait au-dessus de la cheminée, son poignet maigrichon dépassant d'une manche de son costume trop petit.

— Elle s'appelle Nancy. Nancy Kitty Alton. Elle est américaine. Elle est allée au ciel parce que j'ai couru après les lapins, qu'il y a eu un orage, qu'elle avait sa patte folle et que Knight a rué comme un diable. Alors, maman s'est fait un trou dans la tête et on n'avait pas assez de plâtre…

Il jette un coup d'œil nerveux à Toby, s'assurant qu'il a tout bien dit.

— Le docteur lui a mis un drap sur la figure.

Les doigts de Caroline cherchent à nouveau ses perles.

— J'en suis navrée, Barney.

— Papa a tué le cheval et Toby a gardé la cervelle dans sa collection.

Caroline encaisse la nouvelle par une rapide série de battements de cils.

— Sa cervelle est devenue croustillante, renchérit Kitty. Comme des bourses de sirènes.

— Mon Dieu…

Le rouge monte au cou de Caroline.

— Papa a mis le crâne dans une caisse.

Peggy tord désespérément son tablier. Caroline écarquille les yeux. Barney la regarde sous sa tignasse de feu.

— Vous voulez le voir ?

— Ne fais pas l'idiot, bien sûr que non ! s'écrie Peggy avec un petit rire aigu en lui donnant une tape affectueuse.

— Ça suffit, mon garçon, dit papa en prenant Barney par l'épaule. Maintenant, on continue à fêter Noël, d'accord ?

— On n'a jamais eu d'invités aux Lapins noirs ! crache soudain Toby.

Il toise Lucian avec colère, hérissé comme un chat qui veut chasser un rival de son territoire.

— Papa, tu as toujours dit que les Alton restaient en famille à Noël.

— Eh bien, cette fois, c'est différent, Toby.

Papa écarte ses cheveux d'un geste las, révélant les zones dégarnies qui sont apparues juste après la mort de maman et qui semblent s'étendre à vue d'œil.

— J'ai voulu égayer l'atmosphère en t'offrant un peu de compagnie. Je crains que mamie Esme ne puisse pas être là cette année.

— Kitty veut mamie ! piaille Kitty, les lèvres tremblantes. Elle apporte du gâteau à la rhubarbe dans un moule en verre !

— Pourquoi elle ne vient pas ? demande Barney.

— Elle ne va pas très bien. Et elle commence à être un peu âgée pour un si long voyage.

J'ai la gorge nouée en pensant à ma chère mamie sur son grand sofa tapissé de roses à Chelsea. C'est une des rares personnes qui me parlent vraiment de ce qui s'est passé.

« Ton père a un peu de mal à se confier, ma chérie. Il préférerait sans doute, comme la plupart des hommes, que personne ne s'épanche », m'a-t-elle dit avant mon départ, en me serrant si fort que sa broche m'a laissé sur la joue une marque en forme de paon.

— Mais elle m'a chargé de tellement de cadeaux, ajoute papa, que j'ai été surpris que la Rolls puisse rouler.

— Je veux mamie Esme... braille Kitty, redoublant de vigueur. Je veux mamie...

Caroline met une main sur sa gorge et susurre :

— Pauvre chou...

J'ai envie de lui balancer qu'elle ne connaît ni mamie ni Kitty et qu'elle n'a pas à dire « Pauvre chou... » sur ce ton théâtral en regardant papa, parce qu'il est clair qu'elle fait ce cinéma pour lui.

— Où est tante Bay ? demande Kitty. Il lui faut un docteur aussi ?

— Tante Bay n'est pas malade, Kitty. (Papa se baisse à sa hauteur, ses yeux chaleureux et gentils.) Simplement, les orages au-dessus de l'Atlantique rendent les vols dangereux.

Mon cœur se serre.

— Dans sa dernière lettre, elle a promis qu'elle viendrait, quoi qu'il arrive.

Il se tourne vers moi, sans me regarder en face.

— Je sais, je sais... mais ce n'était pas bien de lui demander de venir par un temps pareil, Caroline a tout à fait raison. J'ai dû insister pour qu'elle ne prenne pas le risque.

Pourquoi Caroline a-t-elle donné son avis là-dessus ? Je me sens vaguement mal à l'aise. Toby me dévisage, pensant la même chose.

— Et le beurre de cacahuète ? lance Kitty. (Caroline doit penser qu'on est tous obsédés par la nourriture, ce qui est vrai.) Tante Bay en apporte toujours un grand pot, et elle se moque qu'on mette les doigts dedans.

Peggy intervient :

— Je devrais pouvoir en trouver à Truro, mon chaton.

Kitty fait la grimace. Il ne s'agit pas du beurre de cacahuète.

— Brrr… (Papa frappe dans ses mains, cherche à changer de sujet.) On n'a pas eu un Noël aussi froid depuis longtemps, hein ?

— Pourtant, j'ai fait de belles flambées, monsieur, dit Peggy. (Papa l'a toujours rendue un peu nerveuse, et maintenant, plus que tout. Je la plains, elle veut absolument faire bonne impression.) J'espère que madame…

Elle bafouille, ne sachant comment s'adresser à l'invitée.

— Mme Shawcross, dit Caroline avec un sourire forcé.

Je me demande où est M. Shawcross.

— J'ai allumé un feu dans votre chambre, madame Shawcross.

— Un feu ? (Visiblement, elle ne s'attendait pas à ce que sa chambre soit chauffée au bois.) C'est très gentil, merci.

— Puis-je monter votre bagage, madame Shawcross ?

Son sac est en cuir caramel, gravé de lettres d'or, bien plus chic que les nôtres. Nous, on a dû s'asseoir sur nos valises pour pouvoir les fermer, ou prendre les vieilles malles couvertes d'étiquettes des Indes et qui sentent le thé.

Peggy peine à le soulever.

— Et puis-je me permettre de vous recommander mes tartelettes de Noël, madame Shawcross ?

Pourquoi répète-t-elle sans cesse son nom ? Pour ne pas l'oublier ?

Caroline jette un coup d'œil à son fils.

— Toi, tu adores les tartelettes de Noël, n'est-ce pas, Lucian ?

Lucian la considère avec une expression qui laisse entendre qu'il n'aime ni elle ni les tartelettes.

— Je dis toujours qu'extraire Lucian du pensionnat à la fin d'un trimestre est comme sortir le lait du frigo. (Caroline part d'un rire aigu qui dure une seconde de trop.) Il met du temps à se réchauffer.

— Puis-je allumer du feu dans la chambre de Lucian ? demande Peggy.

La nervosité la rend stupide.

— Papa…

Les lèvres de Kitty se mettent à trembler.

— Oui, chérie ?

Il ne voit rien venir.

— Kitty ne veut pas de cette dame ici.

Caroline a l'air plus gênée que froissée.

— Je suis désolé, dit papa en prenant Kitty dans ses bras. (Elle enfouit son visage dans son cou et scrute Caroline entre ses doigts.) Les enfants sont encore un peu chamboulés.

— Surtout, ne t'excuse pas, Hugo. Je comprends parfaitement. Écoute, Kitty… (Elle parle plus bas en se penchant trop près. Kitty recule.) Je sais que j'ai l'air d'être une étrangère. Pourtant ton père et moi, on se connaît depuis des années. Et maintenant, j'espère mieux te connaître bientôt, n'est-ce pas, Hugo ?

Elle lui lance un regard que je ne comprends pas.

— Je veux qu'on soit les meilleures amies du monde. Toi. Moi. Et ta petite poupée.

Toby pousse un grognement cynique que tout le monde feint de n'avoir pas entendu. Papa hoche la tête et tire sur son col, soudain en nage. De toute évidence, il préférerait être n'importe où ailleurs.

— Bien sûr. Nous devons tous apprendre à nous connaître.

Là, soudain, je me rappelle la discussion que j'ai surprise cet été, blottie dans la penderie de maman, les chuchotements filtrant entre les gonds de cuivre. « Espérons qu'il aura le bon sens de se remarier. Et vite. » Je pense au défilé de gâteaux à notre porte, à Londres, aux femmes aux lèvres pulpeuses me glissant, en tendant le cou : « Comment va ton papa, chérie ? » À Kitty soupesant les boîtes à biscuits des visiteuses, tentant de deviner leur goût. Et je suis saisie par le sentiment écœurant que tout va trop vite, que des rouages invisibles s'activent à toute allure, comme les pistons du train qui nous a amenés ici.

Caroline touche le bras de Kitty.

— Tu pourras peut-être me faire visiter le manoir de Pencraw, plus tard.

— On ne l'appelle pas Pencraw, grommelle Toby. *Maman* l'appelle les Lapins noirs.

Lucian lui lance un regard de respect, malgré lui.

— Les Lapins noirs ? Mon Dieu… C'est… charmant !

Caroline esquisse un sourire qui ne réchauffe pas le bleu glacé de ses yeux.

— Je veillerai à m'en souvenir, Toby.

Plus tard, ce soir-là, je l'entends appeler plusieurs fois notre maison Pencraw. Jamais papa ne la corrige.

— Elle doit nous trouver bêtes comme des lapins stupides.

Toby plonge son canif dans la chair du vieux chêne. Il ne va nulle part sans lui, au cas où la fin du monde arriverait et où il devrait se tuer.

— Toute cette gentillesse hypocrite… Tous ces « Oh, Hugo… quels beaux enfants ! » Ça me donne envie de lui arracher les cils, un par un, comme des pattes d'araignée.

— Sauf que tu ne ferais pas ça à une araignée, dis-je en boutonnant mon manteau de mes doigts malhabiles.

On s'est repliés dans la partie la plus marécageuse des bois. Le ciel est d'une blancheur de marbre et les vasières, à marée basse, paraissent mornes et meurtrières, grêlées de trous d'écrevisses, mordues par la brume : l'hiver à l'état brut, le contraire de Noël.

— Non. Les araignées, je les respecte. Elles, elles ont le droit d'être là, grince-t-il, ses traits pâles tendus par l'effort, en creusant l'écorce.

Son teint, comme celui de maman, change avec les saisons : ses taches de rousseur pâlissent, sa tignasse flamboyante se tamise.

— Ses cils sont faux.

Il lève les yeux, curieux.

— Comment tu le sais ?

— Si on fait bien attention, on peut voir une ligne de colle blanche, dis-je, tirant ma science de la trousse à maquillage de la grande sœur de Matilda.

— Waouh… (Il semble impressionné par mon sens de l'observation.) Et tu as remarqué qu'elle passe son temps à toucher papa ?

— Horrible.

— Et elle a refusé toutes les tartelettes de Noël.

— Bizarre. Pourquoi, à ton avis ?

Un héron chasse le long de la rive, plantant son long bec dans la vase pour cueillir des insectes qui se tortillent après le retrait de la marée. Toby, canif au repos, le suit des yeux, songeur.

— Elle se domine.

— À la place, on devrait peut-être lui proposer une bernique crue. Peut-être que ça la détendrait.

— Tu as vu ses yeux, à midi, quand Peggy a sorti la stargazy pie ?

Me rappelant son air horrifié, je suis prise d'un fou rire qui me donne froid aux dents. La stargazy pie – une des recettes favorites de Peggy, transmise par sa mère – comprend six têtes de sardines desséchées qui pointent hors de la croûte.

— La prochaine fois, je lui dirai de mettre des anguilles !

Je pouffe, en reprenant haleine. Mais Toby a l'air sombre, ce qui m'arrête net. Il grave le b de son prénom.

— Je pense qu'elle a peur de nous deux. (Il se penche en arrière, jauge son œuvre en plissant les yeux.) Peur qu'on voit clair dans son jeu.

— Eh bien, elle a raison.

Ça n'est pas tout à fait vrai. Je n'arrive pas vraiment à comprendre si Caroline est une dame assez gentille qui s'est, je ne sais pourquoi, égarée chez nous à Noël, ou une fauteuse de trouble qui joue les femmes sympas. Ce n'est pas que ça compte vraiment.

Elle ne devrait pas être ici. Elle n'aurait pas dû non plus suggérer à tante Bay de rester en Amérique à cause du mauvais temps. Tante Bay n'a pas peur de l'avion. Elle a des comprimés pour ça.

— Ça crève les yeux, ce que veut Caroline.

Toby frappe l'arbre avec une brutalité qui me fait tressaillir, puis guette ma réaction en déclarant :

— Prendre la place de maman, Amber. Voilà.

Je ferme les yeux, imaginant un pied hideux entrant de force dans les bottes de maman, leur cuir souple épousant la forme de ses hauts pieds cambrés, au deuxième orteil un peu plus long que le premier... Des pieds de ballerine, disait papa.

— Elle ne peut pas. Ça ne marchera pas.

— Qu'elle essaie donc, pour voir...

Il porte ses mains à son cou, le serre à en être écarlate, son canif pointant à la verticale, menaçant de lui raser l'oreille.

— Crève ! Crève !

— Ne fais pas l'imbécile, Toby... (Parfois, sa violence me fait peur. Il mime la scène avec trop de sérieux.) Ce n'est pas drôle.

Il libère son cou, agacé.

— Qui pourrait nous entendre ?

Je jette un regard anxieux du côté où Knight a rué, à quelques mètres d'ici, près du hêtre couvert d'oreilles-de-Judas. À nouveau, j'ai l'impression d'être observée. Il y a une présence aujourd'hui dans les bois, et ça ne peut être que la sienne.

— Maman.

— J'espère bien, dit-il plus gaiement en se repenchant sur l'écorce. Elle détesterait Caroline.

— Maman ne détestait personne, Toby.

Je pense au trou entre ses dents, à son sourire qui vous invitait directement en elle, telle une porte entrouverte. Au repos, c'était son expression naturelle, comme le froncement de sourcils chez la mère de Matilda. Quand les gens lui en faisaient la remarque, elle disait : « J'ai beaucoup de raisons de sourire », sans orgueil, sincèrement ravie.

— Et elle se moquerait d'elle, ajoute-t-il Je suis sûr qu'elle rirait de Caroline Shawcross.

C'est probable. Maman trouvait tordant le maniérisme des Anglais, et Caroline en est pleine. Je lève le menton pour la singer :

— Peggy, l'eau qui sort de mes robinets est *rouillée* ! Elle est brune ! Marron foncé ! Ça n'est pas dangereux ? Vous êtes sûre ?... Bon, si vous êtes absolument certaine qu'on peut se laver dans une eau pareille, je... je pense qu'il faut s'armer de courage...

Ce n'est pas une très bonne imitation, mais ça marche. Ouf... Il n'est pas facile de faire rire Toby aujourd'hui. Après, tout s'adoucit un peu.

J'attrape paresseusement la corde qu'il a nouée aux hautes branches du chêne il y a un ou deux ans, par un été brûlant. En la tenant dans ma paume, je me rappelle ce que c'était de voler librement à travers la rivière, insouciante. Toby regarde fixement ma main sur la corde, en pensant la même chose que moi. La lumière du soir s'épanouit, puis vire de nouveau au blanc.

Toby, fixant toujours ma main, dit :

— Tu ne l'aimes pas, j'espère ?

— Qui ça ?

Mes doigts se resserrent sur la corde.

— Lucian. Le rejeton.

— T'es fou !

Il baisse les yeux sur son canif, faisant courir son pouce sur la lame pour tester son tranchant. Je vois bien qu'il n'est pas satisfait de ma réponse. Il taille un gros morceau d'écorce, la mâchoire crispée.

— Ne lui fais pas confiance. Lucian et sa mère sont faits du même bois, Amber.

Je pense à la haute taille de Lucian, à la carrure étonnamment musclée de ses épaules, au dessin net de sa mâchoire. Oui, on retrouve Caroline en lui. Pourtant, il y a autre chose, une chose qui donne envie de le regarder pour une raison... incompréhensible. Ce n'est pas qu'il soit beau, pas comme Fred Hollywell avec ses cheveux de star de cinéma, son charme décontracté et ses yeux bleus superbes. Lucian est grossier, sombre et silencieux. L'air autour de lui n'est pas calme.

Toby me scrute d'un œil froid.

— Là, tu es en train de penser à lui.

— Tu ne sais pas à quoi je pense, dis-je, sentant mes joues me trahir.

— Si.

— Plus maintenant.

Il tique, et j'aimerais pouvoir me dédire. C'est comme nier qu'on est jumeaux.

— Pardon, ce n'est pas ce que je voul...

— Va te faire voir, Amber.

Je saute de la branche basse. Des brindilles se cassent sous mes bottes.

— Très bien. Je rentre à la maison. Tu es d'une drôle d'humeur...

— Comme tu veux.

J'hésite. Je n'ai pas envie de rentrer seule. Ni de le quitter sur cette note.

— Viens avec moi.

Il secoue la tête, les lèvres serrées. Je sais qu'il m'en veut de penser à Lucian. De le mettre à l'écart en ne l'admettant pas.

— Je te rapporte une veste ?

— T'es qui ? Ma mère ? raille-t-il.

À mon tour de tiquer.

— Il fait froid, ici. Tu as les lèvres violettes.

— Tu savais qu'on pouvait emprisonner un scorpion plusieurs heures dans la glace et que, quand on la brise, il en ressort vivant ?

Je fourre mes mains dans mes poches pour les réchauffer. Je déteste les humeurs bizarres de Toby, leur violence contenue.

— Je suis comme un scorpion, Amber.

— Bien. Alors, gèle.

Je m'éloigne entre les branches et les broussailles. Après quelques minutes, je me retourne pour voir s'il me suit. D'habitude, il me rattrape et me prend par l'épaule pour s'excuser. Pas cette fois. Il est toujours dans l'arbre et ne cesse de le poignarder. Au bout d'un moment, je ne le vois plus du tout. Je me sens soudain mal à l'aise.

Le cri d'une nuée de moineaux s'envolant des buissons me fait sursauter. Quelque chose les a dérangés. Je m'arrête, tends l'oreille, le cœur cognant dans ma poitrine. Un cerf ? un renard ? un blaireau ?

J'entends une petite toux.

Lucian se tient, complètement immobile, à l'ombre d'un arbre. Un pied sur une racine, adossé au tronc, il m'observe. Il est plus grand que dans mon souvenir, plus menaçant. Une créature des bois.

— Qu'est-ce que tu fais là ?

Je résiste à l'envie de m'éloigner : je refuse de montrer ma trouille.

— La même chose que toi. (Toby m'entendra-t-il si je crie ? Est-ce que je peux semer Lucian ?) Pas la peine d'avoir peur.

— Pourquoi j'aurais peur de toi ?

Il hausse les épaules. Passe un moment étrange, gêné, où je n'ose pas parler.

Il plonge la main dans sa poche, en sort un paquet de cigarettes Embassy.

— Tu en veux une ?

— Jamais avant le dîner, dis-je, espérant que ça ait un sens pour un type qui fume.

Plutôt mourir que d'avouer que je n'ai jamais fumé.

Il réprime un sourire, comme s'il savait que je bluffe. Je ne l'ai encore jamais vu sourire, pas vraiment, et cette partie de moi qui ne veut pas se laisser effrayer par ce mufle arrogant a envie de le dérider, d'effacer la froideur agaçante de ses traits escarpés. L'autre partie de moi veut juste rentrer à la maison, et vite. « Donne-lui un coup de pied dans les couilles », me conseillerait la sœur de Matilda. « Si un type louche s'approche de toi, frappe-le là où ça fait mal. »

— Tu as quel âge ?

— Quinze ans.

J'ai l'impression que mon cœur va sauter hors de ma poitrine.

— Tu fais plus jeune.

Je maudis mon corps mince, mon visage de bébé, mes taches de rousseur et ma stupide garde-robe de Cornouailles, toujours trop petite d'une taille, qu'on garde dans une malle moisie.

— Et toi ?

Il frotte une allumette. Son profil se détache dans une lueur dorée.

— À ton avis ?

— Tu es trop jeune pour fumer.

Et là, j'y ai droit, au sourire, une fissure éblouissante qui change son visage maussade, déséquilibré, en... bref, tout à fait autre chose.

— Dix-sept ans. Bien sonnés. (Il s'accroupit sur les racines de l'arbre, lance des ronds de fumée dans l'obscurité.) Ding Dong ! Joyeux Noël ! L'ambiance est toujours aussi triste, ici ?

— Notre mère est morte à Pâques.

— Pâques de cette année ?

Contrairement à ce que j'attendais, il ne semble ni embarrassé ni touché. Il tire pensivement sur sa cigarette. Ses yeux, plus vifs, ne me quittent pas, comme si cette information changeait un peu son regard sur moi.

— Ma mère m'a dit qu'elle était morte, reprend-il, mais je ne savais pas que c'était si récent.

— Elle est tombée de cheval, dis-je, pour le faire réagir un peu plus. À quelques pas de l'endroit où tu es.

Un ange passe.

— C'est un manque de bol...

Au fond de moi, je lui suis reconnaissante de ne pas chercher à travestir l'accident. J'ai horreur des gens qui prétendent qu'il y avait un grand dessein derrière. Qu'elle nous a été enlevée pour une bonne raison.

— Et maintenant, vous héritez de ma mère et de moi pour Noël. Pas étonnant que vous ayez tous l'air suicidaires. (Il jette son mégot de cigarette à demi fumée par terre, où les braises rougeoient une dernière fois avant de succomber au froid.) Bon, on n'a qu'à se tolérer deux ou trois jours, avant d'être remis en liberté à Londres.

— Si on y arrive.

154

Je suis agacée par son impertinence, irritée qu'il ne soit pas plus impressionné par notre manoir. J'ai envie de le protéger, malgré toutes ses pièces humides, battues par les vents.

— Pendant que tu es notre invité, tu pourrais au moins faire l'effort d'être poli.

Il chasse une boucle de son visage.

— Et en quoi ai-je enfreint l'étiquette ? Vous avez l'habitude que les gens s'inclinent devant vous, c'est ça ?

— Qu'est-ce que t'en sais ? dis-je d'une voix stridente, le cœur battant dans mes oreilles. On n'est pas comme ça. Mon père n'est pas riche.

Il me regarde en secouant la tête, l'air étonné par ma bêtise.

— Je ne parlais pas d'argent...

— Je suis à moitié américaine, dis-je, sachant qu'il insinue que je suis une Anglaise de la haute, snob comme tant de filles de mon école, alors que c'est faux. Je ne suis pas pareille. Je m'en fiche, que quelqu'un dise W-C ou toilettes. Maman nous a appris que certaines choses comptent bien moins qu'on le pense.

— Ah ! Quel exotisme !

Il relève les coins de sa bouche, laissant voir brièvement une gencive rose et luisante.

— Et toi, tu es idiot.

Résolue à avoir le dernier mot, je tente de marcher à reculons, lentement, en gardant les yeux sur lui – comme pour m'éloigner d'une bête sauvage –, puis je me retourne et cours dès que je suis cachée par les arbres. Chancelante, hors d'haleine, je dérape en montant les marches glacées, pousse la porte d'entrée et fonce dans le hall... pour me cogner à Caroline.

— Mon Dieu ! (Elle porte les mains à sa gorge.) Je cherche Lucian. Tu l'as vu ?

Je ne peux pas parler... Je n'en crois pas mes yeux... Soudain, le hall a l'air très sombre. Le fermoir de l'étole jette ses feux vers moi, tel un chat en colère.

— Amber, qu'est-ce qui ne va pas ? Au nom du ciel, qu'y a-t-il ?

CHAPITRE 10

Lorna

Lorna promène le faisceau de sa torche sur le sol du grenier, sursaute à la vue d'un escarpin au talon renforcé gisant tristement sur le côté. Elle frissonne. Qu'ont donc les chaussures ? Plus qu'une robe ou un manteau, elles sont, en quelque sorte, façonnées par ceux qui les portent : le renflement d'un oignon, la voûte gracieuse d'une cambrure, une semelle amincie sur des trottoirs inconnus lorsqu'on court après un bus ou que l'on marche avec un amant. C'est pour ça qu'elle n'achète pas de chaussures vintage : elles ne lui appartiennent jamais vraiment.

Lorna redresse doucement le soulier de sa mère, le cuir verni craquant sous ses doigts. Puis, très vite, elle tourne le faisceau de la lampe vers l'autre côté des combles.

Encore des caisses. Des ombres. Un rayon de soleil filtrant sous les tuiles. Pas étonnant qu'elle ait fait des cauchemars sur ce grenier quand elle était petite, imaginant toutes sortes de vampires tapis là-haut, attendant la nuit pour rôder dans ses rêves. Alors que le reste de la maison – sauf le chaos du garage –

était régi par leur mère, c'était l'unique endroit où son père était seul à se rendre, portant de grosses boîtes de rangement, chancelant sur l'échelle qui grinçait jusqu'à ce que sa tête, son corps et ses pantoufles soient avalés par le gouffre. Elle l'attendait anxieusement, bien en sécurité sur le palier, retenant son souffle jusqu'à ce qu'il la rejoigne en souriant, couvert des fibres isolantes qui, disait sa mère, donnaient le cancer.

À présent, les vampires ont disparu depuis longtemps. Mais elle a l'impression que le grenier cache d'autres choses, des secrets de famille – enfouis dans des caisses moisies, scotchées par les doigts efficaces de sa mère – qui attendent d'être découverts.

Depuis son retour des Lapins noirs dix jours plus tôt, elle était impatiente de venir y fouiller ; et voici la caisse qu'elle cherche, marquée « Photos » de l'écriture soignée, très penchée de sa mère, par chance assez proche de la trappe. En la descendant sur le palier, elle remarque sur la plinthe des chenilles de poussière que sa mère n'aurait jamais tolérées. Un signe de plus qu'elle est morte et qu'ils vivent à une autre époque, plus bohème et moins contrôlée.

Nichée dans le salon – embrasses à glands, motif floral tarabiscoté : la décoration des grandes maisons, aux yeux de sa mère –, Lorna, allongée sur le tapis, parle au téléphone avec Louise en feuilletant des photos de vacances aussi audacieuses qu'hilarantes. Pourquoi ne lui a-t-on jamais dit que sa mère portait des mèches vertes à l'adolescence ? Qui savait qu'elle avait été un jour aussi sexy en bikini ?

— Si tu venais avec moi ce week-end, tu pourrais rattraper toutes les heures où j'ai dû arpenter des jardins historiques pendant que tu léchais des glaces sur la plage ! s'écrie-t-elle en glissant une liasse de photos d'une pile à l'autre.

Louise éclate de rire. Elle a un rire bref, glougloutant comme un liquide qui déborde.

— Je ne pourrai jamais te rendre la pareille.

— Pourtant tu aurais bien besoin de souffler, Lou…

Elle regarde des photos d'elle petite, avant la naissance de Louise. Bébé, elle était vraiment mignonne, avec des joues de chérubin et des boucles d'ébène, s'efforçant toujours d'échapper aux bras de sa mère pour filer hors du cadre vers une chose plus intéressante.

— Lorna, je n'ai pas de baby-sitter et Chloé a un impétigo chronique : donc, si tu veux te faire interdire à vie la porte des Lapins noirs, je suis ta femme.

Il est vrai que Louise ne sait plus où donner de la tête avec Mia, neuf ans, Chloé, huit, et son cadet, Alf, un garçon de six ans trisomique. Lorna se demande comment elle s'en sort – et parvient à rester d'aussi bonne humeur.

— Will ne pourrait pas les prendre ce week-end ?

— Ce n'est pas son tour.

— Il ne peut pas être *un peu* souple ?

— Je ne crois pas qu'on en soit encore au stade de la souplesse, dit Louise avec une tristesse qui désole sa sœur. (Will et Louise ont divorcé il y a un an. Ça n'a pas été un divorce à l'amiable. Une secrétaire de vingt-neuf ans, « Bethany », est mêlée à la rupture.) … Mais on y travaille.

— Attends, papa ne peut pas les garder ?

— Ça le tuerait.

— Ce serait pour une bonne cause… Lou, je crois que tu adorerais les Lapins noirs.

— Il y a un spa ?

Lorna éclate de rire.

— Qu'est-ce que ça a de drôle ?

— Tu comprendras quand tu le verras... en tout cas, on peut se baigner dans la mer.

— Je ne me baigne jamais au nord de la Bretagne. Par principe.

— Qu'as-tu fait de ton goût de l'aventure ?

— Je l'ai perdu en salle d'accouchement... Pourquoi Jon ne peut pas t'accompagner ?

— Il croule sous un nouveau projet : une tour d'appartements de luxe dans le Bow qui coûtent des millions chacun, avec une déco d'enfer. Comme d'habitude...

Lorna n'avoue pas qu'il n'a pas voulu venir, qu'il est encore plus circonspect envers le manoir depuis leur retour. Elle parcourt une autre pile de photos.

— J'aimerais que tu voies ça, Louise. Maman et papa ont l'air si jeunes...

Un cri d'enfant.

— Il faut que j'y aille. Écoute, Lorna, je suis contente que tu aies enfin trouvé une belle maison pour ton mariage. Elle paraît *très**1 select. Et je suis sûre que maman l'aurait aimée, surtout s'il y a des sièges de toilette en bois.

— À gogo !

— Parfait. Je commençais à croire que tu ne trouverais jamais rien qui te plaise.

— Je cherchais le manoir des Lapins noirs, laisse échapper Lorna, à l'instant où ces mots lui viennent à l'esprit.

— Alf, on va prendre le thé. Pose les gâteaux de riz. Pardon, tu disais ?

---

1. Tous les termes suivis d'un astérisque sont en français dans le texte original.

— Ce manoir était l'idéal dans ma tête. Rien n'était aussi bien. Je viens juste de m'en rendre compte. C'est pour ça que je n'arrivais pas à me décider pour autre chose.

— Vraiment ? Bizarre. (Bruit de bagarre à l'arrière-plan.) Enfin, ça n'a pas été une année facile, j'imagine, pour préparer un mariage. Mia, j'ai dit : plus de télé. Alf, laisse les gâteaux de riz ! (Sanglot indigné.) Pardon, Lor... C'est l'heure fatale. Qu'est-ce que je voulais dire ? Je ne peux pas garder une idée plus de trente secondes. Ah oui, que je me suis mariée jeune et que toi, femme à l'esprit libre...

— J'ai eu du mal à m'engager ? Je n'ai jamais choisi les bons ?

Lorna blague, quoiqu'elle ne soit pas si loin de la vérité : elle a embrassé plus de crapauds que de princes charmants.

— *Non*, ce n'est pas ce que je pense. Simplement, tu as voyagé, un peu vécu...

— Lou, je ne savais pas ce que je voulais quand j'ai abandonné la fac.

Elle se rappelle les hauts et les bas de cette époque, le stand de Portobello où elle vendait, les mains gelées dans des mitaines, de vieilles fourrures et des bottes de cow-boy à des stylistes ; ses postes de serveuse, de barmaid, de prof d'anglais à Barcelone.

— Je vivais une crise existentielle permanente.

— Jusqu'à ce que tu rencontres Jon.

— Là... (Lorna sourit, mais répugne à l'admettre.) Il n'y avait pas que ça.

— Vrai. Tu es devenue instit' et maintenant tu as une vraie carrière, contrairement à moi, où tu fais des étincelles. Oh, avant que j'oublie, tu joues même les écureuils ! Ma grande sœur délurée cotise à une retraite !

— Délurée ? Oh, ma période délurée est passée depuis longtemps.

Lorna soulève le bord d'une enveloppe kraft.

— Prochaine étape : bébé, Lorna.

— Arrête ! lance-t-elle en riant.

— Jon, de toute évidence, veut une grande famille, et vite.

Lorna aime ce trait chez lui. Il l'effraie un peu, aussi. Quelle sorte de mère sera-t-elle ? A-t-elle ça dans le sang, comme Louise ? Écartant ces questions, elle sort de l'enveloppe une photo noir et blanc, déchirée dans un angle : sa mère pose, à son habitude, avec un sourire gêné, en serrant son petit sac carré à la Margaret Thatcher ; à ses côtés, une fillette gracile en salopette patchwork. Derrière elles, des arbres, un panneau en émail blanc.

Doug secoue la boîte à biscuits près de son oreille.

— Mes gâteaux semblent avoir maîtrisé l'art de voyager dans les placards, ou j'ai un esprit frappeur. Pardon, chérie. Je n'en ai plus.

— Papa, je me fiche des gâteaux. Tu veux bien regarder ? Le manoir des Lapins noirs !

— Une seconde… répond-il, sa boucle de ceinture tintant contre le plan de travail quand il se penche pour reposer la boîte sur l'étagère.

— Pas seulement une photo, trois ! À peu près du même endroit. C'est le même panneau, mais je n'ai pas le même âge sur les photos. Sur la première, j'ai l'air d'avoir à peu près quatre ans. Sur la dernière, environ sept ou huit ! Mince ! Je me demande s'il y en a d'autres, quelque part ici.

— Euh… Bon Dieu, où sont mes lunettes ?

Ils passent les cinq minutes suivantes à les chercher – exaspérant… Enfin, Lorna les trouve dans le tiroir à couverts, en passe d'être rayées par un épluche-légumes.

— Le panneau… marmonne-t-il, perplexe, indique Pencraw, non ?

— Oui, je suis bête, j'aurais dû préciser. C'est le nom officiel de la maison.

Il se tait quelques secondes, caressant des doigts une barbe invisible.

— Alors, tu en as entendu parler ? insiste Lorna d'un ton précipité tant elle est enthousiaste.

— Je n'en suis pas sûr… Non, non, je ne pense pas.

L'air un peu dérouté, Doug porte la théière fumante sur la table et s'assied, posant ses mains velues sur la nappe en dentelle. Lorna est touchée de voir que c'est la nappe blanche que sa mère gardait toujours impeccable « pour les occasions spéciales » (n'incluant pas les visites de ses filles) ; elle a pris aujourd'hui une teinte grise assez sale, car son père se débat avec la notion de « lessive de blanc ».

Elle étale les photos comme un jeu de cartes.

— Pourquoi est-on retournés là-bas plusieurs fois ?

Doug sert le thé fortement infusé, sans quitter des yeux le fil du sachet. Ses lunettes commencent à glisser le long d'un film de sueur sur son nez.

— Ta mère a toujours eu ses endroits préférés.

— Mais pourquoi est-on plantées comme deux piquets à l'entrée de l'allée ?

Il remonte ses lunettes avec son pouce.

— Lorna chérie, laisse-moi t'expliquer quelque chose.

Elle râle intérieurement, craignant exactement ce qui va se produire.

— Les hommes pensent avec la matière grise de leur cerveau, qui est pleine de neurones actifs. (Il tapote le côté de son crâne.) Les femmes, elles, voient le monde avec la substance blanche, qui consiste en liaisons *entre* les neurones.

D'habitude, sa mère intervenait à ce moment-là en lançant : « Oh, pour l'amour du ciel, Doug, tais-toi… » Lorna aimerait pouvoir en faire autant.

— Ce que je cherche à expliquer, c'est que, la moitié du temps, je n'avais aucune idée de ce qui traversait la jolie tête de ta mère, dit-il en se grattant le cou.

Lorna n'est pas satisfaite. Ce geste est, d'ordinaire, un signe de légère nervosité chez son père. Il lui vient à l'esprit qu'il lui cache quelque chose. Et, si oui, pourquoi ?

En plus, les photos sont un peu de travers. Le doigt du photographe apparaît sur l'une d'elles. Sur une autre, leurs têtes sont coupées en haut. Ce n'est pas le genre de photos qu'on garde pour la postérité.

— Qui a pris celles-là, tu le sais ?

— Oh, ta mère n'hésitait jamais à confier le Pentax à un inconnu.

— Et celle-ci… (Elle place une photo sur la pile et observe son père.) Tu peux la dater ?

Il se penche, remontant ses lunettes d'une pichenette sur son nez.

— C'était en été, d'après les feuilles des arbres. Tu devais avoir environ huit ans… Fin des années soixante-dix.

— Ces affreuses salopettes auraient-elles pu être faites à une autre époque ?

— Oh, tu les *adorais*...

Derrière ses lunettes blanchies par la buée, les yeux de Doug se font distants et elle a l'impression qu'il ne la voit plus – à trente-deux ans, en T-shirt blanc et jupe en jean – mais se rappelle la fillette qu'elle était, se tortillant dans une salopette trop chaude et des nu-pieds en cuir.

— Tu as toujours eu des idées très arrêtées sur les vêtements, Lorna. Chaque matin, c'était comme si on habillait Marie-Antoinette.

Une foule de souvenirs déferle sur la table, des remous puissants qui tournoient autour des photos telles des gerbes d'écume. Doug regarde fixement ses mains croisées, aux pouces entremêlés. Lorna se résigne à ranger les photos dans l'enveloppe. À l'évidence, elle n'obtiendra pas de réponses.

Alors seulement Doug se détend, reculant sur sa chaise, les mains sur le ventre.

— Vous papotiez de quoi, vous deux ?

— Oh... J'essayais de convaincre Lou de venir avec moi aux Lapins noirs ce week-end.

Elle brûle de lui demander s'il s'occuperait des enfants de Louise. Pourtant, sentant qu'il accepterait et que Lou pourrait être gênée de les quitter – il n'est pas toujours facile de s'occuper d'Alf – et d'abuser de la gentillesse de leur père, elle dit simplement :

— Mais elle a les petits.

Il ne réagit pas, remue du sucre dans son thé avec une cuiller sale : il est repassé à trois morceaux. Personne ne lui fait plus de réflexions là-dessus.

— Tu es sûre que Jon ne peut pas prendre son week-end pour t'accompagner ? Je me sentirais mieux si tu y allais avec lui.

— Il a un gros chantier.

Levant les yeux vers elle, ses sourcils en bataille au-dessus de ses lunettes, il lui jette un de ces regards qui précèdent une question perspicace, un peu personnelle.

— Tout va bien entre vous ?

— Bien sûr. (Elle croise les bras sur sa poitrine.) Pourquoi ?

— J'ai senti des bisbilles dimanche, pendant qu'on déjeunait au pub. Vous n'étiez pas comme deux tourtereaux.

— Oh, ça… lance-t-elle, tant pour traiter la chose à la légère que pour le rassurer. (Elle rapproche, entre ses paumes, le sel et le poivre au milieu de la nappe.) Jon n'est pas sûr que je doive passer quelques jours dans ce manoir. Il trouve qu'on cherche à nous forcer la main.

— Et ce n'est pas le cas ?

— Peut-être… Enfin, si. Mais on ne va pas signer un pacte avec le diable. S'il ne veut vraiment pas…

— Tu vas laisser tomber ? (Il rit, son ventre tressautant contre la table.) Allons, Lorna… Je te connais par cœur. Quand tu as une idée en tête, on ne peut pas l'en sortir.

— Mais c'est une si belle maison !

Doug examine sa fille par-dessus le bord de sa tasse, d'un air plus sérieux.

— Je dois dire que je suis d'accord avec Jon. Je ne suis pas sûr d'apprécier cette invitation de la duchesse…

— Mme Alton n'est pas une duchesse. Juste une originale perdue dans son manoir, et qui a envie de compagnie.

Ce n'est pas tout à fait vrai. Il y a quelque chose d'un peu plus meurtri chez cette femme, d'un peu plus bizarre dans ses rapports avec la nerveuse Dill et dans son invitation à séjourner aux Lapins noirs. Mais elle se garde bien de s'étendre là-dessus. Le problème, c'est que les vacances filent à une vitesse alarmante. En septembre, elle se remettra à attraper des poux, à redouter les inspections scolaires et à flipper de n'avoir toujours pas organisé le mariage.

— Une autre tasse ?

— Merci non, je dois y aller.

C'est comme ça chaque fois : elle se fait une joie de rendre visite à son père et, dès qu'elle se retrouve dans la maison familiale, elle se sent si peinée pour lui, si déstabilisée par l'absence de sa mère – et de la fille qu'elle était en sa compagnie – qu'elle a hâte de retourner à sa vie d'adulte.

— Autrement, je vais tomber dans les embouteillages, prétexte-t-elle en prenant son sac.

Il a l'air déçu, comme toujours quand elle part, puis il se domine et se lève en repoussant sa chaise.

— Merci pour les bonnes choses que tu m'as apportées. Je vais me régaler avec le salami.

— Appelle-moi si tu as besoin de quoi que ce soit. (Elle l'embrasse sur la joue, qui sent l'aftershave, le pain grillé, le col de chemise douteux, puis avise l'enveloppe sur la table.) Papa, ça te dérange si je prends les photos ?

Il hésite, le front plissé, puis acquiesce.

— Tu sais, je pense qu'elles t'appartiennent.

C'est seulement quand elle tourne la clé de contact qu'elle est frappée par l'étrangeté de cette phrase : pourquoi les photos lui appartiennent-elles ? C'est une chose que son père ne dirait pas d'ordinaire. Mais une Volvo attend nerveusement sa place de parking, avec une autre voiture coincée derrière – qui a déjà klaxonné –, et il paraît stupide de retourner le lui demander.

CHAPITRE 11

Le taxi s'évanouit entre les arbres, laissant Lorna seule dans l'allée, son sac de voyage à ses pieds. Un silence déroutant règne autour du manoir, seulement rompu par le bruit du vent et le rire des mouettes, qu'elle entend sans les voir. Les deux faucons de pierre à l'entrée ont l'air sinistrement doués de sensibilité, or la maison semble endormie et vide en cette fin d'été, comme si elle attendait patiemment de tomber en ruine. Pour la première fois, Lorna éprouve une pointe d'appréhension. Ce n'est pas juste l'isolement, le fait qu'elle n'ait pas de voiture – elle a pris le train à Paddington, craignant de braver seule ces petites routes sinueuses – ni de moyen de s'échapper. C'est aussi parce qu'elle a quitté Londres sur une note discordante, qui a grincé entre elle et Jon depuis qu'ils sont revenus du manoir il y a trois semaines, et n'a cessé de s'amplifier à l'approche du week-end qu'elle doit y passer.

Jon semblait préoccupé ces jours derniers, se débattant apparemment avec une chose liée aux Lapins noirs qu'il n'a pas encore révélée ou n'arrive pas à exprimer. Elle s'est sentie incomprise, trop durement jugée car elle allait manquer l'anniversaire de la « petite » sœur de son fiancé – vingt-sept ans – ce week-end. Et s'il était irrité juste parce qu'elle est venue ici sans lui ? Jon a toujours aimé garder un œil sur elle. Elle l'adore pour ça – le sens viril du territoire –, tout en ayant envie de le repousser. Aimer et être aimée l'effraie, lui donne l'impression d'être vulnérable. Elle s'insurge contre cet état, se jurant de rester le plus indépendante possible, mariée ou non. De ne jamais être une femme qui ne vit qu'à travers son couple.

En tout cas, c'est une bonne chose d'être seule ici, se dit-elle fermement. Il sera plus facile d'explorer la maison, de chercher une explication aux photos où elle pose avec sa mère dans l'allée – des photos qu'elle a pris soin d'emporter. Seule, elle pourra s'immerger dans le manoir des Lapins noirs.

Elle ferme les yeux, savourant la brise chaude qui fait voleter sa robe et apporte de délicieux parfums d'algue, de chèvrefeuille, de lanoline. Ils lui rappellent les étés de son enfance, les promenades dans la campagne où elle cueillait de la laine de mouton brute sur les barbelés, qu'elle cachait à sa mère en les fourrant dans la poche de son anorak.

Le cri aigu d'une mouette la fait sursauter. Très vite, elle gravit le perron et tire sur la clochette. Personne. Elle tire à nouveau. Cogne le heurtoir en forme de patte de lion. Rien. Curieux… Elle a appelé il y a quelques jours, parlé à Dill et confirmé l'heure de son arrivée. Dill a-t-elle oublié ? Elle regarde sa montre. Deux heures. Dill est-elle en train de déjeuner avec Mme Alton ? Oui, ça se tient. Elles doivent grignoter du saumon fumé dans des assiettes en porcelaine, sourdes derrière les gros murs de pierre. La meilleure chose à faire, conclut Lorna, est d'aller faire un tour dans le parc. Elle va laisser son sac ici et revenir vingt minutes plus tard. Là, elles auront certainement fini.

* * *

La grille en fer forgé, à la lisière des bois, laisse de la rouille pareille à du sang séché sur ses doigts, imprimant sa marque sur ceux qui la franchissent. Elle n'est pas fermée, mais ne s'ouvre pas facilement pour autant, avec ses gonds couverts de ronces. Cela ne fait que tremper la résolution de Lorna. Elle arrache les grosses tiges sans trop se piquer les doigts, puis écarte les autres du pied, maudissant ses ballerines. Dans un grand coup d'épaule qui crée un craquement un peu alarmant – d'os ou de barreaux, elle ne sait pas trop –, elle ouvre la grille. Elle est passée.

L'étroit sentier à travers bois s'éloigne de la maison avec tant de tours et de détours qu'en regardant derrière elle au bout de quelques minutes elle ne voit pas comment revenir sur ses pas. À mesure qu'elle avance, les arbres deviennent plus denses, leurs verticales sans fin créant une perspective déroutante, au point qu'elle ne jauge pas très bien les distances. De près, ils sont énormes, noueux, singulièrement humains. Du genre auquel elle rêvait de grimper enfant, quand elle louvoyait entre les parterres de chrysanthèmes de sa mère, « interdits aux ballons ».

De l'eau ? Lorna s'arrête. C'est sûrement le murmure d'un ruisseau. Dill lui a dit qu'on accédait à la rivière par la forêt. Seulement, elle a perdu son sens de l'orientation – qui, d'ailleurs, n'est pas très grand. Ses pupilles se dilatent, s'adaptant aux ombres. Des orties fouettent ses jambes tandis qu'elle suit le gazouillis. Des arbres morts gisent en travers du sentier, calcinés par la foudre. Mince... Elle s'est égarée. Elle risque d'être l'invitée qui s'est four-voyée dans les bois, déclenchant une battue pour la rechercher. Au moment où elle s'apprête à rebrous-ser chemin – revenir sur ses pas semble une idée sensée –, elle aperçoit un éclat métallique entre les branches, comme si quelqu'un agitait un serpentin. La rivière ! Lorna gambade vers sa lumière, sautant par-dessus les broussailles avec une énergie nouvelle, et arrive, échevelée et hors d'haleine, sur sa berge marécageuse.

Debout sur la rive, souriant bêtement, elle relève ses cheveux, absorbant chaque chose : l'odeur de vase et de sel, l'eau lumineuse tressée par la marée, l'émotion d'être seule, pas encore mariée, rien moins qu'une invitée au manoir des Lapins noirs. Tout cela la frappe comme un shoot. Elle est inondée par la certitude qu'elle devait se trouver là en cet après-midi d'été et que, quelles que soient les tensions causées par son séjour, ça en valait la peine. Un peu sonnée, elle s'adosse à l'arbre le plus proche, sentant la chaleur de l'écorce sous le coton de sa robe. Ses yeux parcourent le tronc épais jusqu'à sa voûte – un lacis de feuilles dorées par le soleil –, puis redescendent. Des marques, sur le bois, attirent son attention. Des stries. Des entailles. Des lettres.

Ces graffiti ont clairement été creusés par un instru-ment tranchant, se dit-elle en les examinant. Certains sont durs à déchiffrer et leurs bords, envahis de lichen effrité, effacés par la croissance de l'arbre. À l'évi-dence, les marques sont anciennes ; à quel point, elle n'en a pas idée. Elle tend la main, les suit du bout des doigts. C'est idiot, bien sûr, pourtant elle a l'impression que cet arbre a attendu longtemps sa visite.

Des symboles étranges, croix, triangles, traits ondulés... tracés par la pointe d'une lame sur l'écorce ? Oui, sûrement d'une lame, d'une sorte de petit couteau. Oh, un lapin ! Un lapin de BD aux longues oreilles, avec deux dents qui dépassent comiquement. Elle sourit. Et ça, qu'est-ce que c'est ? T-O-B-Y. Toby ? Oui, très nettement. Qui est ce Toby ? Elle reconnaît la patte de l'auteur des graffiti – pas un enfant, juge-t-elle, pensant aux gribouillis de ses élèves, quelqu'un de plus âgé, un adolescent peut-être, bien entraîné. Quelque chose dans ces lettres – la détermination et l'énergie évidentes de la main qui les a gravées – lui fait battre le cœur. C'est comme découvrir les vestiges d'une tribu éteinte.

Elle commence à déchiffrer un autre groupe de lettres. A-M... Non, elle n'arrive pas à lire le reste, la fin du mot se perd dans le bois pourri. Oh, regarde... Un troisième... En dessous, à la base d'une branche. K-I-T. Kit ? Ainsi, *plusieurs* enfants ont vécu ici à un moment donné. « Un héritier puis un autre, au cas où. » Elle a déjà entendu cette expression – porteuse d'une logique cruelle.

Sortant une pince de sa poche, elle tord ses cheveux dans ses mâchoires, loin de ses joues en feu. Les lettres commencent alors à bondir, se bousculant, sautant, courant vers elle comme de jeunes enfants.

— Petit frère Barney, lit-elle à voix haute, le bout du doigt planté dans le creux le plus profond. R. I. P. 1963-1969.

Dessous, le nom de Toby est griffonné de la même main. Soudain, les dates font tilt. Lorna plaque une main sur sa bouche. Oh, non... Le pauvre petit n'avait que *six ans*… Le même âge que les gamins de sa classe. Le même que son neveu, Alf.

Plusieurs émotions la submergent : la tristesse, parce qu'elle connaît si bien les garçons de six ans, avec leurs pieds remuants, leurs dents de lait, leur énergie sans limites ; une vive compassion pour Mme Alton, car ce doit être son fils ; puis, curieusement, un sentiment de responsabilité envers cet enfant oublié, le même trouble qui l'étreint lorsqu'elle apprend la vulnérabilité ou la détresse d'un de ses élèves. Elle n'est pas de ces instits qui feignent de ne rien voir ou qui peuvent décrocher après la classe. Lorna, elle, reste éveillée la nuit en pensant à ces enfants. Et elle le fera pour ceux-ci.

Sa gorge se serre. Ce graffiti – si près d'être oublié, englouti par le temps et la mousse – est l'épitaphe d'une vie si pitoyablement courte, le « petit frère » la rendant plus sincère, plus poignante qu'une inscription sur une tombe en marbre.

Elle sent vibrer un lien entre eux. Une accélération. Elle n'avait pas besoin de trouver cet arbre – il doit y en avoir des milliers, les chances étaient minimes –, or elle l'a fait. Quelque chose l'a attirée vers ce petit garçon – et le frère aîné qui a gravé si gentiment son nom –, l'invitant à en apprendre davantage sur sa brève existence. Elle en est sûre. Peut-elle maintenant se marier gaiement aux Lapins noirs sans savoir ce qui lui est arrivé ? Non, impossible. Elle doit satisfaire sa curiosité, trouver un sens à son histoire, comme aux vieilles photos de sa mère et d'elle dans l'allée. Les deux choses ne sont pas liées, pourtant, tandis qu'elle tâte l'écorce friable, elles commencent à s'agiter dans le même recoin de sa tête et à se pourchasser comme des fantômes espiègles.

CHAPITRE 12

Amber, veille de Noël 1968

— Ce n'était pas un fantôme, Barney, promis. Les fantômes n'existent pas.

Barney est un faon tremblant dans mes bras, tout en membres grêles et en longs cils mouillés.

— C'était juste Caroline avec l'étole blanche de maman. (J'ajoute, tâchant de minimiser les choses :) Ça m'a fait un p'tit choc, c'est tout.

— Mon singe favori est là ? (Peggy se tient sur le seuil de la nursery.) Regarde… Je t'ai apporté une couverture. On ne veut pas que tu attrapes la mort, hein ?

Elle la passe autour des épaules de Barney, la rentrant sous son menton comme un bavoir, puis pose un plateau sur le tapis de ma chambre.

— Regarde ce que je t'ai apporté d'autre… Des crackers… du fromage… et un beau verre de lait chaud avec une goutte de lait condensé. Ton préféré.

Relâchant ses bras autour de mon cou, Barney s'écarte de moi pour se rapprocher de l'assiette.

— Si tu n'avais pas hurlé au visage de cette pauvre Mme Shawcross, Amber, tu n'aurais pas flanqué une

telle frousse à ton frère. Il n'a que six ans, bon Dieu !
Pas étonnant qu'il soit bouleversé…

— Donc, c'est ma faute ?

— Eh bien… oui, cette fois. Oh, ne me regarde
pas comme ça ! Je sais que ta mère te manque et que
tu as de la peine, mais tu ne dois pas le montrer en
t'emportant comme une furie – pas devant un garçon
aussi sensible que Barney. (Elle pose sa petite main
sur mon épaule.) On a tous notre croix à porter.

Je la repousse.

— Tu ne sais pas ce que c'est.

— Peut-être pas…

Elle renifle et ses doigts trottinent vers son crucifix.

— Mais je sais que c'est la veille de Noël. Et je
suis sûre que ton père fait de son mieux. En plus,
après une dure semaine à Londres, il n'a pas besoin
de ça. Il veut retrouver sa bonne petite Amber, pas
une sorte de… démon cinglé.

— C'est *elle*, le démon.

— C'est quoi, un démon ? demande Barney, les
joues pleines de fromage.

— Rien dont tu doives t'inquiéter, Barney. Mange
bien tes crackers. Ça te redonnera des forces, dit
Peggy avant de me chuchoter : Cette Mme Shawcross cherche à être gentille… si seulement Toby
et toi vouliez la laisser faire… Et elle dépense une
petite fortune. Tu as vu combien de cadeaux elle a
mis sous le sapin ? C'est presque indécent. Je n'en
ai jamais vu autant. Ni une femme qui cherche tant
à se faire aimer.

— Caroline nous a donné des caramels, dit Barney,
l'air de rien.

J'essuie d'une pichenette sa moustache de lait.

— Elle t'a filé des bonbons ?

— Dans un cornet en papier.

Peggy fait tourner son tablier autour de sa taille en goulot de bouteille et s'arrache à sa chaise en soupirant :

— Bon, votre thé ne va pas s'faire tout seul…

— Attends, Peggy ! L'étole, elle l'a trouvée où ?

L'idée que Caroline se soit approchée de l'armoire de maman – l'endroit où je peux aller respirer ses derniers atomes – me rend malade.

Peggy fronce les sourcils.

— Elle devait être dans le vestiaire.

— Non. Je l'ai vue dans la penderie de maman, juste à côté du renard roux.

— Oh, ne te perds pas dans les détails, Amber. Tu peux me mettre cette histoire sur le dos, si tu veux.

— Pourquoi ? dis-je avec humeur, sachant qu'elle tente de prendre ça sur elle pour maintenir la paix.

— En fait, je suis tombée sur Mme Shawcross qui rentrait de la terrasse en frissonnant. On aurait pu penser qu'elle a plus de bon sens : porter une robe pareille en décembre, les épaules nues comme un jambon ! Enfin… Je lui ai suggéré de se couvrir un peu – de mettre une fourrure, par exemple – si elle ne voulait pas attraper la mort alors que, si près de Noël, même la plus belle fille du monde trouverait pas un médecin. Et avant que j'aie pu me retourner… (ses joues rosissent : elle aime en rajouter), voilà Mme Shawcross debout, en haut de l'escalier, drapée dans l'étole de ta mère comme une star de cinéma !

Je frissonne. Je revois le fermoir clignoter vers moi, tel un œil de chat.

— Ça lui donnait un air de fête, cette belle fourrure blanche. Alors, je me suis dit : « Voilà une vision qui pourrait réjouir M. Alton », ajoute-t-elle, l'air un peu irritée par cette idée.

— Mais c'est notre premier Noël sans maman !

— Oui, Amber. Et c'est pour *ça* que Mme Shaw-cross est là, non ? Pour égayer l'ambiance, pour aider ton père à garder le moral.

J'enfonce mon menton dans les cheveux de Barney, ma colère retombée, me demandant si je ne me suis pas trompée, après tout, si je ne suis pas une sale égoïste.

— N'aie pas l'air aussi triste. Ta maman voudrait que tu sois heureuse à Noël, non ? Elle détestait quand vous faisiez la tête.

Mes yeux s'emplissent de larmes. J'essaie de les ravaler pour ne pas bouleverser Barney.

— Hé ! (Peggy me serre contre elle. Une odeur de sueur, de gâteau et de talc s'échappe du col de son chemisier.) Pas de ça, jeune fille...

— Je... j'ai l'impression qu'on fait comme si tout était normal, Peggy. (Je m'écarte, essuie mes larmes.) Comme si papa nous demandait d'oublier maman.

Elle secoue la tête.

— Personne ne vous demande de l'oublier, mon canard.

— On dirait bien, pourtant...

— M. Alton croit que la meilleure façon d'avancer est de mettre un pied devant l'autre, de faire bonne figure, et tout ça. On peut le comprendre, Amber. Si tu vis dans le passé... (sa voix commence à se briser) tu ne vis qu'à moitié.

Barney tousse après avoir réprimé un sanglot. On se retourne, terrifiées à l'idée de l'avoir à nouveau bouleversé. Il s'émeut facilement.

— Hé, petit monsieur ! Là, là… Ne recommence pas ton ramdam, sinon Mme Shawcross va sauter dans le train pour Londres et on aura tous droit à un savon.

Elle me jette un coup d'œil, murmure :

— J'imagine que cette dame n'est pas du genre à aimer les enfants qui crient…

— Ni les enfants tout court. Ça se voit à sa façon de nous regarder. Même de regarder son fils.

— Hum… Lucian ne me paraît pas le gars le plus facile du monde.

Une sensation étrange me gagne quand je me remémore ma rencontre avec lui dans les bois, la façon dont il s'est détaché des ombres. Je repousse cette image, tâchant de ne pas penser à lui. Mais plus j'essaie de l'écarter de mon esprit, plus ça se confond avec l'envie de penser à lui. Comme s'efforcer de dormir vous éveille encore plus.

— Tout le monde n'est pas aussi doux que ta mère avec les enfants, Amber. « Je ne veux pas vous entendre », c'était la règle pour des générations de petits Alton. Maud Bean, au village, qui a connu Toots, la nounou de ton père, dit qu'il ne passait qu'une heure par jour avec ses parents, de cinq à six. C'est ta mère – Dieu la bénisse – qui a bousculé les traditions ici, avec ses manières de Yankee. Personne n'avait jamais vu ça.

Elle s'accroupit.

— C'est bien, Barney… Finis ton lait. Les garçons ont besoin de lait pour forcir. Tu veux devenir grand et fort comme papa, hein ?

Barney hoche la tête, ses petits doigts enroulés autour du verre.

— Ma mémé me disait : « Si tu bois un verre de lait tous les jours, tu vivras jusqu'à cent ans. »

— Et elle l'a fait ? demande Barney.

— Jusqu'à quatre-vingt-douze. C'est déjà beaucoup. (Elle lui lance un clin d'œil, ébouriffe ses cheveux.) Il ne faut pas trop s'éterniser, hein ?

Les fleurs montées en graine, prises dans le rayon de lumière tombant de la fenêtre de la cuisine, oscillent comme des crânes gelés. Des ronces argentées s'insinuent dans les plates-bandes. Le lierre est plus dense que jamais : on a l'impression qu'il a grimpé sur la maison pendant qu'on dormait, collant aux fenêtres ses pattes de grenouille. Rien dans le jardin n'a été élagué ni taillé cette année. Maman et son groupe de jardiniers le faisaient chaque automne – moi, je les aidais en tenant le sac ouvert pour les retailles et en sortant des assiettes de biscuits pour les requinquer. Personne n'est venu cette année. Je presse mes mains contre la vitre froide pour tenter de voir dehors, dans le noir.

Toujours pas trace de Toby.

Heureuse de n'être pas convoquée à un dîner d'adultes, j'essaie de manger la nourriture des petits : du hachis parmentier, du chou, des carottes du potager, la promesse d'un gâteau aux pommes, une autre tartelette de Noël – sauf que, depuis que j'ai croisé Lucian dans les bois, j'ai perdu l'appétit, l'estomac rempli d'autres choses.

Un quart d'heure plus tard, Toby se glisse à sa place et, se couvrant le visage d'une main, m'ignore. Est-il toujours en colère ? Je remarque un accroc sur son col de chemise, ses cheveux raidis par la boue.

— Tu t'es fait quoi, à l'œil, Toby ? demande gaiement Kitty en fourrant une carotte dans la couture qui sert de bouche à son doudou.

— Rien.

Je tends le cou pour voir ce qu'il cache.

— Mince… Qu'est-ce qui est arrivé à ton œil ?

Il plante sa fourchette dans une pomme de terre.

— Ça fait pas mal.

La peur me serre le ventre : trois marques de phalanges sur son sourcil…

— C'est Lucian qui t'a fait ça ?

— Je ne veux pas en parler.

— Toby…

— Va te faire voir.

* * *

À présent, il fait noir comme dans un four, et les gros rideaux sont tirés pour repousser le froid perçant. Je m'arrête devant la porte du salon, écoutant les chants de Noël grésiller sur le tourne-disque, la toux de papa et les bruits d'une étrangère.

Les braises du cigare de papa éclairent son visage. Le disque patine : « *Douce nuit, sain-ain-ain…* » Papa se penche, soulève l'aiguille, la repose dans un sillon. Le disque saute, le chœur reprend. « *Sain-ainte nuit…* »

Je jette un coup d'œil à Caroline. Elle ne porte pas l'étole, mais elle est assise près du feu sur le fauteuil de maman – le rose, face à papa, qu'on n'ose pas occuper – comme s'il avait toujours été le sien. Très droite, jambes croisées, un cocktail à la main, elle a son sourire guindé – on dirait que des fils invisibles lui retroussent les lèvres. Sa robe rouge sang met en valeur ses épaules crème. Ses yeux ont la couleur d'un ciel d'hiver, juste après l'aube.

— Bonsoir, Amber, dit-elle comme si elle n'avait jamais porté l'étole de maman et que je ne lui avais jamais hurlé au visage. Enchantée par Noël ?

Je me rappelle les paroles de Pegg : papa veut retrouver l'ancienne Amber. Alors, je me force à essayer pour lui, d'une voix bizarre qui part dans les aigus.

— Oui, merci, Caroline.

Papa, reconnaissant, me lance un sourire de soulagement. Je me demande s'il sait ce qui s'est passé tout à l'heure. Je n'ai pas pu le lui raconter parce que je n'ai pas réussi à le prendre à part. Il a peut-être eu droit à la version de Caroline.

— Oh, regarde, Hugo, les bouts de chou ! (Caroline lève les yeux, une main sur la gorge.) Ils sont adorables !

Debout en pyjama sur le seuil de la porte, Barney et Kitty se dandinent d'un pied sur l'autre, les cheveux fraîchement brossés, le visage récuré.

— Vous avez encore apporté des bonbons ? piaille Barney, ce qui fait rire Caroline et papa, comme si c'était la chose la plus drôle qu'ils aient jamais entendue.

— Je suis sûre de pouvoir vous trouver un petit quelque chose. Ça vous ferait plaisir, une vilaine friandise très sucrée ?

Barney et Kitty acquiescent avec enthousiasme. J'ai envie de balancer à Caroline qu'ils viennent de se brosser les dents, mais Kitty serait furieuse.

— Oh… voilà maître Toby. (Elle se raidit sur le fauteuil.) Bonsoir, jeune homme.

— Qu'est-il arrivé à ton œil ? demande papa, tout bas.

De toute évidence, il n'a pas très envie de connaître la réponse ; parfois, avec Toby, il vaut mieux ne pas poser de question.

— Je suis tombé d'un arbre. À cause d'une branche cassée, marmonne Toby d'une voix à peine audible.

— Hum… grommelle papa, faisant semblant d'y croire.

— Mon Dieu. Quel coquart… observe Caroline.

Brusquement, elle s'arrête, comme si elle venait juste de comprendre son origine. Après, personne ne parle de l'œil ni de l'absence évidente de Lucian.

Un ange passe, puis papa ouvre les bras.

— Allez… Venez tous m'embrasser.

Barney court vers lui et saute sur un de ses genoux. Kitty s'empare de l'autre avec son doudou. Boris se couche à ses pieds, bavant sur ses lacets.

Toby ne bouge pas, pour le punir d'avoir invité les Shawcross au manoir.

Je tiens quelques secondes puis, incapable de résister, j'enfouis mon visage dans la poitrine de papa – massive, protectrice, qui sent bon –, et lui caresse les cheveux. Ce n'est pas une chose que je fais d'habitude, mais Caroline nous regarde. Je marque mon territoire.

— Vous m'avez manqué, ces dernières semaines, dit papa, le menton sur les boucles de Kitty, en observant Toby du coin de l'œil. C'est juste que j'étais complètement débordé.

— Doudou, lui, t'aime toujours, chuchote Kitty. Il t'a tricoté un bas rose.

— Ah oui ? (Papa fond, attendri. On rit. Pendant un moment, j'oublie presque Caroline.) Je suis très fier de vous. J'espère que vous le savez.

Il jette un coup d'œil à Toby, pour qu'il sache, je pense, qu'il veut aussi parler de lui. Mais Toby regarde ailleurs et fait tourner le globe dans un coin du salon.

Caroline tousse, remue sur son fauteuil, mal à l'aise, comme si elle ne savait pas très bien où se mettre.

— Vous avez tous été très courageux, reprend papa.

C'est sa plus proche allusion à maman depuis qu'il est rentré à la maison pour Noël.

— L'année prochaine, ça ira mieux, lance Caroline d'une voix un peu stridente en dardant son regard sur nous.

— Certainement.

Papa lui sourit par-dessus la tête de Kitty. Je n'aime pas ce sourire, lourd de conversations qu'on n'a pas entendues.

— Tu le jures sur ta vie, papa ? (Les yeux de Kitty sont fixés sur les saphirs luisant aux oreilles, petites et bien dessinées, de Caroline.) Que ça ira mieux, et de mieux en mieux ?

— Sur ma vie, Kittycat.

Les yeux fermés, il dépose un baiser sur son front.

Soudain, Caroline se lève, comme si cette tendresse était trop pour elle. Son verre heurte le marbre de la cheminée avec un tintement sec.

— Quelqu'un a regardé dehors, depuis quelques minutes ?

Kitty et Barney secouent la tête. Le globe s'accélère sous les doigts de Toby. À le voir s'acharner, on a l'impression que la terre va tourner de plus en plus vite, se détacher et voler à travers la pièce. Un peu comme mon frère.

— Je vais vous montrer quelque chose de magique. (Caroline tend la main, les doigts suspendus dans l'air,

184

ses pierreries brillant à la lumière du feu.) Venez, les enfants...

Les petits regardent sa main, fascinés, puis ils louchent vers Toby, tiraillés entre deux camps. Un muscle tremble dans la mâchoire de Caroline. Kitty, évidemment, ne peut pas résister aux bagues. Caroline paraît soulagée et lance un sourire à papa. « Regarde-moi », dit ce sourire. « Regarde comme Kitty m'aime et me donne la main. » Ils s'approchent de la fenêtre.

— Amber... Toby... dit papa d'une voix tendue en prenant la carafe en cristal pour se resservir un whisky. Vous le regretterez si vous n'y allez pas.

La curiosité a raison de nous. Écartant d'un coup sec le rideau de velours, on reste bouche bée. Des flocons blancs, duveteux, cascadent dans la lumière dorée de la fenêtre en formant des spirales.

— Ouah ! (Barney étale ses doigts en étoile de mer sur la vitre.) Elle est vraie, la neige ?

Caroline pose la main sur son épaule menue.

— Aussi vraie que toi et moi, Barney.

— Mais il ne neige jamais aux Lapins noirs, râle Toby en fronçant les sourcils.

Quelque chose, là-dedans, le dérange vraiment. Ça n'est pas cohérent.

— Il ne neige jamais au bord de la mer.

— Eh bien, maintenant si, Toby. (Caroline lève le menton, tourne la tête vers la fenêtre avec un air de triomphe.) N'est-ce pas d'une perfection ineffable ?

Je me réveille en sursaut, les mains protégeant mon visage de la chute, et je reste immobile, haletant dans le noir. Comment Lucian ose-t-il ? Comment ose-t-il faire du mal à Toby et se planquer ensuite ? Je ne vais pas le laisser se cacher plus longtemps.

Je tire sur le cordon de ma lampe, plisse les yeux entre les franges pêche de l'abat-jour, m'habituant à la lumière. Le froid me gifle dès que je sors du lit. Évitant le parquet juste devant ma chambre qui couine comme un chat, je ferme soigneusement ma porte et quitte la lueur rassurante de ma lampe pour me glisser dans le couloir, vers la chambre de Toby. J'hésite et tends l'oreille – aucun bruit : ouf, il serait furieux s'il savait où j'allais –, puis je vais voir Barney et Kitty, ce que je fais toujours quand je me réveille la nuit, juste pour vérifier qu'ils ne sont pas morts.

Ils sont tous les deux dans le lit de Barney, membres et boucles emmêlés, serrés contre la partie du mur où Barney colle sa collection de plâtres ensanglantés et autres trophées – croûtes de genoux écorchés et épines plantées dans les doigts. Je sens une faible odeur de pipi. Kitty a les fesses en l'air et le coude de Barney planté dans le nez. Le livre que je leur ai lu avant d'aller au lit, *Milly-Molly-Mandy*, est froissé sous l'oreiller. Son doudou pend sur la couverture, tête en bas et bras écartés. Je le glisse auprès d'elle, ôte doucement le livre et les regarde un moment respirer légèrement. Puis je les embrasse sur le front et sors à pas de loup. Ici, ma colère semble déplacée.

M'attardant à la fenêtre du palier en sortant de leur chambre – la lueur vif-argent de la lune inonde le parquet –, je souffle sur la vitre un masque de buée. Dans le parc, le manteau de neige laiteux est calme et plat. Maman aurait adoré voir le manoir ainsi, les champs, les bois couverts de givre. Et qu'elle aurait été féroce si quelqu'un avait fait du mal à Toby !

Elle n'est pas là – moi, si.

Prévoyant le tournant, en haut de l'escalier, mes doigts frôlent quelque chose de massif dans l'obscurité d'un noir de réglisse. Je sursaute en serrant les poings. Ouf, ce n'est que l'horloge – la bruyante petite sœur de celle de l'entrée, disait maman. Je tente de déchiffrer son cadran nacré : deux heures, donc plus près de trois. Tard, bien trop tard, mais Toby m'a gênée pour affronter Lucian avant d'aller au lit et je ne pouvais pas risquer de le mêler à ça. Il va me falloir réveiller Lucian.

Il y a déjà un rayon de lumière sous sa porte. Je m'arrête devant elle, des insultes sur le bout de la langue, prête à les cracher comme des petits pois.

— Qui est là ?

La porte s'ouvre brusquement. J'ignore qui est le plus saisi des deux. Ma langue se rétracte. Ses yeux s'arrondissent de surprise. Puis il lâche un petit sifflement, soulagé.

— Je croyais que c'était Toby…

Je me remets de la vision improbable de Lucian en pyjama rayé.

— Je sais ce que tu as fait.

— Alors, mieux vaut que tu entres.

Il écarte la porte pour me laisser passer, en vrai gentleman, ce qu'il n'est pas.

Par-dessus son épaule, je vois briller des braises accueillantes dans le foyer. Pourtant quelque chose m'empêche d'avancer, une sorte de ligne invisible que je ne dois pas franchir. Déjà, rien ne ressemble à ce que j'avais imaginé.

— Gèle dans le couloir, si tu préfères.

Je lève le menton et j'entre à grands pas d'un air décidé.

Il y a une odeur forte dans sa chambre. De cigarette, de fumée – et de quelque chose d'autre. À la fois différente et semblable à celle de Toby. Je ne sais pas très bien où me mettre ni où tourner les yeux.

— Je viens de brûler la dernière bûche. Désolé.

Il s'assied sur le lit, tire une couverture.

— Tu la veux ?

— Non, merci.

J'aimerais mieux attraper des engelures qu'accepter une couverture de lui. Quand même, je me maudis d'avoir oublié ma robe de chambre. De porter une chemise de nuit couverte d'arcs-en-ciel et de ressembler à Wendy dans *Peter Pan*. C'est pire que son pyjama. Bien pire.

— Tu trembles.

— J'ai l'habitude des hivers aux Lapins noirs. (Ma voix est furieuse, saccadée, mes dents serrées à cause du froid.) Pas des idiots comme *toi*.

Il me regarde comme si j'étais soudain devenue plus intéressante.

— Les Lapins noirs… répète-t-il, ses lèvres retroussées par un lent sourire. J'aimerais voir leurs silhouettes sur la pelouse. Si jamais ils ne se montraient pas demain soir, tu veux bien te placer devant le couchant pour que je puisse tester la théorie ?

— N'essaie pas de m'attendrir.

Je jette un coup d'œil dans la pièce, à la pile de livres – pour certains, en français ! –, au manche d'une guitare posée contre son lit. Sa chambre fait bien plus adulte que celle de Toby, qui est jonchée de chaussettes et de vieux numéros du *Boy's Own Paper*. Je n'ai pas vu de guitare depuis que je suis allée chez tante Bay à New York. À l'école, on n'a que des instruments classiques. Les guitares – pas assez respectables pour les filles – sont interdites. Mon œil est attiré par elle.

Il le remarque, tend le bras par-dessus le lit pour la prendre, l'installe comme un bébé sur ses genoux et effleure les cordes, simulant un accord. J'aperçois le bleu sur ses phalanges. Cette main qui s'est écrasée sur le visage de Toby...

— C'est quoi, ton genre de musique ?

Ses yeux dansent sur ma poitrine, s'y attardent un instant avant de s'écarter.

Je croise les bras, pour dominer ma gêne. Je ne sais pas du tout quoi lui répondre.

Je me rends compte que ça lui va bien de tenir une guitare, comme moi un livre – qu'ils vont de pair, d'une certaine façon.

— C'est gênant, hein ?

À présent, ses yeux pétillent de malice. Visiblement, ça l'amuse de me voir plantée là en chemise de nuit, prise dans l'éclat aveuglant de ce qui, tout à coup, semble être une lampe de chevet extrêmement lumineuse.

— Va te faire foutre...

Il pince une corde sur sa guitare, qui vibre doucement dans le silence.

— Tu sais, j'ai toujours passé Noël à Hampstead avec ma grand-mère, qui est déjà sacrément barbante, mais quand même mieux que ça.

— On ne veut pas de toi ici, Lucian. Ni de toi ni de ta mère.

— C'est réciproque. D'habitude, à Noël, maman est sur une piste noire à Gstaad. Dieu sait pourquoi elle m'a traîné ici...

— Ah bon ? Elle ne passe pas les fêtes avec toi ? dis-je, oubliant que ça ne me m'intéresse pas.

— Ça se voit que tu ne connais pas ma mère.

— J'en ai aucune envie.

Il ne lève pas les yeux de sa guitare. Je siffle :

— Tu as donné un coup de poing à Toby. (J'ai les aisselles humides, malgré ma chair de poule.) Pire, tu t'es caché après. Tu es… pathétique.

— Et toi, un chat sauvage, lance-t-il avec une pointe d'admiration déconcertante.

— C'est tout ce que tu trouves ? (Ma voix tremble.) Pas d'excuses ? Pas… d'explication ?

— Exactement.

— Tu as de la chance que Toby ne l'ait pas rapporté à papa. Je le ferai, *moi*.

Je m'appuie à la poignée de la porte pour me ressaisir.

— Demain matin, je lui raconterai tout ! Et il exigera que tu partes illico avec ta mère.

— Une perspective réjouissante, alors…

Je sors d'un pas rageur… et m'arrête net, le dos tourné. Il y a un truc qui ne colle pas.

— Dis-moi pourquoi tu as fait ça.

— Je n'ai pas à te dire quoi que ce soit.

Je me retourne d'un bond.

— Toby est mon frère jumeau !

Il lève les yeux au ciel.

— Ouais, j'avais pigé…

— Alors, dis-moi.

Lucian baisse les yeux sur sa guitare, caresse le manche avec son pouce. Pour la première fois, je vois de la vulnérabilité en lui, l'hésitation dans ses longs doigts fins.

— Amber, pas besoin d'en faire toute une histoire. On s'est juste accrochés dans les bois.

— Accrochés ?

Je pousse la porte et la ferme derrière moi, les arêtes de ses panneaux s'enfonçant dans mon dos.

— Après t'avoir vue cet après-midi, je suis descendu à la rivière et j'ai trouvé Toby assis sur un arbre, le gros, celui d'où pend une corde. Il le tailladait. On s'est mis à... parler.

— De quoi ?

J'ai la chair de poule. Il s'éclaircit la gorge, hésite.

— Eh bien, il m'a accusé de... euh... de t'avoir matée au déjeuner.

— Matée, *moi* ?

— En gros, oui, même si ce ne sont pas exactement ses mots.

— Mais c'est... absurde.

J'enroule une mèche de cheveux autour de mon doigt, ne sachant comment réagir. J'ai le visage en feu. Lucian m'a-t-il vraiment matée au déjeuner ? J'étais si décidée à ne pas le regarder que, de toute façon, je ne l'aurais pas remarqué.

— Enfin, c'est ridicule !

— Je suis sincèrement désolé pour l'œil de ton frère.

Les siens sont sombres au point d'être presque noirs. J'y vois danser des braises.

— Tu n'en as pas trop l'air.

Je renifle, tâchant de cacher ma confusion.

— Je ne dis jamais ce que je ne pense pas.

Écartant la guitare, il se redresse sur le lit, gêné, les pieds sur le tapis.

J'aperçois un pli sombre sur sa veste de pyjama.

— C'est quoi, ça ?

Il baisse les yeux, entrebâille les deux pans.

— On dirait du… sang.

— Juste une vieille égratignure qui s'est rouverte.

À nouveau, du sang répandu aux Lapins noirs ! Je plaque ma main sur ma bouche, me demandant ce que je vais raconter à Caroline s'il meurt.

— Ne prends pas cet air apeuré… (D'un geste, il relève sa veste.) C'est rien.

Une entaille fine, droite, de six, sept centimètres, comme un coup de ciseau dans un oreiller.

— Il faut que tu voies le médecin du village !

— Non…

Il rit.

— Ta mère. Je vais la chercher…

— Non ! Pas maman. Mon Dieu… N'y pense même pas. Trouve-moi juste un mouchoir ou un truc du genre…

J'essaie de me rappeler les cours de secourisme de l'association Saint-John Ambulance en fonçant dans la salle de bains chercher un essuie-main. Je le plie, les doigts tremblants, pour en faire une compresse. Quand je rentre dans la chambre, Lucian est torse nu. J'en ai le souffle coupé. Je m'accroupis, regrettant d'être venue et de lui avoir posé toutes ces questions. Ne sachant quoi faire d'autre – il ne prend pas la serviette –, je commence à essuyer le sang sur sa peau lisse et ferme, détournant les yeux des poils noirs qui courent de son nombril à une zone mystérieuse en dessous de sa ceinture. La blessure, bien que superficielle, demande à être soignée.

— Ça ne ressemble pas à une égratignure, dis-je d'un ton posé.

Il se crispe un instant. Maintenant, je comprends...
Je ferme les yeux, comme sur les montagnes russes,
tout en haut, avant la descente.

— Toby ?

— Fichu canif...

Sa voix est si basse que je sens qu'il n'a pas plus
envie de le dire que moi de l'entendre. Seulement, on
est planqués dans sa chambre au milieu de la nuit,
la neige tournoie derrière la fenêtre... et soudain, il
semble impossible que l'un d'entre nous mente.

— Je crois qu'il ne l'a pas fait exprès, Amber,
ajoute Lucian avec une douceur étonnante, qui me
met au bord des larmes. Il voulait juste me faire peur
et... c'est allé trop loin.

— Toby n'est pas méchant...

Ma voix se brise malgré moi. J'imagine la fureur
de papa quand il va le découvrir.

— C'est juste... qu'il s'emporte, quelquefois.

— Je sais. Ne t'inquiète pas.

M'efforçant de ne pas pleurer, je laisse tomber la
serviette par terre. À présent, sa blessure est sèche.

— Pourquoi tu l'as pas dit ?

Tout ce que je pensais savoir sur Lucian Shawcross
se dérobe sous mes pieds, comme la neige fondue.
Pourtant, je ne sais toujours pas si je dois le croire.

Pendant quelques instants, on reste muets. Une
dernière fois, les braises du feu s'embrasent, puis
elles virent au noir, donnant à la chambre des allures
sous-marines.

— Mon père est mort.

— Oh...

Là, je le crois.

— Il neigeait aussi, ce jour-là.

— Je suis désolée.

Il hausse les épaules.

— Ce n'est pas comme si c'était arrivé à Pâques, enfin... tu vois.

Il n'y a pas grand-chose à ajouter après ça : on a touché à l'os. Lui et moi, on sait des choses qu'ignorent la plupart des gens de notre âge. Et on a dû recoller nos morceaux. Vraiment un manque de bol.

— Je ferais mieux d'y aller.

Je me lève très vite, ma chemise de nuit gonflée par une chaleur douce. Sans regarder par-dessus mon épaule, même si j'en meurs d'envie, je remonte l'escalier à la lueur de la lune, cherchant à tout comprendre. Mais il y a trop de choses à absorber : une nuit dans la nuit. Je me sens plus éveillée que je ne l'ai jamais été. Comme si je n'allais plus jamais dormir. L'horloge sonne trois heures. Une heure a-t-elle pu vraiment s'écouler ? Où est-elle donc passée ?

En regagnant ma chambre à pas de loup, je remarque que la porte est entrouverte et la lampe éteinte, alors que je l'avais laissée allumée. Une forme remue dans le noir, bouge sur les ressorts de mon lit.

— Toby ? (Je pousse lentement la porte, profitant de mes dernières secondes de sécurité, la peur voltigeant tel un papillon dans mon ventre.) Toby, c'est toi ?

CHAPITRE 13

Lorna

— Oui, Lorna, un… un Toby a bien vécu ici, il y a… longtemps, bégaie Dill, une main pressée sur son front, comme si ce nom lui donnait la migraine.

Elle hisse le sac de l'invitée sur le tabouret à bagages, le faisant vaciller.

— Mon Dieu, les serviettes… J'ai oublié vos serviettes ! s'exclame-t-elle, agacée, mais Lorna la sent soulagée de cette distraction. Je savais que j'avais oublié quelque chose…

— Toby est le fils de Mme Alton ? insiste Lorna.

Elle sent encore les stries de l'écorce rugueuse sous ses doigts, les noms des enfants, et ne peut s'empêcher de penser à eux. Elle a du mal à croire que, ce matin à peine, elle a embrassé Jon et pris le train à Londres. Le manoir des Lapins noirs l'a déjà aspirée, refoulant son autre vie.

— Oh non, pas son fils, répond Dill, l'air étonnée par cette idée. Non, non. Son beau-fils. Bon, il faut que j'aère… (Elle écarte les rideaux à fleurs, lève d'un coup sec la fenêtre à guillotine, s'imaginant sans

doute disperser ces questions par une brise vivifiante.)
C'est mieux.

Lorna la rejoint à la fenêtre. La vue, à la fois plus
grande et plus intime, diffère du souvenir qu'elle en a.
La vaste pelouse lui évoque un théâtre en plein air
dont les acteurs sont partis depuis longtemps. Sans
être oubliés pour autant. On ne devrait jamais oublier
un enfant.

— Dill, cet arbre dans les bois...

— L'heure tourne. Mme Alton doit attendre son
thé dans la véranda, bafouille Dill, sortant à reculons.
Elle n'aime pas être servie en retard.

Si Mme Alton est impatiente de prendre son thé,
elle a la courtoisie de ne pas le montrer. Vêtue d'un
pantalon et d'une veste sans col en bouclé* feutré par
les ans – ressemblant à s'y méprendre à du Chanel
vendu à prix d'or dans les meilleures boutiques
vintage –, elle est assise, immobile, dans une pièce
douillette jaune citron.

— Vous vous êtes perdue dans les bois, si j'ai
bien compris...

— Oui. Je suis désolée de vous avoir fait attendre.

— Oh, ces chemins ont été tracés exprès pour
perdre les visiteurs : une facétie des Alton au début
du XIXe siècle... Asseyez-vous. Vous semblez tout
émue par votre mésaventure.

Le froid détachement de Mme Alton rendrait
nerveux n'importe qui, pense Lorna, en veillant à
ne pas poser les coudes sur la nappe en lin. Elle
se félicite que sa mère ait été pointilleuse sur les
bonnes manières.

— Le thé... (Dill glisse devant elles un plateau
de laque noire s'écaillant en longues spirales.) Une
tranche de gâteau au gingembre, Lorna ?

Le gâteau brille comme un lingot de bronze.

— Oui, s'il vous plaît ! Il a l'air délicieux…

— Je ne peux simplement pas fonctionner sans le gâteau au gingembre de Dill, lance Mme Alton en attaquant sa part avec une fourchette en argent terni.

— La recette de ma mère, explique Dill, l'air surprise et ravie.

À l'évidence, ce genre de compliment est rare.

— Et une des plus digestes, ajoute sèchement Mme Alton.

Le gâteau pirouette sur la langue de Lorna. Elle n'en a jamais mangé de meilleur, et elle est connaisseuse. Avant qu'elle ait pu la féliciter, Dill s'éclipse, aussi silencieuse qu'un chat.

— Le parc est vraiment romantique, n'est-ce pas ? (Mme Alton tamponne les coins de sa bouche à l'aide d'une serviette en lin qui semble avoir été lavée tous les jours depuis le XVe siècle.) Un parfait décor pour un mariage ?

— C'est un parc magnifique.

Mme Alton prend sa tasse entre le pouce et l'index, la porte à ses lèvres et boit une gorgée de thé.

— Excellent.

— Madame Alton, j'ai trouvé cet arbre près de la rivière… commence doucement Lorna, ne voulant pas ranimer un vieux chagrin, mais emportée par la curiosité.

La véranda a beau être paisible – toutes les vieilles pièces le sont, intouchées par les ondes wi-fi, les fils électriques cachés, tout ce qui trouble l'atmosphère dans les maisons modernes –, son esprit s'emballe. Lorna ne peut pas tenir en place.

— … qui est couvert d'entailles, de noms.

— Je connais l'existence de cet arbre... soupire Mme Alton, comme si Lorna l'avait déçue en l'évoquant. (La pointe de flèche se creuse entre ses sourcils et son regard se durcit, la mettant au défi de poursuivre ses explorations.) Il est malade. On va devoir l'abattre.

— Oh non, laissez-le ! Il fait partie de l'histoire de la maison.

— *Ce n'est qu'une version*, Lorna. (Elle fait tinter sèchement sa tasse sur sa soucoupe.) Dans une famille comme la mienne, il court beaucoup d'histoires, et la plupart se contredisent. On ne peut pas être sentimental envers toutes. Maintenant, auriez-vous l'amabilité de me resservir du gâteau ? Je trouve parfaitement vain de se refuser une deuxième tranche à mon âge.

— Vous avez bien raison.

Armée du lourd couteau d'argent, Lorna coupe une bonne part, sans doute un peu trop grosse car Mme Alton hausse un sourcil. Lorna en reprendrait bien aussi, quand une idée de génie fige le couteau dans l'air.

— Madame Alton, je crois savoir comment vous pourriez attirer les gens pour qu'ils fêtent leur mariage dans votre domaine.

— Vraiment ? (La vieille dame porte un fin morceau de gâteau à sa bouche.) Continuez...

Lorna se penche vers elle par-dessus la table, oubliant complètement ses coudes.

— Je peux être franche ?

— Je n'ai pas de temps à perdre avec ceux qui ne le sont pas.

— Eh bien, votre site Web n'est pas très... alléchant.

Et elle est diplomate : le « site » se réduit à une photo granuleuse, à une adresse évasive – « Manoir de Pencraw, Roseland, Cornouailles » – et à une formule laconique : « Site en construction ».

— Je vois... rétorque sèchement Mme Alton en posant sa fourchette. (Son air courroucé suggère que la franchise est peut-être une idée relative.) Croyez-moi, Lorna, c'est déjà un miracle qu'on en ait un.

— Juste... il ne rend pas tout à fait justice à la maison.

— Endellion prendra d'autres photos. La quantité compensera le talent qui lui manque. Cela devrait suffire.

— Et l'histoire du manoir ? Ça, ça pourrait intéresser.

— Ah oui ?

— Madame Alton, c'est un cadre pour ceux qui aiment, comme moi, le charme de l'ancien, qui cherchent une atmosphère sortant de l'ordinaire.

Se rappelant les salles de mariage anonymes qui l'ont laissée de marbre, elle tente de trouver ce qui leur manquait.

— Et qui veulent de l'authenticité, un aperçu de votre monde.

— De mon monde ? Ça ne les regarde fichtre pas !

Une miette se détache de ses incisives, traverse la table comme un missile et atterrit sur le poignet de Lorna.

— Je parle d'un point de vue purement commercial, madame Alton.

C'est faux, toutefois elle laisse planer ces mots, se demandant quand elle pourra essuyer la miette discrètement.

— Vous êtes sûre que cela attirera davantage de clients ?

— Je pense, oui. Pas besoin de donner beaucoup d'informations, rien d'intrusif, juste un peu de contexte.

Elle prend une grande inspiration et se lance :

— Je ne demande qu'à vous aider.

Mme Alton plisse les yeux.

— Ça ne vous donnera pas droit à une réduction, vous savez.

— Bien sûr que non ! Simplement, j'aimerais vous remercier de mon séjour. J'ai la plume facile. Cela ne prendra pas longtemps et ce serait un plaisir, vraiment. Je trouve ce genre de choses fascinant. L'histoire est ma matière préférée à l'école, ajoute-t-elle, en craignant d'en faire un peu trop.

— Je vois… dit Mme Alton, toujours sceptique.

Dans le silence gêné, Lorna entend la maison soupirer et grincer, suggérant que le mortier, la pierre et le bois fissurés s'interrogent sur cette intruse.

— Encore un peu de gâteau ? demande Dill, poussant la porte avec curiosité. Tout va bien ?

Lorna retient son souffle, n'ose lever les yeux : on va la sommer de quitter les lieux. Enfin, elle s'est bien amusée. Même si elle n'est restée que quatre heures…

La vieille dame se racle la gorge dans un bruit de balle fêlée.

— Lorna a eu l'audace de proposer qu'on retourne les draps de la famille pour les soumettre à l'inspection du public, Endellion.

— Mon Dieu, madame Alton ! Ce n'est pas ce que…

— Je pense qu'il est grand temps, non ? (Mme Alton se lève lentement, s'appuyant sur la table.) Mais d'abord, j'ai besoin d'un bon verre. Du sherry, s'il vous plaît, Endellion, au salon. Pas le meilleur.

La grande horloge de l'entrée marque minuit, alors qu'il est cinq heures à la montre de Lorna. Ni l'une ni l'autre ne paraît juste. Les murs du salon sont d'un bleu profond et le feu crachotant dans le foyer, allumé par Dill à la va-vite, donne à la pièce un air somnolent et confiné, figé dans les heures irréelles d'une froide nuit d'hiver. Une fumée grise, épaisse, s'élève en volutes de l'immense cheminée, puis se replie au ras du sol telle une brume planant sur la mer, ce qui fait larmoyer Lorna et lui irrite la gorge. Le sherry n'aide pas non plus. Déroutée, elle lèche son doigt qui a, étrangement, le goût laiteux d'une tige de pissenlit – une plante qu'elle se rappelle avoir mâchée dans son enfance –, et tourne rapidement la page de son carnet.

Une heure plus tard, il est couvert de gribouillis sur la maison, de faits sautant d'une époque à l'autre – de vraies notes d'étudiant brouillon : Pencraw, dans la famille Alton depuis cinq générations, acheté avec l'argent du négoce – de sucre, à l'origine – à un duc « qui avait trop de maisons, une femme trop gâtée, et un grand besoin de liquidités » ; a servi de maison de repos aux soldats blessés pendant la Première Guerre mondiale et accueilli, lors de la Seconde, au moins vingt enfants évacués ; les terres arables, vastes autrefois, presque toutes vendues aujourd'hui ; idem pour la plupart des cottages du domaine ; au début des années cinquante, le manoir a frôlé la destruction – moins coûteuse que l'entretien –, de même que ses fameux lapins, atteints de myxomatose ; un superbe Reynolds, jadis dans le salon – là où trône aujourd'hui une scène de contrebande –, scandaleusement vendu aux enchères par le grand-père de son mari, Hugo ; un héritier alcoolique dévoyé, Sebastian, qui a sauté d'un yacht dans la Méditerranée sous l'empire de l'absinthe, nu mais coiffé de son panama, avant de se noyer, au grand soulagement de toute la famille ; un if dans le jardin, « plus vieux que l'Amérique » ; la princesse Margaret, qui est venue à une soirée, a dansé toute la nuit et oublié un long gant de soie maintenant rangé dans un tiroir – personne ne sait vraiment lequel : il y en a beaucoup.

L'histoire familiale plus récente est moins facile à soutirer. Elliptique, sommaire, elle échappe par mégarde à Mme Alton par petites gouttes salées, chacune avivant davantage la soif de Lorna : la première femme d'Hugo, « atrocement belle », qui « n'a pas survécu à son cheval », laissant quatre orphelins, dont des « jumeaux difficiles, perturbés » ; son propre fils, Lucian – dont elle chuchote le nom d'une voix rauque –, et un aveu : « Je n'ai pas particulièrement brillé dans mon rôle de belle-mère », exprimé avec peu de regret, d'un air détaché.

Pendant cet échange, la pendule égrène son tic-tac et des flammes bleutées crépitent. La fumée plane dans les coins de la pièce, hors de portée, comme les histoires que Lorna a envie d'entendre. Elle prend conscience qu'elle a tourné autour de Barney, n'osant pas poser de questions directes sur sa mort ; elle craint la réaction de Mme Alton, une explosion de chagrin, et elle sait que, lorsqu'elle connaîtra les détails, ils se graveront dans sa mémoire. Personne ne peut oublier la mort d'un enfant : elle va contre l'ordre naturel. Et, dans une grande famille, l'ordre – l'âge, le sexe, la place –, elle commence à le comprendre, est primordial. Le braver est dangereux. Cela mène les vieilles dames à vivre seules dans de vastes maisons humides, étranglées par leurs colliers de perles, précieux et dérisoires.

— J'ai commis des erreurs, Lorna, déclare soudain Mme Alton.

— Tout le monde se trompe, avec les maisons.

Lorna réchauffe son sherry dans le creux de sa main. Après les deux premières gorgées, âpres, elle commence à l'apprécier.

— Vous devriez entendre certaines anecdotes de chantier de Jon...

Mme Alton secoue la tête, les lèvres serrées.

— Pas ce genre d'erreurs là.

— Oh...

La tournure franche de la discussion déroute Lorna. Elle tousse, la gorge piquée par la fumée.

— J'étais comme certaines de nos poules, Lorna, sans instinct maternel. J'aurais dû en avoir – toutes les femmes étaient censées être maternelles, à l'époque –, seulement, je n'avais pas la fibre. Je trouvais ça assez dur. Et les enfants de mon mari – Amber, Toby, Barney, Kitty – m'ont... paru... (Elle cherche le mot juste.) ... insondables.

— Je suis sûre que vous avez fait de votre mieux, madame Alton.

Elle frôle le bras de la vieille dame, qui sursaute, regarde fixement sa main, surprise par ce contact humain.

— Je préférerais que vous ne citiez pas cela dans *l'histoire**, dit-elle d'un ton froid.

— Bien sûr que non. (Lorna ôte sa main, se repliant sur son sherry.) C'est la vôtre, pas la mienne. Parlez-moi seulement de ce qui vous met à l'aise.

Or, Mme Alton ne semble pas à l'aise, à présent. Loin de là. Ses doigts crochus agitent ses perles, les rides se creusent sur son front.

— Je bavarde à tort et à travers.

— Pas du tout !

— Il est terriblement facile de se confier à vous… (Elle se penche vers Lorna, plissant d'un air méfiant ses paupières fanées.) Avez-vous déjà fait ce genre de choses ?

— Jamais.

Lorna sourit à l'idée qu'interviewer les douairières dans leur manoir puisse être une habitude chez elle.

— Vous êtes très douée. Nous n'avions certainement pas de telles enseignantes de mon temps. Sinon, mes années d'école auraient été un peu plus tolérables. (Elle sourit d'un air distant. Elle paraît fatiguée.) Bien, j'espère que vous avez assez d'informations.

— Hum… pas tout à fait.

Si elle ne l'interroge pas maintenant… Elle s'arme de courage et demande aussi doucement que possible :

— Qu'est-il arrivé à Barney, madame Alton ?

— Barney ? (La vieille dame prend la carafe et se ressert d'une main tremblante.) Il a payé le prix.

— Le prix ? répète Lorna, choquée. De quoi ?

Un petit coup à la porte lui dérobe la réponse.

— Pardon de vous déranger… C'est l'heure de vos cachets, madame Alton.

Dill s'approche avec un verre d'eau, flanquée du terrier dont les griffes rayent le parquet, traînant une odeur de chien mouillé.

— Petal…

Mme Alton s'adoucit. Elle trempe un doigt dans son sherry et, sans craindre une morsure, le lui tend à lécher.

— C'est bien, Petal… Tu es mon beau garçon, hein ?

— Vous avez manqué votre sieste, observe Dill en tirant une poignée de pilules d'un sac de congélation. (Elle lance un gentil sourire à Lorna.) Une première.

— C'est curieux, je ne l'ai pas remarqué… Le temps s'est envolé…

Mme Alton avale les comprimés d'un geste bien rodé, écartant le verre d'eau pour les faire passer avec son sherry.

— Je suppose que je devrais me reposer, autrement le médecin va encore me casser les pieds. (Elle attrape sa canne.) Oui, c'est assez pour aujourd'hui. Bien assez.

Lorna a le cœur serré. Juste au moment où elle pensait obtenir quelque chose… Enfin, pour être juste, Mme Alton semble un peu épuisée sous sa poudre de riz, qui lui donne l'air sinistre d'une poupée de porcelaine.

La voyant se lever, Lorna s'empresse de l'aider, la soutenant par les coudes comme elle le faisait avec sa mamie. Mais les bras de sa grand-mère, doux et charnus, évoquaient des chaussettes pleines de sable chaud. Ceux de Mme Alton sont secs et filiformes, les tendons craquant sous sa veste en laine. Heureusement, Dill prend le relais.

— Ça risque d'être long… s'excuse-t-elle en accompagnant sa maîtresse à la porte, la canne tâtonnant devant elles telle une antenne d'insecte. Ça ne vous dérange pas de flâner dans le manoir toute seule jusqu'au dîner ?

— Oh, non, dit Lorna, qui ne demande qu'à se remettre de la fumée et du sherry. Ne vous en faites pas pour moi. J'adore me balader.

— Vous pourriez jeter un coup d'œil dans la bibliothèque. Là-bas, vous trouverez des tas de photos, d'archives de la maison, ce genre de choses. (Dill tousse, agitant la main devant elle pour chasser la fumée.) Cela vous ferait plaisir, madame Alton ?

— Le plaisir n'a rien à voir avec ça, Endellion. (La vieille femme lève sa canne, fait un pas en avant.) Maintenant, c'est une question de survie.

Lorna prend ça pour un oui.

Elle agite son téléphone devant la fenêtre de la bibliothèque, comme si elle voulait attraper un papillon dans un filet. Oui ! Une barre de signal. Un lien avec le monde extérieur.

— Jon, tu m'entends ?

Un brouhaha s'élève à l'autre bout du fil. On dirait qu'il a laissé son portable ouvert dans sa poche et marche dans une rue animée.

— Jon, c'est moi...

Un grésillement, un sifflement – puis rien. Elle tente une nouvelle fois – même résultat. Et si ces coupures étaient symboliques d'autre chose, de l'état de leur relation, de leurs chamailleries avant qu'elle parte en Cornouailles ? Découragée, elle jette son portable dans son sac. Elle le rappellera plus tard. De toute façon, il ne pourra pas bien lui parler s'il est sur le chantier. Au moins, il verra apparaître son numéro : il saura qu'elle a essayé.

Elle regarde autour d'elle, l'œil attiré par le crâne de cheval dans sa caisse. A-t-il quelque chose à voir avec l'accident de la première femme ? Non, bien sûr. Ça serait trop horrible.

Elle tourne le dos à son troublant regard lunaire. Si elle veut fouiner un peu avant que Dill revienne, il faut qu'elle s'y mette. Levant les yeux vers les rayonnages qui tapissent les murs – d'innombrables dos ornés de dorures –, elle laisse traîner un doigt sur une étagère, transportée par la pure abondance des livres.

Il y avait des livres chez elle, quand elle était petite, mais toujours provenant de la bibliothèque publique ; ils étaient recouverts de plastique, avec des pages marquées par des pouces d'inconnus, et on ne pouvait les emprunter que par six. De temps en temps, elle apercevait des bibliothèques privées dans un vieux château, mais s'y arrêtait rarement. Sa mère ne s'intéressait pas aux livres, sauf aux romans à l'eau de rose qu'elle lisait dans un bain brûlant parfumé – et la jeune Lorna s'émerveillait à l'idée fabuleuse d'avoir sa bibliothèque à soi, des dizaines de livres attendant qu'on les ouvre, sur lesquels on pouvait coller l'étiquette « appartient à » et qui n'engloutissaient pas, si on tardait à les rendre, tout votre argent de poche dans une amende.

Elle recule d'un pas. Son talon se prend dans le tapis quand elle tente de distinguer les tomes sur l'étagère du haut : de gros volumes aux couvertures en cuir bordeaux qui pourraient bien être des albums de photos, chacun marqué en lettres d'or d'une certaine décennie. Elle se risque sur l'escabeau, un machin haut sur pattes qui proteste bruyamment quand elle y pose son poids.

Elle monte jusqu'au niveau des premières larmes du lustre. La poussière, sous le plafond, est encore plus épaisse, mêlée à des mouches mortes et des abeilles momifiées. Il fait aussi nettement plus frais – bizarre : l'air chaud ne doit-il pas monter ? – et quand elle sort à bout de bras un livre relié de cuir, marqué « années 1960 », elle ressent un frisson. À en juger par les dates gravées sur l'arbre, ce devait être à cette époque que Barney et sa famille vivaient ici.

Descendant de l'escabeau, elle s'affale sur le tapis usé et ouvre d'un coup sec la couverture épaisse, dans un tourbillon étoilé de pages de garde marbrées. Oui, c'est bien un album : huit petites photos, aux coins rentrés dans un carton dentelé couleur crème, ornent une double page garnie de feuilles de papier cristal.

Lorna les écarte comme des rideaux et sourit.

— Salut.

Quatre enfants, tous d'une beauté saisissante, sautent hors de l'album. Les deux aînés – Toby ? Amber ? – doivent être les jumeaux, mais ils ne semblent pas du tout perturbés. La cadette – Kitty ? –, serrant contre elle une poupée de chiffon, ressemble aux chérubins des vieilles publicités pour savon. Et le voilà, le petit garçon qui l'a appelée dans les bois. Car ce doit être lui, avec son sourire effronté, ses mains enfoncées dans ses poches, haussant les épaules comme pour réprimer un fou rire. Il est si animé, si plein de vie, qu'on a du mal à croire qu'il est mort aussi jeune. Lorna caresse doucement son image, la gorge nouée, puis se hâte de tourner la page.

Ce qui frappe le plus dans la bande des Alton – et ils ont vraiment l'air d'une bande, se tenant par l'épaule, leurs doigts taquins formant des oreilles de lapin derrière la tête de l'un ou de l'autre –, c'est leur intense vitalité, qui brille année après année, chacune marquée d'une belle écriture à l'italienne – « Été 1965 », « Été 1966 » – au bas de chaque page. Les enfants ne peuvent pas cacher leur bonheur, Lorna le sait d'expérience. Ils le respirent. Ils rayonnent. Un halo doré flotte autour de ces gamins sur toutes les photos où ils courent dans la mer, s'accrochent aux branches, pique-niquent sur la plage ou se blottissent, tremblants et souriants, sous des tentes de serviettes.

Oh… Qui est-ce ? La première femme ? Non. Lorna ne peut imaginer l'actuelle Mme Alton éclipsée par cette dame. Bien faite, d'une joliesse banale, elle pose au fond de certaines photos en tablier rayé.

En tournant une autre page, Lorna comprend son erreur. Non, non, ça devait être une gouvernante ou une nurse. *La voilà*, l'épouse et mère. Mince… Quel beau sourire… Pas étonnant que Mme Alton ait dû lutter. Ici, la première femme rit sur le sable, d'une finesse de mannequin dans son bikini blanc. Cheveux mouillés, bras croisés et épaules voûtées, elle a l'air de sortir d'une mer glacée. Sur toutes les photos, un enfant est collé à elle : lové contre ses jambes, assis sur ses épaules, couché par terre en jouant avec ses orteils. Et celui qui doit être M. Alton – assez sexy lui-même dans le genre James Bond à l'ancienne – la regarde amoureusement sur presque chaque cliché. Il est évident que cette femme est le cœur et l'âme de la famille. Comment a-t-il pu s'en sortir sans elle ?

La réponse est peut-être dans les maigres pages qui suivent, après un intervalle dans les dates. Quand Lorna retrouve la famille fin 1968, l'humeur est sombre, les photos ne sont plus marquées par cette belle écriture. Et la mère est, bien sûr, invisible. Si les pages des photos précédentes – de la famille telle qu'elle était avant – semblaient ruisseler de lumière, celles-ci libèrent une fine poussière, qui suggère que personne ne les a tournées depuis des années.

Ou peut-être est-ce juste que les temps ont nettement changé.

M. Alton, si tant est qu'on le voie, a le visage grave et les joues creusées. Ses cheveux, auparavant brillants, sont grisonnants et clairsemés. Les enfants, eux aussi, ont perdu leur éclat : maintenant, ils sont plus grands, dégingandés, se méfient de l'objectif. Malgré tout, Lorna est soulagée de les voir blottis les uns contre les autres, comme de jeunes faons se serrant pour se protéger. Au moins, ils peuvent encore s'entraider.

Ah, la voilà : la nouvelle Mme Alton, dressée à l'arrière-plan, une blonde glaciale d'une quarantaine d'années, la main posée avec raideur sur l'épaule de Kitty. M. Alton ne regarde pas sa femme, mais en dehors du cadre, les yeux lointains et le dos voûté. Près de lui se tient un bel adolescent maussade, emprunté dans sa veste et son corps d'échassier. Lucian ? C'est probable. Oui, il a la beauté anguleuse de Mme Alton – quelque chose d'autre aussi. Vraiment un beau garçon.

Les jumeaux ne sont plus que l'ombre d'eux-mêmes. L'air souvent perplexe, ils semblent avoir été arrachés à une vie et plongés dans une autre. Sur une photo de Noël – où trône un arbre énorme, croulant sous les cadeaux –, Toby paraît au bord de l'explosion. Amber pose une main sur son bras, visiblement pour le réfréner. Sa mine renfrognée subsiste sur les clichés du second mariage – oh, mon Dieu, l'un d'eux est à moitié déchiré –, puis, lors d'un été brûlant qui, soudain... se volatilise. Lorna saute les pages, cherchant le reste. Non : les photos cessent brutalement en août 1969, la décennie se clôturant dans un tournoiement de pages vides. Lorna ferme l'album, épuisée, ayant le sentiment d'avoir vécu dix ans en dix minutes. Plus de photos. Plus aujourd'hui. Elle a un mariage à préparer, se dit-elle. Elle doit se dépêcher.

Le manoir des Lapins noirs ne se prête pas plus à la vitesse qu'aux appels téléphoniques, ne tarde-t-elle pas à découvrir. Il se dévoile lentement, à son rythme : ses couloirs, ses antichambres et les vues de ses fenêtres invitent à se perdre dans une flânerie rêveuse. Est-ce parce qu'il a été bâti pour les classes oisives, se demande-t-elle, ou bien pour une autre raison ?

Juste au moment où elle va quitter une pièce dont elle pense avoir fait le tour, elle remarque un détail qui la retient un peu plus longtemps, pas seulement physiquement, mais aussi intimement, comme si la maison forçait l'intérieur et l'extérieur à s'accorder.

Le salon s'avère particulièrement attachant. À cause du globe, suppose-t-elle. Il y a une technique pour le faire tourner : il ronfle mieux si on le pousse légèrement de gauche à droite. Plus on le laisse chuinter, plus son vrombissement résonne, émettant un bruit de ruche. Et elle a remarqué un détail curieux : un petit cercle, inégal, tracé au stylo vert autour de New York. Pourquoi ?

Sa mère n'avait jamais vraiment compris, songe Lorna. Elle pensait que les dorures et les tableaux de maîtres racontaient l'histoire d'un château, pendant qu'un guide obséquieux égrenait les faits et les dates. Alors que l'histoire véritable est cachée, griffonnée par une main qui faisait probablement une chose défendue. Comme dessiner ce cercle à l'encre. Ou graver l'arbre dans les bois.

Soudain, un doute l'étreint : et si elle sous-estimait sa mère ? Et si celle-ci avait toujours été au courant d'une autre histoire, murmurant sous les Lapins noirs tel un ruisseau souterrain ? Cette idée la fait tressaillir. Après tout, le panneau devant la maison devait avoir une signification. Sinon, pourquoi sa mère aurait-elle posé à côté ? Cela n'a pas de sens. Si, il doit y en avoir un... La réponse se trouve forcément là, quelque part dans la maison. Et maintenant, que va-t-elle explorer ?

C'est agaçant, la salle de bal est fermée à clé. Lorna piaffe dans un long couloir imposant, aussi chaleureux qu'un frigo. Elle peut peut-être y jeter un coup d'œil du dehors ? Elle suit le mur de brique croulant du potager, repère une longue rangée de fenêtres. Les vitres du bas sont si sales qu'elles ne laissent rien voir. Dans un carré de boutons-d'or, elle trouve un fauteuil en rotin, disloqué comme un vieux panier. Avec quelques efforts, elle le traîne et se hisse sur son siège, craignant à tout moment de passer à travers.

Le plafond de la salle de bal est un grand champ vert pâle, orné de tresses de moulures dorées, et le sol un vaste parquet branlant et percé. Deux colonnes de chaises superposées voisinent avec la carcasse d'un piano à queue, au couvercle brisé. Et... oui ! un hortensia ! Un hortensia pousse bien à travers le plancher, ses pétales pressés contre la vitre comme une fleur de serre. Le chauffeur du tracteur ne l'avait pas inventé. Elle est impatiente de le raconter à Jon.

Vraiment ?...

Et s'il s'en servait pour prouver que la maison est impossible ? Avec une pointe d'irritation – renforcée par l'attitude défensive qu'elle commence à prendre envers Jon en son absence – elle saute au bas du fauteuil, refusant de songer aux conséquences pratiques de l'état de la salle de bal, à la manière dont les invités pourraient danser et manger sur un tel parquet dans une telle pièce. Elle ne pense pas à leur mariage. Non, d'autres choses l'ont absorbée.

Il n'y a toujours pas trace de Dill ou de Mme Alton quand elle traverse le carrelage en damier de l'entrée et gravit furtivement l'escalier, le cœur battant de son audace, en accélérant à l'endroit où elle s'est sentie bizarre la première fois. Il y a une pièce, en particulier, où elle brûle de retourner. Elle la trouve assez facilement au troisième étage, celle à la porte bleu pastel qui, a dit Jon, paraissait avoir été quittée à l'instant par des enfants. Elle pousse la porte du coude, trébuche sur une chaussure.

Ramassant une tennis blanc sale, elle plie sa fine semelle en caoutchouc, se demandant à qui elle a appartenu. Du sable séché tombe de son talon et s'éparpille par terre, les grains formant une plage miniature, un été envolé depuis longtemps. Elle la remet pieusement là où elle l'a trouvée, sûre de pouvoir entendre un babil enfantin dans le vent qui s'engouffre par les trous de la fenêtre, le fou rire étouffé d'un gamin qui se cache derrière le rideau, faisant trembler l'étoffe.

Et voici le cheval à bascule ; à présent, il lui fait penser au crâne dans la bibliothèque et elle détourne les yeux. Ils tombent sur des livres lus et relus, aux pages cornées en guise de signets. Elle s'accroupit, pioche dans les boîtes de Monopoly cabossées, les miniservices à thé ébréchés et les voitures Matchbox, découvre un landau en bois malmené par des générations de fillettes autoritaires. Ces jouets ont dû appartenir aux enfants Alton. Elle ne peut s'empêcher de les ranger, d'essuyer la poussière, de remettre les couvercles sur les boîtes, de coucher un vieil ours en peluche dans le landau.

Sa mère avait gardé les jouets préférés de ses filles, enveloppés dans de vieux torchons, dans des caisses au grenier. Ceux de Lou ont été descendus depuis longtemps, donnés à ses enfants – les siens à elle continuent à s'y morfondre. Elle a toujours pensé, un peu durement, que sa mère avait agi davantage par économie que par sentimentalisme, mais en voyant cette pièce où on a laissé les jouets se décomposer dans l'humidité, elle n'en est plus si sûre. Visiblement, ce qui lui paraissait évident ne va pas de soi pour toutes les mères. Cette idée l'attriste.

Non, Mme Alton n'est pas du genre à garder précieusement un jouet d'enfant. Plutôt des vieux vêtements, pense-t-elle plus gaiement, chassant le sable de ses genoux tandis qu'elle se lève. Après tout, elle porte encore du Chanel, même râpé. Elle pourrait avoir une armoire de robes inestimables – Saint Laurent, Hardy Amies, Courrèges – qui ne demandent qu'à être exhumées.

En descendant l'escalier envahi par les ombres, elle manque de trébucher dans sa hâte d'atteindre les chambres, frissonnant à l'idée de tous les satins liquides et soies papillonnantes qu'elle va caresser.

La chambre principale, au premier étage, est immense, froide, poussiéreuse, et semble abandonnée. Elle ne respire pas le sommeil, mais le poids du temps et une sinistre odeur de renfermé. Lorna écarte les rideaux de velours pour faire entrer la lumière, dévoilant des murs d'un bleu Tiffany couverts d'humidité. Elle explore les trois portes qui en partent. L'une ouvre sur une salle de bains, où trône une baignoire en cuivre piqué. À côté se trouve un petit dressing bleu pâle. Une brosse à cheveux en argent repose sur la table de toilette, auprès d'une houppette. Une photo représente clairement Mme Alton, campée dans sa jeunesse blonde, posée et parfaite. Mince… il n'y a presque rien dans l'armoire – haute, blanche, finement sculptée –, juste des couvertures et un sèche-cheveux dont jaillissent des fils à l'aspect meurtrier. Peut-être Mme Alton a-t-elle emporté toutes ses affaires de prix dans la tour est. Oui, probablement.

Il reste encore une dernière porte. Elle résiste puis, enfin, cède dans un soupir de poussière. Lorna tousse, se couvre la bouche, écarquille les yeux quand elle se dissipe. Bizarrement, cette pièce aussi paraît être un dressing. Rose nacré, plus jolie et plus grande, elle dispose d'une porte indépendante donnant sur le palier. Une armoire de conte fantastique, immense, en bois sombre et aux pieds en forme de pattes sculptées, se dresse le long du mur. Il y a aussi une coiffeuse avec un miroir latéral tavelé, et une chaise longue* sous la fenêtre. Mais c'est la petite photo en noir et blanc sur le mur qui l'attire : on y voit une famille – coiffures banane, robes cloches, très 1950 – sur le perron d'une maison, devant la bannière étoilée d'un drapeau américain. La première femme ? Mon Dieu… M. Alton a-t-il préservé son dressing, laissant à sa deuxième épouse le plus petit en face ? Pauvre Mme Alton…

— Lorna ?

La voix de Dill monte vers elle.

Elle se retourne. Dill s'encadre sur le seuil de la pièce, intriguée, sous un filigrane de cheveux éclairés par l'ampoule du palier.

— Je... Je...

Devinant ce qu'elle doit penser en la voyant fouiner partout, fouiller dans les affaires d'une morte, Lorna sent ses joues brûler.

— C'est votre fiancé, Tom. Pardon, Jon...

— Jon ?

Son nom paraît étrange. Comme s'il appartenait à une tout autre vie.

— Au téléphone, dans le bureau. Il dit que c'est urgent.

CHAPITRE 14

Amber, Fitzroy Square, avril 1969

— Allez, dites « Cheese » ! (Barney recule sur le trottoir en plissant les yeux, l'appareil photo de traviole dans ses mains.) Et arrêtez de battre des cils…

On se serre l'une contre l'autre, Matilda et moi, bras dessus, bras dessous, ses cheveux bruns et raides mêlés aux miens, roux et rebelles.

— Voilà.

Barney ôte l'appareil de son cou, bondit sur le perron et rentre dans la maison, content d'avoir aidé Matilda.

Barney aime bien ma meilleure amie. Tous les gens qui comptent l'apprécient. Les frimeuses, à l'école, la tannent parce qu'elle est trop grosse, trop grande et qu'elle a des lunettes. Matilda rétorque qu'elle ne cherche pas de nouveaux amis. Venant des autres, ce serait une pirouette, mais pas d'elle. Elle ne souffre pas comme le reste d'entre nous. Elle n'est pas tout le temps assaillie par des sentiments. Elle ne doute pas d'elle. Je ne l'ai jamais vue rougir, se cacher sous la douche ou s'excuser quand ce n'est pas sa faute. Elle est bien dans sa peau. Elle ne change pour personne. Je ne supporte pas de devoir la quitter.

— Tu devrais venir avec moi, dit-elle en ramassant son sac de voyage pour le lancer sur son épaule, ce qui cache les messages qu'on s'est griffonnés sous la bandoulière la nuit dernière.

Elle commence à descendre le perron, s'arrête.

— C'est ta dernière chance de changer d'avis. Je suis sûre que ma mère pourrait encore te trouver une place dans l'avion.

Je me mords les lèvres pour m'empêcher de crier : « D'accord ! » et de dévaler les marches avec elle au soleil, loin de l'anniversaire de la mort de maman.

En Grèce pour les vacances de Pâques... D'après elle, on reviendrait aussi noires que nos chaussures vernies, on se bourrerait d'olives et on nagerait dans une mer où on ne pèlerait pas de froid. Fred et Annabel seront là aussi, ce qui est particulièrement excitant parce qu'Annabel a laissé tomber une école privée suisse pour bosser dans une boutique de Kensington et pour faire l'amour. Le sexe, d'après elle, est comme la cigarette : affreux la première fois, puis, si on continue, ça peut devenir assez chouette et on ne peut pas imaginer la vie sans ça.

— Amber ? S'il te plaît, viens...

— Je ne peux pas – vraiment...

Ce n'est pas que papa m'en empêcherait : ces derniers temps, il est si perdu dans ses pensées qu'on peut lui demander presque n'importe quoi. Mais je n'ai pas vu Toby depuis un trimestre. Il me manque terriblement – je brûle même de retrouver ce qui m'agace chez lui, notamment sa manière de tout exacerber. C'est difficile d'expliquer ça à Matilda, qui trouve juste que son frère est énervant et qu'elle doit l'éviter, alors je n'essaie même pas.

Peu après que j'ai trouvé Toby en pleine nuit sur mon lit, vert de rage que je me sois « glissée dans la chambre de Lucian pour jouer les infirmières », il a été viré et expédié dans une nouvelle école perdue dans le Hertfordshire. Il faut dire qu'il avait frappé une petite brute notoire qui, par malchance, était fils de ministre, et lui avait cassé une dent. Papa était furax – le père du type est un membre fondateur de son club – et peut-être encore plus furieux que Toby soit devenu si différent de lui : Toby avec son esprit brillant, vif-argent, « un vrai furet dans un sac », a écrit un de ses professeurs, avec son irrespect pour l'école et son horreur du rugby, son caractère buté impossible. Maman, bien sûr, trouvait tous ces traits charmants (d'accord, moins marqués de son vivant) ; « Le monde n'a pas besoin d'un pédant de plus », disait-elle. Elle lui conseillait d'être fidèle à lui-même et de trouver « la petite chose précieuse qui te rend heureux », comme si la vie était un tas de sable dont on pouvait glisser les plus belles paillettes dans sa poche. Elle n'a jamais voulu faire changer Toby.

— C'est ta dernière chance, répète Matilda, m'arrachant à mes pensées.

Je sens le poids mort des Lapins noirs sur mes épaules.

— C'est pas que je ne veux pas…

Le chauffeur des Hollywell arrive. Matilda m'envoie des baisers par la lunette arrière, puis disparaît, emportant avec elle toute l'insouciance de nos quinze ans.

Le train cahote vers l'ouest, d'abord lentement, entre les briques noires de suie de Paddington, puis en accélérant tandis que les maisons deviennent plus petites, plus basses, plus propres, que les jardins s'allongent avant de se fondre dans une série de champs – verts, jaunes, verts, jaunes –, la vue s'accordant aux parfums des bonbons – citron, citron vert, citron – que je verse dans ma main. À d'autres choses aussi. À l'attirance et à la répulsion qu'exercent les Lapins noirs.

Toby – qui est là-bas depuis une semaine car sa nouvelle école a fermé pour l'été avant les nôtres – m'attire vers le manoir comme un aimant. Mais il y a aussi la charge négative, la conscience que ces nouvelles vacances de Pâques – ça fait un an déjà, comment ai-je pu survivre ? – repousseront encore plus maman dans le passé, élargiront l'écart entre le présent et le dernier moment où j'ai entendu ses bottes d'équitation claquer dans la cuisine. Quelqu'un prendra une photo de la famille et elle n'y sera pas. Pire, la maison et les jardins vibreront de vie – les giroflées, les jacinthes, la buée sur les pelouses le matin – et elle adorait ça. Elle détestait manquer ce renouveau. Le plaisir de maman au printemps était un des plaisirs du printemps. Je me demande si tous les enfants aiment les choses qui rendent leur mère heureuse. Si c'est à ça, en fait, que leurs goûts se ramènent.

Maman aimait les trains aussi, surtout les wagons-lits. Mais elle préférait la route. Avant la naissance des petits, elle et papa ont traversé l'Amérique d'est en ouest dans une Cadillac verte et, depuis, elle adorait aller en voiture en Cornouailles. L'an dernier, à cette époque, on était descendus dans la Rolls, insouciants – papa au volant, maman chantant à tue-tête, les vitres grandes ouvertes pour sentir les premiers parfums de la mer.

Un an plus tard, tout ça s'est envolé – chaque détail insignifiant qu'on ne s'attendait pas à regretter, et pourtant si. Papa pense que je suis assez grande pour m'occuper des petits dans le train sans Toby – « J'imagine que ce sera bien plus facile sans ton jumeau, comme pour presque tout, ces temps-ci » – et qu'on ne peut plus se permettre des luxes du genre voiture avec chauffeur, car ses investissements rapportent moins que prévu.

Ça n'est pas si facile.

Chaque fois que ma tête retombe contre la vitre, Kitty me tire par la manche en me demandant des sandwichs aux cornichons, de couper ses croûtes de fromage ou de lui lire un livre (*Pierre lapin*, encore et encore). Ou Barney a besoin d'aller aux toilettes. Parce que je ne veux pas laisser Kitty seule au cas où il se passerait une chose terrible – Nounou Meg laisse son journal ouvert dans la nursery, et il est plein d'horreurs que des inconnus pareils aux passagers du train font aux petits enfants –, on doit tous se frayer un passage dans le couloir étroit, Kitty ronchon, Barney se tenant l'entrejambe, Boris agitant la queue. On ne tarde pas à faire le vide dans notre compartiment.

Quand la gare est enfin en vue, Barney, Kitty et Boris sont tous endormis. Moi, je n'ai pas fermé l'œil. Des éphèbes grecs, des oliveraies, et des ruelles blanches écrasées de chaleur m'ont tenue éveillée sur la housse irritante de mon siège – me distrayant d'une peur irrationnelle que Toby puisse mourir juste avant qu'on n'arrive.

— Debout ! On y est !

Je les secoue.

Barney se redresse en se frottant les yeux, mais je n'arrive pas à réveiller Kitty. On se démène pour descendre du train, Kitty écroulée dans mes bras, sa joue en nage collée à mon cou, Barney laissant tomber des bribes de bagages, Boris aboyant comme un fou. Le train gronde en quittant la voie et nous laisse sur le quai désert, seulement séparés de Toby par le fleuve et une course en taxi.

— Amber ?

Barney lève les yeux vers moi.

— Pas maintenant, Barn...

Je transpire sous le poids de Kitty, dont la tête me cache le taxi, espérant que Peggy n'a pas oublié d'en commander un.

— C'est juste que Kitty fait sur elle...

Il me montre l'arrière de sa jupe, les gouttes tombant sur le quai.

Le chauffeur de taxi s'appelle Ted, et il est gros – au point que sa voiture penche sur la droite –, et gentil. En Cornouailles, la plupart des chauffeurs de taxi sont assez aimables, et ils semblent toujours avoir un lointain cousin qui a travaillé au manoir ou qui connaît la vaste famille de Peggy.

— Va faire très chaud à Pâques, cette année... (Il me sourit dans le rétroviseur, le coude pendant hors de sa vitre, comme un morceau de viande.) J'espère que vous avez apporté vos maillots de bain.

— Oui, merci, dis-je poliment.

Sur ce, je regarde par la fenêtre, espérant qu'il ne va pas parler jusqu'au manoir ou se plaindre de l'odeur de pipi, qui est très forte même si j'ai réussi à changer Kitty et à fourrer son slip sale dans la boîte à sandwichs.

Mais Ted ne dit rien, soit parce qu'il sait pour maman et qu'il nous plaint, soit parce que la puanteur est masquée par d'autres odeurs, type Boris. Quand même, il baisse l'autre vitre. L'air de la mer s'y engouffre et nous fait tourner la tête, balayant Londres pour nous aspirer vers les Lapins noirs. Lentement, on se sent un peu plus nous-mêmes. Des repères familiers défilent : salons de thé, maisons de retraite, entrepreneurs de pompes funèbres, le bac King Harry qui traverse le Fal d'un vert glacé dans un cliquetis de chaînes. D'autres routes sinueuses. Puis, enfin, le panneau à l'entrée de l'allée. Le rythme de mon cœur s'accélère. Boris pointe les oreilles.

Le manoir se dresse sur la colline, nous défiant de douter de son existence. Mon jumeau, assis sur le perron, nous attend.

— Toby !

Je saute de la voiture et cours sur le gravier.

On se serre si fort que j'ai l'impression que tous les petits bouts de moi dispersés – ceux qui ne se posent jamais quand on n'est pas ensemble – se remettent en place. Puis, très vite, je remarque ce qui a changé en lui. Pas juste qu'il est plus grand, plus maigre et plus robuste, comme s'il avait passé ces derniers mois à se battre à mains nues. Je sens aussi une prudence dans son attitude – on dirait qu'il ne sait plus s'y prendre avec les proches en qui il a confiance. Il se passe des choses, derrière ses yeux tachetés d'or, que je ne devine pas tout à fait. Je m'apprête à lui demander ce qu'il y a, ce qu'il a fabriqué ici depuis son arrivée, quand le dernier de nos sacs atterrit sur le gravier, soulevant une poussière dorée…

— Et voilà ! s'écrie Ted en faisant marche arrière dans l'allée. (Il lance un clin d'œil à Toby.) Belle bagnole…

Je suis le regard de Toby vers la libellule bleue qui luit sous les buissons et dont le nez argent ressemble plus à une fusée qu'à l'avant d'une voiture.

— Waouh… C'est à qui, ça, Toby ?

Son air renfrogné est la réponse qui m'électrise.

Lucian fume à la lisière des bois, comme un mort brillamment ressuscité. Mon estomac se noue. Je ne m'étais pas attendue à le revoir. C'est pour ça que j'ai pu penser tranquillement à lui tous ces mois dans mon lit, un oreiller brûlant entre les cuisses – me rappelant son ventre doux et ferme sous mes doigts, la chaleur poisseuse de son sang, la manière dont cette nuit d'hiver étoilée vibrait de chaleur dans sa chambre.

Et il est là ! Avec sa voiture de sport dans l'allée ! Fumant dans notre jardin ! C'est tellement improbable, et si inattendu, que je ne peux que le fixer, ébahie. Il porte la cigarette à sa bouche à une vitesse fascinante. D'un geste, il écarte sa frange – plus longue que dans mon souvenir, battant de l'aile sur son œil –, écrase le mégot sous sa chaussure et en allume *une autre*.

— Il s'enfume comme un imbécile. (Peggy surgit derrière moi, ce qui me fait sursauter.) Tu veux bien aller le prévenir que c'est l'heure du thé ?

J'acquiesce en restant pétrifiée à la fenêtre de la cuisine. L'idée de m'approcher de lui – de lui parler ! – me terrifie. Et s'il *devinait* rien qu'en me regardant ?

— Il doit avoir faim. Il est descendu de Londres ce matin pour voir sa mère, qui n'était pas là, bien sûr… (Peggy hoche la tête d'un air réprobateur.) Je crois qu'il n'a même pas déjeuné.

— Elle arrive quand ?

J'entends déjà le cliquetis glacial des talons de Caroline dans l'entrée.

— Ce soir. Avec ton père, je crois. Tiens-toi bien, Kitty. Sers-toi de la fourchette à dessert, pas de tes doigts.

Elle renifle, contrariée.

— On m'a avertie qu'hier. Depuis, j'ai couru comme une folle pour tout préparer… Et, bien sûr, par-dessus le marché, il y a un truc infect dans les tuyaux de la salle de bains du premier étage. (Elle réprime un sourire.) Enfin, assieds-toi, Amber ! poursuit-elle, oubliant heureusement que je dois aller chercher Lucian.

Je me cale entre Barney et Kitty, le dos contre la chaleur du fourneau.

— Tu as la bougeotte, aujourd'hui… (Peggy me lorgne avec curiosité.) Tu veux un peu de gâteau ?

La porte claque. Elle lève les yeux.

— Ah, te voilà, Toby. Je me demandais où tu étais parti. Non, mais regarde-toi… Tu n'as que la peau sur les os ! La cantine de ta nouvelle école est si mauvaise que ça ? Je vais te couper une bonne tranche. Non, pas pour toi, Kitty… À moins que tu veuilles devenir une petite boule, comme Billy Bunter.

Toby se glisse à sa place, traîne les pieds par terre, marmonne qu'on doit aller le lendemain matin à la plage, pour le premier bain de l'année. Peggy empile des tranches de gâteau dans nos assiettes en lançant à qui veut l'entendre :

— C'était un cadeau *d'anniversaire*, cette voiture ! (Elle baisse la voix. Une lueur brille dans ses yeux gris.) Vous pouvez imaginer ? Que ça ne te donne pas de drôles d'idées, Toby.

— Y a pas de danger, dit-il et, pour la première fois depuis qu'on est rentrés, on rit.

On sait qu'on aurait de la chance si on avait une bicyclette pour notre anniversaire. La plupart du temps, on reçoit des choses dont on n'a pas spécialement envie : une broche en or héritée d'une grand-tante dont on ne se souvient pas, les billes ébréchées de papi dans une boîte en ivoire. Seule tante Bay nous offre des cadeaux sensationnels, des trucs qui ressemblent délicieusement à du plastique et qui sentent l'Amérique, souvent comestibles.

— On pourra faire un tour dans l'auto ? La voiture de Lucian ? demande Barney.

Debout sur la pointe des pieds, il cherche à l'entrevoir par la fenêtre.

— Certainement pas. Rassieds-toi. (Peggy se penche derrière Kitty et enroule fermement ses doigts autour de sa fourchette.) C'est un engin de mort. Moi, je n'y mettrais pas les pieds, même si on me payait.

Elle s'éponge le front et lève les yeux vers moi, irritée, se rappelant ce qu'elle m'a demandé il y a cinq minutes.

— Amber, *s'il te plaît*, va chercher Lucian pour le thé. Non, vraiment... Tout de suite.

* * *

— Le thé, dis-je d'un ton neutre, craignant de croiser ses yeux.

Mais je peux voir qu'il me regarde – timidement – entre les mèches de sa frange. Sa timidité est étonnante.

— Pardon de débarquer comme ça…

Il plonge la main dans la poche de son blazer – il est habillé tout en noir, comme un hors-la-loi –, sort une autre cigarette et l'allume avec le genre de briquet en argent pour lequel Toby pourrait tuer.

— … ma petite amie donne une fête dans le Devon cette semaine. Maman a insisté pour que je vienne la voir à Pencraw d'abord. (Il tire sur sa cigarette.) Sauf qu'elle n'est pas là.

— Dans le Devon ?

Le terme « petite amie » résonne ironiquement dans ma tête. C'est à ce moment atroce que je réalise que je ne me suis pas changée depuis mon arrivée et que je dois encore sentir le pipi de Kitty.

— À Bigbury Grange…

Sa voix s'éteint et il regarde par terre, regrettant clairement ses paroles.

— Oh…

Bigbury Grange est une des plus belles demeures du Devon, un énorme gâteau blanc glacé qui a nourri les commérages il y a quelques années quand les Bracewell – « Des parvenus enrichis dans les surgelés », dit papa avec mépris – l'ont acheté à lord et lady Fraser, des vieux amis de mes parents, si appauvris qu'ils ne pouvaient plus chauffer que la maison du gardien et ne mangeaient que le produit de leur chasse et le miel de leurs ruches.

— Bon, le thé est prêt, si tu veux, dis-je, puis je repars vers la maison pour cacher mon air effondré.

Il jette sa cigarette par terre sans la fumer et l'écrase bruyamment sous son pied.

— Je viens avec toi.

Nous remontons la pente de la pelouse, sa main oscillant à quinze centimètres de la mienne. Je lui glisse un regard et rougis comme une pivoine en rencontrant le sien.

Quand nous atteignons la terrasse, il balbutie, les mots collés les uns aux autres :

— *Çateditdefaireunebaladeenvoituredemain-matin ?*

— Euh...

Je jette un coup d'œil vers la fenêtre de la cuisine, vois Toby nous observer, point de chair à l'endroit où il presse son front contre la vitre.

— C'est une Lotus Elan. (Les yeux de Lucian brillent.) La capote s'abaisse, ce genre de trucs.

— J'ai promis à Toby d'aller à la plage avec lui, dis-je malgré moi, comme quand Matilda m'a invitée en Grèce.

— Bien sûr, répond-il très vite, et nous rentrons à la maison dans un silence gêné.

Le lendemain est triste comme une fête annulée. De la fenêtre de ma chambre, j'aperçois Caroline, déjà debout bien qu'elle soit arrivée tard hier soir. Elle inspecte les parterres avec d'énormes lunettes de soleil blanches, un foulard lilas noué sous son menton. Pire, après le petit déjeuner, elle annonce un « déjeuner de Pâques en famille », le menton levé, les yeux écarquillés – une vraie déclaration de guerre.

— À une heure précise dans la salle à manger, ajoute-t-elle en jetant un sourire plein d'espoir à papa, s'attendant peut-être à être félicitée de prendre en main une maison où, de mémoire d'homme, rien de « précis » n'est jamais arrivé. Les retardataires le paieront en œufs de Pâques.

Elle part d'un rire strident.

Hésitant à courir le risque, au cas où elle ne plaisanterait qu'à moitié – pas après que la fête du chocolat a été gâchée, l'an dernier –, Barney et Kitty trottinent entre Big Bertie et les autres horloges du manoir, tâchant de trouver l'heure juste. Puis, décidant avec bon sens de ne pas s'y fier, ils rôdent près du cadran solaire sur la terrasse, impatients de voir l'ombre envahir sa face de bronze, nous laissant, Toby et moi, aller seuls à la plage.

— Je n'irai pas au déjeuner si tu veux y couper, dis-je quand on rentre en peinant sur le sentier de la falaise, nos sacs lourds de serviettes et de maillots de bain mouillés, nous méfiant des vipères qui nichent dans les hautes herbes, excitées par la soudaine chaleur printanière.

En marchant, je sens à nouveau mes orteils et mes doigts. La mer – d'un bleu iceberg miroitant – était juste supportable pendant quelques secondes. Toby y est resté bien plus longtemps que moi, la peau rougie, le souffle coupé par l'eau glacée, l'air d'aimer la douleur du froid. À la fin, j'ai insisté pour qu'il en sorte, craignant qu'il s'engourdisse et ne dérive au large, comme du bois flotté.

— « Un déjeuner en *famille* ! » s'esclaffe-t-il. Depuis quand cette femme ridicule et son fils gâté font partie de la famille ?

Je lance le sac de plage sur mon épaule, en pensant que Lucian devrait être gâté mais, au fond, ne l'est pas. Sa joie d'avoir cette voiture de sport avait l'air sincère.

— Tout ça est un peu bizarre, non ? dis-je, dans l'espoir de le calmer.

— Non, ça n'est pas bizarre, Amber ! Ce n'est ni une coïncidence ni un hasard. C'est ça qui fait flipper !

L'invasion des Shawcross obéit à un plan. Caroline l'a soigneusement exécuté, une vraie manœuvre militaire. Sinon, pourquoi ils seraient revenus ?

— Tu sais pourquoi. Ce que nous a dit papa.

Les Shawcross devaient aller dans le Gloucester à Pâques chez des amis, qui ont annulé à la dernière minute, les laissant le bec dans l'eau. Alors, papa « a bien agi » en les invitant ici, « parce qu'on s'est tous terriblement bien entendus à Noël ».

— Ça n'est pas vrai et tu le sais, Amber.

Toby donne un coup de pied dans une pierre qui tombe par-dessus la falaise et tourne dans le néant. Il me jette un regard oblique.

— J'ai préparé un plan d'urgence, ces jours-ci. Depuis que j'ai appris qu'ils venaient.

— Un quoi ? dis-je, n'aimant pas trop ça.

— C'est une surprise. Dans les bois.

Ça m'inquiète encore plus.

— Enfin, c'est pas encore tout à fait prêt.

— Oh, Toby… Allons juste au déjeuner aujourd'hui. D'accord ?

Je tente de l'amadouer, craignant une autre dispute entre papa et lui. Maintenant, je me rends compte que maman était le trait d'union entre leurs deux personnalités incompatibles. Les longs trimestres d'école n'arrangent rien : parfois, papa le regarde comme s'il ne le reconnaissait pas.

— Arrête de jouer les conciliatrices. C'est énervant.

Je détourne les yeux, furieuse qu'il ne se laisse pas manipuler, même dans son intérêt. Il voit les choses trop clairement, avec une netteté implacable – comme, sous une loupe, on voit juste les boutons et les poils d'une peau.

— Papa sera très fâché si tu ne viens pas.

— Et *moi*, je suis furax qu'il ait invité l'Antéchrist à l'anniversaire de la mort de maman. Pas toi ?

Sans prévenir, il titube vers le bord de la falaise et, à ma grande horreur, saute en s'appuyant sur un bras... Soudain, je ne vois plus que l'éclair roux de sa tignasse, deux poings agripper l'herbe où nichent les serpents. Je m'élance pour le rattraper.

— Tob...

Il lâche l'herbe. J'entends un éboulement, la chute d'un objet lourd. Un rire dément.

Je glisse un coup d'œil par-dessus le bord. Il est sur une corniche en contrebas, une étroite bande de rocher plat, comme une sorte de lit de camp dépassant de la falaise. J'ai vu cette corniche des centaines de fois de la plage, sans jamais penser à y sauter. Mais les parties du domaine qui semblaient dangereuses du vivant de maman le paraissent moins maintenant. Après tout, si on peut mourir rien qu'en tombant de cheval, on peut bien grimper au sommet d'un arbre.

— Allez, Amber ! Balance tes pieds par-dessus ! Ne regarde pas en bas...

J'hésite, me demandant si je peux monnayer mon courage.

— Seulement si tu viens au déjeuner de Pâques.

— Quelle barbe... répond-il, ce qui signifie oui.

Alors, je dois le faire, rampant à reculons, un pied dans le vide.

— Il y a un trou pour ton pied sur la gauche. Non, à gauche, pas à droite, imbécile... Je te tiens. Oui, solidement, tu peux lâcher. Amber, lâche cette herbe... C'est de pendiller qui est dangereux. Crois-moi, je me suis entraîné. On ne peut pas se suspendre ici. Fais-moi confiance. Saute.

— Argh...

Je l'agrippe en atterrissant ; une chute de quelques pas, mais qui semble bien plus grande, du coup, on chancelle tous les deux. Je me tapis et m'ancre au rocher : ça paraît plus sûr que de rester debout.

— Quelquefois, tu m'effraies, Toby…

— Pourquoi ? Je te rattraperai toujours.

Et je sais qu'il le fera.

— C'est l'impression que doivent avoir les mouettes. (La vue, étourdissante, presque trop belle, me met les larmes aux yeux.) D'être assis dans le ciel.

— Voilà.

Il me lance un sourire – un de ses sourires fous et charmants – puis enlève sa chemise, dévoilant un torse étonnamment pâle, d'une blancheur hivernale. Il fait tourner sa chemise au-dessus de sa tête, puis la jette dans le vide avec un cri de joie. Se penchant hardiment, il la regarde flotter vers les rochers de la crique.

— Tu es devenu un peu dingue, seul ici, dis-je, tout en m'interrogeant sur ce que penseront papa et Caroline quand il rentrera dans la maison en se pavanant, à moitié nu.

Il se redresse en flageolant, écarte les jambes et fait rouler sa tête sur mes genoux croisés – pas de doute, je lui appartiens à nouveau. La distance que je sentais entre nous se réduit. Pourtant, je suis toujours mal à l'aise.

On reste ainsi un moment en silence. Une mouette à ailes grises nous observe, méfiante, de son nid d'algues dans une fissure voisine. Le vent se lève. Mes jambes s'engourdissent. Toby ferme les yeux et ses paupières battent convulsivement. J'observe son souffle, des respirations brèves, intenses, comme s'il courait encore en lui… et je m'interroge sur les bleus qui virent au jaune sur ses biceps, la surprise qui m'attend dans les bois et les taches de rousseur qui flambent sur ses pommettes – autant d'avertissements sur les jours à venir.

CHAPITRE 15

Lorsque Toby est là, je ne peux pas me conduire normalement avec Lucian. Les choses les plus banales – se passer l'eau à table, se croiser dans l'escalier – sont devenues bizarrement chargées d'électricité. Quand je dois lui parler devant Toby, ma voix paraît toujours trop aiguë, mon rire trop strident. Même quand Toby n'est pas dans les parages, cette gêne me colle à la peau, aggravée par la peur qu'il surgisse à tout moment, les yeux mi-clos, défendant son territoire comme un chat.

Ce matin, heureusement, je n'ai pas à m'inquiéter. C'est le jour J : Toby achève son projet dans les bois. Son petit déjeuner avalé, il est sorti d'un pas raide, balançant un maillet dans sa main, un pan de grillage sur l'épaule.

Dès qu'il a disparu, Caroline se tamponne les lèvres avec une serviette et me suggère de montrer la crique à Lucian : on échange un coup d'œil pendant une seconde brûlante, puis on détourne la tête, embarrassés. Mais la suggestion de sa mère persiste, clignotant par-dessus la jatte de pommes cuites, juste à ma portée.

— Alors ? Mon Dieu, vous êtes bien silencieux tous les deux, ce matin. (Elle boit délicatement une gorgée de thé.) Vraiment, Lucian, tu devrais prendre quelques couleurs avant d'aller à cette partie de chasse à Bigbury Grange, demain. Les Bracewell sont affreusement sportifs. Tu ne voudrais pas que Belinda pense que tu ne vas jamais à la campagne ?

Je tente de cacher l'amère déception que me cause son départ en jouant avec ma fourchette.

— La plage manque peut-être de charme, mais son isolement le compense, poursuit Caroline en posant soigneusement sa tasse sur sa soucoupe, dont le bord doré miroite au soleil. C'est un peu comme faire naufrage au bout du monde. Tu n'y verras pas une âme.

— Les crabes, eux, ont une âme… observe timidement Barney en jetant une croûte à Boris sous la table. Mais maman dit qu'elle s'est envolée quand on mord dans le sandwich au crabe, donc qu'on peut le manger.

Le sourire de Caroline s'évanouit.

— Quelle idée curieuse… balbutie-t-elle, les mots ripant entre ses petites dents.

Elle se lève brusquement, sans finir son thé, et quitte la pièce. Ce qui n'est pas rien.

Je m'aperçois qu'en marchant je risque beaucoup moins d'avoir l'air bête avec Lucian. Sur le chemin de la crique, je peux m'aider d'une main pour cacher quand je rougis (en plus, je n'ai qu'une joue à couvrir). Je n'ai pas non plus à le regarder dans les yeux, ce qui m'évite de révéler des choses que je ne veux pas montrer. Et savoir que Toby n'est pas dans le secteur me permet de ne pas trop bafouiller. Ce qui n'est pas si mal.

Nous grimpons et descendons le promontoire sur le sentier de la falaise, enjambons des murs de pierres sèches et des pins tombés, fouettés par le vent. Le soleil du printemps est plus chaud – plus proche – sur les falaises. Le vent s'engouffre sous ma jupe, cherchant à la retourner d'un coup, comme un parapluie sous la tempête. Je la plaque sur mes jambes et jette un coup d'œil à Lucian pour voir s'il les regarde. Oui.

Mais Kitty tente d'attirer son attention en se balançant au bout de sa main, en pouffant et en jacassant. S'il la trouve aussi pénible que moi, il ne le montre pas. Il n'écarte pas non plus la rafale de questions de Barney – « Si on avait quinze doigts, on jouerait mieux de la guitare ? » – et répond à toutes patiemment. On a donc très peu de temps pour parler des choses qui pourraient compter. Parfois, quand je m'y attends le moins, il me lance un sourire – un demi-sourire timide qui me fait oublier Toby, les vipères, et le fait qu'il a une petite amie bourrée de fric, Belinda, qui vit dans un palace où il y a le chauffage central et pas de taches de sang devant l'écurie.

Quand on arrive au bord de la falaise – juste au-dessus de la corniche où j'ai sauté hier avec Toby – Barney tire Lucian par le bras et tend le doigt avec fierté.

— C'est notre plage.

Lucian se tourne vers moi, l'air espiègle.

— À t'entendre, elle paraissait énorme.

— Ah bon ?

Je ne sais pas comment expliquer qu'elle me semblait très grande lorsque j'étais petite et que, en un sens, elle l'est toujours.

Barney dévale en gambadant l'éboulis qui mène à la plage. Arrivé avant tout le monde, il patauge gaiement à la sortie du ruisseau souterrain, jupon bouillonnant jaillissant de la falaise. De retour dans son élément.

Au loin, la mer est d'un vert boule de gomme et la marée si basse qu'on voit le squelette de la petite barque dépasser des sillons du sable. J'explique à Lucian que, d'après les gens du coin, ce sont les vestiges d'un vieux bateau de contrebandiers, et il m'écoute attentivement, les yeux sur ma bouche.

On s'assied sur des rochers, lisses et gris comme des phoques, à un mètre l'un de l'autre. Il se déchausse. Ses pieds, enfermés trop longtemps dans des chaussettes et ne courant jamais en liberté, sont mous et très pâles. Cela me fait un peu de peine pour lui.

On parle de petits riens – du temps, du fait que la plage peut être vite isolée par une grande marée – puis Kitty s'éloigne avec son seau, cherchant des coquillages et des éclats de verre polis sur l'écume du rivage. Barney, son pantalon retroussé, barbote au bord de la mer. Je le surveille attentivement – on ne peut jamais le quitter des yeux près des vagues – tout en arrivant, mine de rien, à jeter des coups d'œil à Lucian.

— Tu as de la chance d'avoir tout ça, dit-il en ramenant un pied vers lui.

Je remarque que les poils noirs, sur ses jambes, s'arrêtent autour de ses chevilles en formant un brace-let parfait, son bord de mer à lui.

— Je sais. (Je coince ma jupe entre mes genoux pour qu'elle ne s'envole pas, même si une partie de moi en a plutôt envie.) On n'a pas besoin d'une plage plus grande.

— Je ne parle pas de la plage.

Je me tourne vers lui, perplexe, sortant une mèche de cheveux de ma bouche.

— De quoi, alors ?

Il regarde Kitty agiter son seau de coquillages.

— De frères, de sœurs... tu vois.

Il hausse les épaules.

J'essaie d'imaginer un monde de silence, sans responsabilités, où on n'est pas tiraillé entre plusieurs camps.

— Ça doit être bien aussi d'avoir la paix.

— Pas vraiment, dit-il en plantant ses orteils dans le sable. C'est pour ça que je me suis mis à la guitare.

— Si tu avais une famille turbulente, tu n'aurais jamais appris à en jouer comme ça.

Réalisant que je me suis trahie, en révélant que je l'ai écouté (l'oreille collée au plancher), je deviens écarlate. Je plaque ma main sur ma joue, sentant la chaleur de mon sang palpiter sous mes doigts.

— Tu sais quoi ?

Il traîne son talon dans le sable, creusant une tranchée qui, aussitôt, se remplit d'eau.

— Quoi ?

— J'aurais voulu avoir un jumeau.

Je ris.

— C'est drôle !

— Un frère. Quelqu'un avec qui faire des trucs de garçon.

— Moi, je fais des trucs de garçon ! dis-je, indignée.

— Oui, je sais.

Y a-t-il une sorte d'étrange respect dans ses yeux, ou se moque-t-il de moi ?

L'incertitude me fait ajouter ce qu'il ne faut pas :

— Je ne peux pas t'imaginer en jumeau.

— Pourquoi pas ? fait-il, déconcerté.

— Tu es trop…

Je ne sais comment expliquer qu'il a des contours marqués et que ceux de Toby et les miens sont vagues. Que Toby est gaucher, moi droitière, que parfois j'ai l'impression qu'il y a un miroir entre nous.

— … Trop complet.

Son rire éclate dans toute la plage. Je ne l'ai jamais entendu rire ainsi. On dirait qu'un truc se libère en lui. Je vois alors ce que j'ai soupçonné dans sa chambre à Noël : il ne peut qu'attirer la sympathie. Sous toute sa maussaderie impassible se cachent de la chaleur et des rires : c'est comme si on trouvait des pièces d'or dans la boue.

— Donc, tu te sens incomplète sans Toby ? demande-t-il, son sourire envolé.

— Ce n'est pas tout à fait ça, dis-je très vite, même si c'est vrai sur bien des points.

Il lève les yeux vers la falaise en fronçant les sourcils.

— Il est où ? Je ne l'ai pas vu de la matinée.

— Dans la forêt.

Je hausse les épaules, pourtant sa question me donne un coup au cœur. Elle crée la possibilité que Toby ne soit pas dans les bois, et que, au contraire, il descende rageusement le sentier vers nous.

— Il fait quelque chose. Il ne veut pas me dire quoi.

— Fascinant…

Je me sens gênée pour Toby. Je suis frappée par le fait que Lucian est bien plus adulte alors qu'ils n'ont que deux ans d'écart. Je ne peux pas imaginer Lucian s'amuser dans les bois à quinze ans, ni crier de joie en traversant la rivière sur une balançoire. Une partie de Toby a-t-elle cessé de se développer quand maman est morte ? Une partie de nous tous ?

Nos corps ont changé, mais, au fond, nous sommes restés bloqués au même âge.

J'ai soudain envie de grandir, et vite.

— Tu penses qu'il aura fini quand ? avance-t-il, hésitant.

— Oh, il y passera toute la journée, sans doute. Il ne rentrera pas avant d'avoir fini.

— Bien.

Il traîne un pied dans le sable, en arrière, en avant, l'air de se tâter avant de me demander quelque chose. Puis, il se jette à l'eau.

— Plus vite !

Je crie d'une voix suraiguë par-dessus le bruit du moteur, ce qui ne me ressemble pas du tout.

— Sûre ?

Il rit.

— Oui ! (Le toit est ouvert comme une capote de landau.) Oui, oui, oui !

— Accroche-toi !

Le moteur gronde et il me semble qu'on conduit un être vivant, plus une voiture. Un être qui dédouble la route de la falaise, dispersant les papillons et les mouettes, me projetant sur le côté dans les virages. Je me retourne, arrimée au tableau de bord en bois verni. Au loin, le manoir est réduit à une maison de poupée. Je hurle.

— Mes cheveux !

Ils filent au-dessus ma tête comme de la barbe-à-papa, se prenant dans ma bouche.

— J'adore tes cheveux.

J'adore tes cheveux. C'est bien ce qu'il a dit ? J'ai du mal à l'entendre par-dessus le vrombissement du moteur, pourtant je souris bêtement. Je rêve de ne jamais sortir de cette voiture minuscule, qui peut vous éloigner si vite d'un endroit inévitable qu'en quelques secondes il semble n'avoir jamais existé.

— Ça te plaît ? demande-t-il, les cheveux flottant au vent, des plumes noires aplaties.

— Mince…

Par le portail d'une ferme, un petit groupe de moutons se répand sur la route. On allait les écraser, mais non. Les freins crissent et je suis projetée en avant sur mon siège en riant – j'adore ça, frôler la catastrophe, réécrire le désastre. Les moutons grimpent sur le talus en trébuchant, se poussent contre la clôture. Le fermier brandit son poing et Lucian redescend la route en marche arrière.

Il se gare et on s'assied sur le banc au bord de la falaise, regardant les taches vertes et mauves ondoyer lentement sous l'océan, telles des baleines en eau profonde. Mes jambes flageolent, déroutées, comme lorsqu'elles retrouvent la terre ferme après une traversée en mer agitée. Le dos de ma robe est trempé de sueur. Lucian est tellement près de moi que si je bougeais un tout petit peu ma jambe, elle toucherait la sienne. Et je le sens me regarder fixement, ses yeux partout sur mon corps, chauds et doux comme des mains. Je ne crois pas me rappeler une sensation plus agréable. J'essaie de la graver en moi, pour pouvoir la décrire en détail à Matilda.

— Excuse-moi d'avoir failli te tuer.

— En fait, c'était ça, le meilleur.

J'ose croiser son regard. Ses pupilles ont éclipsé l'iris chocolaté. Il a un air étrange, admiratif, comme devant quelqu'un de merveilleux, pas du tout moi.

Alors, ayant peur de dire ce qu'il ne faut pas, je lâche :

— J'ai des mouches mortes dans les cheveux.

Et je gâche tout...

Il lève la main et, avec une lenteur terrible, attrape un moucheron, le fait glisser au bas d'un cheveu, l'ôte d'une pichenette. Il recommence. Je suis tendue comme un arc. C'est l'instant le plus parfait de ma vie.

— Voilà.

— Merci.

Ma voix est presque normale. En moi, tout se liquéfie.

— Toby va être fou de rage, hein ?

— Je ne lui dirai rien.

Je crains moins que mon jumeau l'apprenne et ses coups de canif à Lucian que la fin imminente de cette balade de rêve.

Mes yeux tombent sur ses lèvres et je me demande quel effet ça ferait de l'embrasser, si la bouche d'un garçon a un goût spécial.

— J'adore ta voiture. On fera d'autres tours avec.

— Amber... murmure-il, puis il s'arrête.

Pendant un instant fou, magique, je pense qu'il va m'embrasser. Que tout – la nuit dans sa chambre à Noël, le moment où on était assis sur les rochers de la crique, en train de regarder Kitty remplir son seau de coquillages – menait à cet instant. Je me prépare, tentant de me rappeler comment les gens s'embrassent dans les livres, redoutant de cafouiller dans un fracas de dents et de nez.

Mais il ne m'embrasse pas. Il se lève.

— Allons-y.

Mon moral s'effondre, puis remonte quand il me tire par la main pour me mettre debout. Les siennes sont chaudes, très moites, l'air merveilleusement grandes. Ma jupe flotte au vent et je suis sûre que, s'il me lâche, je m'envolerai de la falaise comme un cerf-volant.

— Je te ramène. (Il sourit, de ce sourire fabuleux, surprenant.) Cette fois, je te promets de conduire très sagement.

— Merci, dis-je, voulant éperdument qu'il ne fasse ni l'un ni l'autre.

CHAPITRE 16

J'aurais dû me douter que Toby nous conduirait ici. Pas à notre coin habituel, près de la balançoire, mais plus loin en amont, où les arbres s'emmêlent, où la rivière se resserre et où les berges sont si raides que, si on glisse, on a bien du mal à les remonter.

Barney crispe sa main dans la mienne. On s'arrête, tendus parmi la solitude peuplée du bois. Il est où ? Et là, on entend hululer.

— C'est lui.

Toby imite les chouettes mieux que n'importe qui.

Et le voilà, un éclair rouge, agile comme un chevreuil. Quand on le rattrape enfin, il est adossé, à peine essoufflé, à une vieille échelle plantée dans le tronc ventru d'un grand chêne. Au sommet des barreaux, à environ trois mètres de haut, une plate-forme en vieilles planches, branches de saule et bouts de clôture volés s'enfonce dans le creux de l'arbre foudroyé.

— C'est toi qui as construit cette cabane ? dis-je, commençant à mesurer l'activité fébrile qu'il a dû déployer avant notre arrivée.

— Caroline a ses plans. J'ai les miens.

Il hoche la tête, les yeux brillants, les cheveux serrés en boucles humides de sueur.

— Et moi, j'ai une longueur d'avance, Amber.

— Je n'aime pas ta cabane, déclare Kitty en tirant sur ma main. Et doudou non plus. Elle est trop haute.

— C'est la même que celle de Wendy dans *Peter Pan*. (Toby s'accroupit devant elle pour la rassurer.) Tu as toujours voulu avoir une maison de Wendy, non ? Allez, monte.

Kitty secoue la tête.

— Je vais tomber.

— Non. Pas si tu te dis que tu ne le feras pas. (Il lui tapote le front.) Tomber, c'est dans la tête.

— Il a raison, Kitty. C'est pour ça que je ne coule pas dans la mer, fait Barney d'un ton neutre. Je me dis que je vais pas couler, et ça marche.

Toby lui ébouriffe les cheveux.

— Merci, Barney.

Il saute sur les premiers barreaux, ce qui fait tanguer toute la structure.

Je demande, inquiète pour Kitty, pas vraiment une as de l'escalade :

— Tu es certain que c'est sans danger ?

— C'est l'endroit le plus sûr du domaine, répond-il d'un air un peu bizarre qui me fait regretter d'avoir posé la question.

Je suis la dernière à monter, puis je me glisse par une trappe de grillage. Je ne peux m'empêcher d'imaginer que Toby la coincera derrière nous, nous bloquant ici pour toujours sans que personne sache où nous trouver. En rampant au milieu de la cabane, les genoux éraflés par les planches grossièrement clouées, je sens que je me suis introduite dans la tête de Toby – et pour une fois, je ne suis pas sûre d'aimer ça.

L'intérieur est étouffant, on a l'impression d'être sous terre, alors qu'on est assez haut pour se rompre le cou si on tombe. Il y a un lit étroit – une vieille natte de camping sur un tapis d'aiguilles de pin –, une pyramide de boîtes de conserve empilées avec soin, des bières, des bouteilles de vin poussiéreuses volées dans la cave, une tasse en fer-blanc et une carte du domaine crayonnée au mur. On y voit des flèches rouges marquées « sorties de secours » qui me donnent la chair de poule. Pire, j'aperçois près du lit le petit pistolet du tiroir de la bibliothèque et, oscillant dangereusement à un clou, un couteau dont se servait notre arrière-grand-père pour écorcher les cerfs.

Toby allume une lampe de poche, dont la lumière dessine d'étranges parties de son visage : les galeries des narines, la niche furieuse des sourcils.

— Je vois bien que ça ne te plaît pas.

— Si, c'est juste… ce couteau…

En essayant de sourire, je le montre du doigt, pendillant au-dessus de la tête de Barney.

— Je n'aime pas ça.

— Barney, écarte-toi. (Il décroche le couteau, le fourre sous l'oreiller.) Tu es contente ?

— Le pistolet. On n'a pas le droit de toucher aux armes à feu.

Il hausse les épaules.

— S'il fallait tenir compte de tout ce qu'on nous défend…

— Il est chargé ?

— Arrête avec tes histoires de petite vieille… (Se penchant au bord de la plate-forme, il écarte un morceau de treillis camouflé sous les feuilles.) Viens ici, Barney.

Docilement, Barney avance à quatre pattes. Je regarde fixement le pistolet, un frisson courant dans mon dos comme des doigts glacés. Comment vais-je le récupérer ? Et si j'avertissais Lucian ?

— Si tu t'assieds au crépuscule sans bouger, tu peux voir des blaireaux, des chevreuils…

Barney ouvre grand les yeux. Puis il les tourne vers moi pour se rassurer.

— Des fantômes ?

— Pas encore, dit Toby. Des lapins, oui. Beaucoup, beaucoup de lapins. Et des lièvres.

— J'aime pas les lapins.

Barney recule, se serre contre moi.

J'échange un regard avec Toby. Je sais qu'on pense la même chose : rien ne s'arrangera tant que Barney ne retrouvera pas sa passion des lapins – c'est juste un de ces trucs dérangeants, mais vrais.

— Quelqu'un veut une boule de gomme ? demande Toby, parce que c'est déprimant d'évoquer les lapins et le fait qu'on n'est plus ce qu'on allait devenir du vivant de maman. J'ai fauché la réserve secrète de Peggy.

Kitty fourre, de plus en plus vite, les bonbons dans sa bouche. Pendant un moment, on n'entend que le bruit des arbres, des oiseaux et de nos mâchoires, jusqu'à ce qu'elle dise :

— Pourquoi il est pas là, Lucian ?

Chacun se tait, même les oiseaux. Kitty ne bouge plus, la joue gonflée par une boule de gomme. Seuls ses grands yeux bleus tournent de droite à gauche, entre Toby et moi.

Je reste muette, craignant que mon jumeau ne prenne mal tout ce que je pourrais dire. Pire, que cela pousse Kitty à dévoiler notre excursion sur la plage. Même si je ne sais pas très bien pourquoi il faut la garder secrète – c'est Caroline qui l'a suggérée, je n'ai rien fait de mal –, j'ai jugé plus facile de ne pas en parler.

— Moi, j'aime bien Lucian, glisse Barney, venant en aide à Kitty. Et j'adore sa voiture parce qu'elle est très brillante, pas vrai, Amber ?

Ma gorge se serre. Barney nous a-t-il vus partir après le déjeuner ? Comment aurait-il pu ? J'ai pris soin de les emmener faire du tricycle dans la salle de bal, pour qu'ils ne me voient pas monter dans la voiture et ne me posent pas de questions.

— Mais moi, *j'aime pas* sa mère, ajoute Kitty en se remettant à mâcher plus gaiement. On dirait une mouette qui veut nous piquer nos chips.

Toby part d'un rire dur, bref, qui brise la tension – une main de karatéka à travers la vitre. Je me rends compte que c'est très utile, en fait, d'avoir un ennemi dont on peut se moquer. Tout va bien tant que l'ennemi est quelqu'un d'autre.

CHAPITRE 17

Papa lève les yeux de ses papiers en fronçant les sourcils. Il ôte ses lunettes et se frotte les paupières. Cela crée un pli sur son nez qui brille à la lumière filtrant par les fenêtres de la bibliothèque.

— Qu'est-ce que tu veux, chérie ?

— On peut se parler, papa ?

— Parler ? dit-il, comme si j'avais suggéré quelque chose d'excentrique. Oh… Une petite pause ne me ferait sans doute pas de mal.

Il écarte la pile de papiers, plante son stylo plume dans sa poche de poitrine.

En jetant un coup d'œil par la fenêtre, je vois la voiture de Lucian déjà prête, le manche de sa guitare dépassant du coffre. Dois-je aller lui dire au revoir ? Qui sait quand je le reverrai ? Ce matin – le jour où il s'en va et où tout redevient normal – semble déjà plus gris, bourré de vieux problèmes : un monde tourné vers le passé, pas vers l'avenir.

— Peggy a très bien tenu le domaine ces derniers mois, mais, forcément, certaines choses lui ont échappé, reprend papa en regardant les papiers avec morosité.

— Quoi, par exemple ?

— Des factures, des fichues factures, Amber... Je ferais mieux de jeter mon argent dans le Fal plutôt que de l'engloutir dans cette maison. Mais ne t'inquiète pas, les Alton ont toujours trouvé une solution ! explose-t-il, ce qui fait voler ses cheveux argentés. Nous ne perdrons pas cette maison. J'y veillerai, nom de nom !

Ces paroles combatives m'angoissent encore plus.

— J'ai gardé trop longtemps la tête dans le sable. (Il desserre son col.) Il était urgent de s'en occuper, Caroline a raison.

De quel droit lui donne-t-elle des conseils ?

Dans un geste impatient, il désigne l'autre côté du bureau.

— Assieds-toi, chérie.

J'approche un tabouret, pose mes coudes sur le cuir vert de la tablette (d'après Toby, papa nous fait asseoir de ce côté pour nous réduire à une taille plus maniable) et tente d'ignorer Knight dans sa caisse noire doublée de velours : tout ce qui s'est passé cette nuit-là tourne encore en silence dans le trou étoilé de son crâne.

— Alors ? demande papa, le sourire un peu moins franc qu'il y a quelques instants.

Je remue sur le tabouret, gênée.

— En fait, c'est Toby.

— Je le craignais... (Il remue des papiers qui n'en ont pas besoin, puis redresse la pile d'un coup de poing.) Contrarié par Lucian, si j'ai bien compris. Diablement distant... J'attendais mieux de lui.

— Ce n'est pas vraiment ça...

Qui a suggéré cette version des faits ? Sûrement Caroline.

— ... Il a construit une cabane dans un arbre.

— Ah oui ?... Où ça ?

— Tout au fond des bois. En amont de la rivière. Là-bas, il a de la nourriture, un couteau, un lit… et une arme. Papa, il a pris le pistolet. Celui qui était dans le tiroir.

— Je ne l'ai pas fermé à clé ? (Il se frotte le visage, réprime un bâillement.) Bon… J'imagine qu'il ne devrait pas le garder, bien que j'aie eu moi-même une collection d'armes à son âge. Je comprends qu'elles l'attirent.

— Papa !

Parfois, il semble appartenir à une tout autre époque. J'insiste, en espérant qu'il comprendra la folie de mon jumeau :

— On a l'impression qu'il fait des préparatifs pour la fin du monde. Il n'arrête pas de parler d'un malheur qui doit arriver à la fin de l'été. Une sorte de catastrophe.

— Comme retourner à l'école ? En vérité, ce sera un grand choc pour son organisme. Septembre fait toujours cet effet après un été ici. (Il sourit gentiment et, un instant, j'ai l'espoir qu'il voudra bien m'écouter sérieusement.) Au moins, il lui reste un peu de temps.

— Je pense que c'est plus grave que ça.

— Grave ? Amber chérie, s'occuper de Toby depuis… (brusque silence au moment où il devrait parler de la mort de maman) enfin… ces derniers mois, a été presque insupportable.

Il me tend une grande boîte de loukoums.

— Plutôt bons, je trouve. Goûte-les. Caroline les a apportés de Londres.

Je fais non de la tête.

— C'est juste que quelque chose va vraiment mal chez lui, papa. Je ne le reconnais plus. Même à Noël, il n'était pas si changé que ça.

Papa regarde sombrement par la fenêtre, la parenthèse du loukoum refermée.

— Il est entré dans une nouvelle école, répond-il. Il lui faudra sans doute un peu de temps pour s'y faire, d'autant que sa réputation l'y a précédé.

— Je ne crois pas qu'il aime beaucoup l'école, mais ce n'est pas ça.

Il tire sur son lobe d'oreille, mal à l'aise. Ses papiers commencent à s'agiter sous la brise venant de la fenêtre.

— Papa, il est pire maintenant que juste après... ce qui s'est passé.

Il réfléchit un instant – le menton dans les mains –, puis se redresse en écartant la question.

— Amber chérie, j'espère que tu sais combien j'apprécie la gentillesse que tu as témoignée à tes frères et à ta sœur pendant toute cette année. Elle ne m'a pas échappé.

Ce compliment me déprime encore plus. Papa s'imagine-t-il que j'ai eu le choix ?

— Nous sommes tous coupables de te croire plus âgée que tu l'es. Pourtant, il y a beaucoup de choses que tu ne comprends pas encore, ma chérie.

Il est frappant de voir combien papa a la peau dure – « plus dure que le derrière des Gloucester old spots, et pourtant, cette vieille race de cochons a le cuir épais », dit mamie Esme –, alors que Toby est un écorché vif. Il ressent tout trop fort, papa trop peu, et ça fait partie du problème.

— Mais papa, je comprends Toby... mieux que n'importe qui.

Il tousse.

— Amber, tu n'es pas la première personne à attirer mon attention là-dessus.

— Mamie t'en a parlé ?

— La dernière école de Toby a suggéré... (ses yeux s'assombrissent) une sorte de médecin. Un charlatan de Harley Street. Jamais je ne ferai ça à mon fils, si difficile soit-il ! Le réduire à l'état de légume !

Il ajoute avec plus d'emphase :

— Nancy ne me le pardonnerait jamais.

Il est si rare qu'il parle directement de maman que son nom aspire tout l'air de la pièce. Même lui paraît stupéfait. C'est ainsi qu'elle nous manque à présent, moins par une tristesse sans fond que par des sentiments aigus qui percent sans crier gare, comme les digitales dans les bois.

— Je veux qu'il soit heureux, papa. Enfin... pas tant que ça... dis-je, sentant que j'en demande trop. Juste un peu plus comme avant, peut-être...

Là, papa me sourit, l'œil vague et plein d'amour, comme quand j'avais l'âge de Kitty. Mon cœur se serre en pensant à cette époque où je ne voulais rien savoir de ce qui me dépassait, où je me fiais entièrement à son jugement.

— Amber, rappelle-toi que la force de caractère est forgée par les épreuves, non par la facilité. Si on fait son devoir, si on travaille dur, et avec de la chance – il faut de la chance –, on peut trouver le bonheur.

Il flanque un presse-papiers sur la pile, écrasant toutes les feuilles.

— Le plaisir est donné par surcroît. Ce n'est pas un dû, contrairement à ce que croyait mon frère Sebastian !

Je reste bouche bée. Je sens mon oncle noyé dans la pièce. Je peux presque le voir couler sous les eaux de la Méditerranée.

— Si Toby doit hériter du domaine, apprendre à tenir cette maison, il doit se ressaisir. Et le plus tôt possible.

Un muscle tressaute dans sa mâchoire, la sueur perle à son front.

— C'est tout.

Je bégaie :

— Et s'il est *incapable*... de se ressaisir ?

— « Incapable » ne fait pas partie du vocabulaire de la famille.

— Non, dis-je en baissant les yeux. Pardon.

— Que faut-il faire, à ton avis ? demande-t-il un peu plus doucement.

— Eh bien... (J'espérais qu'il le saurait, lui.) Quelque chose doit changer. Seulement... je ne vois pas trop quoi.

Il me dévisage fixement. Son esprit tourne derrière ses yeux comme les chaînes invisibles qui tirent le bac *King Harry* sur les eaux calmes du Fal. Puis il se lève, en frappant des poings le cuir du bureau.

— Merci, Amber. Tu viens de répondre à une question sans le savoir. Une question ardue avec laquelle je me débats depuis quelques jours.

Sa mâchoire se crispe ; apparemment, il se force à envisager un truc désagréable.

— Quelque chose doit changer. Tu as tout à fait raison. C'est mon devoir de père d'apporter ce changement.

— Comment ? dis-je, perplexe, espérant que ce ne sera rien de trop radical.

— Vous l'apprendrez tous assez tôt. (Il sort son stylo plume de la poche de son revers.) Maintenant, si tu veux bien m'excuser... J'ai des factures à payer.

CHAPITRE 18

Lucian s'arrête au bout de l'allée dans un ronronnement de moteur et m'ouvre la portière du passager.

— Je suis content que tu aies accepté cette dernière balade.

— Bof... c'était mieux que nourrir les poulets.

Je saute de la voiture, pour cacher mon plaisir d'avoir retardé son départ dans le Devon. Qu'il m'ait choisie plutôt que Belinda, ne serait-ce que vingt minutes.

— Je suis vraiment content. (Il jette un coup d'œil méfiant vers le manoir.) J'espère que Toby ne sera pas trop furieux.

— Oh, il ne le saura pas, dis-je très vite, le cœur affolé à l'idée de me faire prendre. Il est toujours dans les bois. Absorbé par sa nouvelle cabane.

— J'espère qu'un jour il me la montrera.

Sans réfléchir, je réponds :

— Oh, sûrement.

La lumière de l'après-midi glisse derrière ses yeux noirs. Je distingue leur teinte caramel cachée, comme le filament d'encre au milieu d'une bille.

— Eh bien... à la prochaine.

— Cet été ?

J'ai parlé trop vite. Et maintenant, il va croire que je compte les jours jusqu'aux prochaines vacances. Gênée, je balaie le pollen de ma robe en popeline, que j'ai choisie ce matin parce qu'elle fait ressortir mes yeux verts et souligne mes seins.

— Je l'espère.

— Je croyais que tu détestais les Lapins noirs.

— J'ai changé d'avis.

— Oh… (Je souris bêtement.) Alors, à bientôt.

Je m'apprête à passer devant lui, mais l'espace entre nous semble se contracter et on se cogne. Je recule, troublée, mes cheveux s'emmêlant aux branches basses d'un saule. Il fait claquer la portière. Ça devrait être un bruit définitif, la promesse d'une fin, pourtant ça ne l'est pas. Le bruit perce l'air dans un sifflement. On se regarde, on le voit dans les yeux l'un de l'autre : quelque chose est sorti, libéré.

Je sais que ça va arriver une fraction de seconde avant qu'il le fasse. Mais le baiser est quand même un choc. Ses mains empoignent ma taille, m'attirent brutalement vers lui. Son souffle s'affole dans mon oreille, une brindille se tend dans mes cheveux jusqu'à se briser. Je sens le goût du sel, de la salive, du miel… On s'embrasse si longtemps que j'ai mal à la langue et ne peux plus respirer. Puis, soudain, il s'écarte en haletant.

— Pardon. Mon Dieu, je suis vraiment désolé…

— Pas moi.

Je lâche ces mots avant de pouvoir me retenir. Une main plaquée sur ma bouche, je m'enfuis dans les bois, d'où je l'entends m'appeler, encore et encore. Une fois cachée par le feuillage, je m'adosse à un arbre. En reprenant mon souffle, les mains sur les genoux, j'écoute le bruit de sa voiture s'éloigner.

Je sais que je ne dois pas rester là, que Toby va bientôt revenir de la cabane, se demander où je suis.

Je regagne la maison, chancelante, l'air dansant entre mes doigts, le goût de Lucian sur mes lèvres, le chant sauvage, extasié des oiseaux vibrant à mes oreilles. Arrivée au ruisseau, là où il forme une mare sous la rhubarbe géante, je jette un coup d'œil à mon reflet, sûre que ma culpabilité se voit partout sur moi. Mais l'eau découpe mon visage radieux en rubans chatoyants qui s'étalent sur mes cheveux, mon sourire, et font valser le soleil dans mes yeux. Toby le saura-t-il ? Serai-je trahie par mon regard ? Je me lèche les doigts, lisse fébrilement ma robe froissée en tirant sur la partie moite où mes fesses ont touché le siège de la voiture.

Si je peux grimper l'escalier avant qu'on me voie, prendre un bain chaud, me brosser les cheveux et me changer, qui le saura ? Personne n'a pu nous voir. Personne n'irait l'imaginer. Et pourtant... quand je vois le manoir se dresser sur la pelouse, tout cela paraît moins certain. Les faucons de pierre me jettent un regard noir, dardant leurs becs tranchants ; ils savent exactement où je suis allée et, en gravissant les marches du perron, tout autre que celle qui les a dévalées il y a une demi-heure, je sens une petite pointe de peur se mêler au frisson du baiser.

CHAPITRE 19

Le bureau de Dill est une petite pièce en brique, nichée au-dessus des marches qui descendent au cellier. Dill explique en s'excusant qu'il est provisoire, pas vraiment idéal car c'est là qu'on accrochait les faisans – des crochets en métal s'alignent sur les murs –, donc, elle est désolée si ça pue un peu ; et si le téléphone commence à grésiller, on peut y remédier en secouant le combiné. Mais Lorna ne l'écoute pas. Jon veut lui parler de toute urgence. Elle est inquiète.

— Jon ?

Dill referme doucement la porte derrière elle. Une abeille de la taille d'une souris fuse comme par enchantement et se cogne désespérément à la fenêtre.

— J'allais juste raccrocher. (La voix de Jon semble étouffée, lointaine, comme s'il appelait d'une autre planète.) Accourir à ton secours.

— Ne dis pas de bêtises...

Elle part d'un rire méfiant.

— Tu aurais pu m'appeler, Lorna.

Son amertume perce dans sa voix. À Londres, d'habitude, ils se téléphonent deux ou trois fois par jour.

— Je me demandais comment tu allais.

— J'ai essayé de t'appeler, Jon. C'est difficile d'avoir un signal, tu le sais. Franchement, ça va. Pourquoi ça n'irait pas ?

Un ange passe. Elle imagine sa large main fourrageant dans ses cheveux dorés.

— C'est juste que je me tracasse pour toi.

— Je ne suis pas une enfant, réplique-t-elle, un peu irritée.

Perchée sur le tabouret pivotant, elle cherche de la place pour ses coudes dans le fatras du bureau : des factures en souffrance, cerclées de rouge, débordant d'une corbeille, un vieux PC beige, un numéro de *Country Life* couvert de taches de thé.

— C'est ça qui est urgent ?

— Non. Lorna, écoute, j'ai fait ma petite enquête sur ton manoir des Lapins noirs.

Cela ne lui plaît pas. C'est presque comme s'il se renseignait sur elle.

— Euh… pourquoi ?

— Il y avait un truc bizarre. Qui clochait.

— Je ne t'entends plus…

Elle tâche d'ouvrir la fenêtre pour faire sortir l'abeille, mais la poignée résiste. Elle tire le rideau pour la refouler pendant qu'ils se parlent, ce qui plonge encore plus la pièce dans l'obscurité.

— Lorna, pardon de te décevoir : ces gens n'ont pas le droit de célébrer les mariages.

— Je… je ne comprends pas…

Il lui semble que la température a chuté brutalement.

— On ne peut pas se marier dans ce manoir. La propriétaire n'est pas autorisée à le louer à un particulier. Elle n'a pas d'assurance. Rien. *Nada*.

— Elle peut l'obtenir, non ? C'est sûrement une simple formalité.

Elle maudit la rigueur de Jon, son respect du genre de règles qui ne demandent qu'à être transgressées.

— Je ne crois pas. Les normes sanitaires, la sécurité, les mesures anti-incendie sont juste… à des années lumière, ma chérie. Du coup, réclamer une avance en espèces pue l'arnaque.

Là, elle est sûre de sentir une odeur métallique, une trace de pièces de monnaie. Une petite escroquerie. Elle se mord le bout du doigt, se demandant que faire. Son rêve va-t-il s'arrêter là ?

— Je suis désolé. D'autant que tu voulais absolument cette maison.

Elle se redresse, décidée. Non, ça n'est pas fini.

— On va quand même se marier ici.

Il rit, incrédule.

— Tu n'es pas sérieuse ?

— Pourquoi pas ? Allons… Où est le mal ? La dernière fois que j'ai vu un flic, c'était à la gare de Paddington. Il n'y a pas de voisins, à des kilomètres à la ronde, pour se plaindre du bruit.

— Tout serait annulé… comme une rave party. Laisse tomber.

— Non. Je ne peux pas, Jon. Je ne peux vraiment pas.

— Enfin, qu'est-ce que tu as ? demande-t-il à voix basse.

Elle hésite, puis dit la vérité :

— Cette maison m'a envoûtée. J'en suis folle.

Elle sent alors le jugement de Jon. Sa confusion. Le fossé se creuser de plus en plus vite entre eux, comme un train accélérant au sortir d'une gare.

— Bon, écoute… Il faut que tu partes. Aujourd'hui. Cette maison te déstabilise.

— Ne dis pas n'importe quoi… Je viens d'arriver. (Elle serre le cordon du téléphone autour de son doigt.) Et je passe un moment merveilleux.

Elle ne veut pas paraître trop émue, donner le sentiment que ce merveilleux l'exclut, lui, pourtant, c'est bel et bien ce qu'elle fait. En fermant brièvement les yeux, elle cherche à rectifier le tir, à se sentir proche de Jon, à trouver les bons mots. Mais c'est comme s'ils avaient été séparés pendant des années, pas juste quelques jours.

— Je ne m'en irai pas.

Il se tait un instant.

— Il y a un autre mec là-bas, ou une chose que tu me caches ? fait-il, plaisantant à moitié.

— *Un autre mec* ? Un jardinier ? Un beau majordome ? Enfin, Jon…

— Je ne sais pas quoi penser. Tu as l'air si… bizarre.

— Merci, réplique-t-elle, sur la défensive, blessée par sa froideur. C'est parce que je suis là ? Que j'ai osé prendre le week-end sans toi ? Si tu penses que je vais me changer en ménagère des années cinquante parce qu'on est fiancés, eh bien… il va falloir qu'on parle. Vraiment.

— Je ne voulais pas que tu ailles là-bas parce que c'était une drôle d'invitation, d'accord ? Et c'est si loin… si isolé…

Il hésite, change de ton – elle ne peut s'empêcher de le remarquer.

— Tu es fragile en ce moment, Lorna. Tu es encore en deuil, complètement chamboulée.

Chamboulée ? Sûrement pas. Et elle ne se sent pas fragile. Elle n'a même pas l'impression d'être en deuil. Non, elle se sent vivante, en pleine forme, pour la première fois depuis des mois. C'est juste qu'elle ne voit pas comment le lui expliquer sans paraître encore plus fêlée.

— Depuis qu'on a visité cette maison, on s'est, je ne sais pas... éloignés, reprend-il. Tu as un regard fébrile quand tu en parles.

— Oh, pour l'amour du ciel, tais-toi ! (Frappée par sa dureté, elle cherche à réparer.) Pardon. Je ne voulais pas...

Si, en partie. Et cette phrase malheureuse fait planer un silence accablant, seulement rompu par les vains efforts de l'abeille pour s'enfuir du rideau. Un instant, Lorna a l'impression d'être prise elle-même dans ses pans, de se battre contre une chose massive, étrange, incompréhensible.

— Tu sais quoi, Lorna ? Je ne me tairai pas. Je pense qu'il est grand temps que tu sois franche avec moi, et avec toi-même, sur ton obsession pour cette vieille ruine en Cornouailles.

— Je l'adore.

— C'est plus compliqué que ça, hein ? C'est à cause de ta mère ?

Elle frappe d'une pichenette la corbeille de courrier, en tâchant d'avaler la boule dans sa gorge.

— Je veux découvrir pourquoi il y a des photos de maman et de moi dans l'allée. Ça me travaille, OK ?

Elle préfère ne pas avouer qu'elle veut aussi savoir à tout prix ce qui est arrivé aux enfants Alton à la fin de l'été 1969, surtout au petit Barney.

— Je sais que ça paraît bête.

— Pas du tout. C'est normal d'essayer de rassembler les pièces d'un puzzle après... (Il s'arrête, pour chercher les mots justes.) De donner un peu de sens à l'insensé. Fais-moi un peu confiance. Je comprends parfaitement.

— Non... murmure-t-elle.

— Il n'y a pas que ça, hein ? ajoute-t-il sans se laisser démonter. Il ne s'agit pas simplement des photos ?

Elle sent le téléphone s'alourdir dans sa main, un pistolet chargé.

— Tu ne peux pas continuer à fuir ton passé, à faire semblant d'enquêter sur une chose alors qu'au fond tu cours après une autre.

Jon l'attire sur un terrain où elle ne veut pas aller, la pousse dans l'espace emmuré dans sa tête. Cela fait quelque temps déjà qu'il tente de l'y conduire – elle résiste, il s'obstine. L'envie de raccrocher est presque insurmontable.

Il respire un bon coup.

— Lorna, depuis que Sheila est morte, je me demande si tu ne veux pas rechercher ta mère biologique.

Soudain, jaillissant par-dessous le rideau, l'abeille fuse vers le plafond tel un avion sans pilote. Lorna se raidit, les doigts crispés sur le combiné, luttant contre une vague de nausée.

— Ce n'est pas ça, objecte-t-elle, la voix tremblante. Je connais son nom. Je pourrais la trouver. Mais j'ai décidé depuis longtemps de ne pas essayer.

— Non. C'est Sheila qui l'a décidé. Elle te culpabilisait ne serait-ce que de t'interroger là-dessus, sans parler de la questionner. Elle était terrifiée à l'idée que tu ailles chercher une autre mère, que tu la rejettes. C'est pour ça qu'elle ne voulait pas en parler, qu'elle ne t'a même pas dit que tu avais été adoptée avant que tu aies neuf ans. Elle ne pouvait pas supporter cette idée, tu comprends ?

— Jon, je ferais mieux d'y aller... murmure-t-elle.

Elle se sent étonnamment protectrice envers sa mère, tout en reconnaissant à contrecœur que Jon a raison.

— Lorna, je t'en prie... On peut chercher ta mère biologique ensemble. On sait qu'elle habitait en Cornouailles, que tu as été adoptée à Truro... Je veux t'aider. C'est pour ça que j'ai suggéré qu'on pourrait y aller en voiture, la première fois.

— Je me rappelle...

— S'il te plaît, faisons-le ensemble. On trouvera des pistes. C'est peut-être plus facile que tu ne le penses.

— Je ne recherche pas cette femme. Je ne veux pas la trouver.

Elle n'ajoute pas qu'elle ne pourrait pas courir le risque d'être rejetée une deuxième fois ; elle sait que prononcer ces mots serait insupportable.

— Je ne l'ai jamais voulu, fait-elle d'une voix plus ferme, sentant sa résolution se durcir.

— Pas consciemment.

Elle respire longuement, ne trouvant pas de réponse intelligente.

— Merde. J'aimerais tant être là, avec toi... Ce ne sont pas des choses à dire au téléphone.

Lorna entend des pas derrière la porte du bureau, légers, puis de plus en plus faibles. Quelqu'un s'éloigne. Elle se rend compte alors qu'on a pu l'écouter.

— Simplement, il faut que tu saches... depuis l'enterrement de Sheila, il t'est arrivé de murmurer le nom de ta mère biologique en dormant.

Elle sursaute.

— Pourquoi… tu ne me l'as pas dit ?

— J'attendais le bon moment. Il ne s'est pas présenté. Je suis désolé.

Ses yeux s'emplissent de larmes. Elle bat des paupières pour les refouler.

— Tu me laisses accéder à tout le reste sauf à ça, n'est-ce pas ?

La voix de Jon se brise. Lorna est encore plus bouleversée de voir que son passé affecte ceux qu'elle aime, qu'il transpire malgré ses efforts pour le contenir.

— Je reste éveillé la nuit en pensant à toi, en me demandant pourquoi j'ai accepté que ça dure si longtemps. Tu me manques… En toi, il y a des zones interdites, tu sais, Lorna ? Tu refuses de m'y laisser entrer. Mais moi, je veux une femme qui me dise tout.

À nouveau, sa voix s'étrangle.

— Je te veux tout entière, ou…

— Rien ? fait-elle, la gorge serrée.

— Ce n'est pas ce que j'ai dit.

Soudain, Lorna se rappelle que son ex – le prédécesseur de Jon – lui avait dit qu'elle testait les relations jusqu'au point de rupture, pour prouver qu'elles ne méritaient pas d'être sauvées. Qu'elle dressait des murs autour d'elle qui empêchaient une vraie intimité. Leur liaison avait implosé peu après. Et voilà que Jon cherche à lui dire la même chose. Mais elle ne peut pas détruire ces barrières, même pour lui. Elle ne sait pas comment faire.

— Chérie, tu es là ?

Elle va le perdre. En son for intérieur, elle en est certaine. C'est ce qu'elle a toujours redouté, de perdre le seul homme qui lui donne l'impression d'être épaulée, aimée et en sécurité. Et quand on a peur d'une chose, on l'imagine, on sent ses signes avant-coureurs. Et ils sont là.

— Parle-moi.

L'abeille se pose sur sa jambe, légère, un picotement de vie. En baissant les yeux sur elle, sur cette belle créature effrayée, Lorna comprend que ce moment est essentiel. Qu'il compte plus que tout. Qu'elle a peut-être encore une chance de sauver son couple. Or, quelque chose lui ferme la gorge. Elle ne peut pas prononcer un mot. Et l'abeille s'envole vers la fenêtre, à nouveau piégée derrière le rideau.

Plongée dans l'eau trouble – la baignoire ressemble à un étang sauvage –, Lorna retient son souffle jusqu'à ce que ses poumons brûlent. Ça l'aide à ne pas penser à son affreuse discussion avec Jon, au manque de communication entre eux, comme si quelqu'un avait coupé les fils. Elle a tenté de le rappeler quand elle s'est calmée, que ses mains ont cessé de trembler, en vain. Lorsqu'elle a essayé, sur la ligne de Dill, elle est tombée sur sa boîte vocale. À sa grande honte, elle s'est sentie extrêmement soulagée. Après avoir partagé une salade au crabe avec Dill sur la terrasse – Mme Alton n'avait pas faim –, elle n'a pas cherché à le recontacter.

Une petite voix, dans sa tête, ne peut s'empêcher de se demander s'il ne serait pas plus facile de partir maintenant, de tout arrêter au lieu de creuser plus loin, au risque de trouver des réponses aux questions pénibles que Jon l'oblige à se poser. Si c'est le début de la fin, pourquoi ne pas en finir tout de suite ?

Lorna gicle hors de l'eau, haletante.

Alarmée par sa spirale de pensées négatives, elle se tient en pyjama devant la fenêtre de sa chambre, les cheveux enroulés dans une serviette. La nuit noire, sans étoiles, se presse contre la vitre. Il n'y a pas de lune réconfortante ce soir, pas même le point lumineux d'un avion, rien qui puisse prouver qu'elle n'est pas aussi enfermée dans la suite nuptiale des Lapins noirs qu'une poupée dans les globes de neige qu'elle collectionnait dans son enfance. Soudain, la pluie crépite légèrement sur la vitre et elle tire les rideaux d'un coup sec, bannissant la nuit derrière l'épais brocart, s'isolant dans la pièce.

Les quatre colonnes du lit ressemblent à des troncs d'ébène. Lorna se hisse entre elles, s'efforce de s'installer sur les oreillers qui sentent une lessive inconnue, la literie d'autrefois séchée à l'air salé. Elle se demande qui a dormi dans ce lit à l'ancienne, qui a été conçu sur son matelas plein de bosses, qui a rendu son dernier soupir sur ses ressorts affaissés avant qu'on tire un drap sur son visage. Elle peut les voir très nettement : le drap, le visage. Dieu, qu'elle est fatiguée...

Il faut qu'elle dorme. Si elle dort, tout sera à nouveau surmontable, tous les éclats qui flottent dans la journée se recolleront comme les images d'un film passé à l'envers, au ralenti, d'une tasse qui se brise. Elle écarte les franges de l'abat-jour, éteint la lampe et attend de sombrer dans le sommeil. Il ne vient pas.

Au contraire, la journée fond sur elle, pareille à l'abeille dans le bureau de Dill : les noms gravés sur l'écorce... les visages hantés des enfants dans l'album... le cordon en spirale du téléphone... la voix bizarrement impénétrable de Jon... la tonalité fausse de leur dialogue, si différente de celle de leur relation avant qu'ils n'aillent aux Lapins noirs.

Et si ce manoir, et les préparatifs de leur mariage, était un test insidieux de sa compatibilité avec Jon ? Elle pense à ces couples qui suivent une thérapie dans l'espoir qu'elle les raccommodera, mais se voient confirmer l'inéluctabilité de la rupture.

Et si Jon était trop simple pour elle ? Trop gentil ? Trop paisible ? Quand ils se sont rencontrés, elle a craint qu'avec son enfance joyeuse, sa grande famille décontractée, il ne soit trop bien pour elle. Qu'il ne tarde pas à comprendre qu'il s'était trompé en croyant possible de démêler les nœuds émotionnels hérités du passé. Elle a confié ses peurs à Louise, qui lui a répondu, laconique : « Ne raconte pas de bêtises. » Lorna l'a reconnu : Jon et elle s'aimaient. Et pourtant ? Si sa première crainte avait été une intuition, pas de la paranoïa ? Si elle avait eu raison depuis le début ?

Elle cherche à se calmer par des respirations profondes. Ça ne fait qu'activer l'oxygène dans son cerveau en feu. Elle se sent déroutée, perturbée. Il fait si sombre dans la chambre, comme si elle avait les yeux fermés… Et il y a tant de nuances de noir, du khôl jusqu'à une chose au-delà de la couleur, un gouffre dans les ombres en dessous du rideau… En plus, cette obscurité n'est pas statique. Elle bouge, vibre de vie, se gonfle et se contracte. En la regardant fixement, son pouls battant à ses oreilles, Lorna peut voir des images tremblotantes de son enfance : un cœur tracé au feutre sur la fine main de Louise, leurs noms à l'intérieur ; la même main, plus grande, tenant délicatement Alf à sa naissance, beau, le corps encore poisseux – avant le choc du diagnostic de sa trisomie ; elle-même lisant son acte d'adoption, blottie sous sa couette Barbie pendant que sa mère range brutalement l'armoire à linge dans le couloir, attendant qu'elle « en ait fini » avec le papier pour pouvoir le remettre au grenier et prétendre, une fois de plus, qu'il n'existait pas.

Soudain, elle se redresse sur l'oreiller. A-t-elle intériorisé les angoisses de sa mère quant à son adoption ? Elle n'y avait encore jamais pensé. A-t-elle appris à considérer son passé pré-Lorna Dunaway – entre son premier souffle et l'instant où elle a été confiée à ses parents adoptifs – comme une mince couche de glace craquant sur des eaux abyssales ? Une glace sur laquelle il vaut mieux ne jamais s'aventurer, sauf avec des précautions extrêmes.

Son esprit s'emballe dans l'obscurité, telle une bête libérée de sa cage, jusqu'à ce que ses yeux se ferment et qu'elle sombre dans le noir le plus impénétrable.

Quelques heures plus tard, une pâle lumière jaune tâtonne sur le sol entre les plis des rideaux. Des coups de marteau résonnent dans la tête de Lorna. Elle est trempée de sueur. Le diamant de sa bague de fiançailles, à l'envers sur son doigt, lui comprime la main. Elle tente de se lever, retombe sur le lit. Que se passe-t-il ? Aurait-elle avalé de la nourriture avariée ? Peut-être le crabe, au dîner ? Le vieux sherry poisseux ?

Elle tremble sous les draps, de chaud, de froid, de chaud. Quelqu'un – ou quelque chose – cogne dans son crâne, essayant d'en sortir. La migraine doit faire cet effet. Sauf qu'elle n'y est pas sujette. Ni aux maux de tête. Elle est forte comme un bœuf – de bons gènes, ah ah ! – et n'est presque jamais malade.

La seule solution est de fermer les yeux, en priant pour trouver le sommeil.

Quelqu'un frappe à la porte. Elle regarde vaguement autour d'elle. La lueur de l'aube a disparu. La chambre est étouffante et une lumière tranchante comme un rasoir se déverse par les jours entre les rideaux.

Une voix flotte vers elle.

— Tout va bien ?

Pas question de se plaindre. Gémir et lancer un appel dolent – du thé, s'il te plaît, des calmants ! –, voilà ce qu'elle ferait normalement par un matin pareil, sauf qu'elle ne peut pas car elle n'est pas chez elle et qu'il est impoli, lui a appris sa mère, d'être malade pour un invité. Alors, d'une voix faible qui, pourtant, lui déchire les tympans, elle murmure :

— Entrez…

— Oh… Qu'est-ce qu'il y a ?

Lorna parvient tout juste à distinguer un orbe de cheveux frisés, telle une fleur d'allium.

— Vous avez une mine terrible.

— J'ai très mal à la tête…

Elle porte la main à son crâne, s'attendant à moitié à le trouver changé, allongé ou broyé. Il est humide et chaud.

— Vous êtes vraiment très pâle… Non, ne vous levez pas !

Elle ne le pourrait pas, même si elle essayait.

— Ça doit être un microbe. Un truc que j'ai attrapé dans le train.

— Mon Dieu ! Je peux vous apporter quelque chose ?

— Du paracétamol, s'il vous plaît.

— Je vais voir ce que je peux faire…

Lorna se rallonge, avec le sentiment qu'elle ne sortira peut-être jamais de ce lit, qu'il va la dévorer vivante. Le martèlement augmente, assénant des paroles : celles de Jon… des questions dérangeantes… Il a aussi un rythme, un chuintement écœurant, le bruit du sang artériel, d'une rivière qui déborde.

Enfin, Dill revient.

— Je n'ai pas trouvé de paracétamol.

Lorna fond en larmes. Dill lève une boîte anodine en carton blanc.

— Mais Mme Alton m'a donné ça. Des calmants qu'elle prend pour ses migraines. Elle ne jure que par eux.

Lorna ferait n'importe quoi pour stopper le marteau piqueur dans sa tête. Elle secoue mollement le paquet : deux cachets, dans une plaquette argentée, tombent sur l'édredon. Elle tâche de lire les lignes au dos de la boîte, distingue une vignette – ils sont sur ordonnance –, puis les lettres se brouillent. C'est de la folie, de prendre les médicaments d'une autre personne… Il doit y avoir une mise en garde à ce sujet sur l'emballage, si seulement elle pouvait le lire…

— Je vous apporte un verre d'eau ? demande gentiment Dill.

Elle fait oui de la tête. Elle ne l'interroge pas sur la dose.

Quel jour est-ce ? Où est-elle ? Elle se soulève en agrippant une colonne du lit. Elle a l'esprit confus, la vision troublée, l'estomac en vrac. La nuit et la journée de la veille lui reviennent lentement dans un flou artistique, les détails lui échappant quand elle cherche à s'en souvenir. La douleur, les sensations et la notion du temps… ont disparu comme par magie.

Non… elle n'a sûrement pas été assez bête pour prendre des cachets prescrits à une autre ? Sauf que la boîte vide gît sur le sol. Le lit est un champ de bataille et la chambre empeste. S'arrachant au fatras de draps trempés de sueur, elle titube vers la fenêtre et l'ouvre d'un coup sec. Elle respire longuement, la joue frôlée par le lierre humide de rosée. Une odeur d'algues. De laine. De bacon.

Du bacon ? Oh, non… Elle est en retard pour le petit déjeuner – en retard d'une journée. Elle s'efforce d'écrire un texto à Jon, mais son écran affiche : « message non envoyé ». Elle s'asperge d'eau froide, puis s'habille en vitesse et, à moitié chaussée, se passe les doigts dans les cheveux en sautant à cloche-pied. Elle trébuche dans le couloir étroit, jusqu'à une porte menant à un étage où elle ne veut pas aller. Encore une volée de marches. Une deuxième. Un autre palier. Bizarre : trois seaux en fer où tintent des gouttes d'eau… Finalement, au bas de l'escalier, elle regarde autour d'elle. Un cerf empaillé la considère, d'un air un peu surpris.

Où est la salle à manger ? Pas facile à trouver. En tournant dans un long couloir, elle tombe sur une pièce pleine de cireuses, de balais et de lavettes, puis sur une autre aux meubles couverts de housses blanches, où le plafond s'émiette en gravats sur le sol, tels des paquets percés de sucre glace. Elle revient sur ses pas, le cerveau embrumé et en jurant tout bas, jusqu'à ce qu'elle voie les mots « Salle à manger » en pâles lettres d'or sur une porte gris foncé. Son soulagement est bref. Elle entend un bruit de couverts. Mince… Elles ont commencé.

— Pardon d'être en ret…

Elle n'achève pas sa phrase. Elle ne s'attendait pas à une pièce aussi vaste, aussi rouge, à une table aussi énorme. Mme Alton réussit encore à la dominer, assise très droite à une extrémité, une fourchette d'œufs brouillés suspendue dans l'air. Sur ses genoux, Petal, une patte pleine de boue posée sur la nappe bordée de dentelle, regarde avidement la fourchette. Sa maîtresse remue les lèvres sans parler.

— Mon réveil n'a pas sonné… bredouille Lorna, comme si elle avait pu l'entendre s'il l'avait fait.

— Non, bien sûr… Pas dans cette maison. (La vieille dame porte la fourchette à sa bouche.) Je suis contente que vous alliez mieux et que la suite nuptiale se soit prêtée à votre sommeil de plomb.

Elle n'évoque pas son cadeau empoisonné : de puissants narcotiques ou des tranquillisants à assommer un cheval.

— Asseyez-vous, je vous en prie.

S'installant entre des couverts raffinés, Lorna se rappelle soudain s'être réveillée en voyant quelqu'un sur le seuil de sa chambre. Elle devait avoir la fièvre.

— J'imagine que vous avez faim.

Du bout des doigts, Mme Alton donne un toast beurré à Petal tout en examinant attentivement Lorna ; à l'évidence, depuis la veille, son intérêt s'est aiguisé.

— Oui… dit Lorna, même si elle n'en est pas sûre.

Elle garde l'impression que son corps ne lui appartient pas. Si seulement elle ne sentait pas l'odeur du chien…

Elle jauge les plats du petit déjeuner : d'innombrables tranches de pain grillé, déclinant toutes les nuances de brûlé, dans un porte-toasts en argent ; une grande coupe de fraises parcourues, si elle n'est pas victime d'une hallucination, de petites fourmis noires ;

quatre pots de confiture, dont certains semblent vieux de plusieurs décennies ; des champignons nageant dans du beurre ; une affreuse part de boudin noir… Ses mains pianotent sur la table pendant qu'elle se demande comment avouer qu'elle est végétarienne, si l'étiquette veut qu'elle se serve ou attende qu'on l'y invite. Elle ne serait pas surprise qu'une domestique, en robe noire et tablier blanc, surgisse derrière elle avec une pince en argent.

À la place, Dill apparaît, vêtue d'une blouse décatie, étonnée et ravie.

— Vous êtes là ! chantonne-t-elle. (S'était-elle attendue à ce que Lorna s'enfuie dans la nuit ?) Comment vous sentez-vous ?

— Beaucoup mieux, répond Lorna, gênée, espérant qu'elle ne l'a pas vue dérailler.

— Du thé ? (Dill le verse à travers une passoire en argent dans d'exquises tasses en porcelaine à filet doré.) Des œufs au bacon ? Ce sont ceux de Betty. La plupart de nos poules sont ménopausées, sauf notre Betty Grable, qui s'accroche encore, n'est-ce pas, madame Alton ?

— En effet. La chère vieille Betty…

— Avec plaisir. (Lorna n'est pas sûre de pouvoir avaler un œuf mais, la poule ayant un nom, elle sent que refuser serait un affront.) Pas de bacon pour moi, merci.

— Pas de bacon ? répète Dill, perplexe.

— Je suis végétarienne. Enfin… je mange du poisson.

— Mon Dieu ! s'exclame Mme Alton en pressant sa serviette sur sa bouche.

— J'aurais dû vous prévenir. Excusez-moi…

— Aucun problème. Les œufs arrivent, annonce Dill.

— Je dois vous informer que le repas sera un peu froid, surtout les œufs brouillés, dit Mme Alton en saupoudrant de sel son petit déjeuner. À moins qu'Endellion ne pique un sprint depuis la cuisine, un exercice auquel elle n'est pas naturellement disposée.

Dill sourit avec placidité.

— La cuisine n'est pas très bien située, Lorna. Trop loin de la salle à manger. C'est pour ça qu'en général nous déjeunons dans la cuisine de la tour est. Mais la salle à manger sert pour les grandes occasions et vous êtes une invitée de marque. Nous avons pensé qu'elle vous plairait.

— Elle est sensationnelle. J'aime beaucoup les murs rouges.

— Au début, quand je suis arrivée ici, j'ai tenté d'y prendre tous mes repas, explique Mme Alton. Finalement, j'ai dû rendre les armes. Tous ces plats tièdes…

Lorna a du mal à l'imaginer vaincue par quoi que ce soit.

— Pencraw est un cheval sauvage, Lorna, soupire Mme Alton. Impossible à dompter. Il m'a fallu des années pour accepter cela, même si, à mon mariage, j'étais bien décidée à le dresser.

Un cheval sauvage ? Une expression fâcheuse, vu les circonstances de la mort de la première femme. Lorna se demande si, avec les années, Mme Alton a fini par ne plus l'associer au drame ou, plus effrayant, si elle l'emploie à dessein.

— J'espère que le papier peint ne vous coupera pas l'appétit. (Mme Alton sourit.) Il est encore plus décollé que dans mon souvenir.

— J'ai l'impression d'être dans un palace. (Lorna tend la main vers un toast, gênée par le regard inquisiteur de Mme Alton.) Chez nous, on a à peine la place de caser une vraie table.

Mme Alton s'étrangle en avalant un champignon.

— Je vous demande pardon ?

— C'est trop petit, explique Lorna, regrettant ses paroles. On espère bientôt déménager dans un endroit plus grand.

— Je ne conseillerais pas plus de six pièces à un jeune couple qui s'installe, décrète Mme Alton en beurrant copieusement un toast pour le chien. Au-delà, cela peut devenir une corvée terrible, à moins d'avoir du personnel. Endellion, Petal a encore faim. (Elle lui chatouille le menton pendant qu'un filet de bave s'étire entre sa gueule et la table.) Un de ses biscuits, je vous prie.

— Ils arrivent.

Les espadrilles de Dill font un bruit de succion. Dès que la porte se ferme, la dernière parcelle de normalité paraît s'envoler. Lorna a une vague impression de claustrophobie, malgré les proportions généreuses de la salle à manger – un peu comme dans la tour lorsqu'elle a tiré les rideaux de brocart. Le regard perçant de son hôtesse continue à scruter des parties de son corps : ses ongles, sa nuque. Personne ne l'a jamais inspectée de façon aussi éhontée et elle regrette de n'avoir pas eu le temps de se brosser les cheveux.

Elle jette un coup d'œil par la fenêtre.

— La pelouse est remarquablement verdoyante, ce matin.

— Toujours, ici, après une nuit de pluie. Ce n'est pas qu'il fera mauvais le jour de votre mariage, bien sûr. (Elle fait la grimace.) Contrairement à ce qu'il s'est passé pour le mien.

À la mention de son mariage, Lorna sent son cœur s'accélérer. Son échange téléphonique avec Jon pèse sur son estomac. Doit-elle évoquer tout de suite l'autorisation manquante, ou est-ce le cadet de ses soucis ?

— Il fait assez beau ici, en automne. Le soleil apparaît le week-end où partent les touristes. La nature a un sens de l'humour assez retors. (Mme Alton l'observe calmement par-dessus le liseré de sa tasse.) Vous désirez toujours, je l'espère, vous marier en automne ?

Là, il faut qu'elle en parle. Pour autant qu'elle le sache, la vieille dame ignore peut-être qu'il faut une autorisation.

— Euh, d'abord, il reste quelques détails à régler… C'est le permis de célébrer les mariages, vous voyez. Jon n'en a pas trouvé trace à la mairie.

Silence tonitruant. Le cou décharné de Mme Alton s'empourpre de fureur.

— C'est prêt ! lance Dill en refermant la porte avec ses fesses, les œufs brouillés tanguant dans leurs coupelles.

Elle pose le plateau, son regard passant de Lorna à Mme Alton.

— Tout va bien ?

— Lorna a l'air de croire que nous ne sommes pas capables d'accueillir un mariage, annonce Mme Alton d'un air pincé.

— Je m'interrogeais juste sur… l'autorisation officielle, bégaie Lorna en pensant qu'elle aurait dû envoyer un mail après son retour à Londres, au lieu d'aborder le sujet alors qu'elle est si faible.

— Ah, oui… (Dill s'éclaircit la gorge et rougit légèrement.) Bientôt… On l'aura bientôt.

— Est-ce encore une chose que vous avez réussi à rater, Endellion ?

— Madame Alton, je vous ai prévenue qu'il serait très difficile d'obtenir ce permis avant d'avoir procédé aux réparations et aux aménagements nécessaires... commence Dill, les doigts crispés sur la ceinture de sa blouse.

— Endellion, dois-je vous le répéter ? On ne peut pas se permettre de faire des réparations. L'argent doit venir d'abord. À votre habitude, vous prenez le problème totalement à l'envers.

— Ça ne marche pas comme ça, madame Alton, objecte Dill sur un ton montrant à Lorna qu'elles en ont déjà parlé bien des fois.

— Trouvez une solution, alors.

Mme Alton se dresse de toute sa taille, s'appuyant sur ses articulations déformées par l'arthrite.

— Offrez à cet inspecteur vétilleux, je ne sais pas... du bois de chauffage. Un an de mouillage gratuit... Ça devrait le convaincre de fermer les yeux. Ça l'a toujours fait.

— Les choses ont changé, madame Alton ! proteste Dill.

Lorna baisse les yeux sur le plus beau jaune d'œuf qu'elle a jamais vu, un soleil en coquille.

— Enfin, *réfléchissez*, Endellion ! aboie Mme Alton. Parce que nous manquons de temps ! *Moi*, en tout cas. Et de patience.

Elle jette sa serviette sur la table, empoigne sa canne et gagne la porte en martelant le sol. La percussion à deux temps du bois et de ses pas s'éloigne dans le couloir.

— Mon Dieu, je suis désolée, Dill, chuchote Lorna. Je ne voulais pas vous créer de problèmes.

— Ne dites pas de bêtises. Ce n'est rien.

Dill caresse le chien, qui la couve d'un œil triste.

— Pas du tout. Je vous ai mise dans l'embarras.

— Mme Alton est simplement trop fatiguée. J'ai l'habitude.

— C'est parce que je suis là, n'est-ce pas ?

Dill hésite une fraction de seconde avant de répondre.

— Bien sûr que non. Elle est très nerveuse aujourd'hui, c'est tout.

Lorna baisse les yeux sur son assiette. Il faut qu'elle parte. Elle a semé la confusion chez elle et, maintenant, elle a récidivé aux Lapins noirs. Elle ne sait pas où se réfugier, juste qu'elle doit s'en aller.

— Dill, je prendrai le train de l'après-midi.

— Mais, ma pauvre, hier vous avez dû passer toute la journée au lit. Vous n'avez même pas vu la crique. Vous allez bien rester encore une nuit.

— J'adorerais, dit-elle, sincère. Seulement, là… c'est impossible. Pas maintenant.

— J'aimerais que vous restiez… (Dill paraît bouleversée.) C'est si agréable d'avoir un peu de compagnie, pour une fois…

Elle se laisse tomber, essoufflée, sur la chaise à côté de Lorna, la ressert et se verse une tasse. Pendant qu'elles boivent leur thé, la normalité semble reprendre pied. L'éclat de Mme Alton a dégagé l'air. Ou l'effet des cachets s'est enfin dissipé.

— Ne partez pas parce qu'elle s'est emportée, s'il vous plaît. C'est dans sa nature. Elle a eu une vie dure, malgré les apparences.

— Oh… Je n'aimerais sans doute pas être perdue dans une si grande maison, à son âge.

Ni, d'ailleurs, à tout âge, pense Lorna en se demandant comment Dill tient le coup. Elle avale une autre gorgée de thé, appréciant la sensation du liquide chaud glissant dans sa gorge desséchée.

— Elle n'aurait pas pu s'installer dans un endroit… peut-être plus facile à chauffer ?

— La dernière fois que je lui ai suggéré de déménager, elle m'a jeté une botte à la figure. (Dill montre, sous sa mâchoire, un petit croissant rose.) Elle ne quittera jamais Pencraw.

Lorna se redresse sur sa chaise, sentant que Dill commence à s'ouvrir. C'est l'occasion de glaner des informations.

— Pourquoi ? Qu'est-ce qui la retient ici ?

— Oh, c'est une longue histoire.

— J'adore les longues histoires… (Lorna sourit, caresse l'anse de sa tasse.) Je parie que vous les racontez très bien.

La flatterie marche. Dill qui, de toute évidence, en manquait cruellement, s'anime.

— M. et Mme Alton sont tombés amoureux il y a longtemps, quand ils étaient jeunes, vous voyez, commence-t-elle d'une voix étouffée, en jetant un coup d'œil à la porte. Puis il l'a lâchée pour Nancy…

— Non ! Il l'a plaquée pour la première femme ?

— Il y a des années, répond Dill, les yeux brillants. Il a brisé le cœur de Mme Alton.

— D'accord, euh… Mme Alton en a épousé un autre, c'est ça ?

— Deux semaines plus tard. M. Alfred Shawcross.

— Deux semaines ? (De surprise, Lorna cogne sa tasse sur sa soucoupe.) Waouh… Par dépit, j'imagine.

Dill glisse un autre regard plus anxieux vers la porte, baisse davantage la voix.

— M. Shawcross était riche, très riche.

— Ah ah... Une douce vengeance.

Ça lui rappelle les romances historiques que lisait sa mère. Génial... Elle prend un toast froid, le tartine de confiture et l'attaque, se demandant pourquoi les toasts à la confiture sont toujours meilleurs froids.

— Donc, quand M. Shawcross est mort quelques années plus tard – il était bien, bien plus âgé qu'elle –, elle est devenue une veuve richissime.

Dill marque une pause théâtrale, laissant Lorna imaginer la suite.

— Qui, une fois Nancy disparue à son tour, a pu épouser son premier amour.

— En lui apportant une petite fortune. C'est *ça* qui a permis d'éviter la vente de Pencraw.

— Alors, il l'a épousée pour son argent. Oh... c'est déprimant !

— Je ne crois pas que c'était juste pour ça, en réalité.

Dill tergiverse, joue avec sa serviette. Lorna a l'impression qu'elle est prête à parler, qu'elle brûle même de le faire, mais qu'elle a reçu la consigne de se taire.

— On raconte que M. Alton voulait une figure maternelle pour ses enfants. Ils déraillaient, apparemment, c'étaient de vrais sauvages après la mort de sa Nancy. Surtout le fils aîné, que ça a beaucoup perturbé. Il croyait, j'imagine, qu'une nouvelle femme redresserait la barre.

— Et elle y est arrivée ?

Les photos de l'album suggéraient le contraire.

Dill secoue la tête.

— Les enfants ne l'ont jamais acceptée. Mais elle a apporté une sécurité financière, ce qui n'est pas rien, non ? Ils ont gardé la maison.

Lorna regarde autour d'elle, jaugeant les grands plafonds, les corniches délabrées, les huiles sur les murs. Chaque chose a un prix.

— Le domaine était parti à vau-l'eau après la mort de Nancy, et il paraît que son mari avait fait de *très* mauvais investissements. (Dill se tapote le front.) Il n'était plus lui-même. Il buvait beaucoup trop. Mme Alton s'occupait de tout. Puis il est mort, il y a plus de vingt ans. C'est long, vingt ans, pour vivre ici toute seule – elle ne s'est jamais intéressée à un autre homme – et pour entretenir le manoir. Pas étonnant qu'il ne reste rien de sa fortune.

Elle jette un nouveau coup d'œil à la porte et chuchote :

— Parfois, je me demande si elle avait autant d'argent, au départ, qu'elle l'a laissé croire.

Lorna se penche vers elle, sentant la vraie histoire sur le point de se répandre sur la table.

— Il doit être temps que la jeune génération prenne les rênes…

— Petal ! (Dill se lève d'un bond, comme éjectée de sa chaise.) Vilain chien !

Petal regarde d'un air penaud une flaque jaune par terre.

— Toi et tes problèmes de vessie… Dehors ! (Elle chasse rageusement le terrier, dont les griffes ricochent sur le sol.) Va voir maman.

— Et le fils aîné de Nancy et de M. Alton ? glisse à nouveau Lorna, maudissant le chien d'avoir distrait Dill à ce moment-clé. Vous savez, le jumeau, l'héritier…

— Toby ? souffle Dill, comme si son nom seul était si fragile qu'elle pourrait le briser rien qu'en le prononçant. On ne l'a pas vu depuis des décennies.

— Alors, il est vivant ? À entendre Mme Alton, j'avais cru…

Dill détourne les yeux, en se mordant la joue.

— Je ne devrais pas causer autant. Pardon, je ne sais pas ce qui m'a pris… Je ferais mieux de travailler. De nettoyer les saletés du chien.

— Je vais vous aider. (Lorna se lève, cherchant des yeux de quoi s'exécuter, prête à tout pour prolonger la conversation.) Pourquoi Toby n'est-il pas là ? Où est Lucian ?

— Je ne peux pas vous laisser faire ça !

— J'essuie avec quoi ?

Dill, stupéfaite, lui tend une serviette, l'air vaguement incrédule : personne ne lui a encore jamais offert de l'aider. Lorna éponge rapidement la flaque, s'efforçant de ne pas respirer.

— C'est très gentil à vous.

Lorna laisse la serviette trempée par terre. Elle n'ira pas jusqu'à la ramasser.

— Vous devez être surchargée de travail dans cette maison, Dill. Pourquoi y restez-vous ? demande-t-elle, touchée par son dévouement et sa loyauté, empreints d'un charme désuet.

— Moi ? Je ne sais pas. Je ne peux pas imaginer autre chose. Il n'y a pas beaucoup de bonnes places dans la région. Enfin, logé nourri… (Elle rougit, évite son regard.) Je n'ai jamais travaillé ailleurs, pour être franche, Lorna.

— Non ! Vraiment ? Vous devez rêver de…

— Double vitrage. (Dill lève la tête avec un sourire timide, attachant.) Je rêve de double vitrage.

Cela fait rire Lorna. Elle s'apprête à ramener la discussion vers les enfants Alton lorsque Dill prend soudain un air solennel.

— Lorna, Mme Alton est malade. J'ai peur qu'elle n'en ait plus que pour quelques semaines.

Le rire de Lorna se perd dans un silence ébahi. Elle est tellement surprise qu'elle ne sait comment réagir. Elle pense à la pâleur consomptive de Mme Alton, à la déliquescence qui plane autour d'elle, pareille à une odeur de fleurs flétries. À présent, elle comprend mieux ses migraines.

— Je suis vraiment navrée.

— Elle appelle sa tumeur Nancy.

Chose improbable, le monde a repris contact, les textos se succèdent sur la douzième marche du grand escalier. Lorna les fixe, de plus en plus paniquée. Finie, la liberté d'être injoignable.

Louise : Jon flip à mort ! Keskispass ?

Papa : Juste pour voir si tout va bien. *@$ Comment on coupe la vapeur du fer à repasser ?

Jon : Tu peux me rappeler ?

Jon : Jangoiss.

Jon : Elle ta enfermée ? Japel les flics ?

En jouant des pouces, Lorna tape en hâte une réponse à Jon : elle vient d'avoir ses messages, elle a été malade – pas de quoi s'inquiéter – et elle prendra le train de l'après-midi. Bizarrement, ça a l'air d'une excuse, le genre de texto qu'un de ses ex – des garçons très toxiques, insécurisants, qui l'attiraient alors tel un papillon fasciné par une flamme – aurait pu lui écrire dans sa vie d'avant Jon. Elle presse la touche envoi. Juste à temps. Les barres de signal s'éteignent, la fenêtre de communication se ferme.

Plus que deux heures avant de partir, s'aperçoit-elle avec un pincement au cœur. Malgré toute son étrangeté et sa tragédie, elle sait que ce manoir va lui manquer, comme les lieux qui vous portent à réécrire la carte de votre vie, ne serait-ce qu'un peu, des lieux qui vous prennent une partie de vous-même et vous donnent en échange un peu de leur esprit. L'impression est d'autant plus poignante qu'un mariage aux Lapins noirs semble désormais improbable – et un mariage ailleurs, pas tout à fait certain : la porte de son avenir paraît bloquée par son passé.

Elle jette son portable dans son sac. Un martèlement s'élève au-dehors, le bruit d'un tapis battu par un balai. Dill ? Elle avait l'air si atterrée quand elle lui a dit qu'elle voulait prendre le train de cinq heures et, depuis, elle a gardé une distance polie, coupant son torrent d'histoires comme un robinet. Mme Alton aussi a l'air vexée. Elle s'est évanouie dans les profondeurs de la tour est, la laissant boire un café instantané dans la véranda pendant que le chien pisse contre la plinthe. Cette fois, elle ne nettoiera pas les dégâts.

Comment passer ses dernières heures ? Dès qu'elle descendra du train à Londres, elle est sûre qu'il lui sera impossible d'évoquer à nouveau le manoir, voire de croire à son existence. La vie quotidienne l'absorbera trop vite.

La crique, bien sûr… Elle doit absolument la voir. Dill a raison.

Lorna se déchausse – elle veut, naïvement, sentir le domaine sous ses pieds – et traverse les pelouses jusqu'au bois, ravie d'être dehors dans l'air chaud de l'été. Elle prend soin de passer devant l'arbre gravé (baise le bout de ses doigts et le presse sur le nom de Barney), puis marche dans les longues herbes sur les berges de la rivière et s'assied au pied d'un arbre, sous son ombre tachetée de lumière. Elle lance un bâton dans l'eau et le regarde flotter sur l'onde lumineuse, se rappelant que, petite, Louise confondait délibérément leurs bâtons à la ligne d'arrivée pour la faire gagner. Elle l'avait oublié. Elle avait oublié tant de choses précieuses de son enfance : les herbes qui se prennent entre les orteils quand on marche pieds nus ; la manière dont Louise faisait tourner sa main en disant qu'elles étaient sœurs par le sort des fées. Même si Lorna n'a jamais pu expliquer ce qu'est le « sort des fées », ces mots lui semblent ici bizarrement sensés. Elle jette un autre bâton dans l'eau. Puis, remettant ses chaussures, elle coupe à travers les champs polis par le soleil pour gagner la falaise.

Là-bas, elle trouve un banc délabré, un peu trop près du bord en passe de s'écrouler. Ôtant ses espadrilles, elle plante ses pieds dans l'herbe et, une main sur les yeux, admire la crique en dessous d'elle. Elle a tout d'une image d'un livre pour enfants des années cinquante, une anse nichée dans des rochers déchiquetés, primitifs et sauvages, protégée par l'éboulis qui mène à la plage. Lorna imagine des bateaux de contrebandiers aborder secrètement sur le sable, toutes sortes d'histoires… La crique a cette faculté d'évoquer des scènes qui se seraient déroulées ici dans le passé et aussi, plus troublant, qui pourraient *bientôt* arriver. Moitié pour cette raison, moitié par crainte de manquer le dernier train pour Londres, Lorna ne s'attarde pas, remet ses chaussures et s'éloigne très vite.

L'empreinte de ses pieds demeure dans l'herbe, laissant une part d'elle-même attendre son retour.

CHAPITRE 20

Amber, juin 1969

Une goutte de sueur glisse sur mon nez. Je l'essuie avec un foulard de soie en observant Peggy par la fente de la porte de l'armoire, à la fois touchée de la voir effleurer du plumeau les affaires de maman sur la coiffeuse et pressée qu'elle s'en aille. Elle est tellement lente aujourd'hui : elle s'éponge le front, elle chancelle un peu, comme si chaque mouvement la rendait malade. J'espère qu'elle ne va pas vomir ici. Elle l'a fait hier matin, dans le potager. Un virus intestinal, a-t-elle dit. Pourvu que je ne l'attrape pas !

Elle claque enfin la porte derrière elle. Je m'échappe de la penderie – contente d'être délivrée des fourmis dans mes pieds, des fourrures chaudes et de sentiments encore plus brûlants – et je m'assieds sur le tabouret de la coiffeuse pour respirer. L'armoire est étouffante ces jours-ci, mais c'est le seul endroit où je peux penser à Lucian sans craindre que Toby voie les images dans ma tête.

Il me soupçonne, j'en suis presque sûre, sans avoir de preuves. Dans le cas contraire, il m'aurait déjà mise au pied du mur. La vérité, c'est qu'il ne s'est *rien* passé depuis le baiser. La déclaration de papa, le dernier jour des vacances de Pâques, a été une vraie déflagration et l'interdit pour toujours : « Les enfants, vous allez avoir une autre maman. J'espère que vous accueillerez chaleureusement Caroline et Lucian, votre nouveau frère aîné. »

Un frère ? Comment pourrait-il jamais être mon *frère* ?

Matilda pense que c'est possible. Pour elle, je dois simplement me déshabituer de ma passion pour lui, comme on se fait à l'amertume des olives qu'elle a mangées en Grèce. Je dois tomber amoureuse d'un autre. J'ai seize ans cette année, l'âge parfait pour flirter. Et son frère, Fred ? Je ne pourrais pas m'enticher de lui, à la place ? D'accord, il a toujours été gentil avec moi et c'est un bon danseur. Mais je ne peux pas avouer à Matilda qu'à présent il me paraît trop terne et bien trop innocent.

Sa méthode : si je dois considérer Lucian strictement comme un frère, je dois me rappeler qu'il pète et pisse partout sur le siège des toilettes. « Fais-le, l'attirance partira forcément. » J'ai essayé, sans succès. C'est désespéré.

Pire, je ne peux pas résister au plaisir de revivre son baiser, en ajoutant des gestes, en le faisant durer, en le plaçant dans d'autres cadres : la plage, le bord de la falaise, les longues herbes près de la rivière. Tout me rappelle Lucian : je vois un garçon aux cheveux noirs courir dans la rue, et mon cœur s'emballe ; je m'assieds sur un banc de Fitzroy Square, et je pense aux amoureux qu'on a vus s'embrasser, maman et moi, si absorbés par leur baiser qu'ils se moquaient qu'on les voie. Par un jour de printemps miraculeux, j'ai embrassé quelqu'un exactement comme ça.

Je ne peux pas m'empêcher d'évoquer les gentillesses de Lucian pour Barney et Kitty, son indulgence discrète envers Toby, son goût secret pour les Lapins noirs. Parfois, je suis sûre d'entendre le grattement de sa guitare à travers le plancher, même s'il n'y a plus de guitare maintenant dans la maison.

— Amber ? (La porte s'ouvre brusquement. Toby entre en crânant dans la chambre rose, avec une énergie fougueuse qu'il a du mal à contenir dans son T-shirt et son short.) Qu'est-ce que tu fais là ?

— J'aime rester près des affaires de maman.

Il se tient derrière moi et nos yeux se cognent dans le miroir.

— J'ai trouvé un gâteau dans le garde-manger.

— Un gâteau ?

J'effleure les poils de sanglier de la brosse à cheveux. Les fils roux ondulés n'y sont plus, cueillis et planqués dans nos cachettes respectives. Ça me fait penser à une chose qu'a dite Matilda : si maman avait vécu plus longtemps, elle serait devenue irritante, parce que toutes les mères finissent par l'être un jour. En caressant sa brosse, je trouve ça impossible à croire.

— ... Et alors ?

— Cinq gâteaux. De tailles différentes.

— Oui ?

— Ne fais pas l'imbécile. Un *gâteau de mariage*, Amber. Le gâteau de mariage qu'a préparé Peggy.

— Berk...

Il lance un cri sauvage.

— Je vais lâcher Boris sur eux !

— C'est tellement... bête comme un lapin stupide... (Je secoue la tête, réprimant un fou rire.

Malgré les circonstances terribles, il peut encore me faire rire.) Là, c'est Peggy qui te jettera au chien.

Il prend un long cheveu blanc sur mon bras, me jette un regard perplexe, louche vers la penderie, puis détourne les yeux. Je respire. J'ai besoin d'un endroit où il ne me suivra pas.

— Elle fera juste un autre gâteau.

— Moi, si j'étais Peggy, je le trufferais de mort-aux-rats. Ce sera bien pire pour elle quand ils seront mariés. Pire pour toute la famille.

Il s'accroupit près de ma chaise, rebondit comme s'il était sur ressort.

— Dès que Caroline aura la bague au doigt, elle deviendra encore plus monstrueuse, crois-moi.

Je tourne la tête sur le côté, cherchant à voir dans la glace ce que Lucian a vu, de profil, sur le siège du passager.

— Pourtant, elle aura eu ce qu'elle voulait.

— Caroline ne marche pas comme ça.

Je lève les yeux au ciel.

— Quoi ? dit-il.

— N'aggrave pas les choses, Toby. C'est déjà assez dur. (Je me regarde un moment dans le miroir, l'esprit ailleurs.) Elle nous a tous fait sortir dare-dare de l'école pour pouvoir se marier en juin. Elle *doit* avoir peur que papa change d'avis. Peut-être…

— Non, elle l'épousera, c'est sûr. (Il arrache son ongle d'un coup de dent.) Et après, elle bousillera le domaine. Elle détruira tous nos repaires.

— Pas les bois. Ni la plage.

Les forteresses de planches et de grillage, la voûte céleste, le sable froid et humide : c'est ce qui rend Toby le plus heureux. Ça fait partie de lui. De façon bizarre, Toby incarne les Lapins noirs plus que n'importe qui.

— Elle ne peut pas détruire ça, Toby.

— La maison, alors. Les gens à l'intérieur.

— Merci.

— Tu sais bien que je ne parle pas de toi.

Je me lève, accablée par la responsabilité d'être sa moitié plus rationnelle, pour jeter un coup d'œil entre les branches de lierre qui grattent à la fenêtre.

— Cesse de broyer du noir. Maman nous a dit que le monde était beau, tu te rappelles ?

— Parce qu'elle ne savait pas ce qui allait lui arriver.

Dehors, le jardin à l'abandon prolifère, en pleine floraison.

— Heureusement.

— Pourquoi ? Si elle l'avait su, elle ne serait pas sortie pour chercher Barney. Elle serait encore en vie, Amber.

Je me tourne vers lui, exaspérée.

— Mais elle *ne savait pas*, Toby. Personne ne sait rien. Jamais. Pas avant que ça arrive…

— Le problème, c'est que, moi, je sais, Amber. (Il plaque ses mains sur son nez et respire très fort, luttant contre la panique.) Je ne le veux pas. Mais je le sais. Et en plus, je peux dire exactement quand.

CHAPITRE 21

L'église est loin d'être aussi pleine qu'à l'enterrement de maman. Papa a dit qu'il voulait se marier « dans l'intimité », mais quand même. Il manque des gens. De vieux amis londoniens de mes parents. Quelques cousins du côté de papa, ceux qui sentent le cheval, le vieux chien, et qui adoraient maman. Tante Bay, que j'ai entendue se disputer avec papa au téléphone la semaine dernière. Il hurlait : « Et c'est quand, pas trop tôt ? Je ne cesserai jamais d'aimer Nancy, alors il n'y aura pas de *bon* moment. Tu ne comprends pas, Bay ? Il ne pourra jamais y en avoir. » Aucun Américain n'est là, en fait. Ça me manque d'entendre des voix de pays lointains, des voix de cinéma pour prouver qu'il y a des mondes en dehors du mien.

L'aile du côté de Caroline est plus remplie : on y voit un groupe différent, plus gai et plus bruyant, pas du tout gêné de revenir si vite dans l'église où on a célébré les obsèques de maman. Les hommes s'esclaffent et font sauter les queues de leurs habits, qui pendent derrière leurs bancs comme des langues noires. Leurs cous épais, rougeauds, perlent de sueur. Leurs femmes minces se penchent les unes par-dessus les autres à la manière des herbes pour lorgner les tenues et les chaussures. Elles plient en deux le programme de la cérémonie et s'éventent furieusement dans la chaleur lourde de l'église. L'une d'elles va jusqu'à se déchausser et poser les pieds sur les dalles, ce qui laisse des marques de sueur impensables sur la pierre normande séculaire.

Mamie Esme hausse un sourcil avec un air d'horreur amusé.

— Mon Dieu... Je crois n'avoir jamais vu autant de fond de teint en juin, pas toi, chérie ? (Elle me presse la main. Ses bagues en émeraude s'enfoncent dans mes doigts.) Je crains que les amies de la mariée ne fondent comme des bougies, si ça s'éternise.

Papa se tient à l'avant de l'église, le dos droit, les poings serrés, moins un marié qu'un soldat face à un peloton d'exécution. L'ongle de Toby continue son *scratch scratch* au bord de notre banc, grattant le vernis comme une croûte. Barney passe un bras autour de sa jambe. Contrairement à Kitty, il se rappelle encore clairement l'enterrement de maman, assez pour que tout le blesse : les étreintes intrusives des inconnus, les fleurs, les portes de l'église, aux gonds rouillés par le sel, qui s'ouvrent dans un couinement de porc.

À ce bruit, tout le monde se retourne, en tendant le cou pour voir la mariée. Les gens sourient, s'éventent et chuchotent. L'organiste commence à marteler un air. Papa se raidit dans son costume, tire sur le lobe de son oreille. Un murmure court entre les bancs, derrière les mains en coupe et sous le bord des chapeaux : « Quelle beauté... » Et c'est vrai. Il est si beau que j'en ai le souffle coupé. Les cheveux plaqués en arrière, les yeux droit devant lui, Lucian remonte lentement l'allée, plus grand qu'il ne l'était à Pâques dans mon souvenir. À chaque pas qui le rapproche de moi, mon corps se crispe. Comment vais-je supporter de le sentir tout près ? Quand il passe *vraiment*, à trente centimètres à peine sur ma gauche, l'envie de tendre la main vers lui est presque irrésistible. Je veux qu'il *me* voie une dernière fois, la fille qu'il a embrassée, pas une demi-sœur qu'il devra tolérer. Mais Lucian ne regarde ni moi ni personne, hésitant juste une fois pour encourager Kitty, qui traîne les pieds timidement derrière eux – une houppette de tulle rose et blanche, serrant son bouquet de demoiselle d'honneur comme une poupée – en me cherchant des yeux.

Un petit sourire triomphant est figé sur le visage fardé de ma future belle-mère. Son menton pointu est levé et sa démarche a quelque chose de royal et d'étudié, à croire qu'elle a répété. Sa robe, longue, crème, semée de petites perles, se balance sur ses jambes qui cisaillent l'espace. Elle non plus ne regarde aucun d'entre nous. Peut-être n'ose-t-elle pas : elle sait sûrement que Toby risquerait d'exploser, mais pas quand et comment. Mieux vaut ne pas tenter le diable.

Ce qu'elle ne sait pas, c'est que Toby m'a promis de ne pas faire de scène, pour Kitty et Barney. Je suis très fière de lui, car je sais à quel point c'est contraire à sa nature. Pendant les consentements, il ferme les yeux très fort et serre les poings le long du corps, puis les ouvre soudain dans le silence tendu qui pèse dans l'église quand l'alliance ne passe pas. On échange un coup d'œil plein d'horreur et d'espoir – *par pitié, faites qu'elle ne lui aille pas...* – puis on regarde, pétrifiés, papa se pencher une nouvelle fois, les oreilles écarlates. Il pousse. Rien. Caroline garde un sourire figé, mais ses yeux volettent, paniqués. Le fichu doigt résiste dans un silence transi.

— Mon Dieu... murmure mamie. Il a dû gonfler par cette chaleur atroce.

Enfin, papa donne une nouvelle poussée, forte, désespérée. Et l'alliance passe, scellant tous nos destins dans un anneau d'or blanc.

Je fais signe à Peggy par la fenêtre de la Rolls pendant qu'une colonne de voitures se presse dans l'allée du manoir, les cloches de l'église carillonnant au loin. Elle reste impassible ; sans doute ne me voit-elle pas derrière la vitre.

Elle se tient sur le perron avec Annie, les lèvres pincées dans un sourire guindé, vêtue d'un uniforme solennel : une robe noire qui la grossit énormément, un tablier blanc à volants et une coiffe piquée sur un chignon frisottant.

Je baisse la vitre de la voiture, prise d'un besoin urgent de me rapprocher d'elle, de tout ce qui est bon, chaud et qui sent le pain. Cette fois, elle me voit. Elle sourit à pleines dents et lève un instant les yeux pour me montrer le ciel.

De gros nuages fondent sur les Lapins noirs, des ombres sur les bois, à travers les pelouses... Tout à coup, ils sont juste au-dessus de nous et libèrent leur charge. Il pleut ! Une pluie sauvage, qui crache en frappant le gravier, couche les fleurs dans les parterres, arrache des cris aux invitées qui relèvent leurs robes et courent jusqu'au perron dans des giclées d'eau.

Je perds Toby dans la confusion qui s'ensuit. Le hall est une mêlée de jambes mouillées, de chapeaux dégoulinants et de femmes qui tamponnent fébrilement des coulures de mascara. Boris, trempé, puant, glisse sa truffe sous leurs jupes. Bertie déroute la compagnie en sonnant bruyamment, follement, une heure fantaisiste, puis continue à sonner, encore et encore, comme si un rouage s'était coincé, jusqu'à ce qu'un gros homme en habit lui donne un grand coup.

Peggy et son armée d'extras – de belles filles de pêcheurs, briquées mais sentant encore un peu le maquereau, engoncées dans des uniformes noir et blanc – virevoltent dans la foule, tentant désespérément de ne pas renverser leurs plateaux de champagne quand on les heurte sur le parquet glissant et que les amis de Caroline les lutinent en leur souriant de toutes leurs dents jaunes.

Je ne m'intéresse qu'à une seule personne.

Lucian se tient consciencieusement à côté de sa mère, l'œil fixé sur la foule, feignant d'être ailleurs : quelque chose me souffle qu'il sent mon regard, bien qu'il ne le montre pas. Une femme penchée sur la chaussure blanche de Caroline – en frôlant des fesses la cuisse de son fils – tente d'essuyer une giclée de boue avec son mouchoir pendant que la mariée siffle : « Pourquoi pleut-il, bon sang ? La météo disait qu'il ferait beau... » en levant des yeux furibonds sur le ciel meurtri de Cornouailles, comme s'il pleuvait exprès, ce qui est peut-être vrai.

La pluie continue à tomber à verse, « ce qui fait tomber à l'eau les plans de cette pauvre Caroline », commente mamie Esme avec un fin sourire. À présent, fini le champagne sur la pelouse, la photo de mariage dynastique encadrée par les hectares vallonnés du domaine. À la place, les invités sont coincés derrière les fenêtres du manoir et observent, bouche bée, le vent qui arrache le tulle des auvents, les piquets de la terre, les banderoles des arbres, et chasse une tour de serviettes en papier dans les branches des hêtres, où elles flottent tels des drapeaux blancs.

Toby s'approche derrière moi, les yeux brillants.

— Destruction aveugle ! Carnage total !

— Dieu existe peut-être, après tout, dis-je à voix basse, et on part d'un rire jaune, moins malheureux pour la première fois de la journée.

Peggy passe devant nous à toute allure, en nage, écarlate, l'air près d'exploser. Mamie la tire sur le côté et lui glisse quelques mots à l'oreille. Peggy plaque une main sur sa bouche et rougit encore plus. Bientôt, son armée de filles de pêcheurs arrive avec des seaux, qu'elles poussent sous les rigoles qui ruissellent du plafond, celui que papa a promis – sans tenir parole, bien sûr – de réparer avant le mariage. Horrifiés et fascinés, les amis de Caroline chuchotent qu'elle « va avoir du pain sur la planche », comme si c'était elle qui tenait les seaux au lieu de donner ses ordres à Peggy avec un sourire forcé avant de disparaître à l'étage pour changer de robe.

La fuite est pire dans la salle de bal : Caroline, prévenue, s'était refusée à imaginer qu'il pourrait pleuvoir le jour de son mariage. Même si le parquet ne s'est pas encore écroulé sous le poids de la foule, Peggy pense que ça pourrait arriver, ce qui nous remonte un peu le moral. Pour l'instant, on doit se contenter de voir une goutte rebondir sur le couvercle du piano à queue et un pan de corniche commencer à s'effriter, portant avec lui l'espoir que d'autres fragments tombent pour assommer les invités.

À un moment donné, mamie a tellement l'air de s'ennuyer qu'elle dort peut-être vraiment, les yeux mi-clos sur sa terrine de viande. Kitty, épuisée, grimpe sur ses genoux et s'affale sur sa confortable poitrine à fleurs, assez semblable à son canapé de Chelsea. Si je pouvais l'imiter, je le ferais.

Lucian refuse toujours de tourner les yeux dans ma direction, ce qui me fait autant le désirer que le détester ; ceux de Toby, eux, sont braqués sur moi pendant tout le repas – peut-être la seule digue qui le retient d'arracher la nappe et de la piétiner, ou d'envoyer du saumon à la tête des invités.

Si seulement il le faisait... Maintenant, je regrette de lui avoir demandé de bien se tenir.

Au bout d'une éternité, le repas s'achève. Les invités, riant, tanguant et renversant leurs verres, affluent dans le salon, où des bougies tremblantes roussissent les foulards des femmes et éclairent par en dessous leurs visages marqués. Des voix s'élèvent, luttant contre l'orchestre de jazz qui semble plus bruyant et discordant à chaque air.

Des inconnus tripotent les tableaux et les bustes de pierre, laissant des traces de graisse partout sur le visage de mon arrière-arrière-grand-père. Ils tirent sur les sonnettes des domestiques, soufflent dans le cor de chasse, se prélassent dans les fauteuils poussés contre les murs et se tordent de rire. La musique enfle, s'accélère, de plus en plus confuse : on se croirait envahis par des chevaux de manège pompettes.

Debout sur la pointe des pieds dans mes chaussures en soie, je tends le cou par-dessus les boucles bondissantes, les crânes chauves en sueur et les oreilles velues, pour apercevoir mes frères et ma sœur ou Lucian, un visage familier. En vain. À présent, les amis de Caroline commencent à danser. Ils se dandinent et agitent bizarrement les mains, ce qui m'empêche de traverser la pièce pour gagner la porte.

Ils m'attrapent par les bras, cherchent à me faire twister. Des ventres gonflés, durcis par le champagne et les gaz, se pressent contre moi pendant que je me faufile.

À la fin, je renonce et me colle à un mur, attendant que l'air s'achève. Un homme puant l'alcool, à la moustache couverte de mousse de champagne, se glisse vers moi. Il me demande si j'aime ma nouvelle « vieille belle-mère fabuleusement riche » avant de pouffer à son trait d'esprit. Une femme en minirobe blanche le repousse – « Tu les prends au berceau, vieux cochon ! » –, se présente, « Jibby », et, avec un zézaiement incroyable, m'annonce que mon « demi-frère sexy, Lussian », a brisé le cœur de sa nièce Belinda en ne l'appelant pas : pourrais-je l'inciter à aller voir la pauvre fille ?

La broche en forme de paon ! Je suis si soulagée de trouver mamie Esme – presque autant que d'apprendre que Lucian a brisé le cœur de Belinda – que je manque de fondre en larmes. La dénommée Jibby s'éloigne, titubant à travers la foule dans des bottes argentées.

— Oh, chérie… Tu as l'air épuisée, dit mamie en me prenant les mains.

Elle aussi paraît un peu défaite, plus vieille que l'image que j'ai d'elle dans ma tête.

— Mamie, où sont les autres ? Je les ai perdus.

— La dernière fois que j'ai vu Kitty et Barney, ils pillaient un bol de noix caramélisées dans l'entrée. Je ne sais pas ce que fabrique Toby. Mais, étant donné les circonstances, il s'est conduit de façon irréprochable, non ? Laissons-le vivre un peu.

Je m'apprête à lui demander où est Lucian avant de me raviser, au cas où mon expression me trahirait.

— Et si tu t'éclipsais, chérie ? murmure-t-elle. Ces gens sont bien trop soûls pour s'en apercevoir.

Juste à cet instant, papa revient dans la pièce. Il est immédiatement coincé par Caroline et un gros invité qui le prend par le cou et lui hurle à l'oreille. Il tente de reculer. Mamie a-t-elle les yeux assez bons pour remarquer qu'il est très mal à l'aise pour un maître de maison ? Il n'y a qu'à voir la manière dont il s'écarte de l'homme et de Caroline – qui réagit en se rapprochant encore plus, anxieuse et tendue, en tâtant nerveusement les pierreries de sa coiffure.

— Papa ne m'en voudra pas ? On ne doit pas leur dire au revoir quand ils partiront en lune de miel ?

— Je me charge de lui. (Mamie me presse la main.) Si tu n'avais pas été là, je suppose qu'il y aurait eu une scène un peu plus mouvementée pendant tous ces chichis. Tu en as assez fait.

Je proteste sincèrement :

— Je n'ai rien fait du tout !

— Détrompe-toi. Les autres suivent ton exemple, Amber. Tu as été stoïque, et ils t'ont imitée. Tu les rends forts. (Mamie sourit, les larmes aux yeux.) Nancy serait très fière de toi.

— Merci, mamie.

C'est la première fois de la journée qu'une personne parle de maman.

— Voyons, regarde-toi… (Elle renifle, centre le nœud sur ma taille.) Tu te tiens avec beaucoup de dignité, contrairement à la plupart des femmes de la soirée. Et tu es très, très belle dans cette toilette.

Je souris, pas trop sûre d'y croire. Cette robe rose nacré a été achetée chez Harrods par la secrétaire de papa. Moi, je ne l'aurais pas choisie. J'aurais voulu quelque chose de chic, d'assez court, avec des rayures noires et blanches et une ceinture à grosse boucle, genre Biba ou Mary Quant, comme les robes que porte la sœur de Matilda ; celle-ci a un corsage moulant et une jupe ample, gonflée par deux couches de jupons, ce qui me rappelle les photos de maman à New York dans les années cinquante.

— Elle est un peu démodée.

— Ah… C'est ce qui fait son charme. Elle te va à ravir. Pas étonnant que tu attires les regards de tous ces malappris. Tu es vraiment la reine du bal, chérie.

Elle hausse un sourcil, jette un coup d'œil à Caroline.

— Franchement, je suis surprise que ta belle-mère ne t'ait pas forcée à porter un sac de pommes de terre.

— Elle m'a à peine vue. Je pense qu'elle ne m'a même pas remarquée.

— Oh que si, ma chérie… Tu peux en être sûre.

— Je ne peux pas la supporter, mamie !… dis-je dans un cri du cœur. Je n'y arrive pas.

Juste à ce moment-là, Caroline tourne les yeux vers nous, sentant peut-être que nous parlons d'elle. Son regard se durcit.

Mamie agite gaiement la main vers la mariée et me chuchote du bout des lèvres :

— Je soupçonne la nouvelle Mme Alton de faire partie des femmes qui ont besoin de se sentir aimées pour devenir aimables. C'est à nous d'amorcer ce processus, Amber, si éprouvant soit-il.

— Eh bien, moi, je ne peux pas. Et je pense que papa, lui non plus, ne l'aime pas.

— Dans ce genre de situation, ma chérie, on doit tous trouver des moyens de s'entendre, même si cela implique de tempérer son propre jugement pour la bonne cause. (Elle porte son verre à sa bouche, murmure en se cachant derrière :) Bonté divine…

Je crains que Caroline ne vienne nous honorer de sa compagnie. Si tu veux te sauver, je te suggère de filer tout de suite.

Je me glisse le long du mur et m'enfuis de la pièce, pour découvrir Barney et Kitty dans le hall, les mains pleines de dragées. Je dois pousser le duo épuisé en haut de l'escalier, les mains sur leurs fesses. Une fois sur le palier, je contemple la mer turbulente des invités au rez-de-chaussée et me promets de ne pas y retourner avant que le dernier d'entre eux soit parti.

Dans la chambre des petits, Kitty commence à sangloter parce qu'elle a déchiré sa robe de demoiselle d'honneur et que Peggy, avec sa coiffe, n'est plus du tout Peggy. Barney avoue avoir bu un demi-verre de champagne et se sentir un peu bizarre : je veux bien le mettre au lit ? Je lui fais boire trois verres d'eau et les couche l'un et l'autre.

Quand je ferme les rideaux, des applaudissements montent de l'allée, puis un bruit de boîtes de conserve tinte sur le gravier lorsqu'une voiture démarre. Au moins, elle est partie... Demain, les invités auront disparu aussi et la maison sera à nouveau à nous, me dis-je pour me remonter le moral. Il faut que je le dise à Toby. Je dois le trouver, m'assurer qu'il va bien.

Il n'est pas dans sa chambre. Sa fenêtre est grande ouverte et une flaque noire, dans laquelle la lune brille tel un œil de verre, s'étale sur le plancher, à l'endroit où la pluie l'a cinglé. Je me penche au-dehors pour voir s'il ne descend pas le long du lierre. Il l'a déjà fait pour échapper aux invités.

— Amber ?

Je ne peux pas bouger. Mon estomac fait un looping.

— Tout va bien ?

Lentement, je me retourne vers Lucian. La chambre paraît soudain incroyablement petite, électrique, pleine de choses indicibles. Je ne sais où poser les yeux.

— J'ess… J'essaie de trouver Toby.

J'ai la bouche sèche et mon cœur bat si vite que je suis sûre qu'il le voit s'emballer sous ma robe.

— Il est parti.

— On ne peut pas lui reprocher d'avoir filé. (Lucian traverse la chambre pour fermer la fenêtre. Il a ôté sa queue-de-pie et je vois ses omoplates sous sa chemise.) Les amis de ma mère sont barbants quand ils sont sobres et infects avec un coup dans le nez.

— Je n'avais pas remarqué.

Il rit, et une sorte d'accord fuse entre nous. La musique, mêlée d'éclats de voix, monte du rez-de-chaussée. J'ai l'impression d'être à des années lumière de ce monde-là. Lucian lève la main pour écarter sa frange, mais elle n'est pas là car il l'a lissée en arrière, ce qui rend son beau visage plus ouvert, étrangement vulnérable.

— Je peux t'aider à chercher Toby ?

J'ai le sentiment qu'il me pose une tout autre question. Alors, je hoche la tête, sentant qu'il pourrait me demander n'importe quoi et que je n'arriverais jamais à dire non.

Il me tient la porte.

— Après toi.

Les jupons de ma robe frottent contre sa jambe comme des draps. Une drôle de sensation me traverse le ventre. La même que lorsqu'il m'a embrassée dans l'allée. Comment puis-je éprouver cela pour un demi-frère ? Ça n'est pas bien.

Sans doute pas, mais je n'y peux rien. Et voilà, me dis-je fermement, comment ça restera : en germe et jamais épanoui.

— On monte ? propose-t-il en me jetant un coup d'œil furtif.

J'acquiesce en rougissant, au lieu de suggérer de commencer dehors, où Toby doit être : je ne me soucie plus de ce qu'il peut faire.

Sur le palier du haut, j'essuie un cercle de buée sur la fenêtre et scrute l'obscurité.

— Tu vois quelque chose ? dit Lucian.

— Pas vraiment.

La pluie s'est arrêtée. Les invités ressortent, filant sur la pelouse avec des lampes tempête ; on croirait des lucioles. Il fait beaucoup trop sombre pour voir dans les bois, noirs, ruisselants, où Toby est sans doute blotti dans sa cabane. Il y a déjà dormi deux fois cette semaine, rentrant seulement à l'aube pour sommeiller au bout de mon lit, avec des brindilles dans les cheveux et, au réveil, d'étranges lueurs dans les yeux.

Lucian tourne le loquet, puis il lève la vitre. Je sens l'odeur métallique de la pluie sur le plomb.

— Tu entends quelque chose ? demande-t-il.

— Des voix dans le jardin, peut-être… Les bruits se répercutent le long du toit. Ils se déforment quand ils montent jusqu'ici.

— Ah oui ? On est sous le toit ? (Il passe avidement la tête par la fenêtre.) C'est possible de sortir par là ?

— Plus ou moins…

Je n'ai jamais beaucoup aimé cette partie du toit. Papa y monte parfois pour tenter des réparations ou pour ôter les nids des cheminées, mais maman nous a interdit de nous en approcher. Elle craignait toujours que Barney y grimpe et finisse par tomber.

— Oh, allez… Je ne suis encore jamais monté sur le toit d'une maison. (Il se hisse, me tend la main pour me tirer vers lui et sourit.) Je te promets de ne pas sauter si tu ne le fais pas.

Je prends sa main… et nos paumes s'embrasent.

La pâle lumière du palier éclaire juste assez pour qu'on distingue la masse des créneaux. On s'avance vers eux avec précaution, le vent collant ma robe à mes jambes. Le ciel est clair à présent, piqueté d'étoiles. Et je me sens vivante, plus que je ne l'ai jamais été, comme si j'allais exploser.

La jambe de Lucian est à vingt centimètres de la mienne.

— J'ai fait tout mon possible pour détourner maman de ce mariage, chuchote-t-il.

Je glisse un coup d'œil vers lui à travers mes cheveux qui tournoient, emmêlés. Nous nous sommes rapprochés, sans que je m'aperçoive que l'un de nous ait bougé. Notre gêne dans la chambre de Toby a fait place à un autre sentiment.

— Malheureusement, mon avis ne l'a jamais beaucoup intéressée.

Je me sens désolée pour lui. Maman m'a toujours fait sentir que mes avis comptaient.

— On ne choisit pas ses parents, hein ?

— Non.

Je suis alors frappée par ma chance incroyable d'avoir eu ma mère parmi les millions de mères potentielles de la terre. Je l'ai perdue. *Mais je l'ai eue aussi*. Ça ne m'était encore jamais venu à l'esprit.

— Elle veut que je mène le monde, tous ces trucs aberrants.

— Avant, papa rêvait de ça pour Toby. Je crois qu'il y a renoncé.

— Ah, Toby. Le roi de l'anarchie... dit Lucian sans méchanceté, d'un ton qui sonne comme un compliment.

— Et ton père ?

La douceur de l'heure tardive, l'étrangeté d'être ici, sur ce toit, par une nuit si chargée d'émotions m'enhardissent. Ici, on peut se demander n'importe quoi, puis, dès qu'on redescendra dans la maison, toutes les anciennes règles s'appliqueront. On se remettra à parler de la pluie et du beau temps, à se demander poliment la gelée de mûres et à faire semblant d'être frère et sœur. En plus, je sens que Lucian aime assez les questions directes.

— Papa ? C'était un type bien...

Il se tait un instant. Quand il reprend la parole, sa voix se lézarde.

— Il me manque toujours. Cela fait des années. C'est bête, hein ?

Je fais non de la tête, craignant que ma propre voix se brise ou, pire, de fondre en larmes ; et j'ai horreur que les gens pleurent pour moi, comme s'ils avaient vécu eux-mêmes ce qui m'est arrivé.

— Il avait... soixante-treize ans. Il en a bien profité. (Un silence.) Je sais que ce n'était pas le cas de ta mère.

— Quarante ans, c'est pas mal.

— Mais quand même pas assez.

— Non. Mais elle a été heureuse, vraiment heureuse. Chaque fois que je pense à elle, elle sourit. Ses dents de devant étaient écartées. On aurait pu planter une allumette entre elles.

Contrairement à la plupart du temps, parler d'elle n'est pas gênant ni oppressant. Bizarrement, elle revit quand je la décris à Lucian.

— Je ne sais pas si c'est mieux de mourir heureux, ou pire parce que la perte est plus grande.

Il réfléchit.

— Je pense que ça adoucit les choses.

— Elle était belle aussi, dis-je, sans cacher ma fierté.

— Je sais. J'ai vu son portrait dans le hall.

Je souris de la folie de cette nuit. Je sens le bord de sa chaussure contre ma ballerine.

— Tu lui ressembles beaucoup... souffle-t-il d'une voix si douce que je ne suis pas sûre qu'il ait prononcé ces mots.

On reste là, ballottés par le vent et les sentiments, pendant que des chauves-souris dessinent des huit autour des remparts.

L'orchestre entame un nouvel air. La brise nous porte certaines notes, en avale d'autres. Des choses se passent aussi dans mon corps, qui joue une étrange musique intime.

— Écoute, excuse-moi de t'avoir embrassée. Si j'avais su qu'ils allaient se marier... (Il s'arrête, gêné.) Mais il ne faut pas que ça... gâche cette... notre amitié.

Un bruit assourdissant, comme un coup de fusil, déchire la nuit. Je sursaute, serre les dents. Un autre. Plus fort. Je l'entends dans chaque cellule de mon corps. Je le sens. Je le vois. Le sol de l'écurie éclaboussé de sang... De cervelle... Un crâne fracassé dans une boîte en velours noir... Je ferme les yeux, faible et nauséeuse, hantée par cette soirée terrible.

— Amber, qu'est-ce qu'il y a ?

— Rien, dis-je dans un murmure, voulant me maîtriser à tout prix, me préparant au prochain coup qui tonne, encore plus fort.

Je vois les doigts rebondir sous le recul du fusil… Je crispe les paupières.

— N'aie pas peur. C'est un feu d'artifice. Fais-moi confiance, regarde.

Et je rouvre les yeux en me fiant à lui.

Des cordons de lumières féeriques tournoient dans le ciel, avant de se dissoudre dans une pluie d'argent. *Pan ! Pan ! Pan !* Je sursaute chaque fois, mais Lucian passe un bras autour de mes épaules, atténuant le choc. Je me presse contre lui, mon corps se rappelle ses courbes, son odeur… et toutes ces sensations réduisent à néant les raisons et les règles qui m'interdisent de l'aimer. Il n'y a personne avec qui je préférerais être là, sur ce toit. Personne avec qui je me sens autant moi-même. D'une voix étouffée, en se parlant à l'oreille, on s'émerveille des chauves-souris, de cette lune blanche où un homme va peut-être bientôt marcher, de se tenir sur un toit, très haut au-dessus du monde. Au bout d'un moment, le feu d'artifice se calme, évoquant moins des tirs que des applaudissements, des acclamations des dieux dans les nuages. Alors, l'espace entre nous se ferme – le dernier centimètre – et on s'embrasse à perdre haleine, comme si on pouvait se fondre l'un dans l'autre, le ciel jetant des éclats d'or entre mes cils mi-clos. Lucian laisse tomber sa bouche sur mon cou – en murmurant mon nom encore et encore.

CHAPITRE 22

— Amber ! Amber ! (Toby a les yeux roses et vitreux. Il me secoue l'épaule.) Réveille-toi !

Je râle et remonte ma couverture sous mon menton.

— Qu'est-ce qu'il y a ?

— Il s'est passé quelque chose avec Lucian ? Dis-le-moi et je lui ferai sa fête.

— Quoi ? De quoi tu parles ? Va-t'en. Je dors…

— Tu n'es pas blessée ? Il ne s'est rien passé ?

— Bon sang, Toby !

Il s'écroule sur le fauteuil de ma chambre, la tête dans les mains, un genou trépidant comme s'il avait envie d'aller aux toilettes.

Je sens ses yeux sur moi quand je me retourne vers le papier peint, le cœur battant. Il sait, me dis-je au fond de moi, dans la partie animale à qui on ne la fait pas.

— Pardon. Je… je ne pouvais pas dormir. J'étais sûr qu'il était arrivé quelque chose. Qu'il fallait que je te protège.

— Va te recoucher.

Les secrets sont exaltants ; mentir est horrible. Dix jours se sont écoulés depuis le mariage. J'aimerais tant être franche avec Toby. Mais comment le pourrais-je ?

Je suis incapable de penser. Je me sens moins un être humain qu'une bulle iridescente flottant dans un ciel d'été. Moins une sœur. Moins une enfant. Moins tout ce que j'étais avant, et pourtant, bizarrement, plus moi-même que jamais.

En l'absence de papa et de Caroline, partis en lune de miel, le manoir est devenu magnifique, anarchique – notre domaine. Peggy est trop fatiguée pour s'opposer à grand-chose, laissant Annie surveiller paresseusement les petits et les grands flâner, nager et pique-niquer de fraises, de gâteaux et de fèves mangées à même la cosse. Lucian et moi, on en profite pour se sourire à la dérobée, impatients d'être seuls. En général, on n'a pas beaucoup à attendre : Toby, l'ambition de ses plans enfiévrée par la chaleur de l'été, a doté sa cabane de nouvelles « cellules » – de plus hauts étages –, dont les dénivelés font frissonner.

Il y était, bien sûr, la nuit du mariage.

Sa chambre était vide à l'aurore. Je venais de quitter Lucian et, incapable de fermer l'œil, j'ai marché dans les bois à sa recherche. L'aube chantait entre mes doigts, j'ai croisé un slip en satin planté sur un massif d'hortensias et un gros homme échoué sur la pelouse, une bouteille à la main. J'ai cru mettre des heures à atteindre la cabane et j'en étais contente, comme si le temps pouvait laver toute trace compromettante de nos baisers. Enfin, j'ai aperçu les pieds sales de mon frère pendillant dans le vide, ses cheveux roux hirsutes pointant par des trous entre les planches, l'image d'un oiseau géant dans un nid. J'ai failli l'appeler pour le ramener à la maison. Puis j'ai flanché – de peur qu'il ne devine, à mes lèvres gonflées – et je suis repartie à pas de loup sur le tapis de faînes, le laissant dormir en paix parmi les couteaux et les pistolets. En battant en retraite, je me suis juré de ne plus jamais embrasser Lucian. Le risque était beaucoup trop grand.

Quelques heures plus tard, on recommençait, plus éperdument, sachant que c'était mal, mais incapables de résister.

À présent, on s'embrasse à la moindre occasion. Au bord de la falaise. Dans les hautes herbes au fond du champ, cachés par les vaches. Sous la surface de la rivière, bras et jambes enlacés. Et dans la penderie, notre endroit préféré, où on parle à voix basse de ce qui est important – la musique, les livres, pourquoi on ne peut pas s'empêcher de pouffer aux enterrements –, où chacun lèche le sable sur la peau de l'autre, en l'effeuillant, en le découvrant centimètre par centimètre.

On l'a fait là-bas.

La première fois, la douleur m'a arraché un cri. À présent, à force de tâtonnements et de pratique, j'en laisse échapper d'autres, d'étranges gémissements que je dois étouffer dans les fourrures : les sons de mon corps en train de fondre et de s'ouvrir, révélateurs comme une nouvelle planète. Je sais qu'on fait une chose interdite – même si personne, sauf Annabel, la sœur de Matilda, ne m'a jamais expliqué ce qu'est cette « chose » –, mais pour moi les interdits ont perdu tout leur sens le jour où maman est tombée de cheval. En plus, je ne me sens ni sale ni utilisée, rien de ce que les filles sont censées éprouver. Je me sens… adorée. Ré-ancrée dans le monde et non plus flotter, engourdie, dans l'espace noir et froid en dessous de lui. Et, malgré le danger d'être prise en flagrant délit, en sécurité pour la première fois depuis des mois.

Nous faisons attention. Lucian se retire de moi juste à temps. Et je prends deux douches par jour pour que Toby ne sente pas sur moi la sueur, la douceur et la trahison. Quand il est là, j'essaie de ne pas regarder Lucian, de m'asseoir loin de lui car, sinon, le besoin de l'autre – le doux contact de nos genoux, nos pieds qui se frôlent – serait irrésistible.

Pourtant, je me surprends à murmurer son nom. Et je le sens constamment étalé en moi comme une couleur. Ce qui mène au problème. Au gros problème, bien plus dur à cacher.

Voilà : je suis bêtement, scandaleusement heureuse. Plus que toute autre chose, j'ai peur que ce soit ça qui me trahisse. Il y a tant de raisons d'être malheureux : papa leurré par Caroline, les os de maman nettoyés par la vermine, la folie d'aimer alors que les gens meurent si facilement… et pourtant, c'est comme regarder une lame couper, le sang couler et ne rien éprouver.

CHAPITRE 23

Quelques jours plus tard, Caroline et papa rentrent de Paris, souriants, sans se tenir par la main. Nous ne sommes plus maîtres du manoir. Et tout a l'air beaucoup plus dangereux. Papa remarquera-t-il la différence ? Vais-je me trahir par une tache d'herbe ou une tenue débraillée ? Tout est arrivé si vite que j'ai l'impression de rayonner. Mais papa ne voit rien. Il demande vaguement si on s'est bien amusés – en levant le menton, frottant sa nuque bronzée – et, peu de temps après, se rend à Londres pour des « affaires urgentes ». *Sans* emmener Caroline avec lui !

Catastrophe…

Elle repère bien plus de choses. Elle observe que Lucian « a l'air assez sauvage » et que, vu l'état de la maison, Peggy et Annie « semblent frappées par une forte sédentarité ». Pire, elle promet de rester jusqu'à la fin des vacances pour « tout avoir à l'œil » – j'en ai froid dans le dos – et « remettre le manoir en ordre ».

Personne ne sait trop ce que ce nouvel « ordre » peut signifier pour les Lapins noirs – « Comment veux-tu quand ses lubies varient comme les draps de son lit ? », râle Peggy, qui trouve ruineux et peu chrétien de les changer tous les matins – jusqu'à ce qu'elle annonce que la maison devra figurer un jour dans *House & Garden*. À ces mots, chacun de nous – surtout Peggy – se tord de rire derrière son dos puis, écrasés de chaleur, on retombe dans une mélancolie impuissante.

Heureusement, le manoir se bat avec courage, gargouillant et fuyant, vomissant une eau brune dans la baignoire de Caroline, aidé par une colonie de souris – ces bêtes la terrifient – qui cavalent dans sa chambre la nuit, attirées par les flocons d'avoine que Toby répand sous son lit. Même quand papa revient le week-end suivant, la maison tient bon. Après une nuit spécialement mouvementée – le chat crache des boules de poils dans les pantoufles de Caroline, les ampoules grillent, un corbeau pourrit dans la cheminée de leur chambre –, papa suggère à Caroline de passer le reste des vacances dans le confort de Londres, pendant qu'il « rend la maison un peu plus agréable pour toi ». Soupçonnant à l'évidence que ça n'arrivera pas – impossible –, Caroline se campe dans le hall, inspectant l'escalier tel un alpiniste jaugeant une crête périlleuse, résolu à la vaincre à tout prix.

Elle veut nous conquérir aussi, bien sûr, et use de plusieurs tactiques pour y parvenir, toutes tournant autour de l'idée odieuse de « notre nouvelle famille ». Elle veut, pour une raison incompréhensible, immortaliser nos souffrances. Elle impose des photos à n'en plus finir : papa et elle raides côte à côte, Lucian et moi fuyants, Toby maussade, Barney et Kitty aussi apprêtés que des poupées, refusant de sourire à un photographe en vogue qui a débarqué, suant et égaré, du tortillard de Londres. Caroline exige aussi des « déjeuners en famille à une heure décente » dans la salle à manger (« le personnel prend ses repas en cuisine »), et la menace d'« activités familiales » – promenades, bateau à voile, excursions à Saint-Ives – plane sur chaque jour de l'été comme l'approche d'un orage, ce qui nous fait trembler, Toby, Lucian et moi, pour diverses raisons.

On apprend vite que le moyen le plus simple de désamorcer ce genre de choses, de détourner la journée du projet initial, consiste, l'air de rien, à évoquer maman. Après quelques secondes, une veine verte saisissante commence à tressauter sur le front de Caroline, et toute sa comédie explose en mille morceaux, tel un verre en cristal tombant sur les dalles.

En plus, comme ça l'énerve qu'on soit en retard, on essaie de l'être le plus possible, ce qui est assez facile. Seule Kitty – une rescapée pour qui la nourriture est sacrée – arrive à table avant que le repas soit encore plus froid qu'après son long périple depuis la cuisine. En général, il faut habiller Barney en vitesse parce qu'il aime vivre nu l'été et que Caroline ne cesse de réclamer « des manières civilisées » ; ce qui pousse Toby à se gratter en douce comme un singe pendant que Lucian, loyal envers sa mère jusqu'à un certain point, s'efforce de ne pas rire pour ne pas briser la trêve fragile reposant sur leur ignorance mutuelle.

Ce n'est pas que Lucian ne veuille pas faire la paix, mais toutes ses tentatives se sont heurtées à un parfait mépris : la dernière chose que veut Toby, c'est voir ses préjugés contredits. En un sens, ça me soulage. S'ils étaient amis, ma traîtrise ne serait-elle pas encore plus pénible ?

Toby n'ignore pourtant pas Caroline : il la provoque, la pousse à l'affrontement, tel un naufrageur menant un bateau vers les récifs, conscient qu'il a l'énorme avantage d'être insouciant alors qu'elle est à cran. Il refuse de nous rejoindre dans la salle à manger. « Je ne participerai pas à ces conversations forcées qui me donnent envie de me couper la langue pour la jeter à Boris. Je préfère dîner de Twiglets dans le confort de ma cabane. » Quand Caroline, un verre de sherry tremblant dans la main, a tenté d'exercer son autorité – « Peu m'importe ce que tu penses, jeune homme. Nous mangerons tous *assis* comme une famille heureuse normale » –, Toby lui a répliqué : « Nous ne sommes pas normaux. Nous ne formons pas une famille. Et, grâce à vous, nous ne sommes sûrement pas heureux ». Puis, il s'est éloigné, désinvolte, en se curant les ongles avec son canif et balançant la crasse sur les boiseries fraîchement polies.

Moins Caroline peut nous contrôler, plus elle affirme son autorité sur le manoir. À l'incrédulité générale, elle a annoncé l'arrivée d'une nouvelle cuisinière qualifiée, ce qui revient à détrôner une reine pour en engager une autre, « plus professionnelle ». La nouvelle a précipité Peggy dans une fureur blême, à grand renfort de bruits de casserole et de claquements de porte.

Bartlett a commencé hier.

Elle est bien trop étrange pour que je puisse la décrire. Alors que Peggy est douce, ronde et de plus en plus grosse, Bartlett, très mince et voûtée, a l'air d'une cuiller à soupe recourbée. Peggy et Annie sont « en alerte rouge » – « Ne te fie jamais à une cuisinière maigre » –, trouvent suspect son tablier immaculé, râlent qu'elle ne va pas se salir les mains à démembrer les anguilles et ne sait pas distinguer un hog's pudding d'une stargazy pie. Je n'ai pas osé dire à Peggy que, pour moi, le problème est précisément là : Caroline n'a jamais dû se remettre de la vue des têtes de sardines pointant hors de la croûte. On n'a pas mangé de plats traditionnels de Cornouailles depuis l'arrivée de Bartlett. Je n'avais jamais pensé qu'ils me manqueraient, mais en fait, si.

Aujourd'hui, à midi, elle nous a servi un saumon entier d'un rose féerique, piqué de médaillons de concombre, un plat beaucoup plus chic que ceux qu'on mange d'habitude. Les pommes de terre à l'eau étaient aussi lisses et blanches que des œufs, sans un seul œil boueux. L'argenterie a même été astiquée – on se fait des grimaces dans les miroirs des cuillers – et elle brille maintenant sur une nappe inconnue, un machin victorien à dentelles extrait des strates archéologiques de l'armoire à linge. Et on ne sait pas quoi faire des serviettes, pliées en éventails, que Barney s'amuse à feuilleter.

En plus, papa a accepté – scandaleusement – de faire subir au jardin ce que Caroline appelle un « rajeunissement » et Toby un « sacrilège ». Après avoir déclaré : « Les parterres deviennent envahissants ! » – ce qui nous a fait pâlir, Lucian et moi, à table –, elle a renvoyé les fidèles jardiniers des Lapins noirs (« figés dans le passé et plus vieux que les ifs ») pour en engager d'autres. Ils sont arrivés dans une camionnette noire, marquée en lettres d'or « Ted Duckett & Son », et ils ont commencé à tailler dans les roses grimpantes adorées de maman.

Caroline a aussi embauché un gros homme aux lunettes en demi-lune – et au petit doigt réduit à un moignon rosâtre – pour réparer les horloges (« un sacré travail », a-t-il grogné en fourrant son nez empâté dans les poids et les rouages de Big Bertie ;

Barney le regardait par-dessus son épaule, fasciné par l'horreur superbe de son moignon). Même si, à présent, les pendules sonnent juste, ça n'a pas trop changé notre sens de la ponctualité. On a tellement l'habitude d'ajouter plus ou moins une heure que ça nous a perturbés, et on s'est remis à estimer le temps d'après la hauteur du soleil et les gargouillis de nos estomacs.

Je suis sûre que si Caroline pouvait aussi engager un homme pour corriger nos réglages – nous faire à son image et oublier maman –, elle irait jusque-là. Sauf qu'elle ne le peut pas. Et ça l'exaspère. Vraiment. Elle a essayé la gentillesse – à coups de cadeaux ! – et la méchanceté. Sans succès. Quand elle entre dans une pièce, les murs se contractent, au point que même la salle de bal semble être un ascenseur confiné, bloqué entre les étages. Quand papa n'est pas là, elle ne feint même pas de nous aimer et nous toise tous, Lucian compris, avec irritation – l'air de penser qu'elle vivrait beaucoup mieux si on n'existait pas et si elle avait papa pour elle toute seule.

Lui refuse d'écouter la moindre plainte contre elle. Il se fie au son de cloche de sa femme – avant tout, j'imagine, parce qu'elle lui parle la première et peut ainsi ménager ses arrières. Quand je lui ai dit qu'elle nous traitait différemment en son absence, il a soupiré : « Caroline m'a prévenu que tu tiendrais ce genre de propos, Amber… » Et quand j'ai ajouté que je la trouvais acerbe, il s'est emporté : « Quelle ingratitude, elle qui a tant d'affection pour toi ! »

Curieusement, la présence de Caroline le plonge dans une passivité stupide : il erre dans le manoir d'un air absent, un whisky à la main, pendant qu'elle ne cesse de le resservir, en roucoulant de la voix douce qu'elle ne prend qu'avec lui : « Ne t'inquiète pas, je m'occupe de tout, mon chéri », comme s'il était un gros bébé. Pire, il a l'air de s'en ficher complètement.

Toby dit que papa est seulement soulagé d'être déchargé des responsabilités. Pour lui, la mort de maman l'a vieilli d'un seul coup, et les vieux sont comme les petits enfants : « Ils veulent qu'on les guide. »

Si je pensais que papa aimait vraiment Caroline, je ne le jugerais pas si durement. Mais c'est toujours elle qui lui prend la main, pas l'inverse. Elle qui caresse la jambe de son pantalon en velours côtelé. Elle qui attend impatiemment son retour. Ces jours-là, elle se met sur son trente-et-un et descend l'escalier sur des talons aiguilles, s'arrêtant sur la dernière marche pour regarder le portrait de maman, les sourcils froncés, comme une femme contemple amèrement son reflet dans la glace. Même si papa la complimente régulièrement – « Une charmante robe, chérie » –, il le fait sans beaucoup de passion. On ne voit pas de bécotages embarrassants comme avec maman, de longs baisers ni de danses en catimini dans le salon, de lueur attendrie dans les yeux de papa quand elle entre dans une pièce. Je pense qu'elle s'en rend compte. Quand il est à Londres, elle s'assied parfois à la table du dîner, le menton dans ses mains manucurées, et fixe tristement le fauteuil en face d'elle ; apparemment, elle ne s'était pas attendue à ce qu'il soit si vide.

En plus, elle devient soupçonneuse. J'en suis sûre. Lucian trouve que je m'inquiète sans raison – « Elle ne pourrait jamais deviner, Amber » –, pourtant, ces jours-ci, j'ai vu son regard tranchant nous découper l'un après l'autre, cherchant à élucider quelque chose d'incompréhensible. Et elle ne cesse de l'interroger :

où était-il ? avec qui ? pourquoi a-t-il des brins de paille sur la chemise ?

Je sens confusément que des choses prennent forme, même si je ne peux pas encore voir cette forme, qu'une série d'instants irréparables s'enchaînent à toute allure, s'orientant dans une direction comme les barbes d'une plume.

CHAPITRE 24

Lorna

Adossée à une colonne du lit de la suite nuptiale, Lorna range les photos dans leur enveloppe en soupirant. Saura-t-elle jamais pourquoi sa mère est allée plusieurs fois aux Lapins noirs ? C'est peut-être sans importance. Peut-être voit-elle trop de choses dans ces photographies et veut-elle à tout prix donner un sens à des événements qui sont dus au hasard. Peut-être sa mère aimait-elle juste l'allée du manoir. Oui, c'est possible.

Elle ne devrait pas ruminer ça. Elle doit faire ses bagages. Elle se redresse, examine la chambre – à la beauté un peu ternie par les souvenirs du jour où elle était droguée – en cherchant les objets qu'elle a laissé traîner. Elle oublie toujours quelque chose. Cette fois, c'est le bouchon de son rouge à lèvres, roulant près de la porte. À l'instant où elle se baisse pour le prendre, elle remarque des points étranges dans la poussière du couloir. Larges de deux centimètres, à un grand pas d'écart. Les marques de la canne de Mme Alton… Peut-être n'avait-elle pas imaginé que quelqu'un, sur le seuil, la regardait dormir. Une idée dérangeante.

Son bouchon ramassé, elle va dans la salle de bains pour remplir sa bouteille d'Évian. Il fait si lourd aujourd'hui qu'elle est déshydratée : elle en aura besoin. Le robinet rouillé crachote une eau très brune, encore plus que la veille. Sans doute à cause de la chaleur. Elle préfère s'en passer, ne voulant pas risquer d'être malade pendant son long trajet. Elle tâchera de trouver la cuisine. Là-bas, l'eau sera sûrement plus propre. Elle a encore le temps. Et elle pourra laisser son sac dans l'entrée.

Curieusement, Lorna se repère facilement, comme si la cuisine voulait qu'on la trouve. La pièce est grande, gaie et carrée, avec des murs bleu ciel à la peinture écaillée. Le soleil se déverse par la fenêtre sur une table accueillante qui semble être l'âme du foyer. En face se dresse un vieux fourneau, noirci par les ans et la graisse. Des casseroles en cuivre et d'énormes ustensiles émaillés pendent au-dessus des plaques. Des couverts – en argent noirci – dépassent de pots en céramique sur les plans de travail. Lorna imagine les cuillers tirées par des petits doigts impatients. Avise les jattes, les nombreux récipients… Le manoir a dû avoir une cuisinière zélée. La pièce est flanquée d'un garde-manger, à la porte percée de trous d'aération en forme de cœur. Lorna ne peut pas résister.

Là, elle reste bouche bée. Alors que le café, les sachets de thé et les pâtes de supermarché s'entassent sur l'étagère la plus accessible, les rayons du haut sont bourrés de produits qui paraissent plus vieux qu'elle – des conserves de pois aux étiquettes vintage, une boîte de viande Spam, pareilles à celles que sa grand-mère gardait au fond d'un placard. En entendant un léger bruit – une souris ? – elle referme la porte et s'éloigne.

Là. De l'eau. Plus de furetage. Plus de diversion. Elle doit remettre sa tête de Londres. Après s'être battue avec un robinet en cuivre au-dessus d'un évier de la taille d'une baignoire, elle en tire un filet d'eau torsadé qui semble moins malsain. Elle se penche, remplit sa bouteille… et son œil est attiré par le tablier bleu et blanc, suspendu au crochet près de l'évier. Il a quelque chose d'intrigant. Elle l'a déjà vu – mais où ?

Fouillant dans son esprit, elle cherche le rapprochement… Finalement, elle comprend : la gouvernante au fond des photos. Oui, pense Lorna : le joli visage rond… le tablier rayé… oui, c'est elle. Elle pose sa bouteille, décroche le tablier. C'est bizarre qu'il soit toujours là, enfin, peut-être pas, vu l'état du garde-manger. Elle le caresse du bout des doigts parce que l'étoffe a l'air douce et ancienne, qu'elle aime les vieux tissus… Et ses doigts ne cessent de revenir aux lettres brodées sur l'ourlet, les lissant dans un sens, puis dans l'autre, s'accrochant à la résistance des ans… jusqu'à ce qu'elle se retrouve sous sa couette Barbie avec une lampe de poche tremblotante, ses doigts effleurant l'encre des P sur son acte de naissance, encore et encore… trop de P pour qu'elle puisse jamais les oublier.

— Vous avez laissé ça dans votre chambre.

Dill pose son panier à œufs, sort les photos de la poche de sa blouse et les tend à Lorna. Elle ne parle pas du fait qu'elle l'a trouvée assise par terre dans la cuisine, le visage enfoui dans un vieux tablier. Elle a vu des choses bien plus étranges aux Lapins noirs.

Lorna peut à peine lever le bras pour prendre les photos. Elle s'est engourdie sur le linoléum – combien de temps, elle n'en a pas idée. Elle sait seulement que le rayon de soleil qui frappe les casseroles est épais et doré, et qu'il ne faisait pas aussi sombre quand elle est arrivée dans la cuisine.

— Je ne vous ai pas trouvée, annonce poliment Dill. On a dû renvoyer le taxi.

— Le taxi est parti ?

Lorna frotte ses yeux rougis, bien qu'elle soit trop bouleversée pour pleurer. Un cloporte chemine sur le sol, évitant une flaque formée par l'eau de la bouteille qu'elle a laissée tomber.

— Il est six heures passées.

— Mon train…

— Il n'y en a pas demain. C'est un jour férié. Seulement après-demain. (Dill sourit, hésitante.) Mme Alton sera contente que vous restiez encore une ou deux nuits.

Lorna sent ses cuisses collées au sol. Elle s'imagine éternellement coincée, pareille à un insecte sur un papier tue-mouche. Comment pourra-t-elle jamais s'en aller, prendre un train, retrouver la normalité de Londres – et sa vie d'avant ? Celle-ci paraît inaccessible.

Dill attend, indécise.

— Lorna, hum… tout va bien ?

Elle contemple le tablier sur ses genoux, la ceinture, lustrée là où elle était nouée. Elle imagine sa mère la desserrant au fil de sa grossesse. A-t-elle utilisé ce tablier pour cacher son état ? Était-elle célibataire ou mariée ? Son patron a-t-il abusé d'elle ? Oh, non, par pitié… Faites qu'elle ne soit pas le fruit d'un viol. Ça a toujours été une de ses pires craintes : découvrir que les gènes d'une brute couvent en elle.

— Une tasse de thé ? offre Dill, la main perdue dans ses cheveux, ne sachant trop que faire.

— Oui... merci.

Si seulement Dill quittait la pièce, elle pourrait tenter de rassembler tous ses morceaux, les gratter sur les murs, se reconstruire dans une forme reconnaissable.

Dill, avec un sourire timide, montre l'enveloppe dans ses mains.

— J'y ai jeté un coup d'œil, j'espère que ça ne vous fait rien.

— Oh...

Elle regarde l'enveloppe.

Non, ça n'est pas possible... Pourquoi sa mère est-elle si souvent revenue au manoir où vivait sa mère biologique ? Cela n'a pas de sens – et pourquoi risquer d'y venir avec l'enfant ?

— Je pense que c'est moi qui ai pris ces photos.

— Pardon ?

Lorna croit avoir mal entendu.

— Quand j'étais petite, je m'asseyais au bas de l'allée pendant que maman travaillait en haut, dans la maison. Je vous ai dit qu'elle était employée ici ?

Lorna secoue machinalement la tête. Elle ne sait pas. Elle n'a pas assez écouté. Ni ses intuitions ni rien de tout ça.

— Je grimpais dans un arbre, pour guetter le passage de mes amis. Mme Alton n'aimait pas voir les gosses du village dans le domaine, vous comprenez, donc je les attendais au bout de l'allée.

Quelque part, un déclic s'opère : les pieds d'une petite fille pendant d'une branche... des chaussures d'enfant éraflées... « Dites *cheese* ! »

— Elle était belle, votre mère, dans son manteau moutarde. Je ne sais pas pourquoi je me souviens de ce manteau.

Le manteau jaune… Elle l'avait oublié, et là, soudain, elle se le rappelle très bien : la laine pelucheuse, les gros boutons brillants… Sa mère le portait toute l'année : elle avait toujours froid.

— Elle restait là, dans l'allée, à regarder la maison comme si c'était… je ne sais pas… le palais de Buckingham. Chaque fois, elle me demandait si je voulais vous prendre en photo. Elle me donnait des caramels pour me remercier.

Lorna en a la chair de poule… Elle se rappelle un sachet de bonbons dans sa main. L'envie et la déception quand sa mère lui disait de l'offrir à une autre fille. La gamine aux chaussures… L'appareil photo…

— Vous aviez mon âge, mais de meilleurs habits et l'air plus exotique, comme vous veniez de Londres. Ça vous rappelle quelque chose ? Vous vous souvenez de moi ?

— Je… je pense. Oui, vraiment.

Dill secoue la tête, ébahie.

— Vous vous rendez compte ? Vous aviez tout à fait raison, Lorna. Vous êtes vraiment déjà venue ici.

Lorna baisse la tête sur le tablier.

— J'ai dit quelque chose ? demande Dill.

— Ce n'est pas vous, pardon… C'est le tablier… (Lorna tente d'expliquer, renifle.) Le nom brodé dessus.

Elle le lève pour le lui montrer.

— Regardez.

— Peggy, c'est ça. (Dill a l'air perplexe.) Peggy Mary Popple. Il était à ma mère.

Elle entend Dill l'appeler. Mais elle continue à courir, plus vite, aveuglée par le soleil du soir. Elle se heurte à la lessive sur la corde à linge, se bat avec les draps, fonce dans le potager, écrase les plants de tomate. Une tong vole de son pied. Le portail du potager claque derrière elle. Aux dalles du patio, chaudes comme des assiettes, succède l'herbe sèche épineuse, le gravier mordant dans la plante de son pied. Elle perd une autre tong, poursuit sa course. Elle doit se sauver, échapper à l'explication bégayante de Dill : son Big Bang à elle, aussi catastrophique qu'elle l'avait redouté.

Un thé dansant. Une étreinte avinée dans la salle paroissiale. Une gouvernante courtisée par un pêcheur scandinave – « de père inconnu » – qui l'a quittée pour un port étranger avant qu'elle connaisse son nom ou celui de son chalutier. Pas une jeune fille naïve, non : une femme plus mûre qui aurait dû se méfier, qui allait à l'église et rêvait d'épouser le boulanger, mais qui s'est retrouvée enceinte de jumelles – et n'en a gardé qu'une.

Une seule. Et ce n'était pas elle.

On ne l'a pas choisie.

Lorna accélère, laissant dans son sillage un panache de poussière. Toutefois, elle ne peut échapper à ce rejet. Elle pleure tant que sa vue se brouille. Elle n'a qu'un désir : s'enfoncer dans les bois. Disparaître.

— Waouh… Arrête !

Elle connaît cette voix. Qui vient d'une autre vie. Pourtant elle ne s'arrête pas. Elle distingue vaguement une voiture – grosse, gris sale –, entend son moteur regimber quand elle fait marche arrière dans l'allée. Des freins hurlent et une portière claque.

— Lorna !

Des bras l'étreignent. Elle se perd dans l'odeur du parfum et du shampoing, sanglote dans le cou de Louise comme un bébé.

Jon, lui explique Louise, s'est affolé quand il ne l'a pas trouvée à la descente du train. Personne, depuis, ne peut la joindre et il est coincé sur son chantier.

— Bon sang, Lorna ! Qu'est-ce qui s'est passé ? Pas étonnant que j'étais si inquiète. Je dois appeler la police ? Un médecin ?

Non, non. Lorna tente – vraiment – d'expliquer. Sauf que ça n'a pas de sens. Elle voit bien qu'au début Louise ne la croit pas. Qu'elle fait « Tut-tut… » pour la calmer, comme à Alf quand il dit des bêtises. Puis Louise remarque ses pieds sales, ensanglantés, et lui prend les mains.

— C'est *moi* ta sœur, dit-elle doucement. Lou et Lor, soudées par la hanche, tu te rappelles ? Lou et Lor. C'est tout ce qui compte. Souviens-toi… Le sort des fées.

Le sort des fées… Comment expliquer à Louise qu'avant tout était simple – avant qu'elle voie ce tablier –, et que désormais plus rien ne sera jamais aussi simple ? Maintenant, elle s'est coloriée, elle a rempli les blancs. Elle n'est plus un arbre généalogique composé d'une seule branche – un objet perdu à réclamer. Elle a un passé. Pas une belle histoire d'amour. Juste une petite faute inavouable. Un rejet. Une vraie sœur jumelle avec qui elle a peu d'affinités.

— Tu es triste, tata Lorna ? (Des petits doigts boudinés serrent son genou.) Tu as perdu les lapins ?

Curieusement, la vue d'Alf – son grand sourire, son impatience de voir son visage s'éclairer – l'aide à mieux respirer. Lorna essuie ses larmes, sachant qu'il a horreur qu'on pleure, sauf quand il y a un bobo pour l'expliquer.

— Alf, je ne m'attendais pas à te voir !

— Papa a dit qu'il y avait trop d'enfants pour qu'il s'occupe de moi en plus.

Derrière lui, Louise lève les yeux au ciel.

— Alors, maman m'a mis dans la voiture et m'a donné des chips au fromage. Papi n'a pas pris de carte parce qu'il a dit que les chauffeurs de taxi n'en avaient pas besoin. Mais il s'est perdu.

Lorna plaque une main sur sa bouche.

— Non, papa n'est pas venu !…

— Il a insisté. À l'entendre, il devinait ce qui a pu se passer. (Louise lui fait un clin d'œil, coule un regard discret vers la voiture.) J'ai cédé. Désolée.

Soudain, une portière s'ouvre et Doug, en chemise hawaïenne, sort laborieusement de la voiture dans la lumière du soir, en frottant ses yeux ensommeillés derrière ses lunettes.

— Ouah…

Lorna est si ébahie par la vue improbable de son père dans cette tenue ridicule qu'au début, elle ne sait comment réagir. Puis elle se ressaisit, furieuse.

— Tu savais, hein ?

— Papa, tu devrais discuter un peu avec Lorna. (Louise lui lance un regard dur.) Viens, Alf. On va se promener, partir à l'aventure.

Le visage rond d'Alf s'assombrit.

— Moi, je veux trouver les lapins noirs…

— C'est le nom de la maison, Alf. On pourra en parler pendant la balade, OK ?

Louise le prend par la main et l'éloigne. Mais il lui échappe, court vers Lorna et se colle à ses jambes.

— Ne sois pas triste, tata Lor ! s'écrie-t-il de sa voix trop forte. C'est moi qui vais trouver les lapins noirs !

CHAPITRE 25

Amber, août 1969

— Je ne veux pas de cette sale bête dans la maison !

La voix de Caroline porte à travers la terrasse, ricochant sur les murs du potager comme une poignée de clous.

Toby et moi cessons de nous quereller pour tendre le cou vers le jardin. Caroline apparaît en robe rouge, coupée en quatre par les lattes du portail, telle l'assistante d'un magicien. Les mains sur les hanches, elle domine Barney, qui berce quelque chose dans ses bras.

— De quoi elle parle, la vieille bique ?

Toby carre les épaules, prêt à se battre.

— Est-ce que je sais ? dis-je d'un ton sec, toujours fâchée contre lui.

On se disputait la dernière serviette qui ne sent pas le chien mouillé, mais en réalité, c'est parce qu'il s'obstine à venir nager avec moi. Je sais qu'il me surveille pour que je ne voie pas Lucian derrière son dos – je lui en veux à mort, car c'est bien ce que j'espérais faire – et qu'il préférerait de loin être seul dans sa cabane, à tirer sur les écureuils avec son pistolet.

À présent, sa cabane a trois ou quatre niveaux – difficile d'en juger – et il a cloué un calendrier sur une de ses planches pourries. Il s'en sert pour faire le compte à rebours jusqu'à ce qu'une météorite ou un truc aussi grave s'écrase en Cornouailles, chose prévue fin août, notre dernier jour ici. Il a calculé les probabilités statistiques de cet événement – pas si probable que ça, juste possible – avec un enthousiasme qu'il ne témoigne jamais en classe, et il attend avec délice une catastrophe imminente.

Je ne crois pas qu'il arrivera quoi que ce soit – encore une de ses prophéties morbides –, pourtant, bizarrement, ça renforce le piquant et le mélodrame de la fin des vacances. L'ambiance est très tendue, comme si chaque heure comptait.

Les jours qui raccourcissent sont aussi assombris par le fait que Lucian partira pour Oxford en septembre : l'idée d'être séparée de lui est presque insupportable. On se raccroche à de vagues projets d'évasion : s'enfuir à New York ensemble « le moment venu » – qui, de toute évidence, n'arrivera jamais –, et débarquer chez tante Bay. J'ai beau rêver de fugue – je me suis surprise à griffonner rêveusement, ce matin, un cercle vert autour de New York sur le globe –, la pensée de quitter ma famille est insoutenable. Puis-je vraiment briser le cœur de Toby pour sauver le mien ? Laisser Barney et Kitty à la merci de Caroline ? Que penserait maman si je les abandonnais ? Est-ce qu'elle me pardonnerait ?

Ces questions étant insolubles, j'en suis réduite à attendre de revoir Lucian à Noël en priant pour qu'avant personne ne nous découvre. Ce qui, en soi, serait un petit miracle. Même là, sur la terrasse, en maillot de bain et frigorifiée, je sens que je pourrais me trahir à tout moment.

— La voilà.

Caroline traverse la terrasse d'un pas martial et jette « Dîner à sept heures » à nos pieds quand elle passe rageusement.

— Au moins, je sais quand je dois m'éclipser, lance Toby, assez fort pour qu'elle l'entende quand on entre dans le potager.

C'est une vision étrange : assis dans le carré de fraises, Barney est blotti contre ce qui ressemble à un coussin noir. Il nous jette un sourire dont j'avais oublié l'existence : pur, large, dévoilant sa dent de lait qui menace de tomber depuis des jours.

— Qu'est-ce que c'est ? demande Toby avec méfiance, alors que c'est évident.

Et tellement incroyable... Je retiens Boris par le collier.

— Un lapin, répond Barney, radieux. Regardez.

— Un lapin ? (On s'approche pour vérifier que la boule de poils, au nez pointant par-dessus son bras, est bien vivante.) Sauvage ?

Il fait signe que non.

— C'est Lucian qui me l'a donné.

Toby retrousse les lèvres avec mépris.

— *Lucian ?*

Barney baisse la tête pour le caresser avec son menton.

— Oui, dans une caisse en carton. Il vient de l'animalerie.

— Je croyais que tu n'aimais plus les lapins... dis-je, comprenant où Lucian a filé ce matin, refusant de me dire pourquoi, glissant que ce serait une surprise.

— Je ne voulais pas le toucher, alors Lucian m'a aidé… Il a posé mes doigts sur ses oreilles et ça m'a fait bizarre. J'ai pas aimé et j'avais du mal à respirer, mais après, il m'a fait recommencer jusqu'à ce que ça soit bon.

Il lève vers moi des yeux brillants.

— Sens comme il est doux, Amber…

Je chatouille les oreilles du lapin qui pendent comme des chaussettes, impressionnée par Lucian qui, dans un geste adorable, perspicace, a guéri Barney de sa peur irrationnelle des lapins, réussi là où on a échoué. Même Toby doit le lui accorder.

— J'avais envie de l'appeler Lucian…

— Oh, mon Dieu… grogne Toby en enfouissant son visage dans ses mains.

J'essaie de ne pas rire.

— Mais il a dit que ce n'était peut-être pas une bonne idée. Alors, je l'appellerai Old Harry. Comme le ferry. Lucian dit qu'il s'habituera à ce nom. Même les lapins vieillissent.

— Bienvenue aux Lapins noirs, Old Harry.

Mes doigts tracent un chemin dans sa fourrure luisante.

— Bartlett va vite te mettre à la casserole, dit Toby en levant une des oreilles rigolotes du lapin pour jeter un coup d'œil dans un pavillon rose. Miam…

— Arrête, dis-je sèchement.

Le sourire de Barney se fissure déjà.

— Tu l'aimes pas ?

Toby hausse les épaules.

— Je ne suis pas sentimental avec les animaux.

C'est vrai. Il les aime, mais pas de cette manière. Il mangerait tout ce qui bouge.

— Je n'avais pas envie de l'aimer, Toby, jette Barney d'un air contrit. Je pensais que, si je le faisais, il arriverait malheur.

— L'amour ne porte pas malheur, Barney, dis-je en l'attirant dans mes bras.

Toby me jette un regard féroce.

— Qu'est-ce qui t'en rend si sûre ?

Avec une horreur impuissante, je sens mes joues s'empourprer. Elles brûlent d'autant plus que je sais ce qu'il va y voir.

— Tu cherches à me dire quelque chose ? lance-t-il. (Là, la matinée craque : la dispute autour de la serviette, le lapin de Lucian, les poings serrés de Toby ; puis elle se casse en deux.) C'est ça ?

— Ne sois pas bête, Toby.

Je me sauve, mon secret suspendu à un fil. Une secousse suffirait à me l'arracher, comme la dent de lait de Barney.

J'ai découvert que la vie ne tourne pas toujours autour des choses évidentes – les morts, les mariages, tous les trucs gravés sur les tombes – mais aussi autour des petites choses qui ne restent pas inscrites : les baisers, les lapins.

Depuis environ une semaine, Old Harry s'est mué en un petit dieu doué du pouvoir miraculeux de guérir Barney. Comme il convient à une telle créature, il dort la nuit dans le poulailler, sur un duvet en soie. Le jour, l'enfilade est son champ de courses. Kitty le promène dans l'entrée sous des couvertures dans son berceau de poupée, l'appelant Bébé Harriet quand Barney n'entend pas. Même Peggy, qui trouve les lapins nuisibles et reste détraquée par un virus qui la fait vomir le matin, lui donne ses carottes les plus sucrées avec ses doigts.

Caroline, bien sûr, a revendiqué l'exploit : Old Harry est une preuve vivante de la nature bienveillante de Lucian – comparée au caractère brutal de Toby – et, par procuration, de ses propres prouesses maternelles. Elle a transformé Old Harry en une chose qui oppose Lucian à Toby, Toby à papa et le passé à l'avenir ; pas étonnant que Toby déteste ce lapin, qui détale toujours à son approche. Il y a quelques jours, j'ai entendu Caroline susurrer : « Hugo, chéri, Lucian me rappelle tellement toi il y a vingt ans, tu sais... N'est-ce pas étrange que vous soyez si proches, physiquement et mentalement, et toi et Toby si différents ? » Elle s'est interrompue dans un silence que papa n'a pu que ponctuer par un sourire perplexe. « Nous devons trouver un réconfort dans le fait qu'il y a maintenant, dans la famille, un jeune homme qui partage ta vision des choses et puisse, en cas de malheur, s'occuper de Pencraw... »

Pire, papa a invité Lucian à écouter du jazz dans la bibliothèque. Il n'avait jamais fait ça avec Toby. Ça me rend folle de le voir faire des efforts pour connaître Lucian, alors qu'il ne cherche jamais à mieux comprendre Toby. Il a peut-être peur de ce qu'il découvrirait. Ou il croit peut-être le connaître déjà. Eh bien, il se trompe. Papa ne sait rien de Toby, pas plus qu'il ne me connaît aujourd'hui. Il ignore qu'on est tous les deux bien différents de ce qu'on était au début des vacances, que tout a changé.

Je pense que les adultes s'érodent avec le temps, à l'image des rochers attaqués par la mer, tout en restant pareils, juste plus lents et grisonnants, avec ces drôles de rides verticales devant les oreilles. Les jeunes, eux, se transforment de semaine en semaine. Nous connaître, c'est courir à côté de nous, comme quand on veut héler un passager par la fenêtre d'un train en marche.

Caroline ne frappe pas.

— Pas encore habillées, les filles ?

Je cache ma nuque sous mes doigts, là où la bouche de Lucian a laissé une trace rose. Kitty, couchée sur mon oreiller, lève légèrement les yeux, puis continue à construire son tipi en épingles à cheveux.

Caroline regarde avec colère les chaussures et les livres semés sur le tapis, les culottes traînant sur le fauteuil.

— Cette chambre est indécente, Amber. Range-la. Tout de suite. À présent, Peggy devra se concentrer sur les pièces de réception. Je ne veux pas qu'elle gâche sa journée de travail à vous faire la leçon, d'autant que ses problèmes digestifs la distraient beaucoup…

Je commence à empiler les romans dispersés. Pauvre Peggy. Ce n'est pas sa faute si elle est mal fichue.

— Je t'ai apporté des robes neuves.

Caroline laisse tomber sur mon lit une gerbe de vêtements qui sentent le catéchisme.

— Moi, je n'ai jamais de nouveaux habits, soupire Kitty, en ajoutant une autre épingle à cheveux à son tipi.

Elles s'écroulent toutes, s'éparpillant comme des allumettes.

Je lève une robe chasuble longue jusqu'au mollet, boutonnée jusqu'au cou, la plus laide que j'aie jamais vue.

— Berk… fait Kitty, compatissante.

La robe suivante est encore pire, d'un jaune blafard et coupée dans un tissu rêche.

— Il serait poli de dire merci, Amber, jette sèchement Caroline.

— Kitty aussi n'aimerait pas les porter, note sagement ma petite sœur. Et Doudou non plus.

— Tais-toi, Kitty.

Caroline pince les lèvres. La lumière matinale, filtrée par le lierre, lui donne un air d'irritation presque maladif.

— C'est… c'est vraiment généreux de votre part, Caroline…

— Je veux que tu t'habilles correctement. Te voir plus élégante. J'ai appelé une coiffeuse qui doit venir demain.

— Une coiffeuse ?

Lucian aime mes cheveux comme ils sont. Il m'a fait promettre de ne jamais les couper.

Sans répondre, elle ouvre les portes de ma penderie et écarte avec dédain mes robes préférées sur la tringle.

— Je vais me débarrasser de ces horreurs.

— Oh, non ! Pas celles-là… (Je ne peux pas lui avouer que j'ai apporté toutes mes tenues londoniennes favorites parce que je savais que Lucian viendrait et que je ne voulais pas être réduite à porter les vieilleries laissées aux Lapins noirs.) … On ne peut rien leur reprocher.

— Rien leur reprocher ? réplique-t-elle en les posant sur son bras. À part ton père, tout le monde pourrait remarquer que tes robes sont trop moulantes et ridiculement courtes, Amber. Pas du tout convenables pour une fille de ton âge. Tu es trop…

Ses yeux fusillent mes seins. Je croise les bras sur ma chemise de nuit, humiliée. Elle me scrute pendant une éternité, en tripotant les perles sur sa gorge comme si elle s'était oubliée, puis tourne les talons en lançant d'un ton brusque :

— Habillez-vous, les filles, et descendez prendre votre petit déjeuner avant midi.

Ne pouvant supporter que Lucian me voie dans un truc aussi moche, j'écarte la robe chasuble pour mettre celle que j'ai achetée avec Matilda à Chelsea – pêche, juste au-dessus du genou, avec des boutons de la taille des biscuits – et je la porte à table par défi.

Les yeux de Caroline la découpent comme des ciseaux. Pourtant elle n'émet aucune objection. À la place, elle pose calmement son couteau sur la nappe immaculée et se tourne froidement vers Lucian.

— Chéri, j'ai pensé qu'on pourrait inviter Belinda ce week-end. Avant que tu partes à Oxford. Il ne reste plus beaucoup de week-ends avant la rentrée.

Une miette de pain grillé ne passe pas dans ma gorge. Je tousse, crache et prends précipitamment un verre d'eau, qui gicle sur ma poitrine.

— La maison n'est pas vraiment le genre de Belinda, fait-il en s'efforçant de paraître désinvolte.

— Ne dis pas de bêtises. Elle adorera Pencraw. (Caroline reprend son couteau, étale une fine couche de beurre sur un toast.) Jibby Sommerville-Rourke, sa tante, tu te rappelles ? Au mariage. Ce fâcheux zézaiement…

Lucian hoche la tête, me lance un regard alarmé. Soudain, je suis très contente que Toby n'ait pas pris la peine de descendre au petit déjeuner. Il remarquerait aussitôt notre gêne.

— Eh bien, la pauvre m'a encore *harcelée* pour que j'invite sa nièce. Avec elle, bien sûr, comme chaperon. Elle assure que Belinda a attendu une invitation tout l'été mais que l'on s'est montrés, inexplicablement, évasifs.

Elle se penche vers Lucian, qui recule légèrement.

— Je pense que tu lui manques, chéri.

Je joue avec un bouton de ma robe, les joues en feu, la gorge serrée. Belinda. La riche et belle Belinda...

— En fait, ce week-end, j'avais prévu d'aider Toby. (À présent la voix de Lucian est oppressée.) Il veut construire un truc sur la rivière, pas vrai, Barns ?

— Un pont de cordes. (Barney lèche la cuiller d'un pot de confiture. Il sourit.) Brrr... Sans garde-fou.

— Les meilleurs, dit Lucian, feignant vainement de prendre les choses à la légère.

— Toby ne voudra pas que tu l'aides, observe gaiement Kitty. Il n'aime pas ça, tu te rappelles ?

Caroline sourit discrètement, ravie d'avoir une nouvelle preuve de l'hostilité de Toby. Je sais qu'elle le répétera plus tard à papa.

— J'ai très envie de rencontrer Belinda... J'adore ce nom, Belinda... poursuit Kitty, exaspérante. Il y a une fille à l'école qui s'appelle comme ça. Elle a la natte la plus longue de la classe. Sa nounou l'attache avec un ruban rose.

— Ta sale petite poupée traîne dans la confiture, Kitty. Enlève-la, s'il te plaît.

Caroline se retourne vers Lucian et ajoute, plus sévèrement :

— Tu n'as pas vu tes amis depuis des semaines, Lucian. Ça te ferait du bien de renouer un peu avec la société civilisée avant d'y retourner. Et tu as parfaitement le droit de les inviter au manoir. C'est aussi chez *toi*, maintenant. (Elle jette un coup d'œil au siège vide de Toby.) Ne laisse personne prétendre le contraire.

— Alors, j'exercerai mon droit à ne pas les inviter, réplique très vite Lucian. Ni Belinda. Ni les autres.

Silence terrible. Les murs de la salle à manger deviennent encore plus rouges.

— Je vois, dit Caroline d'un ton crispé. (La veine tremble sur son front.) Bien, pour l'instant, n'en parlons plus. Je ne peux pas supporter une telle passion avant neuf heures. Je ne peux vraiment pas.

Le lendemain, la coiffeuse – une grosse femme à la frange épaisse, pareille à un couvercle – monte lourdement l'escalier avec une sacoche en cuir et un air de résolution funeste.

— On croirait un médecin qui vient pour une amputation ! blague Toby d'un air sinistre, puis il file dans les bois pour songer à des pluies de météorites.

La coiffeuse – Betty, annonce-t-elle d'une voix tendue, préférant de toute évidence rester anonyme – s'installe dans la cuisine, à l'écart des ouvriers qui sont arrivés tôt ce matin et arpentent l'étage en faisant Dieu sait quoi. Elle dispose son matériel – peigne, ciseaux, bocal de pommade – sur la table avec des gros doigts de boucher. Bartlett lui offre du thé et un gâteau, qu'elle mastique longuement en jouant des ciseaux.

J'insiste pour être la dernière à me faire couper les cheveux et m'assieds sur le tabouret en la regardant procéder avec inquiétude.

Elle n'est pas aussi brutale qu'elle en a l'air. Lucian est encore plus beau avec sa nuque rafraîchie et ses pattes raccourcies. (Je ramasse une de ses mèches noires et la glisse dans ma poche.) Elle ne massacre pas les boucles de Kitty. Barney n'a plus besoin de cligner des yeux sous sa frange. Il détale, son lapin sur l'épaule, en agitant les doigts comme une queue derrière son dos.

— Maintenant, à toi, chérie.

La coiffeuse me montre la chaise de la cuisine, en écartant du pied le tas de cheveux.

Je m'assieds très droite, les mains croisées sur mes genoux, et lui déclare d'une voix ferme qu'elle ne doit pas couper plus de trois centimètres. Une odeur de scalp monte de ses doigts lestes pendant qu'elle manie le peigne et les ciseaux froids. Cela dure des heures.

— Voilà, dit-elle enfin, en rangeant rapidement ses affaires dans son sac.

Ma tête ne pèse plus rien, j'ai l'impression qu'elle pourrait se détacher de mon cou et flotter comme un ballon. De longues langues rousses s'éparpillent sur les dalles. Je passe la main derrière ma nuque, où mes cheveux devraient danser, mais ils n'y sont plus : ils effleurent mon cou.

Je m'enfuis, horrifiée, pour chercher un miroir. Lucian est la première personne que je vois, rôdant près de la porte du vestiaire, comme s'il m'avait attendue pendant tout ce temps.

— Ne me regarde pas ! (Je tiens ma tête dans mes mains, les yeux brûlants de larmes.) Non, ne regarde pas !

Il m'attire derrière la porte et picore ma nuque de baisers, qu'il peut mordre maintenant, dit-il, comme un vampire, et arrive malgré tout à me faire sourire.

En entendant quelqu'un dans l'escalier, on s'écarte d'un bond.

J'ai un peu moins l'impression que c'est la fin du monde jusqu'à ce que j'entre dans la chambre de Toby. Couché par terre, les pieds nus sur le mur, il pèle une pomme verte au-dessus de sa tête avec son canif.

— Regarde, dis-je, cherchant un compliment. (J'ai toujours besoin qu'il m'approuve.) Regarde ce qu'a fait la coiffeuse !

— Ouais, elle t'a coupé toute ressemblance avec maman, murmure-t-il avant de retourner à sa pomme. Je savais qu'elle le ferait.

Je hurle :

— Tu aurais pu me prévenir !

Puis je sors en claquant la porte. Je l'entends me lancer :

— Mais je l'ai fait !

— Toby, il est arrivé quelque chose ! dis-je, essoufflée, en rouvrant sa porte quelques minutes plus tard.

Il est exactement là où je l'ai laissé, la pelure de sa pomme formant une longue spirale ininterrompue, dévoilant la chair blanc-vert du fruit.

— Tu m'as déjà montré tes cheveux. (Une dernière torsion du canif et la peau tombe par terre.) Ils vont repousser.

— Non, pas ça. Un truc beaucoup plus grave.

Il me dévisage, perplexe.

— Mais rien ne doit arriver avant le dernier jour des vacances...

— Aucune de tes folles catastrophes planétaires. Un truc vraiment affreux. Dans le hall. Viens... Viens voir.

Le portrait qui remplace celui de maman est autrement plus grand. Pas seulement par la taille. La présence de Caroline semble déborder du cadre doré, répandant sa froideur dans l'entrée. Le tableau rend à la fois son image – même s'il la rajeunit de plusieurs années – et, d'une certaine façon, le degré de son ambition.

— *La salope…* siffle Toby entre ses dents. Quelle conne…

Il laisse tomber sa pomme sur le carrelage et sort son canif de sa poche.

— Je vais le vider comme un poisson…

Je lui saisis le bras et le canif oscille.

— Non. Papa le décrochera quand il reviendra.

— Papa ! Tu as encore confiance en lui ? (Il se dégage.) Tu ne comprends pas ce qui se passe ici ?

— Il adore le tableau de maman. Il ne laisserait personne l'enlever de l'entrée.

— Ah oui ? Tu ne piges pas, Amber ? Maintenant, ce n'est pas une question d'amour, mais de pouvoir. D'argent.

— Quoi ?

— Caroline est riche. On est pauvres.

— Ne sois pas ridicule…

— Papa s'est planté sur toute la ligne, Amber. Il s'est complètement ruiné depuis la mort de maman. Déjà qu'il n'avait pas grand-chose, pas assez pour entretenir cette maison, en tout cas. Franchement, j'ai vu toutes les factures impayées, celles qu'il cache dans les tiroirs de son bureau.

— Le manoir n'a jamais été chic. Ça ne dérange personne…

— Si, *Caroline*. Et elle va continuer à investir dedans jusqu'à ce qu'il soit à elle.

— Il est toujours à papa. À nous. À toi.

Le visage de Toby se ferme, froid, impassible.

— Celui que tu prends pour papa n'est plus papa. Ce n'est plus le même.

— Non, dis-je, refusant d'y croire. Ce n'est pas vrai.

— Chacun de nous a changé, hein ? lance-t-il d'un air éloquent. La faute à Caroline et à Lucian.

— Cela n'a rien à voir avec Lucian.

Je lâche ces mots sans réfléchir, tentant instinctivement de le défendre.

— « Cela n'a rien à voir avec Lucian… » singe-t-il d'une voix de petite fille. Lucian, l'amoureux des lapins… Lucian, le fils parfait… Bon sang, quand est-ce que tu te vas te *réveiller*, Amber ?

Je tremble, craignant de me trahir. Je m'avance vers la porte, mais il m'arrête.

— Écoute… (Il me prend par le bras, agite son canif vers le portrait.) Ça, c'est rien. À peine le début, juste une mise en train. Toutes les traces de notre famille auront bientôt disparu, effacées de la maison, exactement comme ce tableau. Et parce que maman survit en nous, elle nous effacera aussi. Surtout toi. Oui, toi, Amber… À ses yeux, tu *incarnes* maman. Tu lui ressembles de plus en plus. C'est pour ça qu'elle t'a fait couper les cheveux et te force à mettre ces robes infectes ! Tu ne vois donc pas ? s'écrie-t-il, comme si tout était ma faute. Se débarrasser de *toi* est son seul moyen d'extirper les dernières traces de maman !

Je n'ose pas suggérer qu'à mon avis elle cherche peut-être à m'enlaidir le plus possible parce qu'elle nous soupçonne, Lucian et moi. Je ne peux pas courir le risque de semer cette idée dans sa tête, la sombre graine qui attend son heure pour percer à la lumière, comme une ronce dans la terre.

— Dans une génération, le manoir n'aura plus rien à voir avec les Alton. (Toby lève les yeux vers le portrait, écrasé par sa taille.) Il ne sera peut-être même plus là. Elle le vendra. On le transformera en appartements, en maison de retraite ou un truc comme ça.

— N'importe quoi... dis-je, la voix tremblante. Tu es le fils aîné, l'héritier.

Toby lâche un rire forcé.

— Caroline intrigue pour me faire évincer par Lucian, et tu le sais.

— Lucian n'accepterait jamais...

Il se tourne vers moi, me jetant à la figure son haleine douceâtre.

— Comment tu le sais ? Comment, *toi*, tu serais fichue de savoir ce qu'il peut faire ou pas ?

— Parce que...

Je ne peux pas finir.

— Parce que quoi, Amber ?

Il plisse les yeux. Une lueur froide brille entre les barbelures rousses de ses cils.

— Il est de ton côté.

— C'est ce qu'il te dit ? Tu es aussi naïve ?

— Il n'est pas responsable de tout.

Je sais que je devrais me taire, mais j'en suis incapable. Si seulement j'arrivais à lui faire comprendre...

— *Je t'interdis*... de le défendre. (Il parle très calmement, en grondant à voix basse. Ses yeux sont hagards, ses pupilles dilatées.) Pas quand j'ai un couteau à la main.

— Tu vas faire quoi ? Me poignarder ?

Je tends un bras et le presse contre le canif, le défiant de l'enfoncer dans ma peau. Quelque chose en moi – fureur, frustration, amour – se libère. Je hurle :

— Comme ça, tu m'auras pour toujours, n'est-ce pas ? Tu veux m'enfermer dans ta chambre, m'asseoir sur le fauteuil et… m'y laisser jusqu'à ce que je pourrisse ? Après, tu poliras mes os pour les mettre dans ta collection ?

Toby, blessé, écarte son canif.

— Quoi ? Qu'est-ce que tu racontes ?

— Tu – ne – me – lâcheras – pas…

Je sanglote, toutes mes larmes jaillissant à la fois.

— Je ne te ferai jamais de mal. Jamais.

Il jette le couteau, qui tinte sur le carrelage, et me secoue par les épaules pour tenter de m'arracher quelque chose. Je continue à bredouiller, lui à répéter : « Arrête, arrête »… jusqu'à ce que je me calme.

— Tu te rappelles ce qu'on s'est promis quand maman est morte ? souffle-t-il. (Je ferme les yeux pour ne pas le voir. Mais comme il est aussi en moi, c'est impossible.) Tu te rappelles ?

Je veux dire oui, mais la culpabilité fige le mot sur mes lèvres.

— Regarde-moi. (Il cherche quelque chose dans mes yeux. Je les détourne pour qu'il ne le trouve pas, mais il lève brutalement mon menton, me forçant à croiser son regard.) Toi. Moi. Nous deux. *On ne se quittera pas*. C'est ce qu'on s'est juré. Dis-moi que tu te rappelles. Dis-le. À voix haute.

— On ne se quittera pas, dis-je dans un murmure, et mes yeux se gonflent de larmes.

CHAPITRE 26

Lorna

— Tu n'a pas le droit de faire le tri dans tes souvenirs, papa. Plus maintenant.

Furieuse, Lorna tourne le dos à son père. Mais elle le sent toujours derrière elle, effondré sur la pelouse desséchée, la tête dans ses mains. Elle hésite juste un instant avant de remonter l'allée vers le manoir, qui miroite comme un mirage dans la chaleur de cette fin d'été.

— Sheila a pu évoquer une grande maison un jour… lance-t-il mollement.

Lorna se retourne.

— Quoi ?

Doug se frotte le visage. Il a passé presque toutes ses années de mariage à contourner le sujet : il a du mal à se défaire de cette habitude, même aujourd'hui où cela compte plus que jamais. Le récit embrouillé de Lorna – un nom brodé sur un vieux tablier, une jumelle inconnue – l'a chamboulé.

— Elle a dit que la dame, à l'agence d'adoption de Truro, avait laissé échapper une information.

Lorna revient en courant, s'agenouille dans l'herbe, le visage près du sien pour saisir la moindre parcelle de vérité dans ses yeux bruns.

— Maman a parlé du manoir de Pencraw ?

— Je n'en suis pas tout à fait sûr. Mais je pense qu'elle a pu... (Il baisse les yeux sur ses mains, penaud.) Ou d'un autre du même genre. Ils se ressemblent tous...

— Alors, c'est pour ça que tu ne voulais pas qu'on se marie ici ?

Dommage que Louise ait préféré les laisser seuls pour disparaître avec Alf dans les bois. Elle ne l'aurait jamais laissé éluder les questions difficiles.

Il acquiesce, en nage, desserre le col de sa chemise.

— Je savais que ça ne présageait rien de bon. Et j'avais raison, non ? (Il a l'air épuisé, vieillissant à vue d'œil.) Regarde-toi... Ça me brise le cœur.

Les larmes lui montent aux yeux. Il les essuie d'un revers de main.

— Ta vie est avec Jon, maintenant. Pas ici.

— *Ici aussi*, papa. Et je pense qu'une partie de moi le savait. Je l'ai perçu dès que j'ai mis les pieds dans cette maison. Dans l'escalier. Cet instant sur les marches...

— Pardonne-moi, chérie. Je suis désolé...

Elle secoue la tête en refoulant ses larmes.

— Et maintenant, je sais que je suis foutue, pas que je pourrais l'être, dit-elle farouchement. Que je le suis vraiment.

— Lorna, arrête... Tu ne l'es pas du tout.

— La jumelle rejetée ! Enfin, c'est évident !

— Tu es bien plus solide que ça, Lorna, tu le sais.

— Tout ce que je sais, c'est que Jon vient d'une bonne famille normale et qu'il ne voudra pas de ça

dans sa vie, et je peux le comprendre : la mère de
ses enfants, transmettant ses problèmes à ses gosses...
Je ne crois pas...

Les larmes lui lient la langue.

— Pourquoi Jon penserait-il une telle chose ? Il
t'adore, Lorna. Et tu es épatante avec les gamins.
Tu l'as toujours été.

— Et si je suis comme ma mère biologique ? Une
femme capable de choisir entre ses jumelles ! Quel
genre de femme pourrait faire *ça* ? Voilà ce qu'il
pensera. Ce que... je pense, moi, conclut-elle, désespérée, la tête dans les mains.

— Oh, chérie... Viens contre moi. (Il la serre sur
sa poitrine. Elle entend le ba-boum de son cœur.
Il sent le thé, la lessive, la sueur.) Tu te laisses
emporter...

Non. Mais une chose est devenue affreusement
claire. Elle s'écarte de lui.

— Je ne peux pas épouser Jon. Je vais l'appeler
pour le lui annoncer. (Elle fouille dans son sac et
cherche son portable.) Je ne peux pas lui infliger ça.

Doug l'empoigne par les épaules.

— Arrête ! arrête !... Tu te rappelles ce que disait
mamie ? Ne prends pas de décisions importantes
quand tu es bouleversée. (Il montre le portable dans
la main tremblante de Lorna.) Remets ça dans ton
sac. Demande-moi ce que tu veux. Je te raconterai
tout ce que je sais.

Elle s'essuie les yeux et range son portable.

— Je veux toute l'histoire, papa. Ne laisse rien
de côté.

Si on ignore le début de son histoire, s'aperçoit-elle,
même un début pas très joli que l'on n'écrirait pas

si on pouvait l'éviter, on est dans l'incapacité d'en comprendre le milieu, encore moins la fin.

Il respire longuement, tâchant de gagner du temps.

— Bon, pour commencer, il faut se rappeler que l'agence d'adoption ne révélait pas grand-chose à l'époque. Et ta mère faisait tant de mystères...

— Arrête. Tu essaies de me faire croire que tu connais le poids d'un cachalot, le Top Ten de mars 1952 et tous ces trucs à la con... mais pas les origines de ta fille ?

Il grimace.

— Hum... oui. Plus ou moins...

— Bordel !

— Je m'en contrefiche, que tu viennes de la soupe originelle ou du palais de Buckingham... Tu ne comprends donc pas ? (Il rentre, d'un geste tendre, une boucle de cheveux humide derrière l'oreille de sa fille.) Tu étais ma belle Lorna. Tu l'es encore. Tu le seras toujours. Peu m'importe d'où tu sors.

Les yeux de Lorna lancent des éclairs.

— Pour *moi*, ça change tout.

Doug semble vraiment dérouté.

— Mais tu as toujours prétendu le contraire... Tu nous as dit, à Sheila et à moi, que tu ne souhaitais pas chercher tes parents biologiques. Si tu l'avais voulu, nous t'aurions aidée.

— Comment maman m'aurait-elle aidée, vu qu'elle ne pouvait pas prononcer le mot « adoption » sans avoir l'air de sucer un frelon ? Pourquoi personne n'en *parlait*-il jamais ?

— Au... aujourd'hui, ça paraît impensable. Vois-tu, ta mère avait fait beaucoup de fausses couches – cinq, en tout – avant de t'avoir. Elle avait perdu tellement de bébés, ça l'avait tellement déchirée, Lorna... et l'idée que tu… ne sois pas entièrement à elle, que tu puisses vouloir chercher une autre mère un jour, était trop douloureuse.

— Moi aussi, j'avais des sentiments… et des droits, murmure Lorna.

Elle avait su, pour les fausses couches, mais pas qu'il y en avait eu autant. Pauvre maman… Pas étonnant que, parmi ses souvenirs de sa mère enceinte de Louise, elle se rappelle l'avoir vue couchée de longs mois, de peur de perdre ce bébé miraculeux.

— Les années soixante-dix, quatre-vingt, c'était une autre époque. Personne ne parlait de rien aux enfants, pas comme on fait maintenant. (Doug fronce les sourcils.) On ne disait même pas à certains qu'ils avaient été adoptés. On pensait que c'était mieux. Pour ne pas embrouiller les choses.

— Pourquoi, alors, venir en Cornouailles ? Pourquoi ne pas l'éviter ?

Le visage de Doug s'adoucit.

— Elle adorait la région, elle l'a toujours aimée. Déjà, petite, elle y était venue. Et elle avait l'impression que c'était cette terre qui t'avait… donnée à elle, en quelque sorte. Ça a été le plus beau jour de sa vie, Lorna, celui où on t'a mise dans ses bras. C'est arrivé si vite. On a reçu l'appel juste quelques jours avant. Un bébé de Cornouailles, ça nous intéressait ? Pour Sheila, c'était le destin.

— Je ne comprends toujours pas pourquoi elle m'a emmenée voir cette maison. Cela n'a pas de sens, papa. Vraiment pas.

— Là, je suis d'accord avec toi. Elle était assez fantasque pour ces choses-là. Elle se montait la tête avec tous ces stupides romans à l'eau de rose…

— Elle n'en avait pas besoin. Elle avait ses secrets et son mélo à elle, hein ? Mais elle les cachait bien.

Doug lui prend la main.

— Lorna, je suis sûr qu'elle t'aurait tout raconté un jour.

— Un jour ? Papa, j'ai trente-deux ans !

— Elle ignorait qu'elle allait perdre pied, hein ? (Ses yeux rougissants l'implorent de comprendre.) Personne ne sait exactement quand il va mourir. Sinon, tout le monde soulagerait sa conscience à temps, Lorna.

— Mon Dieu… (Elle plaque une main sur sa bouche.) Papa, tu as raison…

Il n'y a pas de temps à perdre. Elle saute des bras de Doug. Si elle court assez vite, elle arrivera peut-être à remonter le temps, à percer un fin trou de lumière dans les ténèbres.

* * *

Dill écarquille les yeux et lâche sa balayette au milieu du salon. Lorna halète, les mains sur les genoux. Quand elle relève la tête, elle cherche un déclic dans ses prunelles, la reconnaissance du sang. Elle ne trouve qu'une lueur incrédule.

Dill sourit d'un air emprunté.

— Salut.

Que doit-on faire face à une sœur que l'on connaît à peine ? L'embrasser ? La serrer dans ses bras ? Lorna n'est pas prête à ça. Elle bredouille quelque chose d'improbable : son père, son neveu et sa sœur viennent d'arriver aux Lapins noirs – le mot « sœur » laisse un malaise dans son sillage –, et elle doit trouver Mme Alton de toute urgence, avant qu'il soit trop tard.

Dill ne demande pas pourquoi – peut-être le devine-t-elle, songe Lorna – et lui suggère d'aller voir sur le banc, au-dessus de la falaise. De chercher la voiture de sport bleue. Elle remarque les pieds nus de Lorna. Voudrait-elle des chaussures ? Il y a beaucoup de guêpes par terre, à cause des fruits tombés.

Oui, songe Lorna, les pensées se bousculant dans son esprit. L'automne arrive, avec ses pommes à cidre. Et, après la récolte, la mort et la décomposition. Mme Alton pourrait mourir à l'instant et se mettre à pourrir, comme une pomme gâtée. Pourquoi ne mourrait-elle pas à cette seconde ? Dans dix minutes ? Voire cinq ? C'est ce qu'a fait sa mère, après tout. Elle est morte, emportant ses secrets avec elle. Lorna ne laissera pas l'histoire se répéter.

Elle s'éloigne de la maison aussi vite que lui permettent ses bottes en caoutchouc trop lourdes. Elle ne s'arrête qu'à la lisière des bois, hors d'haleine, les doigts sur le métal écaillé du portail : tout a commencé ici, réalise-t-elle soudain, en humant l'odeur sirupeuse des pins. Les bois – l'arbre – lui ont donné accès à tout le reste.

Un cri d'enfant. Lorna tressaille, ne sachant si elle l'a entendu dans le vacarme de sa tête, puis le boomerang du rire d'Alf fuse entre les arbres : Alf riant de son propre rire. Barney riait peut-être ainsi, pense-t-elle en fermant les yeux, absorbant ses éclats en elle, les laissant la remplir d'une force étrange.

Elle coupe à travers champs, sans se soucier des vaches qui s'avancent lourdement vers elle. Au troisième tournant de la route de la falaise, elle entend quelque chose claquer – comme une tente s'arrachant à ses piquets – et repère la capote déchirée d'une voiture à travers la haie. Au-delà, Mme Alton, perchée sur le banc avec sa canne, contemple une mer passant du bleu au vert. Une brise agite le haut de la falaise, jouant avec sa cape et ses boucles grises.

Lorna hésite, près de battre en retraite. Veut-elle vraiment connaître les réponses à ses questions ? Serait-il possible qu'elle et Jon ne reparlent jamais des Lapins noirs ? Qu'ils effacent cet été de leur mémoire ? L'espace d'un instant, elle s'accroche à l'idée que ça pourrait marcher, qu'elle pourrait rebrousser chemin et fourrer le passé dans une boîte, comme l'a fait sa mère. Puis elle s'imagine Peggy Popple assise sur ce banc – il y a plus de trente ans, pourtant la mer, les sons et les odeurs sont les mêmes –, ses mains desserrant son tablier pour se poser sur le renflement charnu de ses bébés, nageant dans leurs eaux noires... et elle sait qu'elle ne peut pas revenir en arrière. Il est déjà trop tard.

— Madame Alton... dit-elle doucement.

Un frisson de reconnaissance parcourt la vieille dame, mais elle ne se retourne pas.

— Je peux ?

Lorna s'approche d'elle et s'assied. Elle sent le bois frais et humide sous sa robe, les bottes en caoutchouc lourdes sur ses pieds.

— Bien sûr.

Sous la lumière cruelle reflétée par la mer, elle distingue des grains de poudre collés aux cils de la douairière. Ses traits d'hermine sont tirés. Son épais maquillage ne peut cacher les cernes mauves creusés sous ses yeux. Elle a une mine affreuse.

— Madame Alton, il faut que je vous parle.

— Oh, oui… soupire la vieille dame de l'air résigné d'une femme qui sait que l'interrogatoire est inévitable.

— C'est à propos de… (les mots se coincent dans sa gorge) ma mère.

— Dill m'a prévenue. Elle jacassait comme une pie. Je me demandais ce qui lui prenait.

— Vous… avez connu ma mère ? bredouille Lorna.

Quelque chose – la peur, l'excitation, le sang – déferle en torrent dans sa tête.

— Trop bien.

Son visage reste insondable.

— À quoi ma… ressemblait-elle ?

Un courlis pique vers la falaise, froissant l'air de ses ailes.

— À quoi *ressemblait*-elle ? répète Mme Alton, ce qui rend la question encore plus triviale, sans commune mesure avec la gravité du sujet. Cela dépend, jeune fille, comme tout en ce bas monde, à qui vous le demandez.

— À vous, réplique aussitôt Lorna.

Elle ne va se laisser prendre par ses artifices aujourd'hui.

— Je serai diplomate. (Mme Alton fixe d'un air sombre la mer teintée de vert.) Vous avez son sourire.

— Oh…

Lorna ferme les yeux, inondée de soulagement. Elle a le même sourire qu'une autre personne. Soudain, cette pépite d'information lui semble précieuse à un point ineffable. Combien de fois, au fil des ans, s'est-elle regardée dans un miroir en s'interrogeant ?

— Quand vous dormez… (Mme Alton tousse, postillonne dans son mouchoir), vous vous abandonnez, les bras au-dessus de la tête. Elle dormait exactement de cette façon.

Ainsi, Mme Alton l'a vraiment regardée dormir. C'étaient bien les marques de sa canne devant la porte de la suite nuptiale. L'a-t-elle aussi épiée quand elle était assommée par les cachets ? Les lui a-t-elle donnés dans ce but ? Lorna frissonne, sentant les légers doigts du malaise voltiger sur son dos.

— Lorna… (Mme Alton approche son visage, un morne paysage de pores poudrés.) Le soir où vous m'avez interrogée sous prétexte d'écrire… l'argument du site Web, je savais que d'autres forces étaient à l'œuvre.

— Des forces ? (Lorna en a la chair de poule.) Je… je ne vois pas…

— Oh, vous allez comprendre, poursuit calmement Mme Alton en tournant les yeux vers la mer. J'ai appris, au fil des ans, à ne pas sous-estimer Pencraw.

Une nuée de mouettes pousse des cris furieux, s'élevant en spirale, dérangée par quelque chose sur les rochers. Soudain, Lorna aimerait pouvoir s'envoler, elle aussi. Elle se sent stupidement vulnérable.

— Votre mère me détestait, bien sûr. Je ne prétendrai pas le contraire.

— Pardon ?

Elle n'a pas bien entendu.

— Je n'étais pas Nancy : l'idiote américaine, morte et parfaite. Voilà le problème auquel je me suis toujours heurtée. (Sa mâchoire se crispe.) J'étais condamnée à l'échec.

Lorna recule. Sans doute à cause de la description cruelle de la première femme. Ou peut-être est-elle juste affectée de voir une femme âgée, si près de la fin, encore tourmentée.

— Ça a été un combat dès le premier jour. (La canne tremble dans le nid de doigts crochus.) Une lutte à mort, en définitive.

Le vent s'enfle et lui gifle le nez, tiraille ses cheveux, comme si ses paroles avaient perturbé l'atmosphère. Lorna s'écarte furtivement.

— Je ne cesse de revenir au commencement, pour tenter de le comprendre. Mon Dieu… (Elle secoue la tête.) Cet affreux moment dans le dressing…

— Que s'est-il passé ? demande Lorna d'une voix aiguë, les mains crispées sur le banc.

— Je suis devenue le monstre que tous voyaient en moi. Je suis devenue cette femme, Lorna, dit Mme Alton en se tournant vers elle, le regard farouche. Vous ne voyez donc pas ? Vous pouvez le voir, n'est-ce pas ?

— Pardon, je ne comprends vraiment pas…

La discussion commence à revêtir un tour sinistre et chaotique. En pressant le sol sous ses bottes, Lorna s'apprête à se lever.

— C'était un mensonge. Un mensonge bête, désespéré, mais il a pris… de telles proportions.

Mme Alton ferme les yeux en serrant les paupières. Les pans de sa cape battent au vent. Elle a l'air si vieille, tanguant sur ce banc, que Lorna se demande si elle est saine d'esprit.

— Une parfaite soirée d'août… murmure-t-elle. Un ciel bleu. On n'aurait jamais cru que quelqu'un puisse mourir un jour pareil.

Là, Lorna est certaine que Mme Alton a commis un acte d'une horreur indicible.

— Vous n'avez pas besoin de me raconter ça.

— Oh, que si… (Elle rouvre les yeux et sourit.) Endellion vous a informée de ma mort prochaine ?

— Je suis désolée.

— Oh, ce n'est pas la peine, dit-elle, catégorique. J'ai vécu plus longtemps que quiconque ne l'espérait. Évitez les hôpitaux et vous resterez en vie. Rappelez-vous bien ça.

Lorna se lève, n'y tenant plus, pour fuir ce charabia sur les mensonges et les morts terribles par des parfaites soirées d'été.

— Je vais peut-être chercher Dill. Cela vous ferait plaisir ? Un peu d'aide pour revenir à la maison ?

— Après ça, il était complètement impossible de garder le bébé, vous voyez...

Lorna se répète ces paroles, tâtonnant autour de chaque mot, cherchant une faille, une erreur d'interprétation.

— Vous voulez dire que ma mère désirait me gard...

Quelque chose l'empêche de finir : elle a trop peur de sa réponse.

— Oh oui, acquiesce Mme Alton d'un ton neutre. Elle y tenait beaucoup.

Elle tend la main, qui reste suspendue dans l'air jusqu'à ce que Lorna la prenne pour l'aider à lever son corps frêle.

— Venez. J'aimerais vous montrer la chambre où vous êtes née. Si vous voulez bien, d'abord, me guider jusqu'à la voiture. Ma vue n'est plus tout à fait ce qu'elle était.

* * *

— Maudite direction ! (Mme Alton frappe le volant de cuir.) Elle déraille depuis 1975.

— Attendez. Ne... bougez pas.

Lorna, une main crispée sur le ventre, glisse un regard nauséeux vers l'à-pic vertigineux : l'avant de l'auto bleue dépasse dans le ciel, comme l'aile d'un avion aperçue d'un hublot. Du coin de l'œil, elle voit Mme Alton lever le pied.

— Non !

Plongeant sur le levier de vitesse, elle force la marche arrière une seconde avant que la vieille dame écrase l'accélérateur et les propulse par-dessus la falaise. La voiture cahote dans un tourbillon d'herbe et de poussière, puis recule en trombe dans la haie d'ajoncs, où le moteur cale, délogeant une nuée de mésanges.

Mme Alton ne se laisse pourtant pas convaincre de changer de siège – « Ne soyez pas ridicule. Je peux conduire sur cette route les yeux fermés ! » – et, ses perles cognant sur le volant, le nez contre le pare-brise éclaboussé de boue, elle accélère vers le manoir sur la route sinueuse de la falaise.

Lorna s'accroche à la poignée de sa portière, mais celle-ci se détache dans sa main. La capote claque au-dessus de sa tête et l'air fouette l'habitacle entre ses lambeaux. Par une entaille alarmante sur le plancher à ses pieds, elle voit la route défiler. Le soulagement de n'être pas morte en tombant de la falaise est vite remplacé par la peur de finir encastrée dans un arbre de l'allée.

L'auto s'arrête en regimbant devant les faucons. Mme Alton tapote ses boucles.

— Cette voiture m'a toujours décoiffée…

En tremblant, Lorna l'aide à descendre du bolide. Un calme déconcertant plane dans la chaleur du soir. Où sont les autres ? La cherchent-ils dans la maison ?

— La tour ! aboie Mme Alton.

Une main sur les yeux pour les protéger du soleil, elle lève la tête vers la tour est étranglée par le lierre – ses quartiers – d'un air impénétrable.

Dans l'entrée, Lorna entend vaguement le babil d'Alf du côté de l'enfilade. Mme Alton la sent hésiter.

— Par ici. Ne tardons pas.

La porte de la tour est se trouve près du grand hall, creusée dans une arche de pierre. Lorna a dû passer très souvent devant elle ces jours derniers, sans jamais la remarquer. Mme Alton tourne la poignée en laiton d'un côté, puis de l'autre.

— Après vous, dit-elle en voyant Lorna se figer. Mon Dieu ! Ne soyez pas terrifiée. Je ne vais pas vous enfermer.

Lorna n'y avait pas songé. Elle lâche un rire aigu, nerveux, et doit se forcer à pénétrer dans ce qui paraît être un second hall, bien moins vaste. La pièce est sombre, mal aérée. Ses murs bruns luisent comme des bottes cirées. Et l'odeur est particulière, pense Lorna, différente du reste de la maison. Celle qu'on ne peut jamais chasser des vêtements trop longtemps rangés dans un grenier.

Sans cérémonie, Mme Alton pousse une autre porte de la pointe de sa canne.

— Ça, mon enfant, est ce que j'appelle mon chez-moi.

La normalité banlieusarde du salon de la vieille dame laisse Lorna sans voix : les animaux kitsch en porcelaine, qui semblent avoir été achetés dans un marché, trottant sur une cheminée moderne... le dangereux chauffage à infrarouge... les pantoufles roses en veloutine, aux talons aplatis par l'usure...

Le plus étrange est que cet intérieur n'est pas sans rappeler celui de sa grand-mère à Londres. La différence est que la maisonnette de sa mamie était si propre qu'on aurait pu manger par terre, alors que ce salon est couvert d'une patine poisseuse ; et, tandis que les murs de sa grand-mère étaient tapissés de photos de ses neveux, nièces et petits-enfants, ici, le seul portrait de famille – trônant sur le buffet – est une photo fanée d'un bel adolescent à la coupe des années soixante, assez proche de celle des Beatles. Le fauteuil et les chaussons de Mme Alton sont orientés vers ce cliché, et non vers la télévision, comme si elle passait des heures à le contempler.

— Je trouve un petit espace plus facile à tenir, dit très vite cette dernière, comme si elle avait lu dans ses pensées. Et, contrairement au reste de la maison, il n'y fait pas un froid à vous glacer les os en octobre. Mais n'ayez crainte, vous n'êtes pas venue au monde ici.

Lorna tente de cacher son soulagement.

— Du côté des étoiles, précise la vieille dame en montrant une porte près d'une bibliothèque.

Le cœur partagé, Lorna la suit lentement dans un escalier étroit. Elles montent toujours plus haut, passant devant de nombreuses portes qui donnent, indique Mme Alton, sur les étages supérieurs de la grande maison. Quelques-unes, note Lorna, sont munies d'un verrou. Elle frissonne. Qu'a donc dû éprouver une femme enceinte, peinant dans ce tube de pierre, en sachant qu'elle pourrait être enfermée derrière l'une d'elles ?

L'escalier se resserre, s'obscurcit. Au-dessus de leurs têtes, des ampoules électriques grillées se balancent au bout de câbles usés. L'acoustique est bizarre. Leurs pas résonnent sur le plancher comme les pieds d'une foule, comme si tous les anciens habitants de la maison les talonnaient.

Enfin, une simple porte blanche. Une poignée noire. Pas d'autre issue.

Lorna la regarde fixement, les jambes tremblantes. On dirait une pierre condamnant l'entrée d'un tombeau. Elle n'est pas sûre de pouvoir la franchir, de pouvoir aller jusqu'au bout.

— C'était le dortoir des domestiques, du temps où on pouvait se permettre d'en avoir.

Lorna hoche la tête, avalant sa salive. Les quartiers du personnel : c'est assez logique.

— Une parfaite petite cachette à la vue magnifique. (Mme Alton fait cliqueter la poignée.) Elle n'avait pas de raison de faire tant d'histoires, pas de raison du tout.

CHAPITRE 27

Amber, une semaine avant la fin
des vacances d'été, août 1969.

— C'est fini, murmure Toby en s'arrachant un ongle avec les dents. Ça a commencé.

— Rien n'a commencé. Rien n'est fini. D'accord, les choses vont mal, mais on a déjà été dans des coins sombres, lézardés, puis, soudain, la vie nous a souri et la lumière a brillé entre les fissures.

Je dis ça en pensant à Lucian, donc je me reprends très vite :

— La vie est étrange, imprévisible, et tout peut arriver… Un jour, tu seras le maître du manoir, tu serviras des sandwichs aux Twiglets pour dîner et tu remettras le portrait de maman dans l'entrée.

Toby me dévisage fixement, sans comprendre, les yeux hagards, comme le cousin Rupert quand on lui posait des questions sur la guerre.

Ce n'est pas bon. Depuis que le portrait de maman n'est plus là, son moral s'est effondré brutalement, comme des sables mouvants. Quelque chose en lui – peut-être la dernière parcelle d'espoir et de combativité – a disparu. L'expression de ses yeux me panique, car je ne suis pas sûre de pouvoir le réparer, cette fois-ci.

Finalement, c'est papa qui a déçu Toby, pas Caroline. Même s'il disait qu'il s'y attendait – il m'avait prévenue, après tout –, quand la trahison est arrivée, elle l'a blessé au cœur.

Dès que papa est revenu de Londres, je me suis précipitée à la bibliothèque... pour découvrir que Caroline m'avait gagnée de vitesse. L'oreille contre la porte, j'ai entendu leurs voix furieuses : papa hurlait qu'elle était insensible, qu'elle devait descendre son fichu portrait. Puis d'autres bruits ont filtré : des grognements, des gémissements, le choc éloquent d'un meuble contre le mur, un long cri aigu. Le portrait de Caroline est resté.

Cette nuit-là, Toby a dormi dans sa cabane et, la suivante, il est revenu s'allonger, inerte, la tête sur les genoux de Peggy, les pieds entortillés dans son tricot. Elle a cueilli les perce-oreilles et les brindilles dans ses cheveux et tâché de lui faire manger son gâteau au gingembre, le réduisant en miettes pour lui donner la becquée : c'était un curieux spectacle, un ado si agile ouvrant mollement la bouche devant les petits doigts de Peggy. Je crois qu'il n'a mangé que ça. On peut voir ses vertèbres sous sa chemise.

Caroline clame que son « numéro » est nul et ennuyeux. Elle l'a prévenu que, s'il n'y mettait pas fin tout de suite, il risquait d'accomplir la prouesse remarquable de baisser encore plus dans l'estime de son père. N'empêche, je ne crois pas qu'elle veuille qu'il s'arrête. Elle prend clairement un immense plaisir à le voir souffrir, et son moral remonte quand celui de Toby dégringole. Papa, de son côté, a cherché à lui parler gentiment – « d'homme à homme » – mais la discussion a vite dégénéré. Des portes ont claqué. Des jurons ont volé. Les affaires de papa à Londres sont devenues bien plus prenantes. Il y est retourné ce matin.

Nous, on essaie d'aider. Lucian – gêné par la conduite de sa mère – s'est excusé pour elle : Toby n'a pas eu l'air de l'entendre, l'a regardé comme s'il ne le voyait pas. Je suis allée lui tenir compagnie sur la corniche de la falaise ou dans sa cabane, presque toujours en silence car il n'a guère envie de parler. Boris attend fidèlement sur son lit qu'il revienne des bois et le pousse de la truffe quand il fixe la fenêtre, les joues couvertes de larmes. Kitty fauche des bonbons pour lui et passe les bras mous de son doudou autour de son cou. Barney lui offre même Old Harry à caresser – « Il a des oreilles douces qui arrangent tout, Toby » – mais il le repousse toujours violemment. Parfois, je me dis que Toby met tout sur le dos de ce lapin.

CHAPITRE 28

Deux jours avant la fin des vacances d'été

— Lucian, chéri, une invitation à Bigbury Grange. (Caroline presse le carton rose pâle sur ses joues empourprées.) Jibby ne m'a pas caché qu'un refus équivaudrait à un suicide dans la vie mondaine de Cornouailles. Qu'en penses-tu ?

Lucian et moi convenons en privé qu'il doit y aller, et de bonne grâce. Depuis quelques jours, elle lui pose beaucoup plus de questions et me jauge – en balayant des yeux mes robes affreuses, mon cou et ma poitrine – de façon plus flagrante. Ça nous rend nerveux.

À présent, Lucian est parti depuis six heures. Le « déjeuner léger » s'est changé en goûter dînatoire. Les longues aiguilles de Big Bertie tressautent d'une minute à l'autre avec une lenteur atroce. Lucian rentrera-t-il demain, dernier jour des vacances ? L'inverse paraît possible. Comme toutes sortes de choses funestes.

Je tente de me raisonner. Quand même, il ne voudrait pas rater la marée haute ? Tout le monde dit qu'elle sera exceptionnelle, la plus grande de l'été. Que les vagues s'écraseront contre le pied de la falaise, ramenant des trésors des profondeurs. Non, non. Il ne va pas manquer ça.

L'instant d'après, le doute me ronge. Bien sûr qu'il ne s'intéresse pas aux pleines lunes ni aux marées hautes ! Où ai-je la tête ? Il n'est pas Toby ! Il est reçu dans l'une des plus belles maisons du pays, où tout lui est offert : champagne, langouste… et la belle Belinda Bracewell.

Ou il est mort. Ou sur le point de l'être : le tic-tac de l'horloge marque le compte à rebours avant l'accident. J'imagine la voiture renversée comme un scarabée, les roues tournant dans l'air. Je prie Dieu de le sauver, de le sortir par la vitre étroite avant que les flammes jaillissent… S'Il doit absolument prendre quelqu'un, par pitié, qu'Il prenne Caroline… et, d'ailleurs, qu'Il la prenne, quoi qu'il arrive.

Mais Dieu ne la tue pas. Plus tard, cet après-midi-là, elle téléphone pour avertir Peggy que le temps a tourné – menteuse ! le ciel est au beau fixe ! – et qu'ils resteront dormir. Ils passent une si merveilleuse journée…

Au crépuscule, je ne trouve plus la moindre satisfaction à sangloter. J'en suis réduite à me jucher sur ma valise, le menton sur l'appui de la fenêtre, pour attendre la voiture bleue qui ne remonte jamais l'allée.

Quelqu'un tousse.

Je me retourne et vois Toby décharné, le regard fou, adossé au mur. Il s'est mis à parler un peu plus aujourd'hui, ce qui, je l'espère, est signe que ses idées noires se dissipent.

— Salut. Ça va ? dis-je en tâchant de prendre un air gai, espérant que mes yeux ne sont pas gonflés.

Il glisse, en remuant à peine les lèvres :

— Tu ferais mieux de t'y habituer...

— Quoi ?

— Lucian est un chat de gouttière, Amber. Il se fiche pas mal de la main qui le nourrit, sans parler de Belinda Bracewell.

— Je ne pensais pas à lui, dis-je, interdite.

Je le croyais trop égocentrique et sonné pour remarquer le départ de Lucian. J'avais tort. Aujourd'hui, ses yeux brillent, durs, à nouveau lucides. Ce pourrait être rassurant – il est revenu, en partie –, mais ça ne l'est pas. J'ai l'impression qu'on se regarde à travers la glace d'un bassin gelé.

— Il va étudier à Oxford, mener une nouvelle vie dorée. Bientôt, il t'aura oubliée, toi, nous, les Lapins noirs. Tu le sais, hein ? Que cet été n'aura été qu'un petit intermède dans sa vie.

Je me mords la joue, luttant contre un nouveau flot de larmes. Si je réagis, je sais que je confirmerai tous ses soupçons. Et la fin est si proche... Toby ne va pas tarder à partir en pension, moi à Londres et Lucian à Oxford, et notre secret dormira tranquillement au manoir, le cœur au ralenti, jusqu'à ce qu'on revienne le ranimer par un baiser.

CHAPITRE 29

Dernier jour des vacances d'été

À l'aube, je me glisse dans le lit de Kitty, rassurée par la boule moelleuse qu'elle forme en dormant. Barney nous rejoint, chaud et agité, prenant ma poitrine pour son oreiller. Le lit est étroit et puant, mais bien mieux que ma chambre, où je me ronge en remâchant ce que m'a dit Toby. À l'heure où le soleil brille entre les rideaux à fleurs de la nursery, je suis convaincue que Lucian va non seulement m'oublier à Oxford, mais épouser Belinda. Bien sûr qu'il ne prendra pas la peine de rentrer pour me dire au revoir ! J'en suis certaine jusqu'à ce que j'entende, après déjeuner, son moteur toussoter dans l'allée. Je fonce à la fenêtre de ma chambre.

Le cœur au bord des lèvres, je vois Peggy – circulaire vue d'en haut – dévaler le perron et ouvrir la portière du passager. Caroline sort de la voiture, un foulard turquoise flottant à son cou. J'attends, j'attends. Puis...

Les chaussures de Lucian atterrissent sur le gravier. C'est plus excitant que le premier pas de l'homme sur la Lune.

Je ne peux pas respirer. J'ai imaginé cette scène mille fois ce matin – courir en bas pour l'accueillir, le sourire discret qui signifie « Je t'aime », nos doigts qui se frôlent en se croisant dans le hall –, pourtant, le moment venu, je ne peux pas bouger, pétrifiée à l'idée que je saurai d'emblée s'il y a eu quelque chose entre Belinda et lui juste en sondant ses yeux. Si oui, ce sera comme voir un cadavre au fond d'une mare. Alors, je reste assise sur mon lit, malade d'énervement, à me pincer les joues, à me brosser les cheveux, regrettant amèrement de ne pas avoir de jolie robe. Après des minutes qui paraissent des semaines, mes cheveux si électriques qu'ils font des étincelles, j'entends son pas sur les marches, le choc d'un sac par terre.

Trois petits coups : notre signal.

Dès que la porte de la penderie se ferme dans un déclic, on tombe dans les fourrures, avides de s'étreindre. Il est si compact, si chaud, si mien que je crie de bonheur et de soulagement. Sa cuisse se presse entre mes jambes, son haleine se hache dans mon oreille. Il pousse à un rythme croissant. Une couture craque dans la chaleur brûlante. Je crie en renversant la tête. Il n'y a pas de limites.

On se câline en chuchotant pour se ramener sur terre quand j'entends renifler, quelqu'un bouger devant les portes de l'armoire. Boris ?

— Chut…

Je recule, en tendant l'oreille.

— Ce n'est rien, dit-il en se penchant pour m'embrasser.

Ça arrive si vite : la lumière blanche du soleil… l'aboiement de Boris… le hurlement de Caroline…J'attrape une fourrure pour me couvrir et me blottis contre les boîtes à chapeau.

— Petite salope ! glapit Caroline, les yeux exorbités.

— Mon Dieu !

Lucian s'efforce de remonter son pantalon.

— Viens ici !

Avant que je puisse faire un geste, Caroline me tire hors de la penderie en fichant ses bagues dans mon bras. À ma grande horreur, elle m'arrache la fourrure et me plante devant elle, nue et à vif, tremblant tellement que mes dents claquent.

— Regarde-toi ! Pauvre idiote !

Elle me secoue brutalement, jusqu'à me faire mal aux seins, comme si elle était possédée. Je verse des larmes brûlantes, bouleversée.

— Arrête ! s'écrie Lucian, blême dans la garde-robe, agrippant les côtés pour s'en extirper. Pour l'amour du ciel, arrête, maman ! On est amoureux !

— Amoureux ?

Elle cesse de me secouer, mais le répit est fragile. Elle peut recommencer, encore plus acharnée.

— Frère et sœur par alliance... murmure-t-elle en faisant la moue. Vous ne pouvez pas vous *aimer*. Pas comme ça.

Je baisse la tête, croise les bras pour couvrir ma poitrine. Alors, le dressing se met à tourner, tel un manège de cauchemar. J'ai un goût de sel dans la gorge, de larmes, de sang, de peur... Caroline me gifle à toute volée. Je suis si choquée que je n'ai même pas mal.

Lucian lui empoigne le bras. La pièce vacille, près de verser dans la violence.

— Je t'interdis de la frapper...

Elle regarde la main de son fils, puis le dévisage en changeant d'expression. Sa fureur se calme pour faire place à quelque chose de plus calculé, de plus meurtrier.

— Tu m'as horriblement trahi, Lucian.

— Je suis tombé amoureux, c'est tout.

Elle repousse sa main et ferme les paupières, qui tressaillent comme si des insectes couraient sous sa peau. Quand elle rouvre les yeux, j'y vois un air déterminé, une résolution renforcée.

— Là, je dois te le dire, hein ?

— Me dire quoi ? demande Lucian, méfiant, le torse d'un rouge livide.

Je ramasse la fourrure, m'en couvre à nouveau en frissonnant et j'entends, sans comprendre, la voix de sa mère à travers le sang qui pulse dans ma tête.

— Alfred n'était pas ton père, Lucian.

— Quoi ? Qu'est-ce que tu racontes ?

Il recule. Une terrible tristesse voile son beau visage, affaisse ses lèvres, creuse les cernes sous ses yeux.

— Tu ne t'es pas demandé d'où te viennent tes cheveux noirs de tsigane ? Ta haute taille ? Ta beauté ?

— Il y a du sang indien du côté de papa.

Caroline hoche lentement la tête, nous tenant tous – la pièce, le temps lui-même – sous sa coupe écœurante.

— C'est Hugo, ton vrai père. Hugo *Alton*.

J'entends ma plainte étouffée comme si elle était poussée par une autre. Vois le nom sanglant de papa suspendu dans le silence poignardé. Lucian, blanc, figé, les lèvres écartées dans un cri muet.

— Tu mens, parvient-il à dire d'une voix rauque. Tu mens.

— J'ignorais que j'étais enceinte quand il m'a quittée pour Nancy il y a longtemps, chéri.

— Non.

Lucian secoue farouchement la tête pour tenter de chasser ces mots de ses oreilles.

— J'ai épousé Alfred, et le cher homme t'a élevé comme son fils. Il n'a jamais su. Personne n'a jamais su, Lucian. (Elle baisse la voix, humblement, comme une femme à l'église.) À présent, tu sais.

Un bruit étrange monte de la gorge de Lucian. Je lui saisis le bras, mais il ne réagit pas, semble regarder à travers moi. Et je sens son esprit large se rétrécir, son cœur se recroqueviller au point de se fermer au mien.

— Ce n'est pas vrai, Lucian ! Ne la crois pas !

Caroline se penche vers lui, distillant le poison dans son oreille.

— Tu es l'héritier légitime de Pencraw... Et cette petite *traînée* est ta sœur.

Un bruit devant la porte du dressing. Un piétine-ment, une respiration lourde. Boris... Faites que ce soit Boris...

— Qui est là ? (Caroline se redresse soudain, la veine battant à son front.) J'ai dit, qui est là ?

CHAPITRE 30

Caroline jette la guitare de Lucian sur le siège arrière avec son sac de voyage.

— Pars ! s'écrie-t-elle en frappant le pare-chocs. Tu ne peux pas rester une minute de plus. Je jure que Toby te tuera. Pars maintenant. Je t'en supplie, Lucian…

Il lève les yeux vers moi, collée à la fenêtre de ma chambre. Je hoche la tête. *Vas-y.*

La voiture accélère dans l'allée et ronfle entre les arbres. Je reste un moment à regarder ces arbres après son départ, ahurie, incapable de comprendre ce qu'elle nous a dit, seulement sûre de deux choses : je ne peux pas plus revenir en arrière et détruire mon amour pour lui que je ne peux remonter le temps et empêcher maman de tomber de cheval ; je dois chercher Toby.

Oui. Je vais le trouver. Tout lui révéler. Tout lui expliquer pour qu'il comprenne, ce que j'aurais dû faire il y a des semaines. Si Toby comprend, il pardonnera. J'en suis presque certaine. Et il ne croira pas une seconde au mensonge de Caroline. Peu importe que Lucian ait les cheveux noirs comme papa. Qu'ils aient la même taille et la même carrure. Nous sommes tous blonds ou roux, pourtant nous sommes indéniablement ses enfants.

En rassemblant tout mon courage – j'imagine que Toby sera blanc de colère –, je jette de l'eau sur mon visage, remets de l'ordre dans mes cheveux et respire timidement, inquiète de ce qui m'attend au rez-de-chaussée. Caroline l'a-t-elle dit à tout le monde ? À Peggy ? Oh, non, faites que Peggy ne sache pas…

En bas, tout est comme d'habitude à un point déroutant – le monde n'a pas changé. J'entends le faible grincement de l'essoreuse d'Annie. Je vois le chat traverser l'entrée, la queue dressée. Caroline est invisible. Bartlett aussi.

Clic, clic, clic.

Je suis le léger bruit des aiguilles à tricoter jusqu'à la véranda. Kitty, joyeusement avachie sur les genoux de Peggy, verse de l'eau d'une théière jouet dans une tasse de poupée pendant que les doigts courts, robustes de Peggy, font tournicoter un fil sur ses aiguilles.

— Tu as vu Toby ?

Ma voix paraît presque normale. Comme si je n'avais pas encore pris la mesure de la situation.

Peggy secoue la tête, les yeux rivés à son tricot.

— Je suppose qu'il rentrera bientôt. Il va pleuvoir. Je le sens. Quand tu l'auras trouvé, Amber, dis-lui que la couverture pour sa cabane avance bien, tu veux ? (Elle la lève, à moitié terminée, formée de plusieurs verts : mousse, feuilles, rivière.) Au moins, il l'aura pour les vacances de Noël. Il ne gèlera pas dans son arbre.

Noël : comment arriverons-nous jamais jusque-là ? Déjà, demain ressemble à un terrifiant territoire inconnu. Comme si j'étais sortie des limites de la carte.

Peggy pose son tricot sur ses genoux et fronce les sourcils.

— Tu es pâle comme du lait caillé. Qu'est-ce que tu as ?

— Rien, dis-je et, la laissant s'interroger, je sors en hâte pour éviter d'autres questions.

Dehors, les nuages sont gonflés, l'air lourd et humide. Je m'arrête devant les faucons, me demandant où chercher en premier. Dans la forêt, bien sûr. Toby sera dans les bois. J'essaie de courir, mais j'ai les jambes engourdies et les pieds comme du plomb dans des bottes de plongée.

Très vite, la pluie tombe, de chaudes larmes qui giclent sur le sol et me trempent en quelques secondes. J'avance péniblement encore quelques minutes, ma robe collant à mes cuisses, avant d'être frappée d'un épuisement total, incapable de voir à travers la pluie et d'aller plus loin.

À bout de forces, je décide d'attendre Toby au salon, de l'intercepter dès qu'il entrera dans le hall.

Revenue au manoir, je m'affale sur le tapis près du globe et le fais tourner d'un doigt froid jusqu'à ce que je voie New York, cerclée de vert en des temps plus heureux. Puis, je le fais tourner encore, cherchant le réconfort de son bruit d'abeille. Mais aujourd'hui son vrombissement n'est pas le même, moins le son d'une ruche que d'un nid de guêpes.

— Tu as vu Old Harry ?

Je lève les yeux. Barney, la joue gonflée par une sucette, une balle de tennis à ses pieds, fait passer une sorte d'insecte entre ses doigts.

— Je l'ai laissé courir dans l'entrée et il a filé. Je veux lui faire essayer son panier de voyage.

M'efforçant de m'intéresser à un lapin à un moment pareil, j'arrive tout juste à dire :

— Il ne va jamais très loin. Kitty l'a peut-être mis dans son landau.

— Non. J'ai regardé. (Il s'avance vers moi en poussant la balle avec ses pieds nus.) Tu veux voir ? dit-il, puis il lève la main.

Le scarabée est pourpre, semblable à un bijou, comme une broche de mamie Esme sur pattes.

— Joli.

— Ben ouais. C'est un garçon.

— Il est craintif ?

— Oui, très. (Il rit et le fait sauter de son poignet dans sa paume.) Tu viens m'aider à chercher Old Harry ?

— Je ne peux pas pour l'instant. Pardon.

— Quand, alors ?

— Pas maintenant, Barns. Il faut que j'aille… trouver Toby.

— Le lapin est plus important. Je n'irai pas à Londres sans lui.

Il remet sa sucette dans sa bouche, puis il sort de la pièce en dribblant. Peu après, quelqu'un fait claquer la porte d'entrée. J'ai beau savoir que ça doit être lui, il y a aussi une petite chance que ce soit Toby, alors je me hisse sur mes pieds.

Le hall est vide, refroidi par une bouffée d'air pluvieux qui vient de s'y engouffrer. Je regarde l'escalier : rien. Je tends l'oreille pour guetter des pas : rien. Je jette un coup d'œil à Big Bertie : près de quatre heures. Je vais attendre un peu. Je me sens toujours si fatiguée, si bizarre, si lourde… En rentrant dans le salon, j'attrape un coussin, le jette sur le tapis et m'allonge, ne pouvant empêcher le velours de mes paupières de se fermer comme des rideaux.

— Qui veut venir à la plage ?

Sa voix me réveille, claire comme une clochette. Je frotte mes yeux pâteux... et la voilà, à quelques pas de moi : Maman dans sa robe de soie verte, aussi légère qu'une sauterelle, perchée au bord du fauteuil rose et souriant entre ses boucles rousses.

— Maman ?

Déroutée par la joie et le sommeil, je me traîne à tâtons vers elle, touche l'ourlet de sa robe... et mes doigts se referment sur le gland d'un coussin vert. Le fauteuil est vide, et pourtant elle est là, son profil se dispersant telle une trace d'avion dans le ciel.

J'ignore combien de temps je fixe le fauteuil, des fourmis dans les jambes, à attendre qu'elle réapparaisse, sachant que j'ai dû l'imaginer dans un demi-sommeil, tout aussi sûre qu'elle était bien réelle. *Qui veut venir à la plage ?* Je sais ce que je dois faire.

— Oh, salut, jeune dame ! Je me demandais où tu étais passée. (Peggy m'arrête dans le hall, le gros chat dans le creux de ses bras.) Tu as l'air un peu endormie.

— Je... Je me suis assoupie.

— Ça ne te ressemble pas... Tu dois couver quelque chose. Tu es toujours affreusement pâle.

Un silence plane. Une brise tournoie au-dessus des carreaux blancs et noirs. Combien de temps va-t-elle mettre à comprendre ? À voir en moi une tout autre fille, honteuse et scandaleuse ?

En caressant la tête du chat, elle me montre des yeux la porte du salon.

— Les singes sont là-dedans ?

— Non. (Le chat ronronne bruyamment.) Je n'ai pas encore trouvé Toby. Barney est sorti pour chercher Old Harry.

— Par monts et par vaux après cette pauvre bête ? Et aujourd'hui, en plus ! Je veux qu'ils viennent s'asseoir à table pour manger un repas correct avant le voyage. Mme Alton a une migraine terrible et ne veut pas être dérangée. Elle a renvoyé Bartlett chez elle de bonne heure, en disant qu'elle n'avait plus besoin de ses services, ajoute-t-elle sans pouvoir cacher son plaisir. Je dois mettre la main sur Barney. Il manque encore sa chaussure gauche et son sac de linge sale. Il est parti où ?

— Je ne sais pas. Désolée.

— Quand ?

— Euh… Vers quatre heures.

— Oh, il n'y a pas longtemps. Je vais attendre un peu.

J'ouvre déjà la porte quand elle me lance :

— Tu files où, toi aussi ?

— À la plage. Toby y est peut-être. Je vais le ramener.

— Pas si tu es malade, Amber.

— J'étais juste fatiguée. Là, ça va.

Elle n'a pas l'air convaincue.

— Tu es sûre que tes valises sont prêtes pour demain ? Vous devez tous être tôt à la gare. Pas question de lambiner.

Je fonce sur le perron.

— Sois prudente ! me lance-t-elle. La marée monte. Pas de bêtises, hein ? Ne te laisse pas surprendre. Et préviens les autres que, ce soir, il y aura de la stargazy pie, servie dans la cuisine. Comme au bon vieux temps.

CHAPITRE 31

— Le bébé est mort ! hurle Kitty, les yeux écarquillés, remontant le perron en courant. Le bébé est mort !

— Quoi ?

Je l'attrape par les épaules, m'agenouille sur la pierre mouillée.

— Calme-toi. Quel bébé ? Qu'est-ce que tu racontes ?

— Dans les bois ! Les bois ! (Elle les montre du doigt.) Près de la balançoire. Je l'ai vu, Amber. Je t'assure…

Annie et Peggy, entendant ce tumulte, s'élancent dehors, sans parvenir davantage à tirer une explication d'elle.

— Un bébé ? Allons, Kitty… dit Annie en secouant la tête.

— C'est vrai, sanglote-t-elle, enfouissant son visage dans son doudou.

— Emmène-la à l'intérieur, Annie, dit Peggy, l'air soudain inquiète.

— Pegs… murmure Annie en prenant Kitty dans ses bras. Tu te rappelles l'enfant trouvé à Saint-Maves, l'an dernier ? Ça pourrait être le petit d'une fille du coin, tu crois ?

Peggy fronce les sourcils.

— Je ne sais pas.

— Doux Jésus ! Penser qu'il y a des filles pareilles au village !

— Il ne faut pas les juger, réplique Peggy. On ne devrait jamais juger les désespérés.

— Non, sans doute… bougonne Annie, dubitative. Mais tout le monde n'a pas aussi bon cœur, Pegs. Pas étonnant que la malheureuse l'ait abandonné. Imagine la honte…

— Veux-tu te taire ? lance Peggy, irritée. Ce n'est rien, j'en suis sûre, mais je vais chercher une couverture, au cas où.

Elle se tourne vers moi, les joues rouges.

— Amber, cours devant. Je te rejoins. Serre-le sur ta poitrine et garde-le au chaud jusqu'à ce que j'arrive.

Heureuse de leur échapper, je fonce vers la forêt, ravivée par le sommeil, m'inquiétant, non pas d'un bébé – comment peut-il y en avoir un dans les bois ? –, mais pour Toby. Où est-il allé ? Que peut-il penser ? Je m'arrête tous les dix ou vingt mètres, tâchant de voir entre les arbres, criant son nom. Seuls les oiseaux me répondent. Aucune trace de mon frère. Ni, d'ailleurs, du bébé.

En m'approchant de la balançoire, je ralentis. Quelques pas plus loin, je me fige en plissant les yeux.

Il y a bien quelque chose.

J'avance encore un peu, le cœur battant, pour mieux voir ce que c'est. Ce que cela n'est pas…

La bête est pendue par les pieds, dépouillée, lisse et gluante comme un nouveau-né.

Ce n'est pas un bébé – mais un lapin. Accroché comme une carcasse à la vitrine d'un boucher. Dessous, une fourrure noire couvre les racines de l'arbre, exsangue, habilement découpée. Je plaque mes mains sur ma bouche. Une seule personne autour de moi sait dépecer un animal comme ça...

— Des braconniers ? (Peggy arrive en haletant, une couverture à carreaux dans les bras.) Une sorte d'horrible...

Elle n'achève pas. Elle aussi sait, sans l'ombre d'un doute, car nous venons de voir le couteau de mon arrière-grand-père briller dans le cœur mouillé d'une fougère.

Je recule, sonnée, écœurée : en écorchant ce lapin, Toby nous a tous déchirés, taillant nos liens solides, nos anciens attachements, le tissu tendre de notre passé... Il s'est complètement retranché dans sa dérive.

— Mon Dieu... bredouille Peggy, puis elle tente de reprendre sa voix de gouvernante efficace. Bon, descendons cette pauvre bête. Il ne faut pas que Barney la trouve.

Elle me passe la couverture, se frotte les mains comme pour les réchauffer avant cette tâche macabre, décroche le lapin en le tenant par les pattes. On pourrait croire qu'elle vient de le choisir pour dîner si ses yeux n'étaient pas pleins de larmes. Elle hésite. Le lapin oscille dans sa main.

— Qu'est-ce qu'il y a, Peggy ?

— Il est froid. En train de se raidir. Ça doit faire un bout de temps...

Elle a un air bizarre. Elle roule le lapin dans la couverture – une oreille pitoyable en dépasse –, et lève les yeux vers moi.

— Amber, chérie, Barney est parti quand, déjà ?

Nous fourrons le corps du lapereau dans la petite pièce puante, au-dessus du cellier, où les faisans sont accrochés – là où Barney n'irait jamais chercher. À l'intérieur, adossée à la porte, Peggy me bombarde de questions – « Pourquoi Toby a-t-il fait ça ? », « C'est lié au départ brutal de Lucian ? », « Il y a quelque chose que tu ne me dis pas ? » – auxquelles j'oppose, en bégayant, de faibles protestations d'ignorance. Au moment où je pourrais tout lui avouer, elle se rend compte que le corps du lapin commence à sentir et nous sortons, en fermant la porte à clé.

Nous trouvons Kitty plus calme dans la cuisine, mangeant des biscuits fourrés sur les genoux d'Annie. Je lui raconte, pour ne pas l'effrayer, que ce n'était rien, juste un écureuil mort pris sur une branche. Pourtant je sens ses yeux me suivre quand nous quittons la pièce. Ses antennes d'enfant ont deviné une autre histoire.

Peggy me traîne dans une fouille des cachettes les plus évidentes du manoir. Toby est invisible : pas étonnant, après ce qu'il a fait. Barney aussi. Nous revenons dans le hall, à notre point de départ. J'ai la tête qui tourne, la bouche sèche avec – bizarrement – un goût d'encre. Peggy ouvre la porte de la maison, examine les pelouses, jette un coup d'œil à Big Bertie par-dessus son épaule.

— Bon, il est près de cinq heures. Au moins, Barney n'est pas parti depuis longtemps.

— Oh ! Cette horloge marquait déjà c't'heure-là quand je suis rentrée avec Kitty, dit Annie. (Elle tend le cou par-dessus un grand vase, qu'elle pose d'un coup sec sur l'étagère en marbre.) Big Bertie s'est remise à ralentir, vous avez remarqué ? Elle se bloque juste avant l'heure. On peut remercier ce prétendu réparateur. Je parie qu'il s'est fait payer une fortune…

Elle hoche la tête, arrange une longue fleur bleue.

— Vraiment, tout ce que fait Mme Alton aux pendules les détraque. C'est bien plus simple de regarder le soleil. Je l'ai toujours dit.

Un malaise me tord le ventre. Soudain, je ne sais plus depuis quand Barney est parti, combien de temps j'ai dormi, s'il est sorti vers quatre heures, s'il a eu le temps de trouver le lapin… Devrait-il être rentré à présent ? Y a-t-il des minutes inexplicables qui nous échappent ? Ont-elles une importance ? Je n'ai pas les idées claires. Je n'arrive pas à distinguer ce qui compte ou pas.

— S'il était bouleversé, il reviendrait ici, non ? Et comme il n'y a plus rien à voir dans les bois, on n'a pas à s'inquiéter pour ça… marmonne Peggy, se parlant à voix haute.

— Je vais le chercher.

— Toi ? Attends… (Elle hésite, pensive.) Ne lui dis pas ce qui est arrivé au lapin.

— Pegs, je croyais que c'était un écureuil ? lance Annie en s'approchant, curieuse.

Je ne l'écoute pas.

— Alors, je lui dis quoi ?

— Rien. Et ne rentre pas trop vite. J'ai une amie au village qui a des douzaines de lapins dans des clapiers. Je fais un saut chez elle, je trouverai bien un sosie d'Old Harry.

Elle dénoue son tablier et le fourre dans les mains d'Annie.

— Bon. Je file. Je ressusciterai ce pauvre lapin, même si c'est la dernière chose que je fais.

Je reste debout sur la pelouse mouillée, les bras croisés, frissonnant sous le soleil qui perce entre les nuages de pluie. J'ai beaucoup de mal à rassembler mes esprits, à chasser de ma tête ce qu'a dit Caroline. Partout où je tourne les yeux, je vois le lapin à vif. Mais je n'ai pas le temps de pleurer sur mon sort ni de me laisser distraire. Je dois trouver Barney. Là, c'est tout ce qui compte.

Je respire un bon coup, me demandant par où commencer. Peut-être a-t-il cru que le lapin s'était sauvé ici, sur le gazon. Mais Old Harry n'est jamais allé jusque-là, pétrifié à l'idée d'être libre, tremblant devant la trace d'un renard. Barney ne l'a donc pas trouvé sur la pelouse. Il a dû chercher ailleurs. Où ?

À la lisière des bois, le portail en fer est entrouvert. De peu. Juste assez pour laisser passer un enfant. L'ai-je mal refermé en rentrant avec Peggy ? Sans doute.

Inquiète, je suis le sentier qui serpente entre les arbres, marchant d'un pas vif mais sans bruit dans mes tennis, ouvrant les yeux et les oreilles pour dénicher mes frères. D'abord, la tanière, me dis-je, puis en amont de la rivière, la cabane dans les arbres où, très probablement, au moins Toby se cache.

Quelques minutes plus tard, je m'arrête. Après avoir fouillé le rez-de-chaussée, Barney a dû sortir par la porte arrière. Aller dans le potager. Les carrés de légumes. Et les dépendances. Pourquoi n'avons-nous pas pensé à ces endroits, Peggy et moi ? Je vais faire demi-tour.

Je me ravise en voyant sur le sentier un objet blanc et rond : une balle de tennis, dont la couture luit sur des brisures d'écorce. Celle que Barney poussait du pied, tout à l'heure ?

Mon cœur se met à cogner contre les boutons de ma robe... L'arbre où Old Harry était accroché n'est qu'à quelques pas d'ici... Si Barney l'avait trouvé, où se serait-il enfui, aveuglé par l'horreur ? Où donc est-il allé, s'il n'est pas rentré à la maison ?

Qui veut venir à la plage ? Un bruit de bouche soufflant dans une bouteille... De froissement de feuilles... *Qui veut venir à la plage ?*

Soudain, il me semble que je vole, mes pieds touchant à peine le sol, et j'arrive à la plage plus vite que jamais, élancée par un point de côté. Hélas, Barney n'est pas là. Il ne reste plus grand-chose de la plage, car la marée monte vite. J'escalade les rochers à toute allure et j'arpente le sentier pierreux qui longe la falaise, en criant son nom. Je regarde sous les ajoncs, l'appelle du haut des échaliers, slalome entre les vaches. Je ne le vois nulle part, absolument nulle part.

Combien de temps me reste-t-il ? Le ciel est rose, mais clair. Ça ira. La corniche ? Oui. Rien n'offre une meilleure vue sur le haut des falaises opposées ni sur le chemin côtier. Si Barney ou Toby n'est pas loin, je le verrai facilement.

Pourtant, au bord de la falaise – là où une grosse touffe d'herbes pousse dans une fissure –, j'hésite. Je ne sais pas pourquoi. Peut-être ai-je une appréhension, ou parce que Toby n'est pas avec moi. Cette fois, je dois me forcer à balancer mes pieds par-dessus le bord. À ne pas regarder en bas. Ne regarde pas et tu ne tomberas pas, répète toujours Toby. Tomber, c'est dans la tête.

Je ne tombe pas.

Je me presse contre la paroi, une main sur les yeux pour les protéger du soleil, et scrute les sommets verdoyants des falaises. Personne. Barney a-t-il pu rentrer au manoir ? Je nous imagine courant dans différentes directions, nos chemins se croisant quelques secondes trop tard, et nous ratant de peu. Alors, je m'assieds. Lentement, ma respiration se calme, mon regard se perd dans le vaste ciel et des projets de fuite. Après tout, quels liens me retiennent encore ici ?

... Un grand rapace noir plonge dans mes pensées du haut de la falaise, si près que ses serres pourraient se prendre dans mes cheveux. D'instinct, je me baisse, le nez sur la peau fraîche de mes genoux. Et quand je lève les yeux, ils ne se tournent plus vers le ciel, mais vers l'épave qui flotte sur la houle à marée haute. Non, pas une épave. Un être vivant. Un dauphin ? Ou ces méduses qui, petits bols en verre, se sont échouées dans notre crique ? Peut-être. Je me penche par-dessus la corniche pour mieux voir, cheveux au vent, le cœur battant un peu plus vite ; quelque chose de terrible bouge sous la surface miroitante, je le pressens sans le voir tout à fait. Pas encore.

Un instant passe. Un autre.

Soudain, une forme sombre se dresse, perce la surface. Quoi ? Un T-shirt gonflé d'air. Des cheveux, des boucles rousses et noires, une nappe d'algues…

Troublée par la panique, je descends maladroitement la corniche, donnant des coups de pied à la falaise sans trouver mes prises familières. Je glisse sur les rochers, tant j'ai hâte de les dévaler pour sauver Toby. Mais quand je m'affale sur le sable, il est déjà hors de l'eau et se penche, dégoulinant, sur une petite forme recroquevillée, dans le coin de plage laissé par la marée avide. J'ai beau battre des paupières, cela reste Barney, et Toby l'embrasse, en soufflant de l'air dans sa bouche. De l'eau goutte au coin des lèvres de Barney. Toby me regarde et fond en larmes – pardon, pardon, pardon... – en bredouillant que le lapin, c'était pour Lucian et qu'il ne savait pas ce qu'il faisait avant qu'il soit trop tard, avant de voir que le couteau était couvert de sang et la fourrure par terre... *Respire, Barney, respire !* Il pousse si fort sur la poitrine de Barn – au point que son corps frêle rebondit sur le sol – que je ne peux pas le supporter. Alors, je tiens juste sa main flasque pendant que la mer nous lèche les chevilles, que la poche de sable rétrécit au pied de la falaise, jusqu'à ce qu'on soit collés à la paroi, nos mains sous ses aisselles, sa tête pendant en arrière... et soudain, il tousse, crache de l'eau, et il est vivant !

— Allez, Barney ! s'écrie Toby.

Mais l'instant d'après la toux cesse, le corps s'affaisse dans nos bras, et tout ce qui nous est jamais arrivé conduit à ce point noir, à cette petite bande de sable qui s'amenuise, jusqu'à ce que l'eau la submerge et l'emporte, elle aussi.

CHAPITRE 32

Je les regarde quitter le manoir sans y croire, les mains étalées sur la vitre. Pourquoi personne ne lève-t-il les yeux ? Ne savent-ils pas que je suis là ? J'agite la main comme une folle, tambourine à la fenêtre. Mais Toby enfouit son visage dans ses mains quand il monte, chancelant, dans le taxi de Fat Tell, aveuglé par la culpabilité et le chagrin. Bientôt, le bruit du moteur noie celui de mes poings et la voiture l'emmène en trombe. Dans une pension stricte au nord de l'Écosse, selon Peggy, où, l'hiver, une nuit glaciale tombe peu après midi. Quelques instants plus tard, un deuxième taxi file vers Londres avec Annie, Kitty et Boris blottis à l'arrière. La Rolls de papa est invisible. Est-il parti aussi ? Le baiser qu'il a déposé sur mon front en silence, tard hier soir, était-il un au revoir ?

Et où est mon cher petit frère ? Où est-il ? Je refuse de le croire pris à jamais dans ces minutes perdues, les rouages enrayés d'une horloge. Je refuse d'être la grande sœur qui n'a pas cherché son lapin parce qu'elle trouvait ça vain. Je ne peux pas être cette fille. Et il ne peut pas être mort. Comment a-t-il pu me montrer un scarabée sur son doigt et ne plus exister quelques heures après ? Je n'arrive pas à le concevoir.

Des pas. Je bondis de mon lit. Peggy… Faites que ce soit Peggy… Mais quand ils se rapprochent, j'entends les coups de bec des talons hauts. Ça n'est pas Peggy.

La clé tourne dans la serrure. Sans me regarder, Caroline fait glisser un plateau de nourriture – pain, soupe et eau – sur le pupitre près de la porte, le cognant contre l'assiette de toasts à laquelle je n'ai pas touché. Je suis toujours en chemise de nuit, alors qu'elle est très élégante, parfaitement maquillée. Je l'imagine trempant une houppette dans un poudrier, appliquant son rouge à lèvres sur sa bouche, et saisissant le trousseau de clés qu'elle tient fermement dans sa main.

— Mange quelque chose.

Elle me montre le plateau.

— Je n'ai pas faim.

— Tu dois prendre des forces.

— Je dois être avec Kitty. Elle a besoin de moi plus que jamais. (Ma voix est un murmure, enrouée par les larmes.) S'il vous plaît, laissez-moi partir avec les autres…

Elle n'hésite pas un instant.

— Impossible.

— À quoi bon m'enfermer ici ? Je ne peux pas le supporter.

— Tu aurais dû penser à ça avant de coucher avec ton frère.

Je ne bronche pas. Je soutiens son regard. Elle ment, j'en suis sûre. Toby m'avait prévenue qu'elle en était capable. Ce jour-là, je ne l'avais pas cru. Aujourd'hui, si. Il m'avait aussi avertie qu'un malheur allait nous frapper. Ce n'était pas une météorite, mais ça nous a écrasés quand même.

— Et cesse de marteler la porte comme un vandale. Personne ne peut t'entendre.

— Peggy, si.

— Peggy sait ce qu'elle doit faire, Amber.

Caroline se retourne, la main sur la poignée de la porte, sa manche de soie dansant sur son bras.

— J'exige de voir papa.

Les yeux rivés sur cette poignée, je me demande combien de temps je mettrai à l'atteindre, si je peux forcer Caroline à la lâcher.

— Il est dans un état épouvantable, ce matin. Pour l'instant, oublie-le. Il ne viendra pas te voir avant un certain temps. Ni lui ni personne.

Elle baisse brutalement la voix et ses yeux pâles semblent briller, telle une lumière d'hiver à travers les crevasses.

— Encore moins Lucian.

— Où est-il ?

— À Oxford. Il continue à vivre.

Il me manque tellement que la douleur est physique.

— Vous lui avez dit ? (Ma gorge se serre.) Il... il sait ?

— Bien sûr que non, Amber. C'est notre petit secret. À toi, moi, Hugo et Peggy. Il ne faut faire souffrir personne d'autre, pas si nous voulons garder notre réputation intacte.

Je dois réunir toutes mes forces pour ne pas pleurer. Pour tenir bon alors que cette petite chambre oppressante se contracte, écrase ma poitrine et me fait suffoquer.

— Je refuse d'être enfermée comme une criminelle. Je m'enfuirai !

— Amber... je ne veux pas avoir à briser ton esprit.

— Vous n'en êtes pas capable.

Les clés tintent sur le trousseau.

— N'essaie pas de me provoquer...

— Je vous déteste ! Je vous hais tellement !

Elle lâche un petit rire.

— Tu finiras sans doute par te détester encore plus.

Là, je pense à maman, qui nous répétait qu'elle nous aimerait quoi qu'on fasse, quelles que soient les fautes qu'on pourrait commettre. Je me concentre sur elle. Cherche à la faire apparaître dans la chambre. Cela ne marche pas. Mes yeux s'inondent de larmes. J'essaie de les refouler, mais elles continuent à couler.

— Écoute, Amber. (Sa voix s'adoucit un peu.) Tu as de la chance, beaucoup de chance, que l'on te garde à la maison, que ton père soit un homme aussi sentimental. Il y a des endroits où on envoie les filles dans ton genre et, crois-moi, ils sont bien pires que ça.

Elle entrouvre la porte. La lumière du palier brille par l'ouverture. Je compte les pas. Quatre ? Cinq ?

— Et ça ne durera pas.

Elle tend la main vers l'assiette de toasts. Je m'approche lentement, les pieds nus et sans bruit. Les pas de ma grand-mère... Elle lève soudain la tête, se demandant si j'ai bougé. Gardant les yeux fixés sur moi, elle attrape l'assiette et me barre la sortie avec son autre bras.

Je m'élance vers la porte avec toute l'énergie qui me reste. Tout se passe au ralenti : le O stupéfait de sa bouche... le fracas de l'assiette... les toasts et la porcelaine s'éparpillant par terre... Elle parvient à sortir, en claquant la porte derrière elle. Je secoue la poignée... mais Caroline tourne déjà la clé dans la serrure. J'entends sa respiration, forte et soulagée. Des talons trébucher dans l'escalier. Je martèle la porte, en criant « Barney ! » encore et encore.

J'ignore combien de temps je frappe et je hurle ; quand j'abandonne, j'ai mal aux mains et à la gorge. La chambre, autour de moi, est un kaléidoscope de larmes… Puis, soudain, il me semble que maman est là, me tirant par la manche vers un endroit précieux que je croyais perdu – arraché de mon corps comme la douce fourrure d'un lapin –, vers un jour de printemps, froid et ensoleillé, une plage encore inoffensive, un château de sable que Toby et moi avons mis des heures à construire. La mer joue sur nos chevilles, moutonne autour des remparts de nos seaux, les emporte avec malice. Nos shorts mouillés grattent, pleins de sable. Nous avons faim, soif et les orteils bleus. Maman sourit au fond de la plage, agitant des sandwichs. Nous ne bougeons pas, bien décidés à prouver que, cette fois – contrairement à toutes les autres –, nous battrons la marée et notre château tiendra. Toby creuse comme un fou avec sa main gauche, moi la droite. Des arcs de sable volent dans l'air. Nous continuons à le reconstruire, à le renforcer. Une tour se disloque. Puis une autre. Et tout commence à s'effondrer… Au loin, Barney et Kitty pouffent et applaudissent, nous nous cramponnons l'un à l'autre, chancelant sur les ruines du château, jusqu'à ce qu'un mur d'écume déferle, aplatissant le sable, nous renversant dans la mousse glacée.

Le lendemain matin, nous marchons sur les falaises jusqu'à la plage, pour en bâtir un autre, pareil mais plus grand.

CHAPITRE 33

— Je m'en suis doutée dès que j'ai vu Amber nue dans le dressing.

L'ombre de la canne de Mme Alton s'allonge dans la lumière du soir qui tombe par la fenêtre, comme une ligne noire tracée sur le plancher.

— Sa taille fine s'était nettement arrondie. Et, bien sûr, ils étaient là, dévêtus, puant la sueur... (Elle ferme les yeux à ces mots.) Et tout est devenu affreusement clair. Amber n'aurait pas du tout pu retourner à Londres.

Quoi ? Lorna a mal entendu... Elle s'écroule sur le lit en fer, étroitement bandé de draps blancs, comme dans un hôpital de campagne. Une vieille poupée de chiffon, des coutures noires à la place des yeux, une perle pendillant de l'un d'eux, repose sur l'oreiller. Elle se renverse dans ses mains quand elle la soulève, et le bourrage sort de son cou.

— Je ne vous suis plus.

Mme Alton se penche vers elle sur sa chaise, tapotant de l'index son nez poudré.

— Oh, j'espère que si...

Déroutée, mal à l'aise, Lorna parcourt du regard cette chambre simple, monastique, en haut de la tour est – le pupitre, la commode, les livres de poche aux pages cornées sur la seule étagère – et commence à sentir le souffle glacé du passé sur sa nuque.

— Bien sûr, vous n'êtes pas la sœur d'Endellion, jumelle ou autre, poursuit Mme Alton après un long soupir, les mains nouées sur le pommeau de sa canne.

— Pardon ? Vous voulez dire… Mais pourquoi Dill mentirait-elle ? bégaie Lorna, incrédule.

— Elle est incapable de subterfuge. Endellion répète ce qu'on lui dit sans poser de question. Votre antithèse à tous égards. Et on lui a dit qu'elle avait eu une jumelle.

Quelque chose cogne dans la tête de Lorna, elle a la bouche sèche. Non, elle ne peut pas y croire. Il faut qu'elle parte. Cette femme, à l'évidence, est complètement folle.

— Endellion est née prématurée, un tout petit bout, deux jours avant vous, ce qui a rendu un grand service à chacun de nous.

— Mais… Peggy… (Les P. Lorna revoit ces P défiler sur la feuille de papier.) Mon acte de naissance porte le nom de Peggy Mary Popple…

— En effet. Le médecin ne demandait qu'à le falsifier. Un vieil ami de la famille… Aussi fidèle qu'un chien… Il est mort sans rien divulguer. Hugo et lui ont parfaitement brouillé les pistes. Ainsi, personne ne pouvait retrouver vos origines, et la réputation d'Amber et Lucian est restée sans tache.

Lucian ? Amber et Lucian ? La respiration de Lorna s'accélère. Elle fait de l'hyperventilation. Non… Ce n'est pas possible. C'est trop d'avoir cru une chose, puis d'être sommée d'en croire une autre, de devoir récrire sans cesse l'histoire de sa vie.

— Peggy a proposé d'élever la petite comme la « jumelle » de sa fille illégitime. On ne pouvait pas la laisser faire, bien sûr, c'était beaucoup trop risqué. (Mme Alton hoche la tête pour elle-même, réaffirmant sa conviction.) Quoi qu'il en soit, la graine était plantée.

Lorna serre la poupée plus fort, la pressant sur son ventre. La chambre s'assombrit autour d'elle.

— N'ayez pas l'air si atterrée… C'était un… détail administratif, et ça nous a tous énormément aidés. Vraiment. Peggy avait été bannie du village. Elle s'attendait aussi à être chassée de Pencraw. À la place, nous lui avons offert une sécurité à vie – pour elle et Endellion – et, en échange, elle a sauvé les Alton d'une… tache irréparable. (Elle grimace, imaginant la honte.) Elle a aussi offert au bébé, pardon, à vous, une extraction à peu près décente. Évidemment, si son origine incestueuse s'était ébruitée…

Lorna plaque sa main sur sa bouche.

— Mon Dieu… Dites-moi que c'était un mensonge.

— Oui.

La vieille dame sursaute, porte sa main à sa joue comme si on venait de la gifler.

— Je l'ai évidemment révélé à Lucian après la mort d'Hugo. Mais il était trop tard. La vie durcit comme du béton, Lorna… et terriblement vite.

Se prenant la tête dans les mains, Lorna laisse échapper une faible plainte. Puis elles se taisent quelques instants, chacune plongée dans ses pensées, tandis que des abeilles ouvrières bourdonnent dans le lierre, que des mouettes tournoient à la fenêtre.

— C'était un couple honorable, d'après le médecin, affligé de fausses couches, ravi de vous avoir, dit enfin Mme Alton, tentant de donner un tour plus gai à son histoire. La femme a promis de vous rame-ner régulièrement en Cornouailles, pour que vous ayez une idée de vos racines. Amber, je pense, en a tiré un grand réconfort. Mon Dieu… Je crains de vous avoir accablée, Lorna. De grâce, dites quelque chose…

Mais elle ne le peut pas, car les pièces disparates se rassemblent, comme celles d'une station spatiale s'emboîtant en silence dans le noir sidéral : les vacances en Cornouailles… les photos au pied de l'allée… l'insistance absurde de sa mère pour lui faire connaître son « héritage culturel », sans chercher à le transmettre à Louise… Ainsi, Sheila avait essayé. Malgré toutes ses angoisses liées à l'adoption, elle s'était efforcée d'agir au mieux. L'aigreur, dans le cœur de Lorna, s'adoucit et finit par céder. Comme il est étrange, songe-t-elle, qu'en trouvant ma mère biologique je découvre aussi la vraie nature de ma mère adoptive.

— Bien sûr, on ne leur a pas révélé que vous étiez de Pencraw. Mon Dieu, non… Toutefois, je crains qu'il n'y ait eu des ragots. (Elle soupire.) Il y en a toujours…

Assise sur les draps blancs serrés du lit où elle est née, Lorna sent son esprit remonter le temps, rassembler les événements, ordonner chaque trame… et montrer que le mensonge de cette femme est le fil noir qui relie tout cela. Alors, sa rage explose, ses yeux lancent des éclairs.

— Pourquoi inventer une chose aussi cruelle, madame Alton ? Pourquoi ?

La vieille dame cligne des yeux, très vite, pour s'adapter à sa colère.

— J'ai pensé que ça mettrait un point final à ce qui se passait entre Amber et Lucian, et que nous pourrions tous continuer à vivre.

— À vivre ? répète Lorna, incrédule, la voix brisée par la fureur.

— Vous devez comprendre, Lorna… Pencraw était tout pour Hugo, et son sort était bien fragile. Il fallait faire quelque chose… Toby n'était pas capable de s'en charger. Avec Lucian, il aurait été entre de bonnes mains. Hugo le savait. C'est pour ça qu'il n'a pas posé trop de questions. Ils se ressemblaient, même ! Et s'entendaient si bien… Il voulait qu'il soit son fils.

L'ombre de la canne se met à trembler.

— Juste avant qu'il ne meure, sur la terrasse, d'une crise cardiaque, miné par le chagrin après la mort de Barney, je lui ai promis d'entretenir la maison, quoi qu'il arrive, et j'ai tenu parole. Au moins, j'ai respecté ses volontés.

— Vous ne devriez pas être là ! s'écrie Lorna en se levant, révoltée par tant d'injustices.

— Lorna, je peux vivre ici aussi longtemps que je le désire. En l'absence d'un propriétaire occupant, ou compétent, je gère cette maison. Le testament d'Hugo était clair.

— Mais Toby est l'héritier de Pencraw !

— Oui, acquiesce Mme Alton en fronçant les sourcils, et c'est la faille du système, celle qui a poussé tant de domaines à péricliter au fil des ans, des fortunes familiales séculaires à fondre en quelques mois à cause d'un… handicap du fils aîné.

— C'était juste un gamin perturbé ! Il avait besoin d'aide !

— Vous n'êtes pas enseignante pour rien, à ce que je vois…

— Comment avez-vous pu... spolier Toby ?

— Lucian a remis Pencraw à son nom il y a bien des années, quelques semaines après la mort d'Hugo. Finalement, Toby n'a pas été lésé.

— Alors, où est-il ?

La vieille dame crispe les lèvres.

— Où ?

Elle détourne la tête.

Lorna recule, dégoûtée.

— Eh bien, ça ne m'étonne pas qu'ils aient tous fui le manoir. Vous avez transformé Pencraw en un lieu de cauchemar ! Vous avez arraché le cœur de cette maison comme celui d'un... d'un animal empaillé ! Il n'y a rien de pire. Rien !

Mme Alton est livide.

— Mon enfant, je croyais que si je vous expliquais, vous comprendriez...

— Je comprends parfaitement, dit Lorna, sa colère se muant en une émotion plus calme, plus froide.

Ses mains cessent de trembler et ses yeux sont secs. Elle a eu ce qu'elle était venue chercher aux Lapins noirs : son histoire, pour le meilleur ou pour le pire. Oui, elle était prisonnière de son passé, comme d'une nasse à homards. Mais à présent, elle peut échapper à son piège. Elle est libre, et elle brûle de rentrer chez elle.

— Il faut que je parte, madame Alton. Je ne suis pas à ma place ici.

— Oh, mais si ! (Les doigts de la vieille dame se portent à son collier et tournent les perles d'un geste frénétique, au point que Lorna craint de les voir exploser.) C'est le destin qui vous a amenée, qui m'a rendu Lucian à travers vous. Vous devez rester. Il le faut.

Lorna réprime un rire.

— Rester ? Après tout ce que vous avez fait ? Vous êtes folle ?

— C'est le charpentier, n'est-ce pas ? Jon ? Tom ? bredouille Mme Alton, postillonnant dans sa panique. Le plombier… Vous pouvez l'amener aussi, si vous voulez. Prenez une aile ! Toute la maison ! Vous préférez, peut-être, le cottage du domaine ?

— Madame Alton, je vous en prie… (L'impuissance de cette femme à comprendre les conséquences de ses actes est puérile.) Arrêtez !

À la grande horreur de Lorna, les yeux de Mme Alton se remplissent de larmes.

Dehors, elle entend une voiture remonter l'allée, puis freiner brutalement sur le gravier.

— Pardon de vous laisser bouleversée, dit-elle doucement.

Sans prévenir, Mme Alton s'élance vers elle en repoussant sa chaise, battant l'air de ses mains comme une femme qui se noie.

— Mais je suis votre grand-mère !

Le mot, même si elle s'y était attendue, frappe Lorna de toute sa force grotesque. Un instant, chacune reste muette. Dans le silence horrifié, elles entendent des pas dans l'escalier, faibles, puis de plus en plus lourds. Elles regardent la porte, se demandant qui va les interrompre, sachant que le temps leur est compté.

Lorna se dégage.

— J'ai eu une grand-mère, madame Alton, la meilleure qu'on puisse avoir. Je n'en ai pas besoin d'une autre.

— Alors, restez juste un peu là, avec moi. (Elle se cramponne au dossier de sa chaise, la tire vers elle pied à pied.) S'il vous plaît. Tenez-moi la main. Personne ne me prend jamais la main...

Lorna jette un coup d'œil dans la cage d'escalier, noire comme l'entrée d'une cave. Elle doit quitter cette chambre, pour sa santé mentale. S'en aller pas à pas. Si elle peut juste atteindre le bas de l'escalier, l'endroit où il s'évase, où perce la lumière...

— Pouvez-vous me pardonner ? Je vous en supplie... Je vais mourir, Lorna.

Lorna hésite, la main sur la poignée de la porte. Mon Dieu... Que faire ? Comment pourra-t-elle jamais pardonner à cette femme ? Elle ferme les yeux, le cœur battant. Elle tente de réfléchir, entend les pas marteler les marches. Que lui aurait suggéré sa mamie ? L'être le plus sensé qu'elle ait jamais connu.

— Lorna... (La voix de Mme Alton n'est plus qu'un gémissement pitoyable.) Ne me laissez pas seule, confinée dans cet endroit horrible...

Lorna se retourne et revient dans la chambre.

Quelques secondes plus tard, il est là, ouvrant tout grand les bras, un géant sur le seuil étroit.

— Jon !

Sa fuite est viscérale, instinctive. Elle s'élance dans ses bras, enfouit son visage dans sa poitrine, les jambes flageolant de soulagement.

Les yeux de Jon fouillent les siens.

— Ça va ?

Elle acquiesce et refoule ses larmes. Une myriade de sentiments tourne dans la bulle de leur regard : joie, tristesse, des émotions sans nom, irradiant comme l'eau chaude dans un bain froid.

— Il s'est passé beaucoup de choses...

C'est tout ce qu'elle peut murmurer, la frénésie de ses pensées calmée par les mains fermes de Jon.

— Je sais, chuchote-t-il en écartant une mèche de cheveux de la joue de Lorna.

Mme Alton tousse, leur rappelant sa présence.

Jon regarde, par-dessus la tête de Lorna, cette pâle vieille dame agrippant une chaise avec des doigts gonflés.

— Madame Alton ?

Elle fait oui de la tête, les yeux ronds de surprise.

— Ça va ? répète-t-il gentiment, percevant l'affrontement qui a déchiré l'air dans cette curieuse chambre.

— Je... je suis assez fatiguée.

— Venez, madame. Allons au rez-de-chaussée.

Prenant son bras tremblant, il l'aide à descendre doucement l'escalier, l'installe dans le fauteuil de son modeste salon au pied de la tour est, pose un plaid écossais sur ses genoux et lui verse un sherry à assommer un bœuf. Elle accepte tout cela sans se plaindre ni jouer les grandes dames, comme si elle avait attendu très longtemps qu'un jeune homme la prenne en charge. Son menton tombe sur sa poitrine, ses yeux se ferment lentement. Jon se tourne vers Lorna, qui observe cette docilité avec un étonnement croissant.

— Je peux te servir un verre ? demande Jon, à l'instar du soir de leur rencontre, quand le bruit et la foule de la fête s'étaient évanouis autour d'eux.

Et elle répond de même :

— Oui, avec grand plaisir.

Du vin sort de la cave dans des bouteilles poussiéreuses – dansant comme des rouleaux à pâtisserie dans les courtes mains de Dill, de grands crus qui sentent le miel et des fleurs de lointains étés.

Dill, Alf, Doug et Louise font cercle autour d'eux dans le salon, pépiant tels des oiseaux fébriles, puis disparaissent comme par magie dans les recoins du manoir, les laissant seuls avec le vin, des crackers et des crevettes en boîte. Le rire d'Alf et l'aboiement du chien sont les seuls signes de la présence d'autres personnes dans l'immense maison.

Lorna reste avec Jon, leurs doigts entrelacés. Bizarrement, il fait nuit, maintenant. Le ciel, d'un noir brillant, est piqueté d'étoiles, aiguilles de lumière. La température est tombée avec le soleil, et l'air de la fin août, qui entre en tournoyant par la fenêtre, a un léger parfum d'automne et de fruits mûrs.

John prend Lorna par la taille. Un souffle chaud circule dans l'espace entre leurs lèvres. L'instant tremble, hésitant. Elle a tellement de choses à dire qu'elle ne sait par où commencer. L'intensité de ces dernières heures l'a laissée muette.

— J'allume un feu ? murmure-t-il.

Elle acquiesce – il devine ses désirs avant même qu'elle en ait conscience – et le regarde, fascinée, construire une pyramide parfaite de bûches et de petit bois dans la cheminée. Il craque une allumette, attise les flammes à grands coups de soufflet, et le cœur de Lorna danse et bondit avec elles.

Très vite, le feu fait rage, la fumée se masse dans les angles de la pièce. Son crépitement forme un son primitif qui calme profondément Lorna, la rattache à un lieu précieux où le présent est extrêmement vivant, le passé et l'avenir ténus comme des rêves. Ils s'assoient sur le tapis – Jon la niche entre ses genoux, sa tête sous son menton –, parfaitement emboîtés. Lentement, d'abord timidement, elle lui raconte ce qu'elle a appris, reliant à nouveau tous les fils, revivant chaque chose – mais maintenant, à une distance plus sûre. Quand elle a terminé, ils se taisent, le silence uniquement rompu par le bruit du feu et le léger tic-tac d'une pendule. Jon embrasse la peau de bébé sous son oreille.

— Tu es extraordinaire, Lorna…

La douceur de ses paroles lui fait monter les larmes aux yeux.

— Je n'ai pas l'impression d'être extraordinaire.

Il l'attire contre lui.

— Et pourtant, si.

Prenant le tisonnier, elle fourgonne une bûche rougeoyante, faisant voler une pluie d'étoiles dans l'obscurité.

— Cette histoire… Elle est monstrueuse. Je ne sais pas quoi en faire.

— Ce n'est pas ton histoire. Ce n'est pas toi.

— Mais elle m'a façonnée, Jon. Elle est en moi.

— Et c'est ce qui me plaît : chaque mort, chaque foutu mensonge, absolument tout, Lorna.

Elle se détourne du feu pour le dévisager.

— Tu ne peux pas dire ça.

— Lorna, j'aime la femme que tu es, celle que tu deviendras, la mère que tu seras sûrement. J'ai toujours voulu connaître chaque partie de toi, ne pas être tenu à l'écart.

Elle baisse les yeux.

— J'aurais préféré que celle-ci ne fasse pas… partie de nous. Qu'elle se détache de moi.

— Et elle a tenu bon.

— Oui.

— Mais je n'aurais pas dû faire pression sur toi. Excuse-moi. Ce n'était pas à moi de faire ça.

— Ce qui est drôle, c'est qu'en fin de compte c'est cette maison qui m'a replongée dans mon passé, qui l'a libéré. Pas moi. Ni toi.

Il hoche la tête, saluant respectueusement la pièce enfumée.

— Sacrée maison…

— Plus sympa quand tu es là… (Elle lui caresse les doigts, porte sa main à ses lèvres.) Je n'arrive pas à croire que tu aies fait toute la route jusqu'ici.

— J'ai roulé comme un fou. J'ai dû me faire flasher par un radar au moins deux fois. (Il s'arrête.) Pas très raisonnable…

Elle sourit.

— Pas du tout.

Il frotte son nez contre sa nuque.

— Confidence pour confidence : j'ai adoré ça.

Elle rit et, aussitôt, d'autres rires s'élèvent en cascade, de tout petits échos. Elle jette un coup d'œil interrogateur à Jon, se demandant s'il les a entendus aussi. Mais il n'a pas changé d'expression. Et pourtant, c'est comme si tous les enfants Alton – Amber, Toby, Barney et Kitty – se trouvaient dans la pièce : un miroitement taquin dans la fumée, un sursaut de bleu dans une flamme dorée, pendant un bref instant magique. Puis ils s'évanouissent.

CHAPITRE 34

New York, huit jours plus tard

Le *diner* est sombre et sent le café. Dehors, le vent souffle et la ville brille sous un ciel ridiculement bleu. Les yeux de Lorna n'arrivent pas à s'y faire. Elle non plus.

New York. Greenwich Avenue. Le centre du cercle tracé à l'encre sur le globe des Lapins noirs.

La fatigue du décalage horaire mêlée à une nuit sans sommeil – où son esprit tournait en boucle, survolté par les bruits d'une ville étrangère – a donné à la matinée un flou surréaliste. Elle sait que c'est un cliché, mais elle a du mal à croire qu'elle n'est pas dans un film. Que quelqu'un ne va pas surgir en criant : « Coupez ! » et les renvoyer chez eux, à Bethnal Green.

— Tu es sûre que ça va ? lui dit Jon en montrant la carte pliée dans la poche de son jean.

— Je ne sais pas.

Elle se demande si elle va fondre en larmes ou partir d'un rire hystérique – ou héler simplement un taxi pour la ramener à l'aéroport.

— Mes mains tremblent. En fait, je suis un peu dans un sale état.

— Ça ne se voit pas, murmure-t-il, ses yeux noisette pleins de lumière.

— C'est déjà quelque chose...

— Tu es belle.

Elle sourit, tord nerveusement ses cheveux – comment peut-il faire si chaud en septembre ? – et les laisse tomber, parfaitement lisses grâce au brushing qui lui a brûlé le crâne à Broadway. Sur les ordres de Louise, elle s'est aussi offert une manucure et les soins d'un pédicure (avoir des ongles naturels à New York revient, paraît-il, à arpenter Bond Street les jambes poilues comme un orang-outan) et une robe bleue hors de prix dans le très branché Meatpacking District. Ses talons rouges – certes, pas l'idéal pour marcher – sont ses chaussures fétiches, celles qu'elle portait quand elle a rencontré Jon. Des chaussures magiques, comme celles de Dorothy, dans le *Magicien d'Oz*. « Claque des talons trois fois... »

— Prête, dit-elle.

— OK, il faut juste que je me repère. (Jon baisse ses Ray-Ban, regarde en haut de l'avenue, puis fronce les sourcils.) Ça doit être environ à trois rues d'ici.

— On pourrait peut-être consulter la carte ?

— Je n'en ai pas besoin. New York est une ville logique.

— Qu'ont donc les hommes avec les cartes ?

Il sourit.

— Là, on n'est pas en Cornouailles. Ne t'en fais pas.

Pourtant, elle ne peut s'en empêcher. L'idée d'être en retard, que quelque chose tourne mal...

Qu'il n'y ait pas eu d'incident est miraculeux. Elle n'a été frappée ni par une intoxication alimentaire ni par une poussée d'acné. L'avion n'est même pas tombé du ciel. Elle est ici, à New York, à quelques minutes de la femme qui lui a donné le jour. Ça la rend malade de peur et d'exaltation… au point qu'elle se serre davantage contre Jon. Oh, comme elle aime cet homme… Elle repense à la longue nuit magique qu'ils ont passée dans le salon des Lapins noirs, au temps suspendu dans la fumée bleutée, jusqu'à ce que l'aube réveille la pièce par un baiser et qu'ils montent se coucher en trébuchant dans l'escalier.

À leur retour à Londres, aux rues trépidantes réglées par le tintement de Big Ben, tout s'était aussitôt accéléré. Jon voulait l'aider. Si elle le laissait faire. Mais que désirait-elle ? Tâcher, oui, tâcher de retrouver sa mère biologique. Non, elle n'allait pas craquer. Avec Jon à ses côtés, elle se sentait assez forte pour prendre le risque, fraîchement reliée au sol, profondément enracinée dans sa vie. En plus, elle pensait n'avoir aucune chance de trouver Amber Alton.

Cela avait pris quelques clics de souris… Et elle avait craqué. C'était Jon qui avait envoyé l'e-mail, passé l'appel alors qu'elle était trop nerveuse pour le faire, posé la question qu'elle n'osait pas poser : voulait-elle la rencontrer ? Et quand la réponse avait fusé : « Oh, mon Dieu, oui, oui ! Quand ? » et qu'elle avait lâché sa tasse de thé, c'était encore Jon qui avait tout arrangé. Oubliant ses clients millionnaires du Bow, il avait casé le voyage en septembre, juste avant la rentrée, réservé des billets en Business class – elle se reposerait mieux, la semaine avait été dure – et une chambre dans un hôtel exigu, mais charmant, de Washington Square, balayant aisément ce qu'elle avait toujours considéré comme des obstacles immuables. La vie n'avait pas durci comme du béton, après tout.

Attendez.

Passez.

Un taxi klaxonne. Ils mettent trop longtemps à traverser. Ce sont les chaussures rouges. Ils obliquent dans une petite rue. Elle tire sur la main de Jon. Elle veut tout absorber : les bandes de pellicule de la vie new-yorkaise à travers les stores des immeubles en grès brun ; le vent chaud collant à travers les grilles du métro ; l'échelle vertigineuse de la ville, réduisant les Lapins noirs à un petit point insignifiant.

Trois rues, Deux. Une.

— Jon, je ne vais pas y arriver. C'est vraiment au-dessus de mes forces.

Il a prévu cette réaction. Il a des plans B.

— Ok. Pas de problème. On retourne à l'hôtel.

— Mais je ne peux pas non plus faire ça !

— Alors, on reste ici. (Il la prend par l'épaule, la serre contre lui.) Jusqu'à ce que tu sois prête.

— La poupée ! Merde… J'ai oublié la poupée de Kitty.

Elle fourrage dans son sac.

Dès que Mme Alton a su par Dill qu'elle partait à New York – Dill et Lorna sont restées en contact –, elle a envoyé la jeune femme à Londres avec la poupée. À la gare de Paddington, Dill l'a pressée furtivement dans les mains de Lorna, comme un bijou introduit en fraude ou un enfant volé, lui glissant que Mme Alton l'avait confisquée des années plus tôt.

— Non. Oui. Je l'ai !

Elle tire la poupée de son sac, l'embrasse avec soulagement.

Aucun passant ne bronche. Elle aime cette ville.

Jon prend doucement son visage dans ses mains. Le soleil tape dans leur dos.

— Tu vois ? Tu as tout ce qu'il te faut.

Vraiment ? Si jamais tout s'écroule – ce qui est possible, elle n'est pas idiote –, que lui restera-t-il ? Jon, sa famille, quelques bribes de son passé durement glanées. C'est bien assez, décide-t-elle.

— Je sais.

— Bien. Parce qu'on est arrivés.

— Tu plaisantes. Oh… Mon Dieu… Tu es sérieux ?

Six marches. Une petite porte noire. Trois sonnettes sur une plaque en cuivre terni. Appartement 2 : « Amber et Lucian Shawcross ».

CHAPITRE 35

Amber, le jour du mariage de Lorna

C'est le cliquetis d'un tuyau sous le sol du dressing qui me fait sursauter, un bruit tellement enfoui en moi que je l'avais oublié, la version acoustique de ce que je vois à ma place dans le miroir, l'espace d'un instant surprenant, qui me fait éclater de rire : ma mère.

Je la sens si proche de moi aujourd'hui, beaucoup plus que pendant des années. Je l'imagine essayant une robe, puis une autre, me lançant par-dessus son épaule de remonter sa fermeture Éclair. Barney aussi, riant à ses pieds, Peter Pan de six ans à jamais. Toby nous observant, adossé à la porte. Les flammes de ses cheveux. La main gauche de ma droite.

Je m'assieds sur le tabouret du dressing, inondée du désir de voir s'inverser les lois de la physique, juste quelques secondes – si ça a pu se faire quelque part, cela peut sûrement arriver ici –, pour voir ces figures tant aimées réfléchies par la glace, roses, pleines de vie, telles qu'elles étaient jadis.

Mais seuls mes traits marqués s'affichent dans le miroir. Je les regarde avec curiosité, levant et baissant le menton, obsédée par l'idée de la chercher dans mon visage. Et oui, la voici – dans la lèvre supérieure, la forme de la mâchoire –, ma fille. Ma… fille. Ces seuls mots !

J'ai du mal à croire que ça remonte à moins de deux mois : des appels sans fin, une visite à New York, une autre à Londres – chacune pleine, débordante, le récit de nos vies casé en quelques jours et différents fuseaux horaires. Nous veillons à ne pas la surcharger. Nous tâchons aussi de ménager notre fils Barney, ravi d'avoir une sœur mais habitué au statut royal d'enfant unique. « Mieux vaut y aller doucement », dit Lucian, faisant patienter tous les autres : tante Bay, Kitty et sa famille, Matilda, nos amis stupéfaits, les artistes de ma galerie, ses collègues interloqués à Columbia.

Chaque matin depuis le premier appel de Jon, j'ai réveillé Lucian en sursaut. Dis-moi si je rêve… Tu es sûr que c'est vrai ? M'a-t-elle pardonné de l'avoir abandonnée ? Ma peur ancienne – que les gens que j'aime disparaissent ou meurent – refait surface. Il se frotte les yeux, cherche ses lunettes à tâtons sur la table de nuit, et me rassure comme lui seul peut le faire.

Après ce petit rituel, je m'autorise le doux supplice de compter les jours, les heures et les minutes jusqu'à ce que je puisse revoir Lorna, séduite par cette merveilleuse jeune femme – qui est de moi, et pourtant pas de moi –, par ce bébé pleinement aimé, tellement perdu, qui a bravement réussi sa vie, trouvé les réponses à ses questions et survécu aux Lapins noirs, en conservant tout son humour et son esprit. Mon Dieu… Je l'aime tant que je bêtifie…

Lorna. Ce n'est pas le nom que j'aurais choisi. Pourtant il lui va bien, avec son côté franc. À l'époque, j'étais trop terrifiée pour l'appeler autrement que « Bébé », craignant que ça me pousse à trop l'aimer – inutile, je l'ai fait quand même –, car j'ai toujours su que je ne pourrais pas la garder. Après qu'on l'a arrachée de mes bras – moi hurlant, Caroline, les lèvres en coupe-papier, me répétant de ne pas être égoïste, d'agir au mieux pour l'enfant, le médecin fuyant dans l'escalier –, je suis rentrée à Londres à vif, écorchée. J'en ai seulement parlé à Matilda – personne d'autre n'a su, on expliquait ma réclusion par une maladie – et lors des nuits précieuses où nous dormions tête-bêche dans son lit, nous avons passé des heures à parler de Bébé : où elle était, ce qu'elle deviendrait, rousse comme moi ou noir de jais comme Lucian. Trois mois plus tard, mon père, prêt à tout pour me sortir de ma tristesse et de mon apathie, a enfin accepté de me laisser vivre quelque temps chez tante Bay – ni lui ni moi ne sachant que ce serait pour toujours. Je me rappelle ce matin, à l'aéroport, où Matilda s'est penchée vers moi, les lunettes de travers, pour me glisser : « Un jour, Bébé viendra te retrouver, Amber. Elle viendra. Je t'assure. » Je ne l'ai pas crue.

J'ai décidé dans l'avion, en contemplant le toit de nuages blancs, que je ferais comme si ma fille était morte avec les autres. C'était le seul moyen de survivre.

Bien sûr, je n'ai jamais pu m'empêcher de m'interroger, de regarder le calendrier en songeant : elle a trois ans, ou : elle entre à l'école, ou : elle a seize ans aujourd'hui. Et j'ai survécu – en menant une vie bien remplie. New York regorge de galeries d'art, de profs de yoga et de psys. Il y avait des blessures dont je ne voulais pas guérir – les panser, c'était oublier, et je ne voulais jamais oublier. Toutefois, pour notre Barney, j'avais le devoir de rester saine d'esprit.

On frappe à la porte. La voix de Lucian m'arrache à mes pensées.

— La fête commence, chérie. Tu crois pouvoir être prête avant l'aube ?

— J'ai presque fini.

Je me penche vers le miroir, cherchant des traces de rouge à lèvres sur mes dents, et me retourne pour inspecter les plis de ma jupe, prise d'un doute subit. Ma robe longue est-elle exagérée ? Son vert trop vif ? Plaira-t-elle à Lorna ? Elle ne fait pas très mère-de-la-mariée. Mais quelle est la tenue requise en Cornouailles, par un automne anormalement chaud, au mariage de sa fille que l'on n'a pas vue pendant des années ? Je n'en ai pas la moindre idée.

— Barney est déjà descendu, dit Lucian, et il a jeté son dévolu, air connu, sur la plus jolie fille de la soirée.

Il passe du panneau gauche à la face centrale du miroir, enlace ma taille et embrasse mon épaule nue, souriant à notre reflet par-dessous sa tignasse poivre et sel.

Que voit-il ? Notre couple d'âge moyen ? Ou les adolescents que nous étions jadis ? Tout ce que je sais, c'est qu'en le regardant je ne vois pas de cheveux gris ni un menton moins ferme, mais Lucian tel qu'il était le jour de nos retrouvailles : hanches ondulantes, cheveux flottants, le brillant jeune savant qui faisait les cent pas sous le pont des Soupirs d'Oxford sans savoir que je l'observais, trop craintive pour quitter l'ombre d'une ruelle. Je ne l'avais pas vu depuis près de deux ans, mais sa présence me coupait toujours le souffle.

Sa lettre était arrivée chez tante Bay juste quelques jours avant, portant – chose palpitante – un timbre à l'effigie de la reine et l'odeur d'encre de ses doigts. Il m'écrivait que sa mère lui avait avoué son mensonge (me prouvant ce que j'avais toujours su), l'existence du bébé dont elle ne lui avait rien dit, tout ce que j'avais souffert sans lui. Pourrais-je jamais, jamais lui pardonner ? Accepter de le rencontrer ? Qu'il sache pour le bébé et veuille quand même me voir – Caroline m'avait affirmé que je gâcherais sa vie si je lui en parlais – a été un tel choc que je me suis effondrée en larmes. Tante Bay est passée à l'action, fourrant mes plus belles robes – et les plus courtes – dans une valise, me poussant dans un taxi pour l'aéroport, et m'ordonnant de crier « À Oxford ! » une fois à Heathrow.

En émergeant des ombres de cette ruelle étroite, j'ignorais totalement ce qui allait se passer. Tant de temps s'était écoulé… J'étais fatiguée, meurtrie par la lutte – plus la jeune fille au frais minois qu'il avait aimée. Mais quand il a levé la tête, un rayon de soleil a frappé le désir qui brillait dans ses yeux, et j'ai su. J'ai su que, plus jamais, rien ne nous séparerait. Bien sûr, je n'imaginais pas comme il serait difficile de rester ensemble, de passer de ce doux baiser à un mariage de trente ans. Je ne crois pas que personne l'imagine.

— Une robe superbe…

Je lui souris dans le miroir.

— Pas trop ?

— Juste ce qu'il faut.

— Trop tard pour me changer, de toute façon…
et j'ai perdu mon sac. Tu l'as vu ?

Il chausse ses lunettes, regarde autour de lui.

Nous l'apercevons en même temps, suspendu à la
porte de l'armoire.

Mon Dieu… Les pattes en bois sculpté. Les cris
étouffés par les fourrures. La joie. L'horreur. Tout
ce qui a suivi… est resté gravé ici.

Lucian me prend la main.

Un instant passe. Un autre. Nous inclinons la tête,
évoquant muettement ceux que nous avons perdus.
Puis il décroche le sac et, les mains plus étroitement
serrées, nous rejoignons la fête au rez-de-chaussée.

* * *

Au bout de quelques heures, je me réfugie à la
lisière des bois près des terriers de lapins – toujours
occupés, à ce que je vois. Les salutations chaleureuses
et les étreintes des inconnus – « Ouah ! Vous êtes
le portrait de Lorna ! » ; « Viens, Lil, je te présente
Amber Shawcross, oui, *elle*, qui arrive de New York »
– sont touchantes, mais épuisantes.

En plus, j'avais envie de passer un peu de temps
avec mes souvenirs. Ils sont particulièrement vifs, ce
soir. Tandis que je m'assieds sur un rondin moussu
– le seul contact de la mousse veloutée me rajeunit
de plusieurs décennies –, mon enfance me paraît bien
plus nette que New York la semaine dernière. Et
je peux tous les revoir si clairement : nous quatre,
du vivant de maman ; elle et papa, pouffant sur la
terrasse d'une obscure plaisanterie d'adulte ; Kitty,
ballottant son berceau jouet sur le perron ; Barney,
courant à travers la pelouse, un orvet dans les mains ;

Toby, me faisant signe à l'orée des bois : « Amber, viens voir... »

Mais je ne peux pas garder longtemps mes chers fantômes près de moi : très vite, le passé recule devant la vitalité grisante du présent. Le manoir n'a jamais eu l'air plus gai ni plus vivant, baignant dans la chaleur de ce merveilleux été indien, avec ses lampions, ses banderoles et ses ballons, et la lumière basse de l'automne clignotant dans les vitres fraîchement lavées. De beaux jeunes gens dansent sur la terrasse, des filles aux longues jambes encerclent mon fils et tournoient à son bras. Des plateaux de sandwichs et de pâtisseries miniatures tremblent dans les mains d'adolescents du village, fendant la foule à hauteur d'épaule. (« Trop d'alcool, trop peu de victuailles, m'a chuchoté Lucian d'un ton approbateur. Comme dans tous les meilleurs mariages. »)

J'absorbe chaque chose, tellement surprise que Dill ressemble tant à Peggy qu'en arrivant j'ai failli me jeter à son cou. La dernière fois que je l'ai vue, elle était de la taille d'un chaton ; pendant les journées douces-amères qui ont suivi la naissance de Lorna, Peggy se glissait dans ma chambre avec une boîte de biscuits et nous nous asseyions sur mon lit pour tenter d'allaiter nos bébés.

Lorna dit qu'elle doit cette réception à Dill et à sa charmante sœur Louise, qui l'ont miraculeusement organisée à la dernière minute. Apparemment, elles courent çà et là depuis des heures, retrouvant des vieilles tantes perdues dans les tours, des ados ivres dans les bois, toujours suivies d'une ribambelle d'enfants et du carnaval formé par le seul Alf, qui réclame sans cesse à Lucian l'air de *Toy Story* sur le piano à queue.

Lorna a une famille formidable : aimante, proche, fort heureusement normale – tout ce que j'espérais. Si Sheila était encore là, je la remercierais. Lorna dit que leur relation n'a jamais été facile, or de toute évidence Sheila a bien fait les choses et je lui en serai éternellement reconnaissante. Et Doug est adorable. Il me plaît beaucoup. À Lucian aussi. L'un et l'autre, duo improbable – Doug en costume bleu ciel et cravate rose, Lucian dans son Prada noir froissé –, sont assis sur une balle de foin, riant, buvant du cidre et fumant des cigarettes, bien qu'ils aient arrêté depuis des années. Je surprends Lorna à les observer discrètement, pour voir comme ils s'entendent.

Et pendant tout ce temps, la vaste famille de Jon – chic ! brouhaha ! paillettes ! – fend le domaine tel un banc de poissons exotiques. Ils parlent à toute vitesse avec un accent que j'ai du mal à situer, après toutes mes années à l'étranger. Ils sont dirigés par Lorraine, la belle-mère de Lorna – une femme que l'on peut voir de partout avec sa capeline léopard, grande comme une antenne parabolique. Mais même son chapeau est éclipsé par l'aigrette de tante Bay, des plumes de paon dont les pointes bleu pétrole tremblent au-dessus de la foule tandis qu'elle chancelle au bras de Kitty, en parlant à qui veut l'entendre de sa chère sœur Nancy, qui adorait les fêtes et qui était si smart en vert. Kitty rit, la laissant occuper le devant de la scène, ravie d'avoir pu montrer à ses quatre enfants, tous américains – Kitty m'a rejointe à New York à seize ans, a épousé un de mes amis et s'est installée dans le Maine de maman –, que la vieille maison bohème dont elle leur a tant parlé existe vraiment. Et, non, sérieusement, leurs portables ne marcheront pas.

Comment Caroline réagirait-elle à tout cela ? Serait-elle heureuse ? Était-elle incapable de joie ? On ne le saura sans doute jamais. Par bonheur, elle s'est éteinte à l'hôpital de Truro le mois dernier, en tenant la main de Lucian. J'ignore comment il a trouvé le courage de lui pardonner à la fin. C'est au-dessus de mes forces. Comme le reste de l'univers, j'ai poussé un soupir de soulagement le jour de sa mort, en demandant à Dieu pourquoi diable Il avait mis si longtemps à la prendre.

— Je peux vous apporter quelque chose ? (Je lève les yeux et vois Jon, grand et beau dans un costume marine, souriant timidement.) Un autre verre ?

— Non, ça va, merci. (Je tapote le rondin à côté de moi.) Tout le monde me dorlote. C'est un beau mariage, Jon.

Il s'assied, ses genoux carrés tirant sur le tissu de son pantalon.

— Cela vous fait bizarre de revenir ici ?

Je ris.

— Un peu.

— Lorna avait peur que ça remue trop de choses.

— Ah, ne vous en faites pas… Le manoir n'a jamais cessé de vivre dans mes pensées. Et, vous savez, j'en suis contente, vraiment.

Jon baisse les yeux sur ses grands pieds. Il respire la gentillesse un peu perplexe des fiancés le jour de leur mariage, celle qui émanait de Lucian à City Hall il y a des années. Il porte de belles chaussures. Des richelieus italiens, légèrement démodés – sans doute l'influence de Lorna. J'aurais aimé avoir des institutrices à moitié aussi chic.

Son genou commence à trembler.

— Madame Shawcross…

— Amber, je vous en prie !

— Pardon.

Jon a un rire nerveux.

— J'ai parlé à Toby, finit-il par lâcher.

Je reste figée.

— Quoi ? Qu'est-ce que vous avez dit ?

— Toby, votre frère, m'a appelé, répète-t-il plus bas, me laissant digérer ses paroles.

Le sol se dérobe littéralement sous mes pieds. Je me redresse, une main sur le rondin.

— Vous avez eu Toby au téléphone ? Merde. Excusez-moi… Comment…

— Je lui ai envoyé une invitation au mariage, avec une lettre d'explication et mes coordonnées s'il voulait entrer en contact. Je n'ai pas reçu de réponse – je ne pensais pas en avoir, pour être franc –, mais quand je suis sorti de la douche ce matin, un homme m'a appelé d'une voix rauque en disant qu'il était Toby Alton et qu'il devait savoir : était-ce bien une invitation pour le mariage de la fille qu'Amber avait perdue ? Il n'arrivait pas à y croire. Mais il a eu l'air très heureux quand j'ai répondu oui.

Les larmes me montent aux yeux… Je repense à cette nuit fébrile à Londres où, incapable de dormir, j'avais griffonné une lettre à Toby dans sa pension lointaine – il l'appelait « la prison » –, pour lui confier l'existence du bébé. Je la lui avais cachée pendant un an et ne pouvais le supporter plus longtemps. Une semaine plus tard, il m'a envoyé un petit mot, que j'ai toujours chéri : « Je sais. J'ai rêvé d'elle. Sois forte, sœurette. Je t'embrasse. T. »

— Vous voulez prendre le temps de vous remettre, Amber ? demande Jon pendant que je m'essuie les yeux. J'aurais dû vous prévenir. Seulement, je ne voulais pas vous donner de faux espoirs.

— Non, non. Ça va. (J'essaie de sourire.) Continuez, je vous en prie. Qu'a-t-il dit d'autre ?

— Pas grand-chose. Qu'il ne viendrait pas au mariage, mais qu'il nous souhaitait bonne chance.

Jon baisse les yeux.

— Il y a eu un grésillement, puis la ligne a été coupée.

— Je... Je ne comprends toujours pas. Comment avez-vous su où envoyer l'invitation ? Il m'écrit ou m'appelle tous les deux ou trois ans, juste pour me dire qu'il est vivant et bien portant. Il ne me laisse jamais de numéro, rien.

— Dill a trouvé son adresse.

— *Dill* ?

Je suis trop sidérée pour parler.

— Quelques jours avant de mourir, Mme Alton lui a donné un paquet de vieilles lettres et de documents administratifs, liés avec de la ficelle de jardinage, des papiers dont elle aurait besoin pour gérer la maison. Dill a trouvé les coordonnées de Toby quelque part là-dedans – plusieurs adresses au fil des ans, au Kenya, en Jamaïque, en Irlande, en Écosse –, parmi des courriers du notaire de Caroline demandant de l'argent pour l'entretien du manoir, entre autres. Il n'y avait pas beaucoup de réponses de Toby, mais quand même...

Il s'arrête en voyant mon air incrédule.

— C'est logique, j'imagine, que Caroline ait su où il était pendant tout ce temps. Elle pouvait gérer le domaine mais il n'a jamais été à elle.

J'ai la tête qui tourne. Je me fiche du domaine, de savoir qui le possède ou non. Une seule chose compte.

— Où est mon foutu frère ?

— Dans une petite ferme en Écosse, sur l'île d'Arran.

— D'Arran ? Sur l'île *d'Arran* – C'est le truc le plus bête de lapin stupide… – Donnez-moi son numéro, Jon. Je l'appelle tout de suite.

— Je savais que vous me le demanderiez. Mais aucun numéro ne s'est affiché sur mon portable quand il m'a contacté. Je suis désolé.

Ainsi, Toby s'est encore dérobé. J'ai une envie folle de secouer mon frère égoïste, cinglé, chéri, à cause de l'exil qu'il s'est imposé. En payant pour tout ce qui s'est passé, il a puni chacun de nous aussi. Toby a toujours été comme ça : s'il était au septième ciel, il élevait les autres avec lui, comme un Dieu ; quand il était à plat, il les coulait, la main plaquée sur leur nuque. Oh, il me manque…

— Pardon si le moment est mal choisi, ajoute Jon en se mordant la lèvre inférieure, mais c'est la première occasion que j'ai eue de vous en parler et je pensais que vous aimeriez savoir. Je ne l'ai pas encore dit à Lorna.

Lorna surgit alors, comme une vision : pieds nus sur la pelouse, des fleurs blanches piquées dans ses cheveux noirs enroulés sur l'épaule. Alf sautille derrière elle, en portant ses chaussures. Je dois me ressaisir. Rien ne doit ternir son mariage. Il n'a rien à voir avec moi ni avec Toby.

— On a renoncé aux talons, hein, Alf ?

Elle rit, s'assied près de moi dans une bouffée de tulle et d'air frais. Son visage radieux, encadré par l'étole blanche de ma mère, rougeoie au soleil qui décline derrière la forêt.

— Ils sont impossibles dans l'herbe. Viens, Jon. Je t'emmène dans la salle de bal. Danser !

Jon se lève assez vite.

— À tout à l'heure. Allez, Alf.

Il me lance un regard d'excuse et le prend par la main.

— Mais je suis le porteur des chaussures ! proteste Alf en se calant entre les genoux de Lorna pour lui résister.

— Une tâche très sérieuse… (Elle l'étreint, sourit et lève les yeux vers Jon.) Ça t'ennuie si je remonte dans un petit moment ? Je le ramènerai. En fait, j'ai besoin d'échapper à ton oncle Reg.

— Il n'est pas déjà écroulé sous un arbre ? (Il l'embrasse.) Sérieusement, reste aussi longtemps que tu veux. D'ailleurs, tout prend du retard. Personne ne paraît s'en apercevoir.

Nous nous taisons – je suis encore sous le choc de l'appel de Toby – jusqu'à ce que Jon s'éloigne. Puis Lorna se penche vers moi par-dessus la tête d'Alf.

— Tu trouves qu'on va bien ensemble ? me souffle-t-elle.

Je prends sa main et la serre, probablement trop fort. Je lui tiendrais la main toute la soirée si je pouvais.

— Lorna, vous formez un couple merveilleux. Parfait.

Elle sourit, lance ses pieds devant elle, remue les orteils dans l'herbe. Je vois alors qu'elle a les pieds de ma mère, le deuxième orteil plus long que le premier.

— Je le pense aussi.

Nous restons tranquillement assises, moi un peu sans voix, elle bavardant facilement avec Alf. Elle lui montre les premières chauves-souris de la soirée, les bois, les falaises au loin entre les arbres, évoque une petite plage où quatre enfants aimaient jouer, la carcasse d'un bateau de contrebandiers dépassant du sable à marée basse, des dauphins dans les eaux profondes. Alf est ébloui. Puis le soleil se couche très vite, comme tiré par la ficelle d'un marionnettiste, et le froid tombe.

L'heure de rentrer ! Alf se lève d'un bond. L'heure de danser ! Nous marchons jusqu'à la maison, Alf s'arrêtant tous les deux ou trois pas pour planter un doigt curieux dans les taupinières couleur de sucre roux. Le bruit règne sur la terrasse, qui se couvre de danseurs. Alf tire sur la robe de Lorna :

— Tata Lor…

Elle ne l'entend pas. Oncle Reg titube vers elle le long de la balustrade, en chantant : « Car c'est une bonne camarade ! » d'une voix de baryton ivre. Une femme en jaune canari nous donne d'autorité des coupes de champagne. Le flash d'un appareil photo crépite. « Souriez ! » Un autre flash. « Encore un sourire. Pour les petits-enfants. Parfait ! »

— Tatie Lorna, dit Alf en tirant avec plus d'irritation sur sa manche. Je veux te montrer quelque chose.

À l'instant même, commence une vibration interne, le bip d'un sonar longtemps oublié. Je lève les yeux de ma coupe de champagne, me demandant si un orage électrique se prépare.

— Tatie Lorna, tu veux bien *regarder* ?

— Quoi ? Pardon, Alf ?

Lorna se tourne vers lui, distraite.

— Des lapins noirs !

Le bruit baisse… et tout disparaît lorsque je suis des yeux son petit doigt tendu, au-delà des lapins qui sautent hors des terriers, jusqu'à l'orée des bois où quelqu'un – un homme sec et musclé – remonte la pente en se profilant sur le ciel rouge sang. La tête penchée contre le vent, la main sur son chapeau, il marche lentement, mais d'un pas décidé, pareil à un fermier dans ses champs au crépuscule. Il prend un raccourci sur la pente la plus raide, comme il l'a toujours fait, et s'arrête au sommet. Là, relevant d'un doigt le bord de son chapeau, il observe la maison, juste un instant fugace, assez long toutefois pour que le dernier feu du soleil enflamme sa barbe avant de se coucher derrière les arbres.

Je crie son nom et m'élance vers lui.

ÉPILOGUE

Nancy Alton, avril 1968, le jour de l'orage

L'odeur du front de mes enfants : Toby, résine d'arbre ; Amber, sécrétions hormonales ; Kitty, lait. Barney n'est pas dans la cuisine, à humer ni à embrasser. Je vérifie sous les pieds tournés de la table, m'attendant à l'y trouver.

— Où est Barns ?

Les lapins, me disent-ils. Il est parti gambader avec Boris.

Un instant plus tard, nous trouvons le chien stupide caché derrière la porte.

Bruit de tonnerre. Peggy regarde par la fenêtre, tripotant le crucifix sur sa chaîne, marmonnant des inepties comme : l'orage a été « déchaîné par le diable ».

C'est sûrement une bourrasque. Les orages qui s'annoncent, ces gros opéras noirs qui arrivent de la mer en grondant, et que mon cher mari repère anxieusement sur la terrasse, se dissipent très souvent avant de frapper. Ce sont ceux qui ne préviennent pas, éclatant comme un coup de feu, dont il faut se méfier. Pourtant, le jardin a besoin de pluie.

Où vais-je trouver ce garnement ?

Dans la tanière près de la balançoire, me dit Amber, qui lève vers moi ses graves yeux verts en écrasant de la crème sur son scone. Comme ma fille a souvent raison, je décide de chercher d'abord là-bas.

Toby, mon gentil garçon, me propose galamment d'y aller. Non, il faut qu'il mange. Ils doivent tous finir leur thé, qui est servi affreusement tard aujourd'hui – ces enfants sont de tels coquins. Toujours affamés, ils ont grandi comme des roseaux depuis la dernière fois qu'on est venus ici, les chevilles dépassant du bas des pantalons, les longs poignets des chemises. Peggy ne peut pas cuisiner assez vite.

Les laissant causer et se chamailler, je traverse le hall, puis je sors sans imper ni chapeau. Oui, c'est de la folie, mais après avoir été vissée pendant des jours à Londres, avoir pris des calmants en boucle, la jambe posée sur un fichu tabouret, je meurs d'envie de me faire tremper. Un orage en Cornouailles vaut mieux que toutes les ventes de charité à Fitzrovia.

Knight ne partage pas mon enthousiasme. Il s'agite, couche les oreilles, pas du tout lui-même. Je monte en selle, noue les bras autour de son encolure, murmurant des mots doux de la stupide voix de bébé qu'il préfère. Il se calme un peu, tout en restant réticent. Je plante mes pieds dans ses étriers. Une douleur fulgurante remonte dans ma jambe, rappel de l'accident, de toutes les journées mornes que j'ai passées en ville, coincée dans le fauteuil turquoise. Et j'éprouve une soudaine gratitude envers Barney, pour m'avoir fait sortir pendant que le vent tempête dans les arbres, que le tonnerre gronde, merveilleux orchestre discordant.

Passé la grille à l'entrée des bois – il faut huiler ses gonds, j'en parlerai à Hugo – le chemin est plus feutré, plus difficile à chevaucher. Quelques arbres se sont écroulés ; des branches continuent à tomber. Je me fraie un passage jusqu'à ce que j'aperçoive la corde-balançoire dans la lumière jaune de l'orage, comme si un enfant venait d'en sauter. Je crie :

— Barney ! Le thé !

Un fou rire. Je me retourne, tâchant de l'apercevoir dans l'obscurité.

— Barney ?

Il jaillit d'un tipi de bâtons – elfe riant et bondissant, les plantes de pied brillant dans sa course.

— Attrape-moi si tu peux !

— Oh, pour l'amour du ciel, où sont tes chaussures ?

Mais il ne m'écoute pas. Il saute par-dessus les rondins, en jetant un coup d'œil derrière lui pour voir si je le talonne.

— Je te préviens ! dis-je, prise de colère, même si j'étais pareille à son âge.

Il commence à gravir un arbre – « s'obstinant à désobéir », ragera Hugo plus tard –, les pieds enroulés autour de l'écorce comme des pattes d'ours. À l'approche de sa voûte, il me lance un regard en souriant. Nous nous voyons alors exactement tels que nous sommes à cet instant et éclatons de rire.

Mais Knight recule en regimbant, agité par l'orage et le tonnerre qui roule à travers la vallée. Mon chemisier se déchire sur une branche et flotte au vent. Puis, soudain, Barney disparaît, avalé par les feuilles. Je suis prise de panique. Va-t-il dégringoler ? Est-il déjà tombé ? Non, Barney ne tombe jamais de rien.

— Ça suffit maintenant, Barn…

Un éclair zèbre le ciel : son visage, argenté entre les feuilles. Knight veut se sauver. Je le tire en arrière.

Ma jambe faible glisse de l'étrier. Je dois sortir ce cheval de l'orage, ramener Barney à la maison. Je hurle :

— Attrape ma main !

Boum ! Un coup de tonnerre si fort – trop fort – qu'il fait trembler le feuillage.

Knight s'ébroue, rue, se dresse comme un piston... et tout se dérobe sous moi : la selle, les étriers, la robe chaude du cheval. Seules restent nos mains tendues, qui se touchent une fraction de seconde, une gerbe d'amour d'un blanc éblouissant, fusant à travers le ciel comme une étoile.

REMERCIEMENTS

Merci du fond du cœur aux équipes talentueuses et passionnées de Michael Joseph et Putnam, en particulier à mes brillants éditeurs, Maxine Hitchcock et Tara Singh Carlson, qui ont amélioré infiniment ce livre et avec qui j'ai eu tant de joie à travailler. À Louise Moore, pour son sage conseil et ses encouragements qui m'ont initialement portée à réfléchir à cette histoire. À mes merveilleux agents – Lizzy Kremer et Kim Witherspoon –, dont la foi inébranlable en ce roman dès le départ a joué un grand rôle dans sa création. Merci aussi à Harriet Moore, Alice Howe, Allison Hunter et à tous les autres membres de David Higham Associates et InkWell Managements. À maman, comme toujours… qui nourrit les feux du foyer. À Tess, Emma, Kirsty, Izzy et Flip pour avoir été si accueillants depuis que je me suis installée au manoir. À mes enfants, petite tribu de trois. Mes meilleures répliques sont les vôtres. Et à Ben, pour avoir chaque fois tiré le lapin du chapeau. Merci à tous.

Imprimé en France par CPI

N° d'impression : 3034841
X07401/03